T0059045

PISTA
HELADA

PISTA HELADA

TRADUCCIÓN DE
DAVID LEÓN

ROBERT DUGONI

AMAZON **CROSSING**

Título original: *A Cold Trail*
Publicado originalmente por Thomas & Mercer, USA, 2020

Edición en español publicada por:
Amazon Crossing, Amazon Media EU Sàrl
38, avenue John F. Kennedy, L-1855 Luxembourg
Diciembre, 2021

Copyright © Edición en español 2021 traducida por David León
Adaptación de cubierta por PEPE *nymi*, Milano
Imagen de cubierta © Trevor Williams / Getty Images; © makasana photo
© Ievgenii Meyer © norr © BERNATSKAYA OXANA / Shutterstock

Impreso por: Ver última página

Primera edición digital 2021

ISBN Edición tapa blanda: 9782496706543

www.apub.com

SOBRE EL AUTOR

Robert Dugoni ha recibido la ovación de la crítica y ha encabezado las listas de éxitos editoriales de *The New York Times, The Wall Street Journal* y Amazon con la serie de Tracy Crosswhite, que incluye *La tumba de Sarah, Su último suspiro, El claro más oscuro, La chica que atraparon, Uno de los nuestros* y *Todo tiene su precio,* de la que se han vendido más de cuatro millones de ejemplares en todo el mundo. Dugoni es autor también de la célebre serie de David Sloane, que incluye *The Jury Master, Wrongful Death, Bodily Harm, Murder One* y *The Conviction;* de las novelas *La extraordinaria vida de Sam, The Seventh Canon* y *Damage Control;* del ensayo de investigación periodística *The Cyanide Canary,* elegido por *The Washington Post* entre los mejores libros del año, y de varios cuentos. Ha recibido el Premio Nancy Pearl de novela y el de Friends of Mystery Spotted Owl por la mejor novela del Pacífico noroeste.

Ha sido dos veces finalista del International Thriller Award y el Harper Lee de narrativa procesal, así como candidato al Edgar de la Asociación de Escritores de Misterio de Estados Unidos. Sus libros se venden en más de veinticinco países y se han traducido a más de una docena de idiomas, entre los que se incluyen el francés, el alemán, el italiano y el español.

Para más información sobre Robert Dugoni y sus novelas, véase www.robertdugoni.com.

A Scott Alan Tompkins, inspector de la comisaría del sheriff del condado de King (25 de noviembre de 1969-9 de septiembre de 2018), buen amigo, gran tipo y policía entregado. Siempre tenía una sonrisa. Siempre estaba dispuesto a ayudar. Lo echaré de menos.
Te has ido, pero no te olvidaremos.
Nunca te olvidaremos

PRÓLOGO

Cedar Grove (Washington), 1993

Heather Johansen se secó las lágrimas y las gotas de lluvia torrencial que le empañaban la vista y le corrían por la cara. Caminaba por el arcén de la carretera del condado, sin farolas ni luna que la guiaran. La oscuridad, negra como boca de lobo, se elevaba del asfalto que había bajo sus pies hasta las pesadas nubes de tormenta que se habían congregado sobre la espesa cúpula arbórea de las Cascadas del Norte.

Las ramas de los árboles, cargadas de agua, dejaban caer rociones con cada ráfaga de viento y, aunque se había abrochado con fuerza la capucha de su chaqueta de Gore-Tex, la lluvia implacable no dejaba de abrirse paso por cada una de las costuras y las aberturas de su ropa. Tenía empapados el cuello de la camisa y los puños de las mangas, y los vaqueros se le pegaban a la piel como leotardos. Las botas, que supuestamente eran impermeables, se le habían encharcado y, por si fuera poco, podía notar el descenso de su temperatura corporal a medida que la lluvia se trocaba en cellisca y se le pegaba la nieve a la ropa. Había dejado de sentir las puntas de los dedos de las manos, y los de los pies le dolían con cada paso que daba.

Se detuvo y volvió la vista atrás hacia el camino que acababa de recorrer. Una vez más, se planteó si no sería mejor regresar a

Silver Spurs. Lo cierto, sin embargo, era que se había desorientado y era incapaz de calcular cuánto llevaba andado ni si había superado ya la mitad del trayecto que la llevaba a su casa de Cedar Grove. Además, ¿a quién iba a llamar si volvía? A sus padres no, desde luego. Les había dicho que se quedaría a dormir en casa de Kimberly Robinson, a poco más de un kilómetro de la suya. Así que no tenía más remedio que seguir adelante.

Se inclinó para hacer frente al viento y echó a andar de nuevo, marcando la oscuridad con cada una de sus exhalaciones y haciéndose a cada paso las mismas preguntas sin respuesta. ¿Qué demonios les iba a decir a sus padres? ¿Qué leche iba a hacer? ¿Había tomado la decisión correcta o se había dejado llevar por el miedo y la estupidez? ¿No habría sido solo un acto de tozudez?

El llanto le había provocado calambres en el estómago y el dolor era tan fuerte que la hizo doblarse por la mitad. Un minuto después, cuando sintió cierto alivio, se irguió y respiró hondo un par de veces. Los calambres se aplacaron, pero el tiempo no. El viento ululaba entre los árboles y los mecía entre destellos, y la cellisca se había transformado ya en nevada.

De mal en peor.

Siguió avanzando a duras penas, pero no había dado dos pasos cuando la detuvo otro pensamiento. ¿Adónde iba a ir cuando llegase a Cedar Grove? A casa no, porque ¿qué iba a contarles a sus padres? Tampoco podía ir a la de Kimberly si no quería ponerla en una situación muy incómoda. De hecho, si no le había dicho nada a su mejor amiga había sido precisamente por eso. Los Robinson eran gente muy estricta. Acudían a la misma iglesia que sus padres. Seguro que presionaban a Kimberly para que les dijera qué estaba pasando. Heather no podía hacerle algo así a su amiga.

En ese momento se acordó de Sarah Crosswhite. No eran íntimas, pero estaban en la misma clase. Además, su casa estaba más cerca que la de sus padres. A lo mejor podía hablar con el doctor

Crosswhite. Él la escucharía sin juzgarla. Era médico y sabría lo que había que hacer.

Frente a ella brilló entonces un destello fantasmal, un resplandor de color azul grisáceo entre los troncos de los árboles que le anunció la llegada de un coche por la curva. Sintió un instante de alivio y, acto seguido, de pánico. Entonces vaciló, sin saber a ciencia cierta si esconderse o detenerlo. No podía estar más tiempo expuesta a aquel frío. Sin pensarlo dos veces, salió al borde de la calzada, levantó una mano y se puso a agitarla.

Los focos la cegaron y bajó la mano para que no la deslumbrasen.

Se abrió la puerta del conductor.

—¿Heather? ¿Qué coño haces tú aquí? Te vas a helar con este tiempo.

A la joven se le cayó el alma a los pies. «Mierda».

—¿Heather?

Ella alzó la voz para hacerse oír pese al viento.

—Tengo que llegar a casa de los Crosswhite.

—¿De los Crosswhite?

—¿Me puedes llevar tú?

—¿Y para qué quieres ir a casa de los Crosswhite?

—Para resolver una cosa. ¿Me llevas, por favor?

—¿Qué tienes que resolver?

—Nada. —Echó a andar hacia el asiento del copiloto—. Es algo personal. Llévame, por favor.

—Tienes que hacer lo que te han dicho, Heather. Ha sido un accidente, un error.

En ese instante se hizo cargo de lo que estaba ocurriendo y paró en seco.

—Tienes que pensar en las vidas que puedes arruinar, incluida la tuya.

—Lo sé —respondió ella— y hay una que me preocupa sobre todo.

—No seas cabezota. Te estás dejando llevar por las emociones. Te llevaré al hospital de Silver Spurs… y luego todos podremos seguir con nuestras vidas.

—No, no pienso volver allí. Voy a ir a casa del doctor Crosswhite y, si no me llevas tú, iré andando.

Se puso en marcha con la intención de rebasar el vehículo y oyó gritar a su espalda:

—¡Métete en el coche, Heather! Si quieres arruinarte la vida, es cosa tuya; pero no tienes ningún derecho a arruinármela a mí.

La joven oyó el motor acelerar y, acto seguido, el chirrido de las ruedas que trataban de agarrarse al asfalto húmedo. Miró por encima del hombro. El vehículo había dado la vuelta y los faros hacían brillar con intensidad creciente los copos de nieve agitados por el viento.

Se apartó para dejarlo pasar. Por un instante creyó que seguiría adelante en dirección a Cedar Grove, pero entonces se encendieron las luces de freno y el rojo iluminó la nieve que caía. La puerta del conductor se abrió de golpe y la luz del interior del coche se encendió y volvió a apagarse al mismo tiempo que se oía un portazo.

—¡Vete! —gritó Heather apretando el paso para volver a rebasarlo—. ¡Déjame en paz!

Oyó un hondo sonido gutural, el mismo que emitía su perro cuando los sorprendía alguien o algo yendo de paseo. Se volvió con aire indeciso y miró hacia los faros. Levantó una mano para protegerse del resplandor y vio una sombra que se acercaba con rapidez en un halo de color y algo alargado que se elevaba en el aire.

El objeto cayó como el hacha de un leñador y le golpeó la cabeza. El impacto la hizo caer de rodillas y desplomarse de espaldas. La cabeza fue a dar en el asfalto.

«Qué raro», pensó mientras observaba caer la nieve.

Había dejado de tener frío.

CAPÍTULO 1

Cedar Grove (Washington),
en el presente

Tracy Crosswhite bajó las escaleras y, una vez en la cocina, puso en el frigorífico el biberón con la leche que acababa de sacarse del pecho. Therese, la niñera a la que tenían todavía Dan y ella en período de pruebas, estaba de pie ante el fregadero de acero inoxidable y tenía una mano metida en el chorro de agua para probar la temperatura. Los altavoces del techo emitían música pop. A su lado, en la encimera de granito, se encontraba Daniella en su mecedora, sin más ropa que una camiseta interior y el pañal. La tripita le sobresalía entre ambas prendas y la mecedora se agitaba cada vez que la pequeña golpeaba los muñequitos que pendían sobre ella: un elefante azul con las orejas rojas y un león de color amarillo vivo con la melena naranja.

—He dejado la leche en el frigorífico, Therese —anunció Tracy cerrando la puerta—. Espero que sea suficiente hasta que volvamos. No tardaremos mucho.

Therese giró la cabeza para responder con un dejo de entusiasmo en su acento irlandés:

—Vamos a estar estupendamente. Lo que tienen que hacer el señor O'Leary y usted es divertirse. Es la primera noche que salen desde que nació la cría, ¿no? ¿Cuánto hace ya?

—Mañana, dos meses. Y sí, es la primera noche que salimos.

—Entonces, se lo han ganado.

Dan había contratado a Therese por recomendación de un amigo común… después de que Tracy rechazase a otras siete aspirantes al puesto. Él había insistido en que le diera una oportunidad y ella había accedido, aunque le había dejado claro que tendría que convencerla de su competencia. Aún le quedaban dos meses del permiso de maternidad antes de tener que reincorporarse a la Sección de Crímenes Violentos de la policía de Seattle… si es que volvía, porque aún no había tomado una decisión al respecto.

Se habían mudado a Cedar Grove mientras la constructora echaba abajo y reformaba su hogar de Redmond. Dan había mantenido la vivienda donde habían habitado sus padres en Cedar Grove con la intención de pasar allí los fines de semana y descansar de la ciudad. Él le tenía mucho aprecio, pero a Tracy le seguía costando hacerse a la idea de volver al municipio, del que no guardaba precisamente muy buenos recuerdos desde la desaparición de su hermana. Con cada visita, sin embargo, se había sentido un poco mejor y, en el fondo, quería que Daniella conociese el lugar en que habían nacido y se habían criado sus padres.

No habrían podido elegir mejor momento para hacer aquel viaje. Dan tenía que presentar sus alegaciones contra un pedimento presentado ante el tribunal superior del condado de Whatcom en calidad de abogado de Larry Kaufman, propietario de la antigua Kaufman's Mercantile Store de Market Street. La estancia en Cedar Grove también daría a Tracy la ocasión de conocer y evaluar a Therese, o de «hacerle el rodaje», como lo había denominado Dan.

—Pero ¡si hasta la perrera te da un tiempo para que decidas si adoptas a un perro o no! —había dicho él—. Ya lo decía Keanu

Reeves en *Dulce hogar... ¡a veces!*: «Necesitas permiso para tener perro o para conducir. Hasta necesitas permiso para pescar».

—«Pero dejan ser padre al primer gilipollas», había respondido Tracy, completando la frase que tantas veces imitaba Dan.

Tracy observó los cuencos de Sherlock y Rex, que aguardaban vacíos en el suelo de la cocina. Los dos perros, cruces de rodesiano y mastín de más de sesenta kilos, no mostraban precisamente su mejor cara cuando se veían obligados a saltarse una comida. Dan los había sacado a pasear aquella tarde y, al parecer, había logrado el objetivo de cansarlos, porque los dos estaban despatarrados en sus cojines redondos del rincón de la sala de estar: toda una bendición. A ninguno le hacía la menor gracia que Dan y Tracy los dejasen en casa.

—Será mejor que les eche de comer antes de salir.

—Ni se le ocurra —la detuvo Therese—. ¿No ve que se va a poner perdida la ropa tan bonita que lleva? ¡Pero si parece una princesa!

Tracy lanzó un gemido.

—Lo que parezco es una vaca. Con todos sus complementos —añadió presionándose debajo de los pechos.

—Pues yo no he oído quejarse al señor O'Leary, y menos aún por lo de ahí arriba.

—¿Quejarme de qué? —preguntó él entrando en la cocina—. Si yo nunca me quejo...

Era cierto que lo hacía raras veces y esa era una de las muchas cualidades que lo hacían adorable. Tracy lo llamaba a veces don Optimismo por la visión positiva que tenía del mundo.

—De mi mujer no, por lo menos. —Dan le envolvió la cintura con los brazos—. No me digas que no es clavada a Charlize Theron. ¿Soy o no soy un tío con suerte?

—Sí que lo es, señor O'Leary. De eso no hay duda —respondió Therese.

—Bueno, bueno, par de eternos optimistas, tampoco hay que pasarse. —Tracy había engordado algo más de dieciocho kilogramos durante el embarazo y aún le quedaban por perder once para volver a su peso habitual. El médico le había dicho que el proceso sería más rápido si le daba el pecho a Daniella, quien, además, se beneficiaría enormemente de la leche materna. Tracy, en secreto, envidiaba la figura esbelta de Therese. A sus veintiséis años, la joven tenía el mismo aspecto del que había disfrutado ella... hacía ya casi veinte años y un parto: el de una corredora de campo a través de piernas largas y cintura estilizada.

—¿Crees que debería meterme la camisa? —Dan llevaba la de colores vivos que le había comprado Tracy y que estaba pensada para ir suelta. Quería que tuviese algo más de variedad en su armario, porque, cuando no llevaba traje, se limitaba a ponerse unos pantalones cortos holgados con una camiseta.

—Así estás bien. Ya te he dicho que esa va por fuera.

—Pues me da la impresión de que debería llevarla por dentro. ¿Tú qué crees, Therese?

—Que está usted sencillamente maravilloso —aseveró la niñera cerrando el grifo.

—Sencillamente maravilloso. Eso me ha gustado.

Tracy puso los ojos en blanco antes de inclinarse para acariciarle la mejilla a Daniella con la punta de la nariz.

—Que seas buena con Therese. No vayas a tener un cólico y pasarte llorando todo el tiempo que estemos fuera.

La chiquilla se puso a hacer ruiditos con la garganta y a dar patadas mientras se agarraba al pelo de su madre con sus dedos regordetes.

—¿No debería darle el pecho otra vez antes de irme? —preguntó Tracy sin dirigirse a nadie en particular.

—Como vuelvas a darle de comer, Therese va a ser incapaz de levantarla de esa mecedora —dijo Dan—. La niña va a parecer el dirigible de Goodyear.

—Váyanse, que Daniella y yo estaremos bien. —Tomó en brazos al bebé mientras le decía en tono animado—: ¿Ves, Daniella? Ella será tu mamá de noche y yo, tu mamá de día.

El comentario dejó helada a Tracy, que sintió que se le estremecía la fibra sensible de la maternidad. Dan, quien sin duda percibió su desasosiego, se apresuró a pasarle un brazo por los hombros y hacerla girar en dirección a la puerta.

—Más nos vale ponernos en marcha si no queremos perder la reserva.

—Te llamamos cuando lleguemos al restaurante. —Tracy recogió el abrigo y la bufanda del perchero del recibidor.

—Ni lo sueñes —contestó Dan mientras abría la puerta y dejaba entrar el viento helado—. Era lo que habíamos acordado: nada de llamar a casa las noches que salgamos hasta que estemos ya de vuelta.

—Tienes el número de los dos —dijo Tracy a Therese.

—Los tengo grabados en mi teléfono.

—Pon la alarma.

—¿Con estos dos perrazos? —Therese señaló con el pulgar a las dos bestias que yacían dormidas como troncos en sus almohadones—. Me gustaría saber quién es el guapo que se atreve a entrar. La pelea no iba a estar muy reñida si ellos dos juegan en mi equipo.

Fuera, Tracy sintió la acometida del aire frío en las mejillas y las manos mientras recorría la senda de adoquines que se distinguía entre el césped. Febrero había llegado a las Cascadas del Norte con tiempo húmedo y alguna que otra nevada. Buena parte del suelo seguía cubierta por el manto blanco que se había posado en él por las últimas condiciones atmosféricas, visibles también en el aspecto polvoriento que presentaban las ramas de los árboles. Aún se esperaba más nieve, pero, aquella noche, la luna llena había teñido el cielo de añil.

Subió al lado del copiloto de su nuevo Subaru Outback, en cuyo asiento trasero destacaba la sillita de Daniella. No había querido deshacerse de la camioneta Ford de 1973 de su padre. Se había puesto como pretexto que quizá su hija podría querer conducirla en el futuro, aunque Dan le había expresado sus dudas de que a esas alturas hubiera aún coches que funcionasen con gasolina o necesitasen siquiera conductor.

Por el momento, el Outback parecía la opción más sensata y segura: un verdadero tanque con airbags, con airbags para los airbags y con tracción a cuatro ruedas para poder hacer frente a cualquier terreno que pudiera ofrecerles Cedar Grove. Conduciéndolo, Tracy se sentía una mujer responsable, práctica... y más vieja que la tos.

Mientras Dan retrocedía por el camino de entrada sirviéndose de la cámara trasera, Tracy tenía la mirada puesta en las luces que iluminaban las ventanas de la casa de dos plantas. Dan había reformado la vivienda amplia y de una sola planta de sus padres y le había añadido una segunda para convertirla en una de las típicas de cabo Cod, estilo arquitectónico del que se había enamorado durante la época en que había ejercido la abogacía en Boston.

Dan alargó la mano para estrechar la de Tracy.

—No te preocupes por ella.

Tracy notó que le corría una lágrima por la mejilla y fue a secársela.

—Tranquila, mujer, que solo hemos salido a cenar. No quiero imaginarme cuando se vaya a la universidad...

—¿Crees que Daniella me va a ver así, como su mamá de noche?

Él sonrió.

—Tú no eres su mamá de noche. Eres su mamá, la única que tiene. Lo único que intentaba Therese era darte seguridad para que no te preocuparas.

—Ya lo sé. —Se llenó los pulmones de aire y lo expulsó a continuación—. Lo que pasa es que estoy muy sensible. Tengo las hormonas totalmente revueltas. Y estoy gorda.

—No estás gorda.

—Y lo dice mientras me mira las tetas.

—Oye, ¿es que no puede uno admirar las montañas?

Ella soltó una carcajada. Dan siempre sabía hacerla reír, desde el instituto, cuando había sido el clásico bobo de pueblo, regordete, con el pelo cortado al rape y gafas de montura negra. Ni en un millón de años habría imaginado que acabaría compartiendo su vida con él. Sin embargo, Dan había estado allí para apoyarla cuando, en 2013, había regresado a Cedar Grove para reabrir el caso del hombre al que habían condenado por el asesinato de su hermana. A esas alturas, se lo encontró convertido en un buen hombre que llevaba a cuestas un fracaso matrimonial por causa de una cónyuge infiel, pero seguía teniendo el mismo corazón amable y generoso de siempre.

—Vamos antes de que nos anulen la reserva —dijo.

—¿Lo ves muy probable en Cedar Grove y entre semana? —Dan le guiñó un ojo, metió la marcha y puso rumbo al municipio.

Se detuvieron en el único semáforo de Cedar Grove, que pendía de un cable negro en el centro de Market Street y se mecía levemente con cada ráfaga de viento. Tracy se sorprendió de lo mucho que había cambiado aquella parte desde la última visita.

—Desde luego, no podemos decir que Gary se haya cruzado de brazos… —Se refería a Gary Witherspoon, el alcalde de Cedar Grove—. Aceras nuevas, farolas restauradas, escaparates modernos… Esto empieza a parecer vivo otra vez.

—Gracias a que les han robado los negocios a las familias que llevan dos generaciones trabajando en ellos —apuntó Dan.

Por la mañana tenía que estar en el tribunal superior del condado de Whatcom para oponerse al pedimento de juicio sumario que había presentado Rav Patel, abogado municipal de Cedar Grove, poco después de que Dan entablase una demanda contra las autoridades locales en nombre de Larry Kaufman hijo, quien acusaba a Witherspoon y al ayuntamiento de incurrir en falsedad al asegurarles a él y al resto de propietarios que los edificios necesitaban, por normativa urbanística, reformas de un valor tan elevado que superaban con creces el valor de sus comercios. La parte demandante sostenía que se había obrado de tal manera con la intención de asustar a los propietarios y empujarlos a vender los establecimientos al municipio. La mayoría, de hecho, lo había hecho. La oferta les había parecido caída del cielo, una ocasión inigualable de sacar un puñado de dólares por negocios que habían fracasado o llevaban ya dos lustros en decadencia. Kaufman, cuyo abuelo había fundado la Kaufman's Mercantile Store y cuyo padre había logrado mantenerla a flote dividiendo el negocio y convirtiendo su parte en ferretería, se negaba a abandonar un legado familiar de tres cuartos de siglo: había rechazado la oferta del ayuntamiento y, cuando este había emprendido acciones para quedarse con su local, había contratado a Dan.

El semáforo parpadeó sobre el cartel de hierro remozado que también cruzaba la calle y en el que se leía:

Bienvenido a Cedar Grove,
capital minera de Washington

Aunque hacía cien años que no se daba aquella actividad en Cedar Grove, que, por otra parte, no había sido nunca la capital minera del estado, Witherspoon había justificado el gasto de fondos públicos proclamando a los cuatro vientos la importancia que tenía para el municipio recordar su pasado... o alterarlo.

Cedar Grove había surgido en la década de 1840, cuando Christian Mattioli había descubierto oro, cobre y carbón en las montañas y fundó la Cedar Grove Mining Company. Él había sido el responsable de la construcción de buena parte de la ciudad a los pies de la mina, negocio que resultaría lucrativo durante varias décadas. Sin embargo, cuando el yacimiento dejó de producir, el nuevo trazado del tren pasó por alto el municipio, y Mattioli, la compañía y la mitad de su población también. No quedaron allí más que obreros encallecidos a los que la vida no ofrecía muchas más opciones. El padre de Tracy había sido la excepción. El doctor Crosswhite, como lo llamaban todos, se había mudado a Cedar Grove para ejercer de médico rural, así como para pescar, cazar y explorar las sendas de los alrededores. Había comprado la decrépita mansión que había pertenecido a Mattioli y le había devuelto su lustre original. Las montañas, los ríos y los lagos de la localidad habían sido el bucólico escenario que había visto crecer a Tracy y a su hermana, Sarah, y Tracy había abrigado en otros tiempos la intención de pasar sus días en Cedar Grove.

Pero entonces desapareció Sarah y todo cambió.

Cuando el semáforo se puso en verde, pasaron delante del First National Bank, donde Dan había tenido el bufete a su regreso a Cedar Grove tras el fin de su primer matrimonio. Hacía poco que habían limpiado la piedra blanca de la fachada y pintado los marcos de la puerta y las ventanas del edificio, que había pasado a albergar el ayuntamiento.

Aparcó frente al Grandma Billie's Bistro. Según un artículo del *Cedar Grove Towne Crier*, las nietas de Billie, Elle y Hannah, habían heredado las recetas de su abuela y su amor por la cocina y habían solicitado un préstamo comercial para volver a abrir el establecimiento.

—Parece que también lo han reformado —dijo Tracy mientras salía del coche para penetrar en el cerco de luz de una de las farolas de hierro forjado recién restauradas. Del poste colgaba como una vela una banderola triangular que ondeaba agitada por la brisa. Anunciaba el festival de *jazz* que se había celebrado en el municipio el verano anterior.

—Sin duda como parte del lavado de cara del centro —respondió Dan.

—Pues está precioso —aseguró Tracy mientras se acercaban al toldo gris tendido sobre la entrada, que sobresalía de la fachada.

En los escaparates se leía el nombre de los distintos platos y al lado de un banco de hierro habían colocado una pizarra que anunciaba las ofertas de aquella noche.

—La última vez que te vi eras un bebé —dijo Tracy— y tu hermana, más pequeña aún.

Elle sonrió.

—Hablando de bebés, me han dicho que has tenido una hija.

—Daniella —respondió buscando el teléfono en el bolso para enseñarle fotografías de la pequeña—. Hoy cumple dos meses.

—¡Qué adorable! —dijo Elle mirándolas—. ¿Os vais a volver a instalar aquí?

—No —contestó Dan—, pero tenemos la casa de mis padres para pasar los fines de semana.

Tracy miró a su alrededor.

—El restaurante está precioso.

—Está cambiando todo mucho.

—Eso me han dicho —aseveró Dan—. ¿Os ha costado mucho la reforma?

—El ayuntamiento nos ha concedido un préstamo para que quitáramos las telarañas que llevaban décadas acumulándose en el local y para que hiciéramos que cumpliese con la normativa municipal. Luego pedimos una ayuda estatal para la nueva fachada y nos la concedieron. Se nos llena casi todas las noches.

De la docena de mesas con que contaba el establecimiento apenas quedaba una sin ocupar. El nuevo interior parecía el de una casa de campo, con manteles blancos, velas de color rojo vivo y una araña de luz atenuada. La chimenea de gas emitía una llama azul amarillenta y de las paredes, entre una variedad de herramientas mineras, colgaban espejos de mitad del siglo XVIII que hacían más espacioso el local.

—Espero que no hayáis cambiado los platos de vuestra abuela —dijo Tracy.

—Jamás. Seguimos usando las recetas de Billie y hemos añadido algunas propias. Os traeré agua y os dejaré para que podáis echar un vistazo a la carta.

—No —dijo Tracy a Dan tras marcharse Elle.

—No... ¿qué?

—Lo sabes perfectamente, Dan O'Leary. La expresión de tus ojos y la pregunta que le has hecho a Elle te delatan. Estás pensando en el pleito y teníamos un trato: ni trabajo, ni móvil ni estrés.

—Solo quería saber lo que les ha costado reformar esto.

—Ajá...

Elle volvió y les llenó los vasos de agua. Mientras ojeaban la carta sonó la campanilla de la puerta y Tracy alzó la mirada y vio a Roy Calloway y a su mujer, Nora. Calloway había sido jefe de policía de Cedar Grove durante más de treinta años y se había jubilado en 2013, después de enfrentarse a Edmund House, el hombre que había matado a Sarah. De aquel calvario le había quedado una cojera marcada, aunque su orgullo le impedía usar bastón. Medía un metro ochenta y cinco y seguía teniendo un torso recio como un tonel y ancho como una puerta pese a estar ya frisando en los setenta.

Calloway se quitó la chaqueta de abrigo y dejó al descubierto un uniforme color caqui y una estrella dorada en el pecho. Sonrió mientras Nora y él se dirigían a su mesa.

—¿Qué pasa, que no hay manera de perderos de vista?

Tracy señaló con la barbilla el uniforme y la placa.

—Lo mismo podría decir yo —repuso—. ¿Y ese uniforme? Creí que estabas jubilado.

—Lo está —dijo Nora—. Es solo temporal.

Calloway dio la impresión de querer añadir algo, pero el tono de Nora le había dejado bien claro que no hablarían de trabajo.

—¿Cuánto tiempo lleváis aquí? —preguntó en cambio.

—Un mes más o menos —respondió Tracy—. Estamos arreglando la casa de Redmond.

Calloway puso gesto de estar reflexionando al respecto.

—¿Dónde habéis dejado a la cría? —quiso saber Nora.

—En casa con una niñera —dijo Dan.

—Entonces, si habéis salido solos a cenar, no os molestaremos más —concluyó la señora Calloway, aunque, más que hablarles a ellos, parecía estar lanzando un mensaje elocuente a su marido.

—He oído lo de la mujer de Finlay —dijo Tracy, preguntándose si el incendio en el que había muerto Kimberly Armstrong no sería lo que había hecho que Calloway volviese a ejercer de jefe de policía, pues Finlay Armstrong era quien lo había sucedido en el cargo en 2013—. ¿Cómo lo está pasando él?

—Está de baja. —La forma de decirlo la llevó a sospechar que no se trataba de un permiso voluntario.

—Es la primera noche que salimos solos desde que nació Daniella —comentó Dan sin ánimo alguno de ser sutil.

—Que os aproveche la cena —dijo Nora—. La comida de aquí está de muerte.

—Pedid el filete. —Calloway guiñó un ojo e hizo sonreír a Tracy con el gesto. Siempre había dicho de sí que era «más duro que un filete de dos dólares», aunque lo cierto era que el tiempo le había suavizado el carácter.

Tracy los miró mientras ocupaban una mesa situada al lado de la chimenea.

—No —dijo Dan mientras estudiaba su carta.

Ella se volvió hacia su marido.

—No ¿qué?

—Lo sabes perfectamente, Tracy Crosswhite. La expresión de tus ojos te delata. Estás preguntándote por qué ha vuelto Calloway a su puesto de jefe de policía.

—Si ni siquiera me estás mirando.

—Ajá... El trato era nada de trabajo, ni de móviles ni de estrés.

Tracy recogió su carta, pero no sin antes lanzar una mirada rápida a Calloway.

—Que no —insistió Dan.

CAPÍTULO 2

A la mañana siguiente, Dan salió temprano para acudir al tribunal superior del condado de Whatcom. El día había amanecido con un cielo de vivo tono azul y nubes blancas iridiscentes. Tracy aprovechó para salir con Thérese y enseñarle el municipio. Envolvió a Daniella en ropa de abrigo color rosa, cerró bien la capota del cochecito y paseó en compañía de la niñera por Market Street, donde compraron café con leche para llevar en The Daily Perk.

—Y yo que pensaba que en Seattle hacía frío en invierno… —dijo Therese—. Esto es la repera, ¿no?

Tracy recordó los días frescos y despejados de su juventud, cuando el aire era tan gélido que casi cortaba.

—¿Tendrá frío Daniella?

—Si está disfrutando de lo lindo… ¿No la ve intentando no perderse nada? Creo que tiene en casa a otra inspectora.

Era cierto que la pequeña, totalmente despierta, parecía querer empaparse de todo lo que la rodeaba.

Tracy estaba haciendo lo mismo. La luz del día no había hecho sino acentuar los cambios que se estaban produciendo en Market Street desde que se había hecho con la alcaldía Gary Witherspoon, cuyo padre, Ed, había ocupado el cargo durante cuarenta años. En 2013, cuando encontraron los restos de su hermana y Tracy volvió para enterrarlos, Market Street se había convertido en una ciudad fantasma. Los comercios tenían los vanos cegados con tablones y las aceras estaban llenas de papeles errantes que se congregaban en las entradas. En cambio, en ese momento, los carteles de SE VENDE O SE ALQUILA que habían sembrado aquellos mismos escaparates habían dado paso a otros en los que se leían cosas como PRÓXIMA REAPERTURA O GRAN INAUGURACIÓN. Cedar Grove no tardaría en disponer de otro restaurante con cervecería artesanal de veinticuatro grifos donde antes había habido una hojalatería; una panadería en el local que había alojado una tienda de artículos de segunda mano de cierta organización benéfica; un salón de belleza en lugar de una barbería, y una cafetería con librería donde había habido una tienda de productos a diez centavos. El supermercado de la esquina seguía aún en su sitio, igual que el Hutchins' Theater —renovado, eso sí— y el extenso edificio de ladrillo en el que aún podían leerse, desvaídas, las letras blancas de la Kaufman's Mercantile Store. Si el ayuntamiento se salía con la suya, esta última no tardaría en transformarse en unos almacenes destinados a la venta de material para actividades al aire libre que proveería a entusiastas de la pesca, el ciclismo, el senderismo, la acampada, el descenso de aguas bravas o el esquí alpino y de fondo.

Aunque los escaparates estaban tapados, tras ellos se oía trabajar a los obreros: voces que daban instrucciones a gritos, y zumbidos y golpes de martillos y sierras circulares.

Al llegar con Therese a la esquina de la Segunda Avenida, Tracy observó la entrada de la comisaría de policía de Cedar Grove. El edificio de metal y de cristal de una sola planta no formaba parte de ningún proyecto de reforma. Volvió a pensar en Roy Calloway y su regreso a la jefatura.

—Voy a ver a un viejo amigo —anunció antes de pedir a Therese que llevara a la cría al parque—. Os alcanzo en un momento.

—No se preocupe —respondió Therese mientras avanzaba hacia el paso de peatones—, Daniella y yo estaremos fenomenalmente.

19

Ya en el edificio, Tracy se dirigió a una agente sentada tras un tabique de la altura de un escritorio que no estaba separado del público, como en Seattle, por ninguna clase de cristal antibalas. La recién llegada sacó la placa de inspectora y su identificación y las dejó sobre el mostrador.

—Quisiera hablar con Roy Calloway. ¿Está aquí?

—Sí —dijo la agente mientras miraba la identificación y después a Tracy—. ¿La está esperando?

La inspectora consideró tanto la pregunta como lo que sabía de Calloway, que había sido el mejor amigo de su padre, antes de contestar:

—Sí, es lo más probable.

Minutos después, Calloway abrió una puerta de metal y asomó por ella la cabeza.

—¡Tracy! Vaya sorpresa…

—Pasaba por aquí y me ha parecido buena idea entrar a verte, anoche no tuvimos ocasión de hablar.

Él sonrió.

—Ven por aquí.

Tracy lo siguió por el pasillo. El linóleo desgastado del suelo brillaba bajo los fluorescentes. Pasaron de largo de lo que había sido el despacho de Calloway durante treinta y cuatro años. La trucha arcoíris de vivos colores que había pescado en las aguas del Yakima y había hecho montar en una placa ya no pendía de la pared, aunque sí el cartel de madera con el dicho favorito de su antiguo ocupante:

REGLA N.º 1: EL JEFE SIEMPRE TIENE RAZÓN
REGLA N.º 2: VÉASE LA REGLA N.º 1

—Le dejé a Finlay que se lo quedara —dijo al darse la vuelta y ver que Tracy estaba observando el interior del despacho—. El pez no, porque ese me costó sudor y lágrimas.

—También le dejaste tu escritorio. —La inspectora reconoció los arañazos que presentaba la madera de color bermellón en el lugar en que tenía la costumbre de apoyar sus botas de la talla cuarenta y seis. Gustaba de decir a todo el mundo que lo encontrarían muerto detrás de ese mismo escritorio, ya que no pensaba dejar el puesto hasta entonces, y semejante profecía había estado a punto de cumplirse en 2013. Su cojera le recordó aquel día en la montaña.

El jefe en funciones la llevó a la sala de reuniones, decorada con la historia ilustrada de los jefes de policía que había tenido Cedar Grove desde la década de 1850. La fotografía de Calloway ya no era la última de la derecha, un puesto que había ocupado el retrato de Finlay Armstrong. Este último daba la impresión de ser uno de esos hombres incapaces de reprimir una sonrisa.

Calloway sacó la silla situada en la cabecera de la mesa, tomó asiento, se inclinó hacia atrás y entrecruzó los dedos de las manos para posarlas sobre su regazo.

—¿Quieres algo? ¿Un café?

Tracy dejó el abrigo, los guantes y el gorro en una silla y se sentó a la derecha de él. Levantó el vaso de papel.

—Si me paso con la cafeína, no vamos a dormir ni Daniella ni yo.

Calloway sonrió.

—Me alegré mucho de la noticia. Gracias por acordarte de nosotros.

—¿Qué menos podía hacer por el mejor amigo de mi padre?

—Todavía lo echo de menos. Siempre había creído que cuando me jubilase me pasaría el tiempo pescando y cazando con él… y hasta que me aficionaría a eso de las pistolas. ¿Cómo lo llamabais?

—Tiro práctico con armas clásicas, aunque a Sarah y a mí nos gustaba llamarlo «tiro de vaqueros».

—Eso.

—Ahora, los torneos los dominan los críos. Es por los videojuegos, ¿sabes? Son rápidos como el rayo, mucho más de lo que llegué a serlo yo nunca.

—¿Más que Sarah?

—Puede que no tanto. —Sonrió. A su hermana la llamaban *the Kid* porque era menor que ella. Sin embargo, a la hora de disparar, no tenía rival—. Yo los echo de menos mucho más desde que nació Daniella. A mi padre le habría encantado hacer de abuelo y Sarah se lo habría consentido todo.

El padre de Tracy, James Crosswhite, al que todos llamaban *Doc*, desolado tras la desaparición y el presunto asesinato de su hija menor, se había quitado la vida.

—No lo dudes —dijo Calloway—. Tu padre ayudó a mucha gente… Todavía me cuesta hacerme a la idea de que no fuera capaz de ayudarse a sí mismo.

—¿Cómo va esa pierna? —Tracy cambió de un tema doloroso a otro.

—Voy tirando.

—¿Sigues siendo más duro que un filete de dos dólares?

Él sonrió como quien confía un secreto.

—Con la edad me he ablandado un poco.

—No se lo diré a nadie. Y Finlay, ¿cómo lo lleva? —Al fin había llegado al motivo que explicaba la presencia de los dos en aquel edificio.

Calloway se aclaró la garganta y se inclinó hacia delante.

—Pues… me temo que ha tenido días mejores.

Tracy aguardó y él inclinó la cabeza para añadir:

—Resulta que el incendio fue intencionado. Usaron acelerante, gasolina de una lata que tenía Finlay en el cobertizo de las herramientas de detrás de su casa.

Aquello la pilló por sorpresa.

—¿En serio?

—Acabamos de recibir el informe. El fuego empezó en el estudio de Kimberly. El cuerpo estaba tan quemado que resultaba irreconocible.

Cuando había sabido del suceso, Tracy se había preguntado por qué no había salido Kimberly de la casa. El incendio había ocurrido a mediodía.

—¿Qué dice el informe del forense?

—Eso es precisamente lo que quería saber yo. Llamé a Bellingham y hablé enseguida con él, pero el informe no llegó hasta hace unas dos semanas.

—¿No murió por el fuego?

—Quizá sí, pero lo que le impidió escapar fue un traumatismo con un objeto romo en la zona occipital.

Tracy se reclinó en su asiento.

—Joder, Roy.

Calloway meneó la cabeza.

—Ya lo sé. El golpe bastó para romperle el cráneo… y puede que para matarla. Aunque parezca raro, me aliviaría que hubiera sido así, porque la idea de morir por las llamas en un incendio me pone los pelos de punta.

—¿Tenéis algún sospechoso?

—Ya sabes lo que pasa con estas cosas…

—Que siempre se sospecha del marido. ¿Por eso no está aquí Finlay?

Calloway empezó a mecerse y a continuación se echó hacia delante y apoyó en la mesa los antebrazos, que seguían siendo recios como una maroma.

—Kimberly estaba escribiendo un libro. Ya sabes que escribía en el *Towne Crier*…

—Ah, pues no…

Él asintió con la cabeza.

—Era periodista.

—¿Y de qué iba el libro?

—Del asesinato de Heather Johansen.

La mención de aquel suceso hizo que Tracy guardara silencio. Heather Johansen había muerto varios meses antes de la desaparición de Sarah.

—Creía que todo el mundo había dado por hecho que había sido cosa de Edmund House, que se había dejado llevar por el mismo afán asesino…

—Esa conclusión se debió, en gran medida, a la falta de pruebas, al poco tiempo que pasó entre la muerte de Heather y la desaparición de Sarah y a otras similitudes evidentes. Parecía probable que hubiese sido House.

—¿Nunca se lo preguntaste?

—¿A House? —Calloway asintió inclinando la barbilla—. Lo negó, claro; pero también negó haber matado a Sarah. Ese hombre era un psicópata y no tenía intención de reconocer nada de lo que había hecho.

A Heather Johansen la habían matado en febrero, seis meses antes de que desapareciese Sarah, en agosto. Las dos tenían dieciocho años y a las dos se les perdió el rastro en la carretera del condado. Johansen había desaparecido una noche de nieve y su cuerpo se había hallado en el bosque cuatro días después de que sus padres comunicasen a la policía que no tenían noticias de ella.

—Heather Johansen también murió de un golpe en la cabeza —señaló Tracy.

—Lo sé.

—Y Heather fue novia de Finlay en el instituto, ¿no?

—Sí. Además, no sé si lo recordarás, pero lo suyo tampoco acabó demasiado bien…

Tracy no lo había olvidado, aunque tenía cuatro años más que Heather y a esas alturas se encontraba fuera de Cedar Grove acabando la carrera. Se lo había contado Sarah. En un municipio pequeño todos se conocían… y conocían los chismes de todos.

—Heather rompió con Finlay justo antes de Navidad el curso en que acababan el instituto —dijo Calloway—. Él la estuvo acosando y la cosa se puso muy desagradable hasta que me encargué yo del asunto.

—Creo recordar que dejó el instituto de Cedar Grove.

—Sí, luego acabó sus estudios en el centro de formación profesional de Bellingham. Se graduó en justicia penal y se vino a trabajar aquí conmigo.

Tracy reflexionó al respecto.

—¿Y sobre qué iba el libro de Kimberly?

Calloway se reclinó en su asiento y se pasó una mano rolliza por la cara. Había envejecido en aquellos cinco años. Ella también, por supuesto; pero el calvario que habían sufrido en los montes se había cebado con él. Su cabello blanco ya no mostraba un solo atisbo del tono castaño oscuro de antaño y su rostro estaba hundido y parecía demasiado curtido incluso para alguien que había pasado buena parte de su vida en la naturaleza. Tracy no ignoraba que no había querido jubilarse, probablemente por no saber qué hacer consigo mismo. Ser jefe de policía de Cedar Grove no había sido solo su ocupación, sino también su identidad y lo que le había dado un motivo para vivir un día tras otro durante más de tres décadas.

Tracy creía intuir adónde se encaminaba aquella conversación, pero decidió dejar que fuese Calloway quien la llevase allí.

—Kimberly estaba tratando de determinar quién mató a Heather.

—¿No creía que hubiese sido House? —preguntó Tracy pese a conocer la respuesta—. ¿Por qué no?

—Es complicado.

—Pues empieza por el principio; pero hazme un resumen, que no quiero que se congelen ahí fuera mi cría y su niñera.

—Está bien. Hasta que atrapamos a House, hasta la desaparición de Sarah, nuestro principal sospechoso había sido Finlay. Kimberly, sin embargo, tenía una teoría diferente que apuntaba a Ed Witherspoon.

—¿A Ed? ¿Y por qué?

—Heather trabajaba a media jornada en la inmobiliaria de Ed, también fue a trabajar el día de su desaparición.

—Ya. ¿Y qué?

—Cuando los padres de Heather llamaron para denunciar su desaparición, dijeron que la última vez que habían hablado con ella había sido aquella misma tarde, justo antes de que saliera de la inmobiliaria. Les dijo que iba a pasar la noche en casa de Kimberly, pero Kimberly aseguró que no sabía nada. Hablamos con Ed para que nos dijera cómo se encontraba anímicamente Heather cuando salió de trabajar. También queríamos saber si había estado Finlay por allí, si Heather había dicho algo de otra relación y si había notado algún cambio importante en su carácter, cosas así.

—¿Y qué dijo Ed?

—Que Heather había hecho su turno habitual, aunque la había dejado salir una hora antes para que pudiera llegar bien a casa, porque se avecinaba una tormenta.

—¿Ed fue el último en verla con vida?

—Que sepamos.

—¿Tenía coartada?

—Dijo que estaba en su casa y Barbara lo confirmó. Según ella, estuvo allí toda la noche, lo que tenía mucho sentido, ya que el hombre del tiempo había anunciado la primera gran tormenta del invierno. De hecho, al final cayó casi un palmo de nieve.

—Entonces, ¿por qué sospechaba Kimberly de Ed?

—Estaba convencida de que Barbara Witherspoon mentía.

—¿Y en qué se basaba?

—En un detalle del informe policial que nunca llegamos a hacer público, pero que Kimberly consiguió mediante una solicitud de documentos públicos después de que cerrásemos el caso pensando que el asesino era Edmund House.

—¿Y cuál fue el detalle?

—Aunque aquella noche habían caído veinte centímetros de nieve, cuando fuimos a hablar con Ed por la mañana, el capó de su coche no tenía más de cinco. Yo lo hice constar en el informe.

—Kimberly dio por hecho que alguien debió de usarlo durante la tormenta.

—Esa era su teoría.

—¿Y qué dice Ed?

—Que no tiene ni idea de por qué podía haber menos nieve y que quizá los árboles que rodeaban la casa protegieran el coche.

Tracy meditó unos instantes.

—¿Finlay tiene coartada para aquella noche?

—Sí y no. Estaba en clase en el centro de formación profesional de Bellingham, pero el profesor también dejó salir antes a sus alumnos por la previsión meteorológica. Finlay dice que la tormenta cayó cuando volvía en coche a Cedar Grove. Aquello lo retrasó y por eso no llegó a casa hasta muy tarde.

—¿Y lo comprobasteis?

—¿Que llegó tarde a casa? Sí, sus padres lo confirmaron. Además, su profesor corroboró que había estado en clase.

—Pero ¿le dio tiempo a volver a Cedar Grove y matar a Heather?

—El margen no debió de ser muy amplio, pero sí le habría dado tiempo.

Tracy reflexionó.

—¿Había más sospechosos?

—Solo Edmund House. Cuando lo atrapamos, dimos el caso por resuelto y no buscamos más.

—Tiene lógica, dadas las similitudes. Sin embargo, es evidente que House no mató a Kimberly.

—No, está claro que no.

—¿Quién sabía lo del libro que estaba escribiendo Kimberly?

—El director del *Towne Crier*, los Johansen, Finlay… y supongo que algún que otro vecino de por aquí. En Cedar Grove es más difícil guardar un secreto que en una hermandad; eso no hace falta que te lo diga.

Tracy dedicó un momento a estudiar a Calloway.

—Pero tú estás convencido de que Finlay no mató a su mujer, ¿verdad, Roy?

—Yo ya no sé qué creer, Tracy. Sobre todo después de lo que pasó en el juicio de House por lo de Sarah. Lo que sí sé es que me estoy haciendo muy viejo para este trabajo. Esto me supera.

—Kimberly tenía que estar haciendo preguntas por Cedar Grove. Tuvo que hablar con gente, pedir documentos…

—Seguro que sí. Otra cosa que no hemos hecho pública es que, según el informe del incendio, el fuego se originó en su estudio, que es donde tenía el ordenador y todo el material de su investigación. Finlay dice que tenía varias carpetas sobre el caso de Johansen; pero que de todo eso no quedan más que cenizas. Además, hay otro detalle que encaja con todo esto. Antes no lo tenía muy claro, pero ahora me parece muy probable.

Tracy se reclinó en su asiento y esperó. Calloway dejó escapar una bocanada de aire, como una ballena que soplara por el espiráculo, antes de decir:

—Jason Mathews.

Ella agitó la cabeza.

—¿Quién es Jason Mathews?

—Tú ya no estabas aquí. Te habías mudado a Seattle.

Tracy había dejado Cedar Grove después de la celebración del primer juicio contra Edmund House, que se tradujo en condena, aunque ella no se cansó de cuestionar el veredicto. Al final, los del municipio se habían cansado de tenerla siempre insistiendo sobre lo mismo. Casi todos sus conciudadanos acabaron distanciándose de ella por ese motivo, incluidos Roy Calloway e incluso su madre. Si se había trasladado a Seattle había sido con la intención de alejarse de todo aquello... y de comenzar el proceso que la llevaría a convertirse en agente de policía de Seattle.

—Mathews era un abogado penalista de no sé dónde de Montana que vino aquí a jubilarse para que su exmujer no pudiese meter mano a lo que le quedaba.

—¿Cuándo fue eso? —preguntó Tracy.

—Pues precisamente alrededor de 2013.

—Pero ¿antes o después de que yo hiciera que volviesen a juzgar a House?

—Después. Eric Johansen estuvo trabajando en la reforma de su casa y acabaron por hablar del caso de Heather. Las dudas que habías sembrado tú sobre la verdad de que House matase a Sarah llevaron a Eric a plantearse si de verdad había sido él quien había asesinado a su hija. Mathews y él hicieron un trato: el abogado se comprometió a investigar el caso y Eric le pagaría sus honorarios en especie con unos trabajos de carpintería en su casa.

—¿Y avanzó mucho en la investigación?

—Vino aquí con una carta que lo autorizaba a actuar en nombre de los Johansen y pidió el expediente policial de la investigación. Yo le hice rellenar una solicitud de revelación de documentos públicos.

—¿Encontró algo?

—Nunca lo sabremos. Está muerto. Lo mataron de un disparo.

Tracy estudió a Calloway con la sensación de que le había tendido un anzuelo. La conocía muy bien, mejor quizá que nadie más de Cedar Grove. Sabía que era terca como su padre y que cuando le hincaba el diente a algo era muy difícil que soltara la presa. Por eso se había negado a dejar que la muerte de Sarah quedase sin una explicación convincente: en su ADN no tenía el gen de abandonar sin conseguir una respuesta, aun cuando, como en aquel caso, dicha respuesta hubiese estado a punto de matarla.

—¿Qué le pasó? —quiso saber.

—Una imagen vale más que mil palabras.

Ella miró el reloj.

—Hoy no puedo. Me están esperando Daniella y la niñera. ¿Y los Johansen? ¿Les dio Mathews alguna información interesante?

Calloway negó con la cabeza.

—Que yo sepa, no.

Tracy volvió a mirar la hora. Si no quería que las dos terminaran pasándolo mal, tenía que darle el pecho a Daniella, así que había llegado el momento de ir al grano.

—¿Quieres que le eche un vistazo, Roy?

—Pues era lo que estaba pensando. —Se encogió de hombros—. Pero ahora tienes a tu cría y no sería justo. Ya encontraré a alguien.

Aquella había sido siempre la forma que tenía Roy Calloway de pedir las cosas sin pedirlas.

—Estoy de baja por maternidad —repuso— y hasta dentro de dos meses no estará medio lista la reforma de nuestra casa.

—Pero tienes a tu cría y esa debe ser tu prioridad.

—Y lo es, pero también estoy por contratar a una niñera nueva y me va a ser muy difícil decir si se maneja bien si me paso todo el día con ella.

—¿De verdad quieres echarle un vistazo? —preguntó Calloway.

Tracy sonrió. También era muy propio de Roy responder a su pregunta con otra y hacer parecer así que era él quien le estaba haciendo el favor.

—Deja que llame a Seattle para ver si me dan su aprobación. Esto de la baja por maternidad es todavía un misterio para mí, pero supongo que no se opondrán.

—¿Y Dan?

Estuvo a punto de decir: «¿Qué pasa con Dan?», cuando se contuvo.

—Hablaré con él.

—Muchas gracias, Tracy. —Acto seguido le dedicó la mirada fulminante con la que había asustado a todos los críos del municipio—. No hace falta que te diga que, si no me falla el instinto y estas muertes están relacionadas de algún modo... y si la gente se entera de que te has puesto a investigar...

—Lo entiendo, Roy. También sé que este trabajo no tiene por qué casar bien con la maternidad, pero mejor averiguarlo ahora, cuando todavía tengo intenciones de compaginar las dos cosas.

—Háblalo con Dan. Tómate un par de días y piénsatelo bien antes de tomar una decisión. Si después llegas a la conclusión de que no quieres hacerlo, lo entenderé. No te preocupes.

CAPÍTULO 3

Dan O'Leary tuvo que hacer un gran esfuerzo para parecer relajado. Sentado a la mesa del abogado mientras escuchaba a Rav Patel presentar sus argumentos en favor del pedimento de juicio sumario, logró ofrecer un aspecto sereno e imperturbable. Su pluma descansaba sobre el cuaderno y tenía las piernas cruzadas como si quisiera dar a entender que lo que tuviese que decir Patel no merecía siquiera que tomase notas. En cierto sentido era cierto. El abogado de Cedar Grove sostenía que Larry Kaufman —que ocupaba el asiento situado al lado de Dan y parecía incómodo con el traje y la corbata— no estaba en situación de demandar al municipio, a su alcalde Gary Witherspoon ni a sus concejales, pues todos eran inimputables en una causa civil en virtud del principio de inmunidad funcionarial.

Patel, inteligente y a todas luces aguerrido en la sala que presidía el juez Doug Harvey, había sido breve en sus exposiciones escritas y había sabido simplificar su presentación oral. Quería convencer al magistrado de la existencia de una base legal bien asentada que justificaba la desestimación de la querella de Kaufman. Si lo conseguía, su cliente habría perdido el juicio incluso antes de que Dan pudiera empezar a trabajar.

Con todo, lo que le resultaba más interesante aún que los argumentos legales de Patel era el hecho mismo de que los estuviese presentando.

Como muchas ciudades, Cedar Grove tenía un seguro que le permitía contar con un bufete externo capaz de representar los intereses municipales en litigios así. Sin embargo, en lugar de poner aquel asunto en manos de su aseguradora y del bufete de Bellingham que le había asignado esta, Cedar Grove había elegido a Patel para que llevara adelante el pedimento de juicio sumario. ¿Por qué?

Era posible que su función consistiera solo en presentar tal solicitud, pues, en caso de conseguir su aprobación, no habría necesidad alguna de desembolsar los cuantiosos honorarios de un despacho de abogados. Por otra parte, si perdía, todavía le sería posible recurrir al bufete de Bellingham. Aun así, como todo letrado, Dan veía conspiraciones en todas partes y no podía menos de preguntarse si no estaría ante una.

Leah Battles, su asociada, había descubierto que Patel había ocupado el puesto de abogado municipal el mismo año que habían nombrado alcalde a Gary Witherspoon. La coincidencia le pareció interesante y no sin motivo, pues había resultado que Patel también se había graduado en la Universidad Estatal de Washington en Pullman y había pertenecido como él a la fraternidad Tau Kappa Épsilon. Dan, por tanto, se preguntaba si la decisión de hacer que todo quedase en casa no tendría algo que ver con las acusaciones de fraude que había presentado Kaufman contra Witherspoon, su compañero de fraternidad, alegaciones que no querían que saliesen de Cedar Grove en un momento en que el municipio estaba buscando dinero para rehabilitar su centro.

—En toda acción por negligencia, lo que hay que determinar es si el demandado posee obligación de diligencia para con el demandante —arguyó Patel, hombre flaco al que empezaba a asomar una resuelta barba de media tarde. El traje le colgaba como si hubiera perdido peso últimamente y su voz tenía un dejo monótono capaz de hacer dormir a un insomne.

El juez Harvey, sin embargo, parecía escucharlo con atención. Ahí radicaba, precisamente, el problema.

Pese a su actitud física, Dan distaba mucho de estar confiado. Los argumentos de Patel resultaban dignos de consideración, aunque solo para quien no ahondase en los hechos. Al llevar cinco años sin ejercer en el condado de Whatcom y no conocer al juez Harvey, Dan no tenía la menor idea de si el magistrado estaría dispuesto a dedicar su tiempo a estudiar la cuestión más de cerca… u optaría por tomar el camino más corto y los mandaría con viento fresco.

—Hace mucho que los tribunales de este estado han reconocido la distinción entre los deberes gubernamentales para con el público y para con el individuo particular —dijo Patel—. El principio de inmunidad funcionarial prohíbe la imputación de responsabilidad alguna a una entidad gubernamental o sus funcionarios, a menos que el demandante pueda demostrar que ha sufrido perjuicio como individuo. Dicho de otro modo, tal como hemos citado en nuestro escrito, «el gobierno municipal se debe al común, no al particular».

Patel se permitió esbozar una sonrisa, sin duda encantado con su propia argumentación. Aún prosiguió otros diez minutos. Cuando hubo acabado, el juez Harvey no formuló preguntas, lo que impidió a Dan hacerse una idea de hacia dónde podía inclinarse.

Cuando se levantó de su asiento para sustituir a Patel en la tribuna, Harvey se inclinó hacia delante y habló con voz honda y grave que hacía pensar en años de afición al tabaco. Una marcada arruga le surcó la frente y en las comisuras de los ojos se le formaron patas de gallo no menos graves.

—Señor O'Leary, este tribunal suele coincidir con el abogado de Cedar Grove. —Aquello no empezaba bien—. Los tribunales de este estado han entendido que el principio de inmunidad funciona-rial tiene el fin de proteger a los empleados municipales en el des-empeño de su cargo. Tal cosa incluye la imposición de la normativa urbanística estatal. ¿Por qué no deberíamos aplicar dicho principio en este caso?

Dan dejó la carpeta sobre el atril y, haciendo caso a la adver-tencia de Battles, que había insistido en que el juez Harvey no era amigo de circunloquios, dijo:

—La respuesta es sencilla, señoría: de entrada, no debería haberse impuesto la normativa urbanística estatal.

El magistrado alzó las cejas.

—En este caso, dichas normas no son más que una manio-bra de distracción —añadió el abogado— y constituyen la base del fraude y la falsedad testimonial de que ha sido víctima mi cliente. Con el permiso de usía, me explicaré.

—Más le vale. —El juez Harvey se reclinó con gesto que pare-cía decir: «Impresióneme».

—El abogado de Cedar Grove ha definido perfectamente el principio de inmunidad funcionarial y ha expuesto con igual correc-ción los motivos de su existencia. Este principio, sin embargo, no se aplica a los hechos que aquí se tratan.

—¿Y por qué no? ¿A cuál de las cuatro excepciones se está refi-riendo? —preguntó Harvey.

—A ninguna.

La expresión del magistrado se volvió más perpleja aún.

—No necesitamos ninguna excepción —prosiguió Dan—, porque es el principio mismo el que no es aplicable. No cabe apli-carlo cuando una entidad pública está ejerciendo funciones priva-das, en cuyo caso queda vinculada a un deber de diligencia idéntico al de un individuo particular participante en la misma actividad. Y una entidad pública ejerce funciones privadas cuando emprende actividades mercantiles.

—¿Y cuál es la actividad mercantil que ha emprendido Cedar Grove? —preguntó el juez Harvey sin mucha convicción.

—La compraventa de tierras que pertenecen a particulares. Si se me permite, la explicación requiere un breve repaso de la historia de Cedar Grove.

El magistrado sonrió.

—Me encanta la historia, abogado. Dispare, pero sea conciso.

Dan colocó sobre un atril el primero de varios tableros del tamaño de un cartel que había llevado consigo. Representaba algo similar a un árbol genealógico. Señalando, en la parte superior, el nombre de Christian Mattioli, fue reconstruyendo la historia de Cedar Grove.

—Poco después del descubrimiento de los filones, la gente empezó a acudir a Cedar Grove para trabajar en la mina o para ofrecer servicios auxiliares como la venta de equipo e indumentaria propios de dicha actividad. El negocio de mi cliente fue uno de los que se fundaron en lo que con el tiempo se conocería como Market Street. —Dan recorrió con la pluma los rectángulos que representaban los distintos comercios a medida que hablaba—. La conformaban, entre otros, el First National Bank y el Western Union Telegraph, una botica, un hotel con restaurante y la Kaufman's Mercantile Store. Con arreglo a la Ley de Reclamación de Tierras por Donación, de 1850, sus terrenos se cedieron de forma gratuita a los solicitantes que residieran y trabajaran en ellos. Por ende, eran los propietarios de aquellos establecimientos de Market Street y sus descendientes, y no el municipio de Cedar Grove, quienes tenían la titularidad de la tierra sobre la que se erigieron.

—¿Y qué relevancia tiene eso? —preguntó Harvey—. Eso no está reñido con que el ayuntamiento haga cumplir la normativa urbanística.

—Su relevancia radica precisamente en que, si bien dichos comercios florecieron durante un tiempo, con el agotamiento de los minerales y el cierre de la Cedar Grove Mining Company, dejó el municipio una porción nada desdeñable de su población. Los establecimientos de Market Street empezaron a decaer y, aunque hubo propietarios que supieron reinventarse, la mayoría acabó por cerrar el negocio y abandonar el edificio en que se desarrollaba. El letrado tiene razón cuando argumenta que, en el caso de dichos edificios, abandonados durante más de un año, el gobierno municipal tiene derecho a hacer valer el Código Internacional de Construcción en su forma más actualizada como condición para volver a abrir, aunque lo cierto es que ninguno de los propietarios ha mostrado ningún interés al respecto. Las autoridades municipales han usado este mecanismo como acicate financiero para obligar a dichos propietarios a vender sus negocios, y los terrenos sobre los que se encuentran, a Cedar Grove. Sin embargo —añadió mientras disponía en el atril la última gráfica—, mi cliente, Larry Kaufman, es nieto de Emmet Kaufman, que fundó la Kaufman's Mercantile Store en el mismo edificio de ladrillo que sigue hoy en pie. El padre de mi cliente, Larry Kaufman padre, partió el establecimiento por la mitad y convirtió el negocio en una ferretería. A diferencia de quienes prefirieron cerrar, la Kaufman's Mercantile Store ha seguido abierta y en funcionamiento desde los años cincuenta del siglo XIX.

Harvey lo miró fijamente y asintió con un gesto casi imperceptible.

—¿Está usted sosteniendo que la normativa aplicable sigue siendo, en este caso, la original?

—En efecto. Y que, por tanto, cuando, en 2014, Gary Witherspoon se dirigió a Larry Kaufman para hacerle saber que debía reformar su edificio de tal forma que cumpliese con la normativa urbanística actual, lo hizo con actitud ignorante o dolosa.

—Supongamos que hubo una actitud dolosa —dijo el magistrado, con quien Dan tuvo la sensación de estar jugando al ajedrez—. ¿Qué base razonable tenía su cliente para creer al alcalde?

—Quizá ninguna, pero sí que la tenía para creer al inspector de obras que actuaba en nombre de Cedar Grove. Anexa a nuestro escrito de oposición como prueba D hay un informe de dicho inspector, cuyos servicios solicitó el municipio.

El juez pasó las hojas del escrito de Dan y dio la impresión de leer con atención el documento referido.

—Cuando mi cliente se negó a abandonar el edificio, o a venderlo por una cantidad insignificante, el alcalde Witherspoon y el ayuntamiento declararon el edificio peligroso para el público general. También tal acción fue un fraude, ya que la intención no era la de salvaguardar al público, sino la de privar a mi cliente de su negocio para que Cedar Grove pudiese disponer del mayor edificio de Market Street y venderlo a una empresa bien asentada del noroeste dedicada a la venta de ropa y demás material para la práctica de deportes al aire libre. En la prueba E, señoría, anexa también a nuestro escrito, encontrará un informe pericial de un antiguo inspector urbanístico de la ciudad de Seattle. —Dan aguardó unos instantes para dar tiempo al juez a comprobarlo, una buena señal que indicaba que aún no había perdido el interés—. Dicho informe pone de relieve que la Kaufman's Mercantile Store no resulta peligrosa. De hecho, como ocurre con muchos edificios antiguos de ladrillo, la estructura supera con creces las exigencias mínimas de la normativa actual y, por tanto, aun cuando fuese aplicable esta, las posibles infracciones y las reparaciones necesarias serían mínimas y totalmente asumibles por mi cliente.

Harvey se reclinó en su asiento y comenzó a mecerse.

—En resumidas cuentas, señoría, el municipio ha actuado aquí como un comprador particular de bienes inmobiliarios, algo ajeno a su función pública, y, por añadidura, ha incurrido en falsedad para presionar a mi cliente y obligarlo a vender. Cuando él se negó, el municipio se sirvió de forma fraudulenta del Código Internacional de Construcción para declarar inseguro el edificio, cerrar el negocio a mi cliente y compelerlo a acometer reformas onerosas. En este caso no es aplicable la inmunidad funcionarial.

Patel se puso en pie para presentar su contrarréplica, pero el juez Harvey levantó una mano.

—Creo que he oído suficiente de ambos abogados. El asunto ha quedado listo para sentencia. Tendrán mi fallo mañana por la tarde.

Dan salió de la sala sintiéndose como quien cruza un río pisando una capa de hielo muy delgada. El alivio podía ser muy breve y las consecuencias, graves.

CAPÍTULO 4

Cedar Grove (Washington)

Aquella noche, en casa, Tracy respondió con vaguedad a las preguntas de Dan sobre cómo había pasado el día mientras trataba de dar con el momento más adecuado para hablar de la conversación que había tenido con Roy Calloway. Dan estaba centrado en la vista de aquella mañana y ella se contentó con dejar que se la expusiera con todo detalle. Después de cenar, acostó a Daniella, confiando en que la pequeña dormiría unas horas, y bajó para encontrar la mesa de la cocina alfombrada de documentos legales. Therese se había retirado a su cuarto para brindarles cierta intimidad.

Tracy se dirigió al fregadero, mojó un paño bajo el grifo y se frotó con él la leche que le había echado Daniella en la camisa.

Dan levantó la vista hacia ella.

—Si lo que intentas es excitarme con una camiseta mojada, vas a necesitar bastante más agua.

Ella sonrió.

—Ya te gustaría. Lo que sí es verdad es que tengo la impresión de llevar dos Hindenburg debajo del sujetador.

—Pues tiene pinta de que haya explotado ya uno.

—Eso ha sido cosa de tu hija.

—¿Sigue vomitando?

—El médico dice que no hay por qué preocuparse, que es solo reflujo. —Señaló con la cabeza los papeles que tenía dispersos por la mesa—. No te veo muy confiado.

Dan le contó los altibajos de la vista.

—Tenía que haber apelado al artículo 56/*f* de la Normativa Federal de Derecho Procesal y pedir que el juez retrasase su fallo al menos hasta que hubiéramos descubierto algo, pero se trata de un asunto legal y no quería crear más confusión. Estoy estudiando la posibilidad de añadir un escrito complementario.

—¿Tienes alguna idea de cuándo piensa anunciar el fallo?

—Mañana.

—Therese y yo hemos salido a pasear con Daniella por Market Street —comentó Tracy por abordar el tema de soslayo—. El centro está precioso, Dan, mejor que nunca. Están arreglando las aceras, reformando los comercios y dándoles vida a los escaparates. No sé cómo lo estará haciendo Gary (con fondos federales y estatales, según el periódico), pero el caso es que lo está consiguiendo.

—Asustando a los propietarios con amenazas infundadas para que dejen sus locales y comprando los edificios a precios irrisorios; así es como lo está haciendo.

—Tal vez, pero…

—Pero ¿qué?

—¿Por qué iba a pensar nadie que un negocio nuevo va a tener más éxito que el que ha fracasado antes?

Dan apartó el torso de la mesa para apoyarlo en el respaldo.

—No lo sé, pero su padre nunca movió un dedo si no tenía algo que ganar y, como decía el tuyo, «estaba tan torcido que ni siquiera podía ponerse unos pantalones rectos».

Tracy sonrió al recordarlo.

—Supongo que es posible que Gary haya heredado algo de eso, pero también podría ser que quisiese, sin más, volver a ver Cedar Grove como era antes. Él también nació aquí. A lo mejor tiene nostalgia de cómo eran las cosas en aquella época, como nosotros. El cine de Hutchins parece el de entonces. ¡Anda que no tenemos buenos recuerdos de ese sitio!

Dan soltó la pluma y dejó perdida la mirada.

—Esas tardes de sábado en las que nos lo montábamos en la última fila… Sí, me acuerdo perfectamente.

Ella se echó a reír.

—Eso lo habrás soñado. Si tú nunca me tocaste un pelo...

—No he dicho que fuese contigo.

—¿Ah, sí? ¿Y con quién era?

—Oye, que son mis recuerdos. No me los agües. El agua, mejor a la camiseta.

—Otra vez estás con lo de las camisetas mojadas… Te acuerdas de cuando te lo montabas en público… ¿Estás un poquito salido, Dan O'Leary?

—Más que un venado.

—Pues que sepas que, como hija de cazador, soy muy consciente de lo que significa eso. Hasta puede ser que se me ocurra algo para solucionarlo.

Él se puso de pie.

—Deseándolo estoy.

—Otra cosa —dijo ella, postergando el abandono de la mesa por parte de su marido con el asunto que de veras quería que abordasen.

Dan volvió a sentarse.

—Sabrás que es peligroso interrumpir a un venado en celo...

—Anoche tuve la sensación de que Roy Calloway quería hablar conmigo de algo.

—Tú y todo el restaurante.

—Hoy he ido a verlo a comisaría. Quería saber por qué ha vuelto al trabajo.

—Apuesto a que tenía a Nora desquiciada y consiguió que lo echase a patadas de la casa.

—En realidad, no tiene nada que ver con Nora, sino con Finlay.

—¿Con Finlay? ¿Con Finlay Armstrong?

Tracy le expuso los detalles de la conversación que había mantenido sobre los tres asesinatos y lo que los unía.

—Y quiere que le eches un vistazo —concluyó Dan.

Ella asintió.

—A él le toca demasiado cerca por su relación con Finlay. Necesita a alguien que no pertenezca al cuerpo.

—Pero le has dicho que no, ¿verdad?

Aquella reacción la sorprendió.

—Le he dicho que hablaría contigo. —Aunque, a decir verdad, había sido Calloway quien le había dicho que lo consultase con su marido, prefirió omitir ese detalle.

—¿Te hace falta?

Por el cambio de tono de su voz, Tracy supo que la conversación había tomado un giro diferente. No le hacía ninguna gracia que Dan hubiese dado por supuesto que diría que no.

—¿Qué quieres decir?

—Que si de verdad te hace falta hablar conmigo.

—Sé lo que has dicho. Lo que quiero saber es qué estás insinuando.

—No estoy insinuando nada; solo pregunto si en serio necesitas consultarlo conmigo —insistió—. Estás hablando de tres asesinatos brutales, dos de ellos cometidos, probablemente, para encubrir el primero si Calloway está en lo cierto. ¿Qué te hace pensar que esa persona no va a volver a matar?

—Es que creo que lo intentará otra vez.

—Está bien: como me lo has pedido, seré más concreto. ¿Qué te hace pensar que esa persona no va a querer matarte a ti si te pones a hacer preguntas?

Esa era, de hecho, la cuestión a la que llevaba dando vueltas todo ese tiempo. Mantuvo la calma al responder:

—Soy policía, Dan. Soy inspectora de Homicidios. Me dedico a esto.

—No, a esto no te dedicas. Te encargan asesinatos de bandas o por asuntos de drogas, o el caso de un chaval que se cabrea con la novia y le pega un tiro, y reúnes pruebas suficientes para que condenen a los culpables. Eso no es lo mismo que ir metiendo el tenedor dentro de un caldero hirviendo con la esperanza de no quemarte.

—Si Calloway tiene razón, esa persona ha matado impunemente a una chiquilla de dieciocho años y a una esposa. ¿Quién sabe cuánto dolor ha causado sin que nadie le pida cuentas, Dan?

—¿Y quién sabe cuánto más está dispuesto a causar?

Cómo la repateaba discutir con un abogado.

—Alguien usó la muerte de Sarah para ocultar su responsabilidad por la de Heather Johansen durante veinticinco años.

—Pero tú no tienes que arrepentirte de nada: fue Calloway quien decidió que había sido House.

—¿Y no tienen sus padres el mismo derecho que los míos a ver a su asesino delante de un juez?

—Ojalá a ellos les vaya un poco mejor que a tu familia.

—¿Qué quieres decir con eso?

—Pues lo evidente. Tu padre se quitó la vida y tú estuviste a punto de perder la tuya.

Sintió deseos de subirse por las paredes, pero mantuvo la calma.

—Eso ha sido un golpe bajo, Dan. No me lo esperaba de ti.

—Solo son los hechos.

Intentó atacar por otro frente.

—¿Y qué me dices de Finlay?

—¿Qué pasa con Finlay?

—¿No tiene derecho a limpiar su nombre y ver entre rejas al asesino de su mujer?

—Claro que sí, siempre que no haya sido él.

—Finlay no ha sido.

—Hace tiempo dijiste que Edmund House no había matado a tu hermana.

Esta vez no pudo contener su ira.

—¿En serio vas a seguir echándomelo en cara?

—No estoy intentando echarte nada en cara, Tracy. Lo único que quiero es que no te hagan daño… otra vez. Me preocupo por ti y me preocupo por nuestra hija. Si no quieres pensar en mis sentimientos, piensa en ella.

Tracy se puso en pie.

—Sabes muy bien que nunca haría nada que pudiese hacer daño a nuestra hija.

—Pero vas a aceptar este caso, ¿no?

—¿Por qué aceptaste tú el de Larry Kaufman?

Dan se puso también de pie.

—No es lo mismo. Yo no me pongo en peligro de muerte por representar a Larry Kaufman.

—¿Por qué aceptaste tú su causa, Dan? ¿Por qué estás sentado en esta mesa, en Cedar Grove, a las tantas de la noche y buscando más argumentos? ¿Por qué no vendiste sin más esta casa cuando tuviste la ocasión?

—Yo me dedico a esto, Tracy. Soy abogado y ayudo a quienes necesitan mis servicios.

—Y yo también. Además, estás evitando responder a mis preguntas.

—No.

—No me digas que tu decisión de aceptar la demanda de Larry Kaufman no tiene que ver, aunque sea solo en parte, con el hecho de que es Larry Kaufman y conoció a tu padre. Sé lo ocupado que estás. No necesitabas este pleito, así que bien podías haberle dicho que no.

Dan negó con la cabeza.

—No es lo mismo, Tracy.

—Este sitio también fue mi hogar, Dan, y espero que un día pueda significar también algo para Daniella, algo bueno, positivo, y no la mierda que me tocó soportar a mí. Hemos hablado de lo que nos importa que sepa dónde se criaron sus padres. ¿Esto es lo que quieres que conozca? ¿Una ciudad que echa a la gente de sus propios negocios mediante engaños? ¿Una ciudad en la que la muere gente y nadie se molesta por mover un dedo al respecto? ¿De verdad quieres que pase su tiempo aquí habiendo ahí fuera alguien que está matando a gente? No me digas que no pienso en mi hija, Dan. Ni se te ocurra echarme eso en cara.

—Ahora eres tú quien no ha respondido a mi pregunta.

—No me vengas con repreguntas. No soy ningún testigo de uno de tus juicios.

—Pero ¿qué me contestas?

—Te he dicho que lo dejes.

Dan asintió.

—Me lo imaginaba. Lo que tú quieres no es mi opinión, sino mi aprobación. —Meneó la cabeza—. Lo siento, Tracy, pero esta vez no la tienes. Esta vez la decisión tendrá que ser toda tuya.

CAPÍTULO 5

Aquella misma noche, Tracy abrió la puerta de la casa y dejó entrar con ella un roción de nieve arrastrado por una ráfaga de aire. Llevaba una caja de mudanzas. Therese se levantó del taburete de madera en el que había estado pintando un cuadro del jardín trasero y la ayudó a cerrar la puerta. Dan estaba trabajando en su despacho y, tras la discusión, la frialdad que imperaba en la casa era comparable a las bajas temperaturas del exterior.

—Gracias —dijo la recién llegada, que dejó la caja sobre la alfombrilla y agitó los pies para quitarse las botas Sorel, que se había dejado sin abrochar para lo que daba por hecho que sería un viaje rápido al garaje.

Fuera ululaba el viento con un gemido fantasmal que más parecía un tren de mercancías que se estuviera echando encima de la casa.

—Sí que está soplando fuerte, ¿verdad? —comentó la niñera.

Tracy empujó las botas hasta dejarlas bajo el perchero.

—Y cada vez hace más frío.

Tras arrebujarse en el chaquetón largo, caminó arrastrando los calcetines por el suelo hacia el hogar hasta quedar de pie con la espalda vuelta hacia el rojo vivo de las llamas que parpadeaban tras la puerta de cristal que lo cubría. Notó en las piernas el aire caliente que expulsaban las turbinas.

—Mucho mejor —aseveró.

—El motor ha echado a andar cuando estaba usted en el garaje —dijo Therese—. Esto está muy calentito ahora. Por un momento he pensado en salir a rescatarla. Ha dicho que tardaría solo un minuto. Ha tenido suerte de no congelarse las aldabas. ¡Imagínese, la que habríamos tenido que montar para darle de comer a Daniella!

Hasta la última frase, a Tracy le había costado entender por qué daba por hecho la niñera que tenía aldabas. Una vez que entró en calor, se quitó el abrigo y lo colgó en la percha de la entrada. Sabía exactamente dónde estaba la caja que había ido a buscar al garaje. Lo que no recordaba era que los encargados de la mudanza la habían puesto detrás de un montón de muebles de la casa de Redmond.

La joven volvió al taburete de madera que le había procurado Dan y recogió la paleta en la que había mezclado tubos de pinturas de distintos colores.

—Es precioso —aseguró mirando por la ventana antes de añadir otra pincelada al lienzo—. En Dublín no vemos nevar a menudo. Me recuerda a la Navidad.

—Es precioso cuando estás bajo techo —puntualizó Tracy—, pero jode una barbaridad cuando tienes que salir por cualquier motivo o desplazarte.

Como si quisiera subrayar lo dicho, el viento hizo temblar las ventanas con un ruido sordo. Las ramas de los árboles entrechocaban dando chasquidos y hacían caer la nieve seca que sostenían. A continuación, las ráfagas de viento la transportaban y provocaban momentos de baja visibilidad.

—Espero que no le importe que pinte —dijo Therese al advertir que Tracy tenía la vista clavada en el lienzo—. Estoy usando acrílicos para que no huela. No quería que Daniella tuviese a su alrededor efluvios de óleo y aguarrás.

La inspectora, que de hecho había estado observando el cuadro, vio entonces, aunque sutilísimo, el cenador en el centro de aquel paisaje cubierto de nieve. Se acercó más.

—¿Cuánto tiempo llevas pintando?

—Empecé en Irlanda cuando era una cría. Mi padre era pintor y me enseñó a pintar sin más lo que veo.

—Es buenísimo. ¿Tienes más?

—¿Aquí? No es cuestión de hacerles pensar que estoy eludiendo mis responsabilidades...

Tracy sonrió.

—Quiero decir que si tienes fotos de otros cuadros tuyos.

Therese dejó el pincel y sacó el teléfono, pasó algunas imágenes y fue enseñándole distintas obras suyas.

—Son preciosos. ¿No los has enseñado nunca?

—Se los estoy enseñando ahora a usted.

—Quiero decir que si nunca los has expuesto para venderlos.

—¡Venga ya! —La joven sonreía, pero con gesto de incertidumbre—. Está de broma.

—Lo digo en serio. Yo te compraría uno.

Therese la miró de hito en hito con aire incrédulo y, tras un instante, dijo:

—Me daría una vergüenza tremenda exponerlos. ¿Y si no va nadie a verlos?

—En ese caso estarías igual que ahora.

—Sería una humillación.

—Sí, pero, si no fuese nadie, nadie lo sabría.

La niñera sonrió.

—Es una forma de verlo.

Tracy cruzó el salón con la mirada.

—¿Sigue Dan en su despacho?

—El señor O'Leary le está dando el biberón a Daniella. Creo que va a ser mejor que se saque la leche, porque solo queda uno para esta noche.

—Lo haré antes de acostarme.

Recogió la caja del suelo, la puso sobre la mesa baja del salón, la abrió y dejó la tapa a un lado. Había guardado varias cajas de recuerdos de su juventud, que contenían, sobre todo, los álbumes de fotos familiares y las tarjetas que había recibido en cumpleaños y vacaciones. Sin embargo, lo que buscaba en ese momento eran los jerséis, los guantes, las bufandas y los gorros que les había tejido su madre a Sarah y a ella. Siempre había supuesto que algún día los usarían sus hijas o sus sobrinas, pero las cosas no habían salido como las había soñado. No del todo. Eso sí, al menos tenía a Daniella, para quien los jerséis se habían convertido en el vínculo que la uniría a una abuela que su hija no iba a conocer jamás. Además eran de lana y resultaban perfectos para la nieve.

Las cajas habían pasado años guardadas en un armario empotrado lleno de trastos de su apartamento de Seattle y, a continuación, en un cuarto que no usaba de la casa que había alquilado en West Seattle. La casa de campo de Redmond no tenía sitio donde almacenar las cosas y, de hecho, apenas era lo bastante amplia para las necesidades de Dan y de ella. Por eso habían llevado las cajas a Cedar Grove y las habían guardado en un estante del garaje independiente.

—¿Son para Daniella? —Therese observaba por encima del hombro de Tracy mientras esta sacaba las bolsas de plástico cerradas en las que había guardado la ropa.

—Mi madre nos las fue haciendo a mi hermana y a mí desde muy pequeñas.

—¡Venga ya! —dijo la joven sentándose en una esquina de la mesita y levantando una de las cajas—. ¿En serio?

—Le encantaban estas cosas. —Tracy se encogió de hombros—. Se pasaba el día haciendo punto.

—Y por lo visto era buenísima. Son una preciosidad. —La niñera levantó una bolsa que contenía un gorrito blanco y amarillo con patitos—. ¿Puedo sacarlo?

—Claro.

Therese abrió la bolsa e hizo girar el gorro con uno de sus dedos.

—Daniella va a estar para comérsela con todo eso. Qué suerte tiene de haber podido guardarlos. Yo soy la mayor de siete hermanos y, cuando el más pequeño heredaba, la ropa estaba ya para el arrastre. ¡Eso si es que le llegaba!

Tracy había guardado los jerséis en bolsas herméticas para mantenerlos a salvo de polillas y hongos. En más de una ocasión había pensado en donarlos a un refugio para mujeres maltratadas y sus hijos, convencida de que era preferible darles un buen uso a tenerlos metidos en una caja.

—Ni siquiera estaba segura de que fuesen a servirme.

Fue sacando cada una de las creaciones de la caja y enseñándosela a Therese. La joven le recordaba un poco a Sarah, quien siempre tendría dieciocho años en sus recuerdos. Con todo, no era tanto la edad como el entusiasmo desenfrenado que mostraba la niñera ante las pequeñas cosas con que topaba. Sarah había sido así. Su madre decía que era un frijol saltarín mexicano, porque nunca se estaba quieta.

Bajo las capas de prendas de punto, Tracy dio con un álbum familiar y se puso a pasar las páginas.

—¿Esa es su hermana? —Therese pasó de la mesilla al sofá para sentarse a su lado y contemplar a Sarah vestida de vaquera, con su sombrero desgastadísimo, sus zahones, una falda plisada y un pañuelo rojo. En las cartucheras de cuero llevaba sus revólveres de acción simple bien ceñidos a las caderas. Había posado para la fotografía como si estuviera a punto de desenfundar y con la mirada arrogante de quien sabe que hará morder el polvo a quien se atreva a retarla. Siendo apenas adolescente se había consagrado como una de las mejores tiradoras del estado de Washington.

—Era una polvorilla. Se lo decía todo Cedar Grove. En todo el condado no había nadie que disparase mejor que ella, porque era muy orgullosa.

—Lo parece. ¿Esa es usted? —Therese señaló una instantánea de Tracy en el vestíbulo del cine de Hutchins, con dos coletas y aparato de ortodoncia. En esa edad tan mala... A un lado tenía a Dan y, al otro, a Sunnie Anderson, de casada Sunnie Witherspoon. Tras ellos estaban Sarah y otros amigos. Sarah no ocultaba su indignación ante el hecho de que Sunnie hubiese ocupado el lugar que consideraba suyo por derecho al lado de Tracy.

—¿Reconoces al chaval del pelo rapado y las gafas?

Therese se agachó para mirar con más atención.

—¡Sí, hombre! Ese no es el señor O'Leary. —Se echó a reír y torció el álbum para hacer que recibiera mejor la luz—. No se le parece en nada.

Dan, el único varón de un grupo de cinco niñas, todavía no había llegado a la pubertad. Era más bajito que el resto, a excepción de Sarah, y todavía estaba gordito como un bebé.

—¿De qué os reís? —preguntó Dan entrando en la sala por el lado de atrás del sofá.

—De su foto —dijo Therese—. ¡Qué pinta de empollón!

La joven sostuvo en alto el álbum para que él pudiera ver las instantáneas.

—¿No te ha contado Tracy que en aquella época me acosaba? No podía ir a ningún lado sin que me siguiera.

—¡Venga ya! Se está quedando conmigo.

—Es verdad —dijo Dan—. Las tenía a todas locas. Con esas gafas de Clark Kent... —En ese momento azotó la casa otra ráfaga de viento que llamó su atención—. Menos mal que talamos los árboles del lateral de la casa este verano, porque estas tormentas del noroeste tienen un peligro... —Se volvió hacia Tracy—. Me voy a leer a la cama. ¿Vas a tardar mucho?

Dan tenía un principio al que era fiel incluso las noches en las que, como aquella, habían tenido una discusión: nunca se acostaba enfadado.

Tracy miró el reloj.

—Un minuto y estoy allí —respondió—. Quiero sacar estos jerséis y gorritos para Daniella.

—Y no se olvide de sacarse la leche —le recordó Therese.

—Ah, y eso.

Dan besó a Tracy en la coronilla.

—No te quedes hasta muy tarde rememorando el pasado. Buenas noches, Therese.

La joven miró la hora.

—Aquí amanece muy temprano —dijo poniéndose en pie—. Más me vale limpiar esos pinceles y prepararme para la fiesta de Lily White, como decía mi madre.

Tracy sonrió.

—¿La fiesta de Lily White? ¿Qué significa eso?

—Pues que debería ir acostándome.

—¿Es irlandés?

—Ni idea. Ella lo decía siempre y se me quedó. —Miró la caja llena de recuerdos que tenían delante—. Es un poco como lo que hay ahí dentro. —Recogió los pinceles y cruzó la sala de estar en dirección a su cuarto, situado en la parte de atrás de la casa.

Tracy siguió sacando cosas de la caja. Cerca del fondo encontró varios cuadernos con dibujos de flores: sus diarios y los de Sarah. Tracy había empezado a escribirlos durante la pubertad y los había escondido para que su hermana no leyera sus cavilaciones adolescentes, aunque era imposible guardar un secreto cuando ella estaba por allí. Como siempre había tachado de memez lo que escribía Tracy, y teniendo en cuenta que no era capaz de estarse quieta, a la mayor ni se le había pasado por la cabeza que hubiese podido tener un diario hasta que topó con ellos mientras limpiaba la casa familiar después de la muerte de su madre. La sorpresa no había sido chica. Todo apuntaba a que Sarah había empezado a escribir el año que ella se había mudado para empezar sus estudios universitarios, quizá precisamente por ese motivo. Cuando dio con ellos en el armario en que los tenía guardados, fue como encontrar un manojo de cuchillas de afeitar. En la primera entrada había dejado constancia de cuánto la echaba de menos y de cómo había cambiado todo en el momento de su partida, y se dolía de que nada fuese ya a ser lo mismo en adelante. Al recordar aquellos tiempos, Tracy se preguntó si no habría sufrido una depresión clínica, si lo de escribir en el diario no habría sido una forma de terapia prescrita por su padre. Muy clásico de un médico, aquello de ser capaz de diagnosticar las dolencias de cualquiera menos las propias, pues había sido precisamente una depresión lo que lo había llevado a quitarse la vida.

Cada página que había leído le había producido un nuevo corte doloroso, hasta que las heridas fueron demasiadas para que pudiese seguir leyendo. Entonces había guardado los diarios en la caja sin saber muy bien con qué propósito futuro. Ese pensamiento la hizo detenerse. «¿Y si…?», se dijo.

Sacó el escaso rimero que formaban los cuadernos y fue abriéndolos por la primera página y apartándolos hasta dar con el de 1992-1993, el año en que se graduó Sarah en el instituto de Cedar Grove.

Los perros de Vern Downie habían descubierto el cuerpo de Heather Johansen en febrero de 1993, cuatro meses antes del fin de curso y seis antes de que Sarah desapareciese en el mismo tramo de la carretera del condado. Tracy abrió el diario y recordó que las entradas de su hermana parecían esporádicas y poco articuladas, escritas a veces con color negro y otras en azul, rojo y hasta, en un caso, en morado. En ocasiones garrapateaba pensamientos, muchos de ellos fragmentarios, o algún poemilla de escasa calidad. Otras hacía dibujos: árboles, una carretera que parecía no llevar a ningún sitio, la luna rodeada de nubes, algo semejante a un autorretrato…

Raras veces ahondaba en sus sentimientos. El contenido, pensó Tracy, era el típico de una joven a la que, de haber sido adolescente hoy, habrían diagnosticado déficit de atención en lugar de describirla como un frijol saltarín mexicano.

Tracy pasó las hojas, contemplándolas sin atreverse a leer los detalles, como si, a pesar del tiempo transcurrido, no se atreviera a invadir la intimidad de su hermana. En cierto pasaje, Sarah reconocía sentirse nerviosa ante la idea de dejar Cedar Grove para ir a la universidad, de alejarse de su casa, su familia, sus amigos... Tracy nunca se la habría imaginado nerviosa. Era precisamente eso lo que hacía de ella una tiradora insuperable: su arrojo, su audacia casi temeraria.

Ojeó diversos párrafos:

Este fin de semana voy a Oregón al Black Powder Championship. Pan comido. El que viene, al Wild Bunch Championship. Estoy practicando muchísimo con papá. Tracy está muy liada, así que me toca a mí mantener en alto el apellido familiar. ¡Ja, ja! Papá dice que en Oregón hay gente muy buena. Por lo visto el mejor es un tal Jim Fick. No lo sé, pero me mola su nombre de vaquero: Mano Impasible. Papá dice que dispara con un Winchester clásico del 32 y con una Colt 45. Pues que sepas, Mano Impasible, que estás a punto de morder el polvo de la forma más lamentable, ¡porque the Kid piensa volver a casa con la medalla!

Tracy sonrió ante la insolencia incorregible de su hermana. El nombre que había elegido ella era *Crossdraw*, que jugaba con su apellido y la denominación del tipo de pistolera que, como su padre, usaban las dos.

Pasó la hoja y fue leyendo por encima las entradas, sintiendo cada palabra como un nuevo pinchazo que la hacía sangrar. Buscó entre las fechas y encontró una de noviembre de 1992. Las iniciales que contenía le llamaron la atención.

Acabo de oír que HJ y FA han roto y que FA se está portando con ella como un verdadero capullo.

HJ era Heather Johansen, y *FA*, Finlay Armstrong. Siguió leyendo:

Por lo visto, no deja de llamarla y la espera a la salida del instituto para llamarla *puta* y *guarra*. Si por mí fuera, ese imbécil comía bala.

Tracy se centró en la descripción de Finlay Armstrong que hacía su hermana y no pasó por alto la intensidad de sus palabras. Heather Johansen y Sarah no habían tenido una relación muy estrecha, al menos por lo que sabía ella, y el hecho de que recogiese aquello en su diario tenía que significar que había causado cierto revuelo en el instituto.

Pasó la página y volvió a clavar la vista en otra entrada, una de diciembre en la que encontró las mismas iniciales.

Por lo visto, el jefe Roy ha hablado con FA. No sé qué le habrá dicho, pero tiene que haberlo acojonado, porque Finlay ha dejado el instituto. Por lo visto se ha ido a un centro de formación profesional.

Saltó varias hojas hasta llegar al día en que encontraron el cadáver de Heather Johansen. La caligrafía parecía agitada, descompuesta, y había borrones de tinta azul.

Han encontrado a Heather. Su cuerpo. Muerta. La policía no quiere decir nada y todo el mundo está muy callado. En el instituto nos han mandado a casa. Le he preguntado a papá si la poli piensa hablar con FA por haber acosado a HJ y me ha dicho que no saque conclusiones precipitadas. Pero ¿quién más ha podido ser? Ha tenido que ser FA, ¿no? ¡Ha tenido que ser él!

El traqueteo de las ventanas la sobresaltó. Recorrió el salón con la mirada y deseó haber cubierto con cortinas o persianas al menos las ventanas que daban al jardín de atrás. Dan decía que no hacía falta, que los árboles hacían de celosía natural. Del cielo caían copos pesados de nieve que reflejaban destellos iridiscentes de luz de luna. Estaba a punto de cerrar el diario cuando volvió la hoja y ojeó las dos entradas siguientes.

Corre el rumor (en este instituto no hay quien guarde un secreto) de que HJ ¡estaba embarazada cuando la mataron!

Tracy se incorporó y leyó con rapidez el resto del pasaje.

Por lo visto, no le venía la regla y meó en uno de esos cacharros. No se lo dijo a nadie, ni siquiera a Kimberly. ¡Sus padres son superreligiosos!

Tracy miró hacia las llamas que se elevaban en el hogar, detrás del cristal, y se preguntó si Roy Calloway habría tenido conocimiento de aquellos rumores y si el médico forense lo habría comprobado. Su mirada volvió al diario.

¡Sus padres son superreligiosos!

CAPÍTULO 6

Dan y Tracy se levantaron temprano a la mañana siguiente. Él sacó a los perros y los tuvo corriendo un buen rato antes de enclaustrarse en su despacho. Tracy dio de comer a Daniella, la vistió y pasó unos minutos con ella hasta las nueve, que era la hora a la que empezaba el turno de Therese. Aquella era la diferencia entre su ocupación y la de Dan. A él no le pedía nadie que sacrificase su carrera para ser padre, que pasara el día en casa sin trabajar. No se arrepentía de su decisión de ser madre, ni por un instante. El parto de Daniella había sido el gran momento de su vida. Sin embargo, quería decidir por sí misma cuál sería su futuro. Había trabajado mucho para llegar a inspectora. Había tenido que soportar los comentarios sexistas de Johnny Nolasco, su capitán, y todo lo que había hecho para obligarla a renunciar a su puesto. Había abierto una senda para otras mujeres en la Sección de Crímenes Violentos al ser la primera inspectora y una investigadora de la leche, no solo por su instinto, sino por cómo se dejaba la piel en el trabajo. Por eso no quería que Dan, ni nadie, le pidiera que renunciase a todo aquello, ni tomar una decisión basándose en la culpabilidad que sentía por dejar a su hija en casa o en el hecho de no tener nada en común con las veinteañeras que habían asistido con ella a los grupos de preparación al parto. Quería decidir lo que hacer por sí misma y por sus propios motivos.

Dejó dos biberones de leche en el frigorífico y le dijo a Therese que salía a hacer un par de recados.

Habían limpiado de nieve el aparcamiento que había delante de la comisaría de policía de Cedar Grove. Dentro, la agente del mostrador le abrió la puerta de metal sin mayor vacilación. Tracy encontró a Roy Calloway sentado en su despacho provisional, hablando por teléfono. Él la invitó con un gesto a entrar y tomar asiento y, tras un minuto más, colgó.

—Perdona. ¿Has…?

—¿Estaba Heather Johansen embarazada? —preguntó Tracy.

Calloway se incorporó, lo que le hizo adoptar una mueca de dolor.

—¿Por qué lo preguntas?

—¿Por qué? ¿En serio?

—Sí, en serio.

—Porque podría tener relación con su asesinato.

—Así que aceptas lo que te propuse ayer…

—No lo sé todavía. He llamado a la comisaría de Seattle y estoy esperando.

—Entonces no puedo revelarte los entresijos del caso.

—No me vengas con jueguecitos, Roy.

—No son jueguecitos, aunque sí que me pregunto cómo te has enterado de eso…

—En el diario de Sarah.

—Mmm… —dijo Calloway sin revelar nada.

—Sarah escribió que después de la muerte de Heather corrieron rumores de que estaba embarazada.

—Eran rumores.

—Eso he dicho. Lo que te pregunto es si estaba embarazada. ¿Qué descubrió el forense?

Calloway volvió a reclinarse con la misma mirada que les lanzaba de niños, la que parecía decir: «Estoy siempre en todas partes, vigilándoos». En aquella época la había intimidado mucho más.

—Venga, Roy, ¿qué reveló la autopsia?

El jefe de policía meneó la cabeza.

—No puedo violar su intimidad...

—Coño, Roy...

—... ni la de la familia —concluyó alzando la voz para hacerse oír.

—Pues les diste el expediente a Kimberly Armstrong y a Jason Mathews.

—Porque hicieron una solicitud de documentos públicos. Además, Mathews tenía el consentimiento de la familia. —Encogió aquellos hombros de grandullón y volvió a mirarla con cara de póker.

Tracy se sentó y guardó silencio. Calloway se removió en su asiento, pero ella no. Habían llegado a un callejón sin salida.

En ese momento entró en la sala un agente de uniforme.

—Jefe —dijo y, al ver que no lo miraban ni su superior ni Tracy, volvió a salir—. Perdón.

Pasó un minuto muy largo antes de que ella preguntase:

—¿Así van a ser las cosas?

—Así son las cosas, Tracy. Yo no soy el que hace las reglas, sino el que...

—... las hace cumplir. No se me ha olvidado. Vas a tener que buscarte otro numerito, Roy.

—Hoy es tan válido como entonces.

Transcurrido otro minuto, Tracy dijo:

—Si me encargo del caso, quiero saberlo todo.

—Por supuesto.

—Lo digo en serio. Sin secretos esta vez, Roy. Ni una mentira: todo.

—Tienes mi palabra. Sabrás todo lo que sepa yo.

—Estoy esperando a que me den su aprobación los de Seattle.

—Lo único que necesito es tu palabra. Ya averiguarás más tarde lo que tengas que averiguar.

—Entonces, de acuerdo: asumo el caso.

Él se inclinó hacia delante.

—El médico forense le hizo una prueba de hCG, no sé qué coriónica humana.

—Gonadotropina. Yo acabo de pasar por eso.

—Entonces lo sabrás mejor que yo. Dio positivo. También encontró un embarazo intrauterino en sus primeras fases... No recuerdo bien los detalles. Lo tienes todo en el expediente.

—¿Y dijo de cuánto tiempo estaba Heather?

—De cuatro o cinco semanas.

—¿No tomó muestras de ADN?

—No.

Tracy pensó un instante.

—¿Hablaste con Finlay de eso?

—Por supuesto.

—¿Y?

Calloway extendió las palmas de las manos.

—Lo negó. Dijo que no había estado con ella desde la noche en la que fui a casa de sus padres para decirle que se dejase de llamaditas y de acosos.

—¿Y lo creíste?

—En aquellos tiempos, se me daba muy bien lo de meteros el miedo en el cuerpo cuando quería, ¿o no? Pues claro que lo creí. —Era cierto que en aquella época la imagen de Calloway hacía honor a su corpulencia—. Cuando recibí el informe del forense, tuve una corazonada y llamé al hospital de Silver Spurs. Tenían registrada una cita a nombre de Heather para la noche en que desapareció, pero no constaba que hubiera acudido.

—Por eso tomó la carretera del condado.

—Eso deduje yo.

—Pero ¿cómo llegó allí y qué hacía yendo hacia Cedar Grove?

Calloway se encogió de hombros.

—No tengo muy claro cómo llegó, pero di por hecho que debió de cambiar de opinión.

—¿Se veía con alguien después de romper con Finlay?

—Si era así, no lo sabía nadie del instituto, ni siquiera Kimberly. Kimberly ni siquiera sabía que Heather estuviese embarazada.

—Cosa rara en Cedar Grove.

—Mucho —convino el policía.

—De todos modos, se lo dijiste a sus padres, ¿no?

Él no respondió.

—¿No se lo dijiste a los padres, Roy? —El tono de la pregunta era inflexible, severo, quizá en parte por la frustración que seguía produciendo a Tracy la falta de franqueza de que había dado muestras Calloway respecto de la muerte de Sarah.

—Les pregunté si se les ocurriría algún motivo por el que pudiese haber estado Heather aquella noche en la carretera del condado y no supieron darme ninguno, de modo que pensé que no tenía sentido decirles nada. Ya era bastante doloroso para ellos haber perdido a una hija, Tracy. —En la irritación con que lo dijo asomó la cólera arrolladora que le había conocido en el pasado—. No tenía sentido que la recordasen de otro modo, a no ser que pudiese demostrar que el embarazo había sido el motivo de su muerte, y no pude, desde luego. Estábamos convencidos de que la había matado House.

—¿Y Jason Mathews y Kimberly Armstrong? ¿Se lo dijo alguno de ellos a los Johansen cuando tuvieron acceso al expediente?

—No lo sé.

—¿No han dicho nunca nada al respecto?

—¿Los Johansen? A mí no, por lo menos.

—Me gustaría hablar con ellos, aunque sería mejor que me allanases tú el terreno. Yo levanté unas cuantas ampollas cuando conseguí que le concedieran un segundo juicio a House…

—¿Que levantaste ampollas? Te has quedado un pelín corta, ¿no crees?

—¿Puedes hacer que nos reciban?

Calloway descolgó el teléfono.

Antes de salir de comisaría para ir a casa de los Johansen, Calloway le dio el expediente de Heather Johansen y Tracy dedicó un tiempo a leer el informe del forense. Además del test de sangre positivo, el médico detectó la presencia del saco embrionario y un embrión del tamaño de un arándano en el útero de Heather.

Después de estudiar los documentos, salió con el jefe de policía y cruzó el aparcamiento en dirección a su propio Subaru.

—¿Adónde vas? —Roy Calloway se puso unos guantes de piel forrados de pelo después de bajarse las orejeras del gorro para protegerse del frío cortante.

—A mi coche.

—¿No quieres que vayamos en mi camioneta? ¿Ese trasto tuyo tiene por lo menos tracción a las cuatro ruedas? Por la carretera de los Johansen no habrá pasado el quitanieves…

Ella sonrió.

—Ese trasto es un Subaru, jefe. Es un minitanque. Por eso lo compró Dan.

Calloway miró su camioneta de soslayo, como quien deja a una chica bonita en un rincón del salón de baile, y caminó hacia el lado del copiloto del Subaru. Abrió la puerta y estudió el interior.

—¿Este trasto tiene tracción a las cuatro ruedas?

—Sí, es un cuatro por cuatro —dijo ella, ya desde el asiento del conductor— con tracción permanente a las cuatro ruedas.

—¿Ah, sí? —Él movió la cabeza con gesto de aprobación—. Vaya. —Se tomó unos segundos para meterse, ya que la pierna no se lo puso del todo fácil, y a continuación cerró la puerta.

—¿Estás buscando un coche nuevo, Roy?

El cinturón apenas le daba para abarcarle el pecho y la barriga.

—Nora lleva un tiempo dándome la tabarra para que compre algo que consuma un poco menos.

—¿Menos que tu Suburban de los ochenta? Hasta un carro de combate gasta menos combustible.

Calloway sonrió.

—Tan listilla como tu padre. —Cuando salieron del estacionamiento, preguntó—: Entonces, ¿le parece bien a Dan que te encargues del caso?

—Dice que soy yo la que tiene que decidirlo, aunque, leyendo entre líneas, no, muy bien no le parece.

El jefe en funciones negó con la cabeza y añadió en voz muy baja, aunque no tanto que Tracy no alcanzase a oírlo:

—Igualita que tu padre.

El trayecto no duró más de diez minutos. Aunque, en efecto, por la carretera de grava de los Johansen no había pasado el quitanieves, apenas se habían acumulado en ella unos centímetros de nieve. Había varias pistas de esquí de fondo que llevaban a la modesta vivienda de una planta. Tracy calculó que debía de tener unos ciento cuarenta metros cuadrados incluyendo la cochera cubierta. De la chimenea de ladrillo se elevaban remolonas volutas de humo.

—¿Los has avisado de que venía yo? —preguntó la inspectora.

—Sí.

Aparcó detrás de un modelo antiguo de sedán Ford. En la otra mitad de la cochera había cuatro cargas de leña bien dispuesta.

Mientras salvaban el camino de entrada cubierto de nieve, Tracy percibió el olor a pino quemado que tan bien conocía. Antes de que llegaran al porche se abrió la puerta principal y al otro lado de la mosquitera salió a recibirlos Ingrid Johansen con una sonrisa insegura.

—Hola, jefe Roy —dijo para añadir a continuación—: Tracy.

Por Ingrid habían pasado más de los cinco años transcurridos desde la última vez que la había visto Tracy, entre el público que llenaba la sala de vistas durante el segundo juicio a Edmund House. Calculó que Eric Johansen y ella debían de tener entre setenta y setenta y cinco años, la edad que habrían tenido sus padres de seguir aún con vida. Su madre decía siempre que, al hacerse septuagenaria, una persona empieza a envejecer en años de perro, ya que su transformación se hace mucho más pronunciada. Tracy había conocido a una Ingrid esbelta y atractiva de acento noruego que hacía unas pastas exquisitas para los actos de la iglesia. Seguía conservando su encanto, aunque el cabello rubio se le había vuelto plateado, los ojos de color azul cobalto habían perdido el brillo y estaban medio ocultos tras unas gafas gruesas y la edad había salpicado de manchas su piel clara.

—Me alegro de verte —dijo la anfitriona—. ¿Cómo estás?

Como cabía esperar, tenía la voz teñida de inquietud. Quien ha perdido a un familiar en un homicidio no supone nunca que la policía pueda presentarse en su casa para una visita de compromiso. Tracy lo sabía muy bien.

Eric Johansen los aguardaba en el angosto zaguán y los cuatro mantuvieron una conversación insustancial mientras los recién llegados se despojaban de las prendas de abrigo. El cabeza de familia estaba igual que lo recordaba Tracy, si bien aquel hombre siempre había parecido viejo. Había perdido el pelo a los cuarenta y llevaba gafas gruesas. Había engordado algo, sobre todo por la cintura, y también tenía manchas de edad en la piel. Con todo, seguía luciendo una espalda ancha y los tirantes rojos que llevaba siempre además del cinturón.

Eric colgó los abrigos en un conjunto de perchero y banco primorosamente tallado que hizo que Tracy recordara la época en la que su padre había contratado a aquel diestro ebanista para restaurar las piezas de madera de la mansión de Mattioli.

—¿Esto es suyo? —preguntó estudiando con admiración el perchero.

—Como la mayoría de los muebles de la casa. —También su voz tenía cierto deje noruego, mezclado con tintes de orgullo.

—Es precioso.

—Madera de nogal. Es difícil de trabajar, pero no necesita teñirse. Tanto el nudo como el color son naturales.

—Pasad —dijo Ingrid. Los condujo hasta una mesa de comedor situada tras un sofá y un sillón orientados hacia un televisor de pantalla plana—. He hecho café. ¿Os apetece una taza?

—Yo me bebería la jarra entera. —Calloway se acomodó en una de las sillas que rodeaban la mesa.

Tracy también se sentó dejando a su izquierda un aparador para porcelana y una ventana con vistas al jardín trasero. El suelo estaba cubierto de nieve hasta la hilera de árboles que marcaba el fin de la propiedad. Ingrid sirvió café y fue varias veces a la cocina para llevar a la mesa azúcar, nata, una bandeja de pasteles recién hechos —cuyo olor hacía evocar dulces recuerdos— y mantequilla.

—No sabía si tendríais hambre —dijo.

—Para esto no hace falta hambre —repuso Calloway mientras tomaba uno de los pasteles y lo cubría de mantequilla—. Eso sí, a mi cintura y a mi médico no les va a hacer ninguna gracia.

Tracy también aceptó uno tras llegar a la conclusión de que bien podía disfrutar de los placeres a los que tendría que renunciar en breve. El aire cálido que llegaba del hogar hacía muy agradable la temperatura interior, aunque Tracy no se sentía precisamente cómoda ante lo que suponía que sería una conversación muy difícil.

—Espero que no estemos interrumpiendo nada importante —dijo Calloway antes de dar un bocado al dulce y dejar caer una lluvia de migajas a su plato.

Eric se echó a reír.

—El invierno no es buen momento para cortar el césped y tengo leña acumulada para dos vidas.

—Ya lo he visto —respondió Calloway.

—¿Sigue haciendo esquí de fondo? —preguntó Tracy. Recordaba los días de mucha nieve en que Eric Johansen aparecía en Market Street con sus esquís para avituallarse.

—En invierno salgo todas las mañanas. De vez en cuando también usamos las raquetas. Nuestro hijo nos regaló dos pares en Navidad. Ingrid me acompaña a veces, aunque hoy no.

La mujer asintió.

—De Oystein te acuerdas, ¿verdad, Tracy? Estaba un curso o dos por encima de ti.

—Sí que me acuerdo.

—Entonces, ¿has vuelto a Cedar Grove? —preguntó Ingrid.

—Estamos de visita.

—¿Os acordáis de Dan O'Leary? —dijo Calloway.

—Claro —contestó Eric—. Fue él quien se encargó de redactar nuestro testamento, aunque habría que actualizarlo ahora que tenemos cuatro nietos.

—Pues Tracy y Dan están casados. Además, han tenido una cría.

La inspectora, que había trabajado con un compañero durante buena parte de su carrera profesional, sabía que aquello no era simple parloteo, sino que Calloway estaba tratando de propiciar un ambiente de confianza.

—¿Ah, sí? ¿Y qué tiempo tiene? —dijo Ingrid con una sonrisa de oreja a oreja.

—Dos meses solo. He empezado un poco tarde.

—Enséñales una foto —dijo el jefe.

Tracy sacó una de las muchas que tenía en el teléfono y dedicó unos instantes a hablar de Daniella. Cuando acabó, todos volvieron a centrarse en su café y se instaló de nuevo una sensación incómoda en la sala de estar, densa como la capa de mantequilla que extendió Calloway sobre su segundo pastel.

—Ya os he dicho por teléfono que Tracy quería haceros unas preguntas sobre Heather… Sé que es un tema difícil para los dos…

—No nos gusta hablar de eso —dijo Eric—. Seguro que lo entiendes, Tracy, mejor que la mayoría.

—Claro —repuso ella.

—El dolor siempre está ahí, por más que lo enterremos para poder seguir adelante.

Ingrid clavó la mirada en su taza de café.

—Fue una época terrible para Cedar Grove —añadió Tracy— y ya sé que mi regreso no fue precisamente de gran ayuda, pero… tenía que saber a ciencia cierta si había sido Edmund House.

—Sí. En fin, ahora ya lo sabemos y ese hombre está muerto y enterrado. Ojalá se pudra en el infierno —dijo Eric y, volviéndose a Calloway, preguntó—: ¿Qué queríais saber?

—Te acuerdas de Jason Mathews, claro —dijo el jefe en funciones. Eric asintió.

—Sí, me acuerdo —dijo sin cordialidad.

—Lo contratasteis porque teníais dudas sobre lo que le había pasado a Heather, igual que las tenía Tracy sobre lo que le había pasado a Sarah.

Eric miró a Tracy desde el otro lado de la mesa y declaró sin rodeos:

—Tracy pensó que se había equivocado y ahora puede sentirse satisfecha sabiendo que fue Edmund House.

—Ya os dije que habíamos tenido nuestras dudas sobre la muerte de Jason Mathews —insistió Calloway—, que no nos había quedado del todo claro que hubiese sido un accidente de caza.

—Sí, nos lo dijiste; pero eso lo hemos dejado ya a un lado, jefe. No podemos volver a pasar por eso. No hemos tenido más remedio que pasar página.

—Me gustaría saber —dijo Tracy— si llegó a informarlos el señor Mathews de lo que averiguó sobre lo que le había ocurrido a Heather.

—No —respondió Eric con quizá demasiada rapidez. Su voz transmitía seguridad, pero su actitud no. La espalda no llegaba a apoyarse en la silla y había evitado mirarla a los ojos, para lo cual había fijado la vista en algún punto situado detrás de ella.

Ingrid seguía teniendo la suya clavada en la taza de café.

—¿Y saben si habló con alguien del expediente de Heather?

—Con nadie —contestó el padre.

Tracy miró a Calloway.

—Tenéis noticia de la muerte, hace poco, de la mujer de Finlay Armstrong... —dijo él.

—Claro que sí —respondió Ingrid.

—¿Y qué tiene eso que ver con Heather? —quiso saber Eric, mirando a Tracy y sin andarse con rodeos.

Calloway se inclinó hacia delante.

—Sabéis que Kimberly estaba haciendo preguntas sobre la muerte de Heather, igual que Jason Mathews.

—Vino una tarde para hablar con nosotros. Heather y ella eran amigas íntimas. Dijo que quizá un día escribiera un libro... sobre nuestra hija.

—A Tracy le gustaría saber qué os preguntó, de qué hablasteis, qué le contasteis.

—¿Para qué? Ya da igual.

—Seguimos investigando la muerte de Kimberly, Eric. Creemos que el incendio no fue accidental.

Eric palideció. Ingrid soltó la taza en el plato y derramó parte del café. Entonces corrió a excusarse y fue a la cocina a por una servilleta de papel con que secarlo.

—¿Y a qué has venido? —consiguió decir Eric, de nuevo mirando a Tracy.

Calloway, sin alzar la voz, dijo con tono compasivo:

—Eric, si el incendio no fue un accidente, pone también en duda la muerte de Jason Mathews.

—Pero al final llegasteis a la conclusión de que fue un accidente de caza.

—De que *pudo ser* un accidente de caza. No dimos con ninguna prueba definitiva de que no fuese así.

Eric volvió a mirar a Tracy.

—¿Y qué es lo que estás tramando ahora? —Había endurecido el tono y echaba chispas por los ojos.

—Eric. —Ingrid tendió una mano para posarla sobre el brazo de su marido, pero él se zafó.

—Tú ya no vives aquí. Te vas y luego vuelves para complicarlo todo. ¿Para qué? ¿Qué ganas con todo esto? ¿Qué hemos conseguido hasta ahora? Esto fue lo que mató a tu padre. ¿No te parece bastante?

—¡Eric! —dijo Ingrid—. Lo siento, Tracy.

—No pasa nada.

—Tracy no quería meterse en esto, Eric: he sido yo quien le ha pedido que investigue. —La voz de Calloway había recuperado su brusquedad habitual—. Soy yo quien tiene cosas que preguntar, así que, si tienes que cabrearte con alguien, deberías empezar conmigo.

—¿Contigo? ¿Y por qué iba a enfadarme yo contigo, jefe?

—Porque soy yo el que lo está complicando todo, Eric. Ese es mi trabajo.

—¿Por qué?

—Porque la gente está empezando a señalar con el dedo a unos y a otros y hay que están señalando a Finlay.

—¿A Finlay?

—Finlay estuvo saliendo con Heather en el instituto.

—Eso lo sabemos. Por supuesto que lo sabemos —dijo Ingrid.

—Y Kimberly estaba escribiendo un libro sobre la muerte de Heather —prosiguió Calloway.

—¿Crees que Finlay mató a Heather? —preguntó Eric con aire incrédulo.

—Lo único que digo es que existe una conexión con Finlay y no tenemos más remedio que explorarla.

—Menuda locura. Si Finlay era un crío cuando salió con Heather.

—Es verdad, pero las cosas se salieron un poco de madre... como recordarás.

—Claro que me acuerdo —dijo Eric inflexible—, pero tú le paraste los pies y se acabó.

—Eso es lo que creemos también nosotros —aseveró Tracy.

—Entonces, ¿qué hacéis aquí? —La voz de Johansen sonó como una súplica.

—Porque siempre quedará la duda. Siempre habrá gente que vea esa conexión y se pregunte. Finlay no debería vivir con eso... si es inocente —dijo Calloway.

Eric parecía un hervidor de agua que estuviese llegando al punto de ebullición. Con el rostro encendido, empezó a mecerse en la silla mientras meneaba de un lado a otro la cabeza. Cuando llevó los brazos a la mesa, las manos le temblaban. Su mujer las cubrió con las suyas.

—Eric, Tracy solo intenta ayudar —dijo el jefe en funciones—. He sido yo quien se lo ha pedido.

El hombre se echó a llorar. Sacó un pañuelo rojo del bolsillo trasero y se sonó la nariz.

—Siento lo que he dicho, Tracy. —Se limpió el bigote—. No soy más que un viejo que echa de menos a su hija.

Ingrid le frotó el antebrazo y usó una servilleta para secarse las lágrimas.

—Lo sé, señor Johansen —dijo la inspectora—. Sé lo duro que es.

—Yo no puedo encargarme de esto, Eric —explicó Calloway—. No tengo la misma clase de experiencia que Tracy y, además, estoy demasiado vinculado al caso, demasiado vinculado a Finlay. Por eso le he pedido que me eche una mano. Tiene un bebé en casa, así que bien podía haberse negado. Podía haber dicho que ya no era problema suyo y, sin embargo, aquí está, Eric, porque sabe, mejor que nadie, cuánto habéis sufrido Ingrid y tú. No se ha acabado de decidir, Eric, pero se lo he pedido yo.

—Yo también echo de menos a mi hermana. He perdido a toda mi familia y no hay un solo día que no piense en ellos.

Tras unos instantes, Eric Johansen dejó escapar un largo suspiro.

—¿Qué es lo que querías saber?

Tracy miró a Calloway y él le indicó con un gesto que debía aprovechar la ocasión. Los dos sabían que la actitud abierta de Eric Johansen podía cambiar en cualquier momento.

—¿Saben adónde fue Heather la noche de su desaparición? —preguntó Tracy. No necesitó ser más explícita, pues aquella noche estaba bien grabada en el recuerdo de todos.

—Nos dijo que iba a pasar la noche en casa de Kimberly —dijo Ingrid con voz suave.

—¿Y cómo llegó allí?

—Nos dijo que iría andando —respondió Eric— desde el trabajo. Salió antes de que llegase la tormenta. Ed Witherspoon dijo que la dejó salir antes y confirmó que así fue.

—¿Los llamó aquella noche?

—No —dijo Ingrid.

—¿Y les dijeron algo Jason Mathews o Kimberly Armstrong sobre el motivo que pudo llevarla a tomar la carretera del condado, adónde iba o de dónde venía?

—No —aseguró Eric en tono resuelto.

72

La respuesta hizo que Ingrid se encogiera. Abrió la boca como para decir algo, pero guardó silencio.

—¿No hizo ninguno de ellos alguna conjetura sobre lo que hacía allí? —Tracy lo intentó de nuevo.

Ingrid estrechó el brazo de su marido, a quien parecía estar costándole morderse la lengua. Apoyó los codos en la mesa y se llevó las manos a los labios, que habían empezado a temblar.

Al ver que su marido no contestaba, no podía contestar, dijo Ingrid:

—El hospital está en Silver Spurs, Tracy. Jason Mathews dijo que estaba allí porque iba al hospital.

—¿Y les dijo por qué? —insistió sospechando que la respuesta era afirmativa.

Una vez más, Ingrid volvió la vista hacia su marido antes de mirar a Tracy.

—Al parecer, se hablaba, aunque no se ha confirmado, de que Heather podía estar embarazada.

Dio la impresión de que alguien hubiese extraído el aire de la sala de estar. Tras un segundo, Tracy volvió a la carga:

—Pero Heather no les dijo nunca nada de eso…

—No —contestó Ingrid—, nunca.

Eric se quitó las gafas y se apoyó la frente en las manos. Los hombros le temblaban. Tras unos instantes, se enjugó las lágrimas con un par de servilletas y, a continuación, bajó las manos y dijo:

—No. Nunca fue a ese hospital.

Tracy miró a Calloway y ambos acordaron, sin decir palabra, que debía pisar aquel terreno con mucho cuidado.

—No sabe cómo llegó allí, al hospital, ¿verdad, Eric?

—No, nunca lo averiguamos.

—¿Había salido Heather con alguien más después de Finlay?

—No —dijo Eric.

—¿Nunca les habló de ningún otro chico, de nadie con quien pudiera haberse tomado un café o haber quedado para dar una vuelta?; ¿nada?

—Nada —dijo Ingrid negando con la cabeza.

Quienquiera que llevase en coche a Heather Johansen hasta Silver Spurs debía de saber, a todas luces, que estaba embarazada. Con todo, eso no quería decir que la hubiese matado esa persona; al menos, no necesariamente. Podía haberla acercado un amigo o algún conocido, aunque, desde luego, no había sido Kimberly..., su mejor amiga. De cualquier modo, no cabía duda de que, fuera quien fuese, debía figurar entre los sospechosos.

—¿Cómo sabe que no llegó a ir al hospital aquella noche, Eric?

—Porque nos lo dijo Mathews. —Eric miró a Calloway—. Cuando le diste el expediente, comprobó los registros del hospital y vio que no había estado allí. No llegó a presentarse a la cita.

—Tuvimos que firmar unos cuantos papeles para que se los dieran —dijo Ingrid.

—¿Y os dijo el señor Mathews si le había mencionado a alguien la posibilidad de que Heather estuviese encinta?

—A nadie —respondió Eric—. Solo a nosotros dos.

Ingrid negó con la cabeza.

—¿Y les dijo qué encontró en los registros del hospital?

—Solo que había constancia de que tenía una cita para practicar un aborto, pero no de que hubiese acudido —añadió enseguida la madre.

Tracy reflexionó para sí sobre el hecho de que Jason Mathews hubiese tenido noticia del embarazo de Heather. ¿Se lo habría revelado a alguien de Cedar Grove, donde un rumor así estaba abocado a difundirse a gran velocidad? Y, en caso positivo, ¿a quién podía habérselo contado y a quién podía haber llegado el rumor? ¿Podía ser ese el motivo de la muerte del abogado?

CAPÍTULO 7

Tracy y Calloway salieron de casa de los Johansen envueltos de nuevo en sus prendas de abrigo, aunque sin mucha más información de la que tenían al llegar. Una vez dentro del coche, dijo Tracy:

—Tenemos que averiguar a quién pudo hablarle Mathews del embarazo de Heather.

—Tal vez no dijera nada.

—Tal vez, pero, si se lo dijo a los Johansen, bien pudo habérselo contado a otros.

—Quieres decir que abrió la boca más de la cuenta...

—Quiero decir que es posible. Quizá trataba de integrarse... o quería dárselas de abogado distinguido con noticias que, en su opinión, no conocía nadie en el municipio, ni siquiera los padres de Heather.

—¿Y crees que pudo decírselo a la persona equivocada? —Calloway alzó la voz para acentuar el tono de la pregunta—. Demasiada coincidencia, ¿no?

—No digo que fuera la persona que lo mató, pero esa otra persona a la que se lo contó pudo llegar a su casa y contárselo a su mujer, que, a la semana siguiente, en la reunión de padres del colegio, se lo dijo a sus amigas, que se lo hicieron saber a otros... hasta que el rumor de que un abogado importante de Montana iba contando que Heather Johansen estaba embarazada llegó a oídos de alguien que tenía todavía más que perder que los padres de la víctima con la noticia.

—Su asesino.

—Alguien que creía haber salido de rositas, que estaba convencido de que aquel secreto se había enterrado hacía veinte años.

Calloway dio un largo suspiro.

—Siguen siendo muchas conjeturas, Tracy.

—Los buenos trabajos de investigación empiezan muchas veces con simples conjeturas.

Una vez que se calentó el motor, puso al máximo el ventilador del parabrisas y metió la marcha atrás.

Calloway, fiel a su costumbre, fue dando indicaciones para llegar a la carretera del condado, aunque Tracy podría haberla encontrado con los ojos cerrados. Con todo, lo dejó hacer: sabía que Roy sería siempre el jefe de policía de Cedar Grove, amigo de su padre, y ella, al menos para él, aquella chiquilla que recorría en bici la ciudad.

Llevaban recorridos más de seis kilómetros de la carretera del condado cuando él le dijo que girase a la derecha para tomar otra vía asfaltada que se encontraba a poco más de uno y medio del lugar en que habían encontrado el cadáver de Heather Johansen. Tracy también conocía bien aquella carretera secundaria, pues una de sus amigas del instituto vivía en una de las casas que había en el último tramo. El ancho apenas era suficiente para que pudieran pasar dos coches con buen tiempo y solo si ambos reducían la marcha casi hasta detenerse por completo. Aquel día, los quince centímetros de nieve la habían estrechado aún más.

—Buen sitio para perderse... si era eso lo que pretendía Mathews cuando compró la casa —dijo Tracy mientras se sacudían por las rodadas practicadas por otros vehículos.

—Eso parece. Por lo visto, su divorcio fue de los malos. Por lo que me dijo Eric Johansen, Mathews había abandonado oficialmente la abogacía, pero seguía haciendo algún trabajo si el cliente le pagaba en metálico… o en especie. Así su mujer no podía quedarse con la mitad de lo que ganase.

—Qué bonito —comentó la inspectora, que no dejaba de maravillarse ante el afán de venganza de algunos, más aún cuando la otra parte era una persona a la que en otro tiempo habían dicho amar—. ¿No sería la exmujer la que le pegó un tiro? —Estaba de broma, pero al ver cómo la miraba Calloway levantando las cejas desde el otro asiento, añadió—: Claro, hablaste con ella y por eso sabes que el divorcio fue de los difíciles.

El jefe asintió.

—Estuve haciendo averiguaciones. La exmujer había viajado a Billings el día que lo mataron y, por lo que pude deducir, se alegró de librarse de él, de que se mudara, porque no quería tener nada más que ver con Mathews. Me dijo que era un borracho y no de los que tienen buen beber. No di con nada que pudiera relacionarla con su muerte. —Señaló al otro lado del parabrisas—. Aparca ahí.

Tracy sacó el Subaru de la calzada y las ruedas botaron al cambiar el asfalto por la nieve. A su derecha se elevaban abetos gigantes y de Douglas, píceas, pinos reales y diversas variedades de alerces. Una de las asignaturas del instituto incluía varias excursiones destinadas a aprender los nombres de lo que el profesor denominaba «la población arbórea más diversa del estado de Washington». A su izquierda, la falda de la montaña era escarpada y tenía menos árboles. La temperatura era de cinco grados menos bajo la espesa bóveda vegetal que daba sombra a la carretera. La nieve que cubría a trozos el suelo y se acumulaba en las ramas parecía un polvo blanco finísimo. Tracy se subió la capucha del chaquetón y se puso a mover los brazos y las piernas para generar calor y tratar de no helarse. Calloway y ella daban la impresión de estar bailando una jiga irlandesa.

—¿Es aquí? —preguntó exhalando con cada palabra una nube blanca que quedaba flotando en el aire antes de disiparse.

—Un poco más adelante —dijo él caminando delante de ella unos diez metros.

—Vale, Roy, no tiene sentido seguir alargando esto. Aquí hace un frío que pela. Resúmemelo antes de que nos congelemos los dos.

Jason Mathews sintió que la camioneta se le iba hacia la izquierda y oyó una bocina. Se despertó sobresaltado y giró el volante a la derecha con fuerza…, con demasiada fuerza. El vehículo atravesó el carril y las ruedas hicieron un ruido sordo al salirse de la calzada. Las ramas de los árboles golpearon el parabrisas y la ventanilla del copiloto. Mathews dio un volantazo hacia la izquierda. Los neumáticos dieron contra el asfalto, saltaron por encima del borde de la calzada y la camioneta se inclinó hacia la izquierda. Al final, el conductor logró situarse de nuevo en el centro de la carretera.

Respiró hondo y se obligó a mantener los ojos abiertos. El camarero de la Four Points Tavern se había ofrecido a llamar un taxi, pero Mathews prefería ahorrarse el dinero. Había conseguido mostrar la serenidad suficiente para convencerlo de que era capaz de conducir hasta su casa, que, al fin y al cabo, estaba solo a tres kilómetros del bar.

Siempre se le había dado bien mentir. Era lo que había hecho de él un buen abogado: su cara de póker y su habilidad para hacer creer a la parte contraria que estaba dispuesto a llegar a juicio si no le pagaban lo que pedía en el acuerdo. Lo más habitual era que accediesen. Sí, había sido un buen abogado. De hecho, habría seguido practicando la abogacía, pero no estaba dispuesto a trabajar solamente para seguir pagándole a su exmujer. Cuando helase en el infierno, que, por cierto, era adonde se podía ir ella. Había conseguido amasar una cantidad suficiente de dinero en lugares con los que no darían jamás ni ella ni sus contables forenses. No era ninguna fortuna y por eso había podido ocultárselo. Había que ser discreto. Ese era su lema: hay… que ser… No, ese no era su lema. Su lema era… ¿Cuál coño era su lema?

A la mierda. No necesitaba lemas, ni tampoco una fortuna. Esa era la cuestión: no necesitaba una fortuna, y menos en aquel sitio perdido de Cedar Grove.

Se incorporó intentando orientarse. Tenía que encontrar el desvío hacia su calle. En la carretera del condado no había señales. ¿Cómo coño iba a encontrar nadie una salida si no había señales? Tenía que recurrir a otros indicios. La piedra grande en el arcén. Justo después tenía que girar... Ese era su... ¿Qué estaba diciendo? Ah, sí, que no necesitaba mucho dinero. Se le daba bien mentir. Como con ese carpintero noruego..., Sven o... Eric. Eso era, Eric. El buen hombre estaba haciendo en su casa trabajos por valor de dos mil o tres mil dólares y lo único que tenía que hacer Mathews era investigar un poco sobre una hija que le habían matado. Dinero fácil. Había conseguido el expediente policial y aquello había resultado todo un bombazo. Al parecer, la hija de Eric no había sido la santurrona de la que hablaba su padre: cuando murió estaba preñada. Además, la policía ni se había molestado en decírselo a él ni a su mujer. Pero ¿quién estaba al mando de las fuerzas del orden en aquel pueblucho, el Superagente 86? La cara que había puesto Eric cuando le había dado la noticia no tenía nombre. Había sido como si lo hubieran abofeteado y lo hubiesen dejado sin sentido y con los ojos abiertos.

En ese momento, Eric le había pedido que dejase de investigar, que no siguiera escarbando, porque su mujer y él no querían conocer más detalles sobre la muerte de su hija.

Mathews le había dedicado, ¿cuánto?, ¿diez horas al expediente?, y a cambio había conseguido cinco mil dólares. No, cinco mil no... Había conseguido... ¿Cuánto, coño? Igual daba.

Otra sacudida. Otra cabezada. Mathews vio la piedra del arcén. Mierda. Frenó de golpe y las ruedas de la camioneta patinaron sobre el asfalto. El humo rebasó la cabina, que quedó atravesada en la carretera. ¿Por qué no han señalizado la dichosa salida? Dio un golpe en el volante. ¡Hay que ser muy imbécil!

¿Por dónde iba…?

Miró a la carretera. Ah, sí: la salida.

Tomó la angosta carretera y el vehículo se fue hacia la izquierda. ¿Por qué se iba hacia la izquierda? La camioneta raspó la pared de tierra. Oyó crujir algo, como un chasquido. Volvió a corregir la dirección hasta volver al centro de la carretera.

Entonces vio algo en el suelo y pisó el freno.

¿Qué coño…?

¿Ramas?

Desde luego, eso parecían.

¿Y qué coño hacían esas ramas en medio de la carretera?

Porque él seguía estando en la carretera, ¿verdad?

Miró bien a través del parabrisas. Ramas. Su puta madre… En medio de la carretera. ¿Podría pasar por encima? No parecía muy probable. Mierda.

Fue a abrir la puerta del conductor. La puerta no respondía. Volvió a probar y la sintió ceder un tanto, pero no se abrió. ¿Qué cojones…?

Empujó con más fuerza. La puerta emitió un crujido lastimero y luego un gemido. Volvió a intentarlo, esta vez apretando el hombro contra ella, y consiguió abrir un resquicio por el que salir. Tropezó, pero se aferró a la manilla para mantener el equilibrio. La camioneta tenía todo el lateral lleno de arañazos y le faltaba el retrovisor de aquel lado. Alguien debía de haber chocado con él y haberse dado a la fuga, quizá en el aparcamiento de aquella dichosa taberna. Tendría que comunicarlo al seguro.

Se detuvo un instante, asaltado por una duda. ¿Qué estaba haciendo fuera de la camioneta? Entonces vio las ramas. Eso. Dejó la manilla y fue dando tumbos a la parte delantera del vehículo. Estudió las ramas y vio que, sin duda, eran demasiadas para salvarlas. Con la suerte que estaba teniendo, seguro que pinchaba una rueda. Tendría que apartarlas. Se agachó y agarró una de las más grandes para arrastrarla hacia el margen de la carretera. Pesaba la muy condenada. Miró al montón. Joder, iba a necesitar un buen rato. Volvió a agacharse para coger la segunda y se puso a tirar y a empujar para soltarla. Sintió que se mareaba por el esfuerzo y la postura. Tuvo que parar a fin de recobrar el aliento.

Miró a la colina del otro lado de la carretera e hizo una mueca de dolor ante los hirientes rayos de sol que se colaban entre los troncos de los árboles. Levantó una mano para no deslumbrarse.

Oyó un chasquido.

Pero no había viento. ¿Por qué iba la rama de un árbol a...?

Sintió un golpe sordo.

Su cuerpo cayó hacia atrás y, por un instante brevísimo, pudo ver el cielo.

Tracy observó a Calloway bailar sobre un pie y otro. De cuando en cuando hacía un mohín como si hubiera pisado una chincheta.

—La pierna —explicó encogiéndose de hombros— se me duerme por la lesión nerviosa... y la cosa empeora con este frío. —Señaló con un dedo enguantado el tramo de carretera que tenían delante—. Encontramos la camioneta de Mathews en medio de la carretera con el motor en marcha. Había broza en la calzada y en el borde. Todo hacía pensar que se había parado a despejarla para poder llegar a su casa.

—Alguien la puso allí para obligarlo a apearse.

—Si fue así, lo planearon bien. Las ramas no estaban cortadas, lo que los habría delatado. Daba la impresión de que estuvieran arrancadas, y no ese mismo día.

—Alguien tuvo que reunirlas y esconderse a esperar. —Tracy reflexionó al respecto. Hundió todavía más las manos, protegidas con guantes, en los bolsillos del chaquetón. El rato que llevaban allí de pie no había hecho sino exacerbar el frío.

—El nivel de alcohol en sangre de Mathews duplicaba casi el límite permitido —señaló Calloway— y le había hecho un buen estropicio a uno de los costados de su camioneta. No había nada que nos hiciera pensar en una emboscada, ya que nadie de por aquí lo conocía lo suficiente para tener nada contra él. Por eso interrogamos a la exmujer.

—¿Y Eric Johansen?

—También lo pensamos. Eric decía haber estado ocupado con unos muebles en su cochera cuando abatieron a Mathews.

—¿Y su mujer lo confirmó?

Calloway negó con la cabeza.

—No pudo. Estaba en misa. De todos modos, dejamos que todos creyeran que había sido un accidente de caza y cerramos el caso. Teníamos la esperanza de que quizá algún día surgiese algo...; pero hasta ahora no ha habido suerte...

—¿En qué época del año pasó?

El jefe le indicó con una sonrisa que se hallaba en la pista correcta.

—A finales de octubre.

—Temporada de venados. ¿Quién lo encontró?

—Una vecina que venía en sentido contrario. Al principio no lo vio a él: solo las ramas y su camioneta. Se bajó del coche, dio un par de pasos y se quedó de piedra al ver el cuerpo de Mathews medio cubierto por la broza.

—¿Dónde le dispararon?

—En la cabeza.

—Y la bala, ¿de qué calibre era?

—No lo sé, pero por el agujero del cráneo tuvo que ser por lo menos de nueve milímetros.

—¿No la encontrasteis?

Calloway sacudió la cabeza en señal de negación.

—¿Tú has visto este sitio, Tracy? Mira que la buscamos...

—Es decir, que no hay pruebas de balística.

—Lo más seguro es que la bala hubiese estado demasiado deformada para servirnos de nada, al menos es lo que dedujimos de cómo le había dejado el cráneo a Mathews.

—E imagino que casi todos los habitantes de Cedar Grove y de las poblaciones de alrededor tiene una escopeta de caza de ese calibre.

—Incluido Eric Johansen.

Tracy observó la falda escarpada de la colina. El sol se había ocultado tras el tronco de un árbol. Calloway le leyó el pensamiento.

—Subimos ahí arriba, porque entonces todavía me era posible. No encontramos huellas. Si alguien dejó algún rastro, usó una rama para borrarlo.

Aquello le llamó la atención. Su padre les había enseñado a Sarah y a ella ese truco cuando salían a buscar rebozuelos: «Borrad las huellas si no queréis que las sigan y encuentren los mejores sitios que habéis descubierto».

—Si le tendieron una emboscada —dijo Tracy—, tuvo que haberlo seguido alguien para rastrear sus movimientos, ¿no? Porque no se iban a arriesgar a que encontrase las ramas otro de los propietarios antes que él, ¿verdad?

—Parece razonable. Además, tampoco habría sido difícil seguir a Mathews. Por lo que averigüé, pasaba buena parte de la tarde bebiendo en la Four Points Tavern.

—Eso significaría que hubo más de una persona implicada.

—¿Y eso?

—Si no podían arriesgarse a que topase con las ramas otro vecino antes de que llegara Mathews, alguien tuvo que seguirlo para avisar a quien estuviera aquí de que venía de camino.

—Quizá. También es posible que el que disparó prefiriera correr ese riesgo. Al final de la carretera solo hay cuatro casas, de modo que tenía muchas probabilidades, sobre todo en pleno día, cuando todo el mundo está trabajando.

—¿Hablasteis con la gente de la Four Points?

Calloway asintió.

—Después de recibir el informe de la tasa de alcohol en sangre de Mathews. Aquello explicaba los daños de su camioneta y las huellas de rueda que encontramos en la carretera del condado. Estuvo dando tumbos de un lado a otro de la calzada. Mandé a un agente a preguntar a los abrevaderos locales y averiguó que Mathews era habitual de la Four Points.

—¿Se acordaban de él el camarero o los parroquianos?

—El camarero nos dijo que había días, como aquel, en los que llegaba temprano y bebía desde el desayuno hasta el almuerzo y luego se arrastraba hasta su casa para dormir la mona. Decía que él siempre le ofrecía un café y un taxi, aunque no me molesté en comprobar si era cierto o lo decía por cubrirse las espaldas. Tampoco había necesidad, ya que, por lo que nos dijo, Mathews siempre los rechazaba diciendo que estaba a solo tres kilómetros.

—El doble del límite legal —repitió Tracy, a quien le costaba creer que Mathews estuviese en condiciones de conducir.

—Ya, pero, por lo visto, aguantaba bien el alcohol cuando quería. El camarero le dijo a mi agente que Mathews aún era capaz de mantener una conversación y que llegó caminando recto hasta la puerta, aunque también pudo haberlo dicho para cubrirse las espaldas.

—¿Se acordaba de si había salido solo o acompañado?

—Nos contó que siempre llegaba solo y, aunque había hecho algunos conocidos, nadie podía decir que pasara tiempo con él o que lo conociese bien. No tenía muy buen beber, por lo menos según lo que cuenta su exmujer.

—¿Quién sabía que estaba investigando la muerte de Heather Johansen?

Calloway se encogió de hombros con las palmas de las manos hacia arriba.

—Como te he dicho, los Johansen me avisaron por si Mathews necesitaba algo; pero tú ya conoces esta ciudad, Tracy: si aparece un tío al que no ha visto nunca nadie y se pone a hacer preguntas sobre un asesinato... —al jefe en funciones se le fue la voz.

—¿Te pidió algo alguna vez?

—Solo un duplicado del expediente de Heather, que yo le di después de que Eric Johansen firmase su consentimiento. Le dije a Mathews que adelante, porque entonces yo estaba convencido de que House había matado a Heather, pero que fuera discreto.

—Pues parece que no te hizo caso.

—No sería la primera vez.

—¿Hablaste con Finlay de la muerte de Mathews?

—Quieres decir que si tenía coartada.

—¿La tenía?

Calloway hizo un gesto de negación con la cabeza.

—No. Finlay no estaba de servicio aquel día y Kimberly estaba trabajando en el periódico.

—¿Te dijo qué estaba haciendo?

—Ya sabes lo que estaba haciendo: cazar.

—¿Con alguien? —preguntó Tracy arqueando las cejas, aunque sospechaba la respuesta por la actitud renuente de Calloway.

—Solo.

—¿Examinaste su escopeta de caza para comprobar cuándo la había disparado por última vez?

—Sí, y estaba limpia; pero Finlay ya me había dicho que aquella semana la había usado en el campo de tiro y, al volver a casa, la había limpiado como de costumbre.

—Así que no pudiste determinarlo.

—¿Cuándo la había usado por última vez? No.

—Y sin la bala...

—Imposible demostrar qué escopeta pudo usarse.

—Dices que tenía el cráneo muy dañado. ¿Dijo algo la autopsia sobre la distancia que pudo recorrer el proyectil antes de dar en el blanco?

—El médico forense calculó que entre cien y ciento cincuenta metros.

Aquello no era de ninguna ayuda.

—Cualquiera podría acertar a esa distancia con una mira telescópica. Joder, Roy, si pudiéramos extender esa distancia a doscientos y hasta a cuatrocientos metros y seguiríamos teniendo a docenas de sospechosos solo en los alrededores.

—Tienes razón. Basándonos en el ángulo que presentaba la herida, debieron de disparar desde un saliente rocoso de esa ladera, a unos cien metros de aquí. —Alzó la mano para protegerse del sol y señaló—. Además, era más o menos esta misma hora.

Tracy siguió la mano que había tendido el jefe y se puso la suya a modo de visera.

—En esta época del año y en este momento del día, el que disparó debía de tener el sol a la espalda, lo que lo haría casi invisible aunque Mathews hubiese mirado en esa dirección. El saliente, ¿está ahí arriba? —dijo, muy poco entusiasmada ante la idea de tener que subir la ladera.

Calloway volvió a señalar.

—Sí, a cien o ciento cincuenta metros. Te llevaría, pero con la pierna como la tengo…

Ella le tendió las llaves del coche.

—No tiene sentido que se nos congelen las aldabas a los dos.

Él entornó los ojos.

—¿Las aldabas?

—Cosas de la niñera irlandesa. No preguntes.

Calloway aceptó las llaves y se retiró al Subaru. Tracy cruzó la calzada, buscó un lugar adecuado para subir la ladera y echó a andar. Con la nieve no resultaba fácil pisar firme. Bajo ella oyó arrancar al jefe y sintió envidia. Se fue agarrando a la maleza que logró encontrar a fin de no resbalar. Una vez que el suelo se volvió más fácil de transitar y el terreno se fue allanando, prosiguió hasta alcanzar el saliente que había indicado Calloway, situado a entre ciento y ciento cincuenta metros ladera arriba. Tracy empezó a rodearlo, dejando el sol a su espalda, y escaló la roca, cosa que logró no sin antes escurrirse un par de veces por la nieve y el hielo. Cuando al fin llegó arriba, bajó la vista a la carretera y pudo ver su Subaru sin impedimento alguno.

Aquello no había sido un accidente de caza.

CAPÍTULO 8

Dejó a Calloway en comisaría, pues no quería que estuviese presente cuando hablara con Finlay. Sin embargo, en vez de decirle esto, prefirió jugar con su ego y decirle que seguía siendo una presencia notable en Cedar Grove, y no solo por su estatura física. Su sombra era alargada... y también abarcaba a quien en otra época había sido su protegido.

—¿Seguro que no quieres entrar a tomarte un café y entrar en calor antes de seguir? —preguntó el jefe, de pie al lado del vehículo y agachando la vista para mirarla. Tenía una mano en el techo del coche y la otra sosteniendo la puerta del copiloto—. No vaya a ser que se te hielen las aljabas.

Tracy sonrió ante la confusión.

—Gracias, pero quiero hablar cuanto antes con Finlay para poder llegar a casa a una hora razonable.

Él empezó a cerrar la puerta del coche cuando se detuvo.

—Tráete un día a la cría a casa, que Nora se va a volver loca cuando la vea.

La inspectora volvió a sonreír.

—Ya, ya..., Nora... Pues dile que cuente con ello.

Salió del estacionamiento y atravesó la ciudad. Estaba convencida de que Finlay sería más franco con una mujer que con un hombre —con su antiguo jefe, nada menos—, que le preocuparía menos mantener una fachada imperturbable y se mostraría probablemente más sincero. Lo había visto antes en el cuerpo. Cuando los compañeros varones del equipo A de la Sección de Crímenes Violentos no conseguían con un sospechoso nada más que, a lo sumo, llevarse un par de insultos, Tracy pedía que la dejasen intentarlo y, poco después, el hombre acababa charlando con ella como si fuese la única persona del mundo que lo comprendía de veras.

De camino a ver a Finlay pensó parar en la Four Points Tavern, pero acto seguido reparó en que las probabilidades de que el camarero fuese el mismo que atendía la barra en 2013, cuando Mathews había frecuentado el local, resultaban escasas. Ya lo comprobaría más adelante. Por el momento, necesitaba acabar pronto y volver a casa para sacarse la leche.

Roy le había dicho que, después del incendio, Finlay se había mudado al mismo motel en el que se había alojado ella a su regreso a Cedar Grove para asistir al segundo juicio de Edmund House. El jefe en funciones no sabía si tenía intención de reconstruir la casa ni si pretendía siquiera volver al trabajo. Decía que había hablado de dejar el estado para irse a vivir más cerca de sus padres, que en aquel momento estaban cuidando de sus tres hijos. Los recuerdos resultaban demasiado dolorosos para pensar en quedarse y, hasta que se resolviera la muerte de su esposa, no quería someter a sus hijos a la fábrica de rumores que era Cedar Grove, donde muchos ya habían dado por hecho que tenía algo que ver con la muerte de Kimberly.

A Tracy no le costaba sentirse identificada con él. Entendía que quisiera alejarse de la ciudad que había considerado su hogar y del trabajo que amaba. Difícilmente podría ejercer de jefe de policía de Cedar Grove si la muerte de su mujer estaba envuelta en conjeturas que no hacían sino revolver el polvo que se había ido acumulando con los años sobre la tumba de Heather Johansen… y también, posiblemente, sobre la de Jason Mathews. En un municipio pequeño, lo que se callaba podía ser más enajenante que las cosas más horribles que pudiesen articularse. Tracy lo sabía bien, porque, aunque sus conciudadanos le habían asegurado que ella no había tenido responsabilidad alguna en la muerte de su hermana, el simple hecho de que lo hicieran significaba que, sin duda, lo habían considerado.

Llegó al aparcamiento del motel después de detenerse en una hamburguesería con servicio de recogida desde el coche. No había comido y el olor grasiento de las hamburguesas y las patatas fritas resultaba embriagador. Reconoció la Chevrolet azul de Finlay en la parte trasera del solar contiguo al motel de dos plantas y fachada forrada con tablillas de madera. Recogió la bandeja de cartón con la bolsa de la comida y dos batidos de chocolate y la mantuvo en equilibrio mientras se colocaba el maletín en bandolera. Subió las escaleras que daban a la segunda planta. La nieve del tejado hacía al derretirse que cayeran gotas de agua, cuyo sonido contrapunteaba el de los camiones articulados que recorrían la carretera del condado.

Llamó dos veces con los nudillos a la habitación número 12 y provocó en la puerta una resonancia hueca. Finlay se asomó a la ventana contigua antes de abrir. Le costó reconocerlo, como si hubiese envejecido de forma exponencial, muchísimo más de los cinco años que llevaba sin verlo. Las canas, que antes se habían ceñido a las sienes y las patillas, habían pasado a dominar su pelo, y la cara juvenil de otros tiempos se ocultaba bajo una capa de piel flácida. Sus ojos castaños, que en el instituto habían llamado la atención de las chicas, se veían ausentes y tristes. También había perdido mucho peso, cosa que se hacía evidente sobre todo en el cuello y los hombros. Parecía uno de esos actores que usan productos de adelgazamiento cuyos efectos resultan demasiado rápidos para ser saludables. La camiseta negra que se había puesto le quedaba holgada y los vaqueros le hacían pliegues allí donde había tenido que apretar demasiado el cinturón para ajustarlos.

—Hola, Tracy. Me alegro de ver una cara conocida. —Finlay sonrió, pero con una expresión compungida que le recordó a cualquiera de las pocas sonrisas que había conseguido componer su padre tras la desaparición de Sarah y poco antes de quitarse la vida. Se preguntó si Finlay se habría planteado también hacer tal cosa en los momentos de mayor angustia.

—Buenas, Finlay.

Él se apartó y extendió un brazo hacia el interior de la habitación: dos camas de matrimonio, una a medio hacer y la otra atestada de maletas, un portátil y ropa. En un rincón había una cocina pequeña con una hornilla de dos quemadores y un frigorífico en miniatura.

—Bienvenida a mi humilde morada. Supongo que lo bueno de un incendio devastador es que no te queda gran cosa a la hora de hacer la mudanza.

«Cuánto puede cambiar todo... en solo un instante», pensó Tracy.

—He despejado un poco esta parte... —añadió él señalando una mesa redonda laminada bajo una ventana con el marco de aluminio desde la que se veían el descansillo y el estacionamiento.

La inspectora dejó el maletín sobre la moqueta marrón oscuro y la bandeja de cartón sobre la mesa antes de quitarse el chaquetón y colocarlo en el respaldo de una de las sillas mientras anunciaba:

—Me ha parecido buena idea traer algo de comer.

Finlay levantó una mano.

—Yo no tengo hambre, pero adelante.

—En esta bolsa hay cuatro hamburguesas, Finlay. Ya sé que he engordado con el embarazo, pero no pienso comerme cuatro hamburguesas.

El jefe de policía sonrió y Tracy vio en él un leve vislumbre del hombre que había conocido.

—Está bien.

Sacó dos hamburguesas y puso una en el lado de la mesa de Finlay junto con una bolsa de patatas fritas y un batido de chocolate.

Los paneles de madera oscura y el olor a humedad de la habitación la transportaron a su visita de hacía cinco años. Sobre sus cabezas se tambaleaba un ventilador de techo que andaba un tanto desequilibrado y emitía un ligero retumbo con cada giro.

—¿Puedo ofrecerte café o té? —Finlay acompañó la invitación con un gesto hacia la jarra que descansaba sobre la encimera de formica, cerca de la hornilla.

—Me arreglo con el batido, gracias —respondió ella, que tomó asiento a la mesa e hizo subir la nata por el interior de la pajita.

El anfitrión se sirvió una taza de café solo mientras decía:

—Vi la tarjeta del nacimiento de tu bebé sobre el escritorio de Roy. ¿Qué tiempo tiene ahora?

—Acaba de cumplir dos meses. Supongo que todavía es manejable.

—Espera a que aprenda a decir que no. Ahí es cuando empieza de verdad lo divertido. —Aunque era cuatro años más joven, Finlay había empezado antes que Tracy a formar una familia. Retiró una silla y se sentó frente a la inspectora—. ¿Y qué te trae por Cedar Grove? —preguntó antes de dar un sorbo al café.

—Estamos haciendo reforma.

—Ajá. —El jefe de policía siguió bebiendo de su taza sin hacer caso alguno a la hamburguesa y al batido.

—¿Cómo están tus hijos? —Tracy desenvolvió su hamburguesa, que dejó escapar su olor a carne hecha, queso derretido y cebolla.

Él se encogió de hombros.

—Van tirando como pueden, igual que yo. Están con sus abuelos. Prefiero alejarlos de aquí, por lo menos hasta que se resuelva todo esto.

—Roy —señaló ella con la boca llena— dice que estás pensando en mudarte.

—Aquí en Cedar Grove ya no me queda nada. —Suspiró—. Ni a mí ni a mis hijos. Pero Roy cree que, de momento, es mejor que me quede. —Dejó el café en la mesa y se reclinó en su asiento con las manos entrelazadas sobre el regazo—. Dice que te has ofrecido a echarle una mano, aunque supongo que habrá sido al revés. Me juego lo que sea a que primero te arrinconó y luego te pidió ayuda.

Tracy dio otro bocado a su hamburguesa, que sabía mejor de lo que había esperado... si es que no se trataba de un efecto del hambre.

—Puede que hubiera un poco de todo.

—¿Qué quieres saber, Tracy? ¿Cómo llené el bidón de gasolina dos días antes de incendiar mi casa o qué bate usé para aplastarle el cráneo a mi mujer? Puede que fuese el mismo que me sirvió hace veintiséis años para matar a una novia que me dejó. —Lo dijo como si nada, sin expresión alguna en la voz ni en los ojos.

Ella volvió a dar un mordisco y se limpió las manos con una servilleta. Entonces recogió el maletín y puso sobre la mesa un cuaderno y un bolígrafo.

—Vamos a empezar por el principio. Hablemos de Heather Johansen.

—Te acuerdas perfectamente —dijo él con media sonrisa, aunque el gesto apenas duró un segundo—. Yo era el exnovio contrariado que la acosaba.

—Tengo entendido que eso se arregló cuando habló contigo Roy y te hizo abrazar su fe.

—Roy sabía cómo convencerte cuando decidía bajarse del caballo y hablar contigo.

—A mí, desde luego, no me tuvo que decir dos veces que no montara en bici por la acera —convino Tracy antes de dar un sorbo al batido con la pajita.

Finlay hizo un gesto rápido de asentimiento.

—Me sentó y me preguntó qué pensaba hacer con mi vida. Yo le dije que creía que quería ser poli, como él. No estoy seguro de si de verdad lo pensaba o era el miedo, que me empujaba a ganarme puntos con Roy. Él me recordó que tenía ya dieciocho años y me preguntó cómo pensaba que quedaría mi solicitud de ingreso en la policía si tenía cargos por acoso en mi expediente y luego me dijo que si dejaba en paz a «esa pobre chica», me ayudaría. Eso hice y él cumplió su palabra.

—¿Y por qué te matriculaste en el centro de formación profesional?

—Eso ya lo sabes, aunque supongo que tienes que pasar también por este trámite. —Se incorporó para apoyar los antebrazos en la mesa mientras envolvía la taza con las manos—. Imagino que en parte fue para evitar la vergüenza que sabía que iba a sentir si volvía al instituto, por cómo había tratado a Heather y por las cosas que le había dicho. Me había buscado muchos enemigos, sobre todo entre las chicas. —Volvió a reclinarse, tomando consigo la taza de café, y miró por la ventana—. Y además, para ser sincero, creo que no confiaba del todo en que fuese a ser capaz de dejar tranquila a Heather, y Roy me había dejado muy claras cuáles serían las consecuencias si no lo hacía. —Miró a Tracy y se encogió ligeramente de hombros.

—Sin embargo, lo conseguiste.

—Sí. De todos modos, cuando me planteé las opciones que tenía, vi que podía obtener el título de secundaria y un ciclo de justicia penal al mismo tiempo en el centro local de formación profesional. —Soltó otro suspiro—. De todos modos, por responder la pregunta que no me has hecho… —La miró desde el otro lado de la mesa, sin un ápice de sorna en los ojos—, no, no tengo coartada para la noche de la muerte de Heather. O, al menos, no tengo una coartada sólida. Como le dije a Roy, estaba asistiendo a una clase nocturna en Bellingham, pero el tiempo había anunciado una tormenta de tomo y lomo y, como el profesor sabía que algunos teníamos que hacer todavía un buen trayecto en coche para volver a casa, nos dejó salir antes, sobre las ocho. Llegué justo antes de que cortaran la carretera del condado, pero habían dado ya las doce de la noche cuando aparqué el coche delante de casa.

—¿Viste a alguien más en la carretera?

Él volvió a encogerse de hombros, esta vez moviendo la cabeza de un lado a otro.

—Unos cuantos coches. No sé si recordarás que entonces no despejaban ese camino con mucha frecuencia cuando nevaba.

—Perfectamente. No daban abasto.

—No había máquinas suficientes. —Bebió un sorbo de café.

—De modo que puedo dar por hecho que no viste a Heather caminando sola por la carretera del condado —dijo Tracy con otra sonrisa—. Tengo que preguntártelo.

—Lo sé. —Él negó con la cabeza—. De todos modos, cuando me enteré de lo que le pasó le estuve dando vueltas. Pensé en lo que habría hecho de haberla visto. Quiero creer que me habría parado para ofrecerme a llevarla…, aunque no creo que ella hubiese aceptado. Pero lo más probable es que, despechado como estaba, hubiera seguido adelante sin recogerla. Después de lo que pasó, no sé cómo habría podido vivir con eso. ¿Me entiendes?

Claro que lo entendía. Tracy se habría reprochado siempre el haber hecho a Sarah que se volviera sola por aquella misma carretera. Agitó la cabeza para zafarse de aquel pensamiento.

—¿Eres consciente de que la autopsia determinó que Heather estaba embarazada?

—Soy consciente de que el forense dijo que era *probable*, pero estoy convencido de que fue Roy quien hizo que añadiera esa palabra por no hacer más daño sin necesidad a los Johansen.

—¿Y cómo te enteraste?

Apartó la vista para clavarla en la ventana y dio un trago al café. Acto seguido, dejó la taza en la mesa y volvió a mirar a la inspectora.

—Supongo que antes o después lo vas a descubrir.

Ella había supuesto que le diría que había leído el informe del forense, pero la actitud de él indicaba que había algo más. Esperó, totalmente ajena ya a la comida y al batido.

—Lo supe por Jason Mathews.

Finlay Armstrong dejó el vehículo al lado de un coche de policía de Silver Spurs aparcado frente a la Four Points Tavern.

—Siento tener que fastidiarte con esto —dijo Clay Thompson parapetado tras unas gafas de sol con cristales de espejo. Finlay y él habían jugado juntos al béisbol en un equipo de la Amateur Athletic Union.

—Tranquilo, Clay. ¿Qué pasa?

Thompson señaló a su espalda con el pulgar.

—El dueño ha llamado al 911 para que nos llevásemos a un fulano.

Finlay miró hacia el asiento trasero del coche de Thompson sin ver a nadie.

—¿Y os lo habéis llevado?

El otro negó con la cabeza.

—Está durmiendo como un tronco en su taburete. El dueño dice que perdió el sentido unos minutos antes de que llegara yo. Es de los tuyos. Vive en Sand Point, por la carretera del condado. He querido dejarte a ti la parte divertida.

—Pues muchas gracias.

Thompson sonrió.

—El camarero no quiere denunciarlo ni montar mucho jaleo. Dice que el tipo suele ser tranquilo, pero se pone agresivo cuando toma una copa de más.

—¿Sabes cómo se llama?

El agente de Silver Spurs sacó un cuaderno de espiral del bolsillo delantero de la camisa.

—Jason Mathews. ¿Lo conoces?

Por supuesto.

—Sí, sí. —Lo que no dijo Finlay es que Mathews era abogado, que había llegado de Montana y que se había presentado en comisaría pidiendo el expediente de Heather Johansen y diciendo que la familia lo había contratado para ver qué podía averiguar de «su defunción»—. Tiene muchas ínfulas. Es un poco fanfarrón.

—Según el dueño, se ha vuelto un asiduo. Por lo visto, después de un par de tragos, se pone a hablar de su ex y a armarla buena. He pensado que a lo mejor querías llevarlo a casa y tener una parrafada con él. El propietario no quiere volver a verlo por aquí si no es capaz de dominar lo que bebe ni lo que dice. Además, dice que el tío lo pone siempre en un compromiso, porque nunca lo deja llamar a un taxi. El caso es que lo tienes ahí dentro y que es todo tuyo. Dile que se ha librado por los pelos, ¿vale?, que a la próxima, en vez de llamarte, lo pongo entre rejas. —Thompson arrancó el motor.

—Se lo pienso dejar muy clarito, Clay, y si vuelve a pasar…, no dudes en ponerlo entre rejas.

Thompson asintió sin palabras, metió la marcha y salió.

Dentro de la taberna escasamente iluminada, Finlay se quitó las gafas de sol y se metió una de las patillas en el bolsillo de la camisa mientras sus ojos se adaptaban a la penumbra. El interior no era mucho más refinado que el exterior. Había ventiladores girando sobre la barra y una docena de mesas. En medio había una de billar. Supuso que, en días cálidos como aquel, los ventiladores impedirían que se estancara el aire, mientras que, en otoño e invierno, debían de ayudar a hacer circular el calor.

El camarero señaló con un gesto a un hombre que tenía la cabeza apoyada en la barra, aunque Finlay ya lo había identificado como el posible problema.

—Gracias por venir —dijo el dueño, que se presentó como Pete Adams—. Si fuese solo esto, no me quejaría; pero antes de perder el sentido se puso a despotricar de su ex y de las mujeres en general. Supongo que ya sabe a lo que me refiero.

—Me hago una idea.

—Le agradecería que se lo llevara a casa y que hablase con él. Aquí vienen tanto hombres como mujeres y hacemos lo posible por que no se caldeen los ánimos.

—Haré lo que pueda.

Finlay golpeó con fuerza la barra con los nudillos y Mathews levantó la cabeza de un respingo como si el taburete hubiese estado electrificado. Tenía expresión confusa.

—¿Señor Mathews?

—¿Quién es usted? —quiso saber él entornando los ojos.

—Agente de policía de Cedar Grove. ¿Está en condiciones de caminar?

—Claro que sí. ¿Qué clase de pregunta es esa?

—La que suele hacer un agente de policía a un hombre que ha bebido demasiado.

Mathews miró con más detenimiento el uniforme de Finlay.

—Le voy a pedir que deje su asiento y me acompañe afuera.

—¿Por qué?

—Porque, como ya le he dicho, ha bebido usted demasiado. Se ha desmayado sobre la barra.

—¿Y hay alguna ley que lo prohíba?

Finlay contuvo una sonrisa.

—Dígamelo usted, que es el abogado.

Mathews lo miró como si hubiese perdido el hilo de la conversación. Bajó del taburete. Finlay lo sostuvo del bíceps para ayudarlo a mantener el equilibrio y juntos se dirigieron a la puerta. Cuando el agente la abrió, Mathews entrecerró los ojos y levantó una mano para no dejarse deslumbrar por la luz cegadora del día.

—¿No tiene gafas de sol? —preguntó Finlay mientras se ponía las suyas.

—En la camioneta.

—La camioneta, desde luego, se queda aquí.

—¿Por qué?

—Porque está usted borracho. Y sí, hay una ley que prohíbe conducir ebrio. Voy a llevarlo a su casa y espero que esta advertencia baste para que no vuelva a repetirse una situación así, ¿estamos?

—Estamos.

—¿Va a vomitar?

—¿Qué?

—Que si tiene ganas de vomitar.

—No, estoy bien.

—Eso no lo tengo yo muy claro —dijo Finlay entre dientes antes de advertirle—: Si vomita en mi coche patrulla, lo limpia usted. Esa es la norma. ¿Lo ha entendido?

—Perfectamente.

Finlay abrió la puerta trasera y colocó la mano sobre la cabeza de Mathews para evitar que se golpeara y le llenase el asiento de sangre.

—Abróchese —le dijo.

—Pero ¿y mi camioneta?

—Tendrá que venir a recogerla cuando se encuentre bien, supongo.

Instantes después, Finlay dejó el aparcamiento y accedió a la calzada. Por la radio, puso al día a sus compañeros de la llamada de Silver Spurs. Informó de que iba a llevar a Mathews a su casa y volvió a colocar el aparato en su soporte. Miró por el retrovisor para comprobar que Mathews, al otro lado de la rejilla de seguridad, no tenía pinta de ir a vomitar.

—Usted es el abogado de los Johansen —dijo.

Mathews lo miró como si no lo entendiese y, a continuación, respondió:

—Era.

—¿Ya no?

El otro negó con la cabeza. Finlay aguardó y, tras unos segundos, añadió el letrado:

—No les han gustado las noticias que tenía para ellos.

—Ah, ¿no?

—No.

Otra pausa. Esta vez, sin embargo, el agente tuvo que tirarle de la lengua.

—¿Y cuáles son las noticias que tenía para ellos y no les han gustado?

—Eso forma parte del secreto profesional —dijo Mathews arrastrando las palabras.

—Está bien.

Llevaban unos minutos más de trayecto cuando el abogado reveló sin necesidad de que le preguntasen:

—He averiguado algo que no sabe nadie más.

Finlay no respondió, convencido de que debía de ser uno de esos fulanos a los que les encantaba hacer ver que tenían información. Supuso que debía de tratarse de las chorradas inconexas de un borracho.

—¿Quiere saber qué es? —preguntó Mathews.

El agente no respondió de inmediato. Se reclinó en su asiento.

—Claro. Cuénteme.

—Esa muchacha... ¿Cómo se llamaba...? Heidi... Ingrid...

—¿Heather?

—Sí, eso es: Heather. —*Mathews miró por la ventana como si hubiese olvidado de qué estaban hablando.*

Finlay sintió que le daba un vuelco el corazón.

—¿Qué es lo de Heather?

Mathews miró hacia el retrovisor.

—Resulta que había hecho cositas guarras.

El conductor notó que le subía el rubor a las mejillas.

—¿En serio? —*logró articular.*

—Sí, resulta que estaba embarazada.

Finlay estudió por el retrovisor a su pasajero. El abogado sonreía, aunque no lograba enfocar la mirada. Sonó un claxon y el agente alzó la vista. Se había desplazado hacia el centro de la calzada y corrigió

enseguida la dirección. Se tomó un instante para calmarse y a conti-
nuación preguntó:

—*¿Y cómo se ha enterado de eso?*

—*Está en el expediente, en el informe del forense.*

Finlay no había llegado a ver la carpeta del caso de Heather
Johansen. Roy Calloway la guardaba bajo llave en su escritorio, junto
con unos cuantos expedientes más, como el de Sarah Crosswhite. Roy
había llegado a la conclusión de que Edmund House había matado a
Heather Johansen del mismo modo que a Sarah Crosswhite.

—*¿Y decía algo más?* —*preguntó Finlay*—. *El expediente, ¿conte-*
nía más información?

Mathews movió la cabeza hacia la izquierda y después hacia la
derecha. Tan distendidos tenía los músculos del cuello que daba la
impresión de que se le fuera a caer de encima de los hombros.

—*No.*

—*¿No averiguó nada más?*

—*Algo como…* —*quiso saber sin conseguir dejar quieta la cabeza.*

—*Como quién era el padre.*

CAPÍTULO 9

Finlay volvió a mirar a Tracy. Ella, haciendo lo posible por no mostrar ninguna reacción, trataba de decidirse entre las distintas luces de alarma que se habían encendido en su interior, tantas que su cerebro podría haber pasado por una feria. Optó por abordarlas por partes.

—¿Qué te respondió?

—Que no lo sabía. —Se encogió otra vez de hombros antes de hacer una mueca—. Me dijo que les había revelado a Eric y a Ingrid lo que ponía en el informe del forense y que los dos se quedaron como si les hubiera pasado un camión por encima. Por lo visto, el que peor lo llevó fue Eric. No me extraña: son un matrimonio muy religioso y les estaban hablando de su niñita.

—¿Y lo despidieron? —preguntó Tracy.

—Dice que le pidieron que saliera de su casa y que no volvió a trabajar para ellos, aunque me aseguró que le daba igual. Según él, Eric le había hecho ya trabajos de carpintería por valor de un par de miles de dólares. Como te he dicho, no era precisamente de los que se hacen querer.

—¿No se lo contaste a Roy?

Finlay negó con la cabeza.

—¿Por qué no?

—Te lo puedes imaginar. En primer lugar, si estaba en el informe del forense, él ya lo sabía y había decidido no contarlo, supongo que para no herir sin necesidad a los Johansen, y en segundo lugar, porque esa información solo la conocían el padre de la criatura… y probablemente su asesino.

—De modo que, cuando mataron a Jason Mathews, pensaste que contarlo podía convertirte de nuevo en sospechoso.

—No quería volver a pasar por lo que tuve que soportar con la muerte de Heather. Roy estaba pensando en retirarse y yo encabezaba la lista de posibles sustitutos. Además, supuse que, en el fondo, por lo menos en lo que a mí respectaba, daba igual lo que pudiera revelar Mathews.

—¿Por qué?

Finlay empezó a animarse y hasta elevó un tanto la voz.

—Porque yo no lo maté, Tracy. Yo no maté a Heather ni a Mathews.

—¿Te preocupaba que pudieras ser tú el padre?

—Pues claro. Quiero decir, que después de la charla de Roy, me mantuve alejado de ella, pero no sabía de cuánto estaba.

Tracy asintió antes de preguntar:

—¿Y por qué me cuentas esto ahora, Finlay?

—Porque doy por hecho que, si lo estás investigando, acabarás por averiguarlo.

—¿Por qué?

—¿Que por qué? Roy te ha dado el expediente, ¿no?

—No. Lo que quiero decir es que cómo iba yo a averiguar lo que te contó Mathews. Mathews está muerto y dudo mucho que ni siquiera la Four Points Tavern siga teniendo el mismo dueño…

Finlay se encogió de hombros.

—¿Has leído el informe del forense?

—Sí.

—Y al leerlo, ¿quién ha sido el primer tío que te ha venido a la cabeza? Yo, ¿verdad?

—Sí.

El jefe de policía volvió a encogerse de hombros.

—¿Cuánto tiempo pasó entre tu charla con Mathews y su muerte?

—Cuando fui a buscarlo al bar debíamos de estar en octubre. Fue después de que volvieras tú a Cedar Grove. Y lo mataron durante la temporada de caza.

Un mes. Tracy no dejó de sostenerle la mirada, ni Finlay hizo nada por apartar la vista.

—¿Sabías de alguien que saliese con Heather después de que cortarais?

—No, pero es que Kimberly tampoco.

—¿Y cómo sabes eso?

Finlay hizo un mohín.

—Porque Kimberly consiguió acceder al expediente y me hizo las mismas preguntas que me estás haciendo tú ahora. Si era yo el padre y, si no, quién podía haber sido.

—¿Heather no se lo contó?

—No, y Kimberly dice que no tenía ni idea de que pudiese estar saliendo con nadie.

Tracy meditó al respecto. El instituto de Cedar Grove debía de tener unos cuarenta alumnos por curso, aunque cuando ella estudiaba eran menos. Parecía poco probable que Heather se liara con un compañero, porque habría sido imposible mantenerlo en secreto.

—¿No habías oído nunca rumores?

—¿De su embarazo? Qué va, hasta que Mathews se puso a hablar aquel día en mi coche.

—¿Tienes alguna teoría sobre quién podría haber sido el padre?

El interpelado se encogió los hombros y negó con la cabeza.

—Como te he dicho, ni Kimberly ni yo sabíamos nada. Ella no tenía ni idea de quién podía ser y yo no estaba aquí. De hecho, Kimberly estaba tan convencida de que Heather, su mejor amiga, se lo habría dicho que ni siquiera se lo creía. Decía que el forense tenía que haber metido la pata.

—Es poco probable.

—Solo te digo lo que pensaba Kimberly.

—¿Y tú no tienes ninguna teoría?

Finlay vaciló.

—Dime.

—Nada.

—No, nada no. ¿Tienes tu propia teoría?

—No…, hasta que Kimberly consiguió el expediente y me dijo que, según el informe del forense, Heather solo estaba de siete u ocho semanas.

—¿Y qué pensaste entonces?

Finlay soltó un suspiro.

—Son solo conjeturas.

—De acuerdo.

Él se puso en pie.

—En aquella época, Heather trabajaba para Ed Witherspoon. No sé si te acuerdas, pero Ed organizaba todos los años una fiesta de Nochebuena para sus empleados y sus clientes en la inmobiliaria.

—Sí, me acuerdo. —Los padres de Tracy también hacían una y su padre siempre decía que a Ed le fastidiaba que acudiera más gente a la de ellos.

—Me preguntaba, teniendo en cuenta las fechas, si no habría ocurrido algo durante aquella fiesta o después. El alcohol corría con liberalidad y, como te puedes imaginar, no había nadie comprobando la edad de quienes pedían una copa.

—¿Le has confiado en algún momento esa teoría a Roy?

Finlay negó con la cabeza.

—Como te he dicho, no son más que conjeturas que me puse a hacer cuando Kimberly consiguió el expediente. Entonces seguíamos convencidos de que a Heather la había matado Edmund House.

—¿Y ahora?

Finlay agitó la cabeza y dejó escapar el aire que tenía en los pulmones.

—Yo ya no lo sé, Tracy. No lo sé. Pero una cosa sí te digo: Heather no pudo llegar andando a Silver Spurs. No me creo que se le ocurriera hacer algo así una noche como aquella, cuando todo el mundo sabía que se avecinaba una tormenta. No iba vestida para eso.

—¿Crees que alguien la llevó al hospital para abortar?

—Y lo más lógico es pensar que si no fueron sus padres ni Kimberly, tuvo que ser el padre de la criatura, que era el único que tenía motivos para convencerla de que se quitara el problema de en medio pagándole un aborto.

—Entonces, ¿qué hacía volviendo a casa sola?

—No lo sé. Lo que sí sé es que al final no lo hizo. El informe del forense confirma que no abortó. Quizá quienquiera que la llevase discutiese con ella porque no quería hacerlo y ella se bajó del coche y se volvió andando. También puede ser que el conductor la dejara en el hospital y se fuese, convencido de que sí lo haría.

—¿Y tienes pruebas que sustenten esa teoría?

—El informe del forense, los archivos el hospital y el hecho de que estuviese sola en la carretera del condado habiendo una tormenta tan cerca.

—¿Hay algo más que creas que puede serme útil?

—No —Finlay dio un sorbo al café antes de añadir—: Bueno, sí: creo que Mathews era un estafador.

—¿Y eso?

—Creo que todo fue un montaje para conseguir que Eric Johansen le hiciese algunos arreglos gratis.

—¿Qué te hace pensar eso?

—¿Te ha dicho Roy que el colegio de abogados de Montana lo había amonestado por apropiación indebida de fondos de sus clientes, negligencia y un par de cosas más? El jefe lo estuvo investigando. Casi todo estaba relacionado con su afición a la botella. ¿No te ha dicho que habló con la exmujer?

Tracy asintió.

—Entonces sabes lo mismo que yo.

—¿Cómo supiste a lo que se estaba dedicando Mathews? Según le dijiste al camarero, lo conocías de vista.

Finlay sonrió.

—Esto es Cedar Grove, Tracy. Aquí todo el mundo se fija en cualquier extraño y a mí entonces me pagaban por hacerlo. Después de lo de Edmund House, estaba todavía más atento.

—Y, que tú sepas, ¿había alguien más que tuviese conocimiento de que Mathews estaba investigando el asesinato de Heather Johansen?

—Como te he dicho, supongo que todo Cedar Grove, aunque no lo puedo decir con seguridad. Con seguridad, solo Roy, los Johansen y yo.

—¿Dónde estabas la tarde que mataron a Mathews?

Armstrong asintió.

—Sabía que al final me lo preguntarías. Fue en octubre, Tracy. Yo estaba donde estoy siempre en mis días libres durante la temporada del venado, donde estaba tu padre cuando descansaba: cazando.

—¿Solo?

Él se encogió de hombros.

—En Cedar Grove, a mediados de semana, todo el mundo está trabajando.

—¿Dónde habías ido a cazar?

—A unos tres kilómetros de donde encontraron el cadáver de Mathews. —Dejó la taza y volvió a dar la impresión de sentirse intranquilo—. Te lo voy a poner más fácil: me habría sido posible acercarme con el coche a la zona desde la que creemos Roy y yo que le dispararon. Lo que pasa es que siempre limpio la escopeta cada vez que la uso y también después de cada cacería, aunque no la haya disparado. Es una costumbre que aprendí de mi padre. De modo que, aunque hubiese sido yo quien mató de un tiro al abogado, tenía la escopeta limpia.

—¿Y fue así?

—¿Qué?

—Que si mataste a Mathews.

—No —respondió Finlay alzando la voz—, ni tampoco maté a Heather… ni a mi mujer.

Tracy le concedió unos momentos para que se relajase antes de añadir:

—¿Quién sabía que habías salido a cazar?

—La única persona que te puedo decir con seguridad que lo sabía es Kimberly. Y, por cierto, desde cien o ciento cincuenta metros, que es la distancia a la que calculamos que estaba quien lo mató, habría acertado con los ojos cerrados.

—¿Oíste el disparo? —Tracy sabía que una descarga así podía percibirse desde muy lejos—. Mientras cazabas, ¿oíste algo parecido a un disparo?

—Si lo oí, no lo recuerdo.

—¿Cuándo tuviste noticias de la muerte de Mathews?

—Roy fue a verme poco después de llegar yo a casa y me hizo muchas de las preguntas que me estás haciendo tú ahora.

La inspectora no dudaba que tuvo que ser así. Pasó la hoja de su cuaderno.

—Lo siento, Finlay, pero tenemos que hablar de Kimberly.

—Lo sé.

No le dijo que no se preocupara ni que entendía que estaba haciendo su trabajo. No se lo puso fácil: se limitó a reclinarse en la silla, como un boxeador aturdido que espera a recibir el siguiente golpe sin molestarse ya siquiera en levantar los guantes ni tratar de defenderse de ninguna otra forma.

—¿Estabas de servicio?

—Patrullando.

—Tu vecina recuerda haber visto un coche de policía en el camino de entrada de tu casa.

—Alice Brentworth, nuestra vecina de enfrente. Muchas veces iba a comer a casa para no gastar tanto, y ese día lo hice. Kimberly, a veces, iba a comer conmigo si estaba en la redacción del *Towne Crier*; pero no era raro que trabajase en sus artículos desde casa, como aquel día. Estuve allí como una hora.

—¿Qué me dices del bidón de gasolina que encontraron en la casa?

—Era mío. Lo había llenado el sábado, que fue cuando usé el cortacésped, y lo guardé en el cobertizo de detrás.

—¿Quién podía saber eso?

Él volvió a encogerse de hombros.

—Ni idea, pero ¿quién no tiene un bidón de gasolina en el cobertizo? ¿Quién no usa un tractor cortacésped, un cortasetos o un soplador de gasolina?

Tracy recordaba de su infancia el bidón que tenían en el cobertizo de casa por los mismos motivos.

—La siguiente pregunta —dijo Finlay— es si alguien pudo llegar a mi casa sin que lo vieran los vecinos.

—¿Y bien?

—Solo tienes que pasar con el coche delante de lo que queda de ella. Igual que ocurre con tantas otras viviendas de Cedar Grove, cualquiera habría podido aparcar a una manzana o dos de ella y entrar por el patio trasero.

—Pero el informe policial dice que no había indicios de que hubiesen forzado la entrada.

—Nunca cerrábamos con llave cuando estábamos en casa, de modo que cualquiera habría podido entrar, golpear a Kimberly en la cabeza y rociarlo todo de gasolina. Segunda posibilidad: quizá Kimberly conocía a su asesino y por eso no se alarmó ni trató de defenderse, por lo menos al principio. Creo que esta es la más probable.

—¿Por qué?

—Porque ni sufrió agresión sexual ni robaron nada. Eso significa que la persona que entró en la casa aquel día lo hizo por un motivo diferente, y estoy convencido de que su intención, de hecho, era matar a Kimberly y destruir su investigación del asesinato de Heather Johansen.

—¿Había llegado muy lejos en sus pesquisas?

Finlay señaló con un dedo el cuaderno de Tracy.

—Y aquí es donde vas a querer poner un asterisco o lo que sea al lado de lo que voy a decirte, porque hasta a mí me parece increíble.

Ella lo miró sin saber qué pensar.

—La respuesta es: no lo sé. Kimberly y yo no hablábamos del libro, aparte de lo del contenido del informe forense.

—¿Nunca?

Finlay negó con la cabeza.

—Kimberly sabía que era un tema sensible, más aún después de leer el informe del forense. Ella tampoco era de piedra, Tracy, y se preguntaba lo mismo que tú, si el niño podía ser mío. Hablamos largo y tendido de todo eso, y me dijo que también estaba escribiendo el libro con la intención de limpiar mi nombre.

El jefe de policía se secó la lágrima que le había empezado a correr por la mejilla. Tracy no tenía claro si sería por la pérdida o por arrepentimiento, aunque tampoco descartaba que fuese de rabia. Él alzó una mano como si quisiera decir: «Pues ya te lo he contado todo», y Tracy supo qué era lo que no había dicho. No había dicho que su mujer, la madre de sus hijos, había leído el informe del forense y tenía dudas sobre el hombre con el que se había casado; que cuando Kimberly había leído sobre el embarazo de Heather, el nombre de Finlay había sido el primero que se le había pasado por la cabeza.

—Kimberly tenía sus dudas —concluyó Tracy.

Él se llevó los dedos índices a la frente como si lo hubiese atacado una cefalea repentina.

—Quizá —dijo entre dientes.

En el silencio que siguió, la inspectora oyó los crujidos del radiador y el zumbido del diminuto frigorífico junto con los giros del radiador de techo.

—Finlay.

—¿Mmm…? —dijo él sin ni siquiera mirarla.

—¿Cómo te enteraste de lo del incendio?

Kimberly Armstrong hojeó uno de los cuatro archivadores que tenía sobre la mesa. El calefactor del rincón del estudio emitía sus chasquidos y a su olfato llegaba el olor a quemado de las resistencias al rojo vivo. Aquel despacho había sido un añadido que habían construido sin licencia los propietarios anteriores. Carecía de doble acristalamiento y estaba mal aislado, de modo que nunca llegaba a calentarse del todo en otoño ni en invierno. Cansada de pasar frío, había acabado por comprar aquel calefactor en la tienda de artículos de segunda mano. A Finlay no le había hecho gracia la adquisición de aquel «trasto incendiario», pues, para colmo de males, Kimberly, insistía él, almacenaba en su estudio papel suficiente para quemar un bosque.

Pasó otra página y siguió leyendo. Había estado investigando el asesinato de Heather Johansen… y la posterior muerte de Jason Mathews, y había avanzado en sus pesquisas hasta tal punto que, a veces, tenía la sensación de estar cerca de descubrir lo que había ocurrido; pero todavía le quedaba un trecho por recorrer. Estaba pasando algo por alto y, además, últimamente le preocupaba otro asunto igual de intrigante y solo volvía a la muerte de Heather Johansen cuando tenía tiempo. Como ese día.

Mathews había ido contando por ahí que tenía una noticia bomba, algo que no había hecho público Roy Calloway. Aun así, Kimberly también había podido averiguar que el abogado era un borrachuzo y tal vez solo buscara publicidad, con lo que bien podía ser todo mentira.

Pero entonces habían matado a Mathews.

Cuando escribía sobre la noticia para el Cedar Grove Towne Crier, *la policía, es decir, el jefe Calloway, le había dicho que todo apuntaba a que había sido un accidente de caza. Al parecer, Mathews estaba apartando unas ramas de la carretera y algún cazador debió de confundirlas con la cornamenta de un venado mientras rastreaba la zona.*

Aquello sonaba a los embustes a los que recurría Calloway para contentar a la prensa. La tendencia del antiguo jefe de policía a ocultar la verdad se había hecho ya proverbial y lo había llevado incluso a inventar pruebas para que condenasen a Edmund House por el asesinato de Sarah Crosswhite.

Quizá había creído que Kimberly se limitaría a seguirle la corriente y publicar lo que le había contado. Sin embargo, había cosas que la escamaban, entre las que destacaba, claro, que no hubiese aparecido ningún cazador para asumir la responsabilidad de aquel «accidente». ¿No habría sido de esperar algo así?

Además, se había trasladado al lugar en que habían abatido a Mathews y hasta había subido la ladera contigua a la carretera. En aquel momento había llegado a la conclusión de que no se equivocaba: ningún cazador podía haber tomado las ramas por cuernos ni a Mathews por un venado. Si estaba en lo cierto, desde luego, quería decir que le habían tendido una emboscada, quizá con la intención de impedir que contara que Heather Johansen había muerto encinta.

Tenía la corazonada de encontrarse al borde de una noticia de las grandes, posiblemente de una magnitud colosal. También sabía que no le resultaría fácil convencer al director del periódico para que la publicase. Atticus Pelham distaba mucho de asemejarse al abogado audaz de Matar a un ruiseñor, *personaje en el que se habían inspirado sus padres a la hora de ponerle el nombre. No era amigo de controversias, y menos aún si comportaban enfrentarse al jefe Calloway o su comisaría. Pelham le tenía miedo, pero Kimberly no. A ella no le hacía ninguna gracia que Calloway pretendiese usarla para hacer público el cuento de que Mathews debía de haber sido víctima de un accidente de caza. Le había dicho a Pelham que quería presentar las solicitudes necesarias para tener acceso a los expedientes de Heather Johansen y Jason Mathews. El primero, al ser caso cerrado, tenía que estar disponible y el segundo también debía de haberse dado por resuelto, ya que Calloway había hecho patente cuáles eran sus conclusiones. Cuando Pelham se había opuesto ante el temor a las posibles consecuencias, Kimberly le había recordado que el periódico era la voz de la verdad de Cedar Grove y hasta había recurrido a la célebre cita de Thomas Jefferson sobre la imposibilidad de que exista libertad si no existe libertad de prensa, que había aprendido en una de sus clases de periodismo. Entonces, al ver que así tampoco lo persuadía, había amenazado con vender la noticia a* The Bellingham Herald.

Al final, había logrado hacer ceder a Pelham, aunque solo en cierta medida. El director le había dado permiso para solicitar un duplicado de los expedientes policiales, pero sin garantizar que fuera a publicar nada de lo que escribiera a menos que fuese totalmente irrefutable. Kimberly había resuelto que ya tendría ocasión de salvar aquel obstáculo cuando llegara el momento.

Su determinación había tenido un precio, no obstante. De entrada, había hecho que discutiera con Finlay, quien, en calidad de jefe de policía, sentía que lo había puesto en una posición difícil.

Cuando, al fin, habían llegado los dos expedientes a la redacción del periódico, tres semanas después de lo que requería la ley, Kimberly había dado por supuesto que toparía con tachones y faltarían páginas;

por eso no le habían faltado motivos para sorprenderse al comprobar que parecían completos. Se los había llevado a casa, se había encerrado en su estudio y en ese instante había tomado conciencia de la magnitud, la inmensidad, de lo que tenía en sus manos.

El primero no era un expediente cualquiera: documentaba la muerte de su mejor amiga, con la que se había criado. Kimberly lo había asido como quien sostiene una reliquia sagrada dotada de un poder incalculable. Las manos le temblaban y hasta se había preguntado si de veras quería escribir el artículo, si de veras quería saber lo que había ocurrido. Había pasado más de una hora tratando de decidirse hasta que se había dicho que tenía la obligación de examinar de cabo a rabo aquella carpeta y no por la libertad de prensa ni por Thomas Jefferson.

Tenía que hacerlo por Heather.

Si lo de Jason Mathews había sido un asesinato, y apenas le cabían dudas de que así era, tenía que haber un móvil. No se imaginaba a alguien al que quizá hubiese insultado en el bar llegando a semejante extremo de matarlo. Cierto era que existía tal posibilidad, pero tenía para sí que era más probable que lo mataran por algo que había averiguado al estudiar el expediente de Heather. Era demasiada coincidencia para que fuese otra cosa, ¿verdad?, y en la escuela de periodismo le habían enseñado a no creer en las coincidencias. Hechos, los periodistas buscaban hechos, no conjeturas ni casualidades.

Antes de abrir el archivador, había respirado hondo, aunque tal cosa había sido insuficiente para calmar las mariposas que le aleteaban en el estómago. A continuación, había leído el contenido línea por línea, digiriéndolo lentamente y sintiendo a ratos que, de algún modo, estaba invadiendo la intimidad de su amiga. Encontró informes policiales, interrogatorios y fotografías. No había mirado estas últimas, pues no se sentía preparada mentalmente para algo así, pero había leído todo lo demás, incluida la memoria redactada por el médico forense.

Jamás habría esperado dar con algo mucho peor que cualquier cosa que pudiera haber imaginado.

Pero así fue.

Jason Mathews no se había inventado nada.

Kimberly había encontrado la información con la que decía haber dado el abogado. Había encontrado la información que Roy Calloway había ocultado a Eric y a Ingrid Johansen... y a todos los demás. Recordaba haberse sentido como entumecida, tras lo cual se había echado a temblar y, por último, a llorar.

Heather había muerto embarazada.

El aleteo de las mariposas se había intensificado hasta que la habían abrumado las náuseas. Se había apartado del escritorio, había corrido hasta el cuarto de baño y había vomitado el almuerzo. De rodillas sobre las frías losas del suelo y sintiendo la frente helada, había articulado en voz alta el pensamiento que la había hecho devolver.

Heather había estado saliendo con Finlay. Habían roto, pero habían estado saliendo.

Su cabeza se encargó de rellenar las demás lagunas. Porque Finlay, en calidad de agente de policía de Cedar Grove, debía de haber tenido acceso al informe del forense, ¿no? Finlay debía de haber sabido lo que Jason Mathews decía haber averiguado al leer el informe del forense, ¿verdad? Semejante dato bastaba, por sí solo, para poner en tela de juicio la conclusión de que Edmund House había matado a Heather a la que había llegado la policía, una conclusión a la que siempre habían faltado pruebas suficientes. Sin embargo, aquello lo cambiaba todo: había pruebas nuevas.

¿Y si el bebé había sido de Finlay? ¿Y si era ese el motivo por el que había tomado Heather la carretera del condado aquella noche? El hospital estaba en Silver Spurs. ¿No habría ido allí a abortar? Y... y...

No, no. No podía seguir por ahí.

Se había puesto en pie y se había mirado al espejo. Se había visto macilenta y con aspecto enfermizo. ¿Qué diablos estaba pensando?

No se trataba de un hombre cualquiera, sino de Finlay.

Había dudado en salir con él por el pasado común que había tenido con Heather, pero, al final, ambos habían superado aquel escollo. Estuvieron cuatro años de novios, porque ella quería estar segura... y a la postre lo estuvo. Se había enamorado de Finlay. Era un buen hombre, un hombre dulce. Era su marido, el padre de sus hijos. Finlay no era ningún asesino, sino una persona amable de voz suave.

Pero entonces la asaltaron otros pensamientos, otros pensamientos que había descartado años antes y que giraban en torno a lo que había ocurrido cuando Heather había puesto fin a su relación y le había roto el corazón. Había recordado lo furioso que se había puesto y las cosas que le había dicho a su amiga.

No.

Acercó la cara al lavabo y se enjuagó con agua fría con la esperanza de despejarse. Finlay había cambiado. Ya no era el crío que había sido en el instituto. Había aprendido de su error. ¿O es que no tenía todo el mundo un exnovio o una exnovia que, en determinado momento, había sacado lo peor de sí mismo? Aquello formaba parte del proceso de madurez, del noviazgo. No, Finlay había cambiado. Se había ido de Cedar Grove. Había entrado en el cuerpo de policía. Había aprendido de Roy Calloway, su mentor y maestro.

Lo que le había permitido acceder sin cortapisas al expediente de Heather Johansen. Quizá se había opuesto a que escribiese el artículo por evitar que leyera aquel informe...

Entonces la había asaltado otra idea que le había helado más aún la sangre, esta vez hasta el punto de hacerla tiritar de pies a cabeza, por más que había intentado contenerse cruzando los brazos sobre le pecho.

El día que mataron a Jason Mathews, Finlay había salido a cazar.

En aquel instante había decidido que no le quedaba más opción que preguntárselo a Finlay. Tenía que preguntárselo a su marido. No podía vivir así. No podía vivir con la duda.

Al llegar él a casa aquella noche, lo había abordado y le había revelado lo que había leído en el informe del forense. Finlay la había escuchado en silencio. No se había enfadado ni se había puesto a lanzar gritos e improperios; pero se le veía el dolor en el rostro y saltaba a la vista que sus preguntas lo habían herido en lo más hondo.

—Yo no maté a Heather —le había dicho aquel día— ni tampoco a Jason Mathews.

Kimberly había experimentado una intensa sensación de alivio. Le había dicho que confiaba en él, que lo consultaría con la almohada y buscaría un tema diferente sobre el que escribir, información del Departamento de Urbanismo del condado de Whatcom que supusiese una buena noticia para todo Cedar Grove. Le había reconocido que ni siquiera se había creído lo que decía de Heather la documentación del forense. Heather había sido su amiga íntima y sin duda le habría revelado un hecho tan importante como aquel. Le habría pedido ayuda. No, no estaba dispuesta a creérselo. Se había propuesto renunciar al artículo.

Aunque, por supuesto, no lo había hecho.

Pero no por Heather.

Ni por Finlay.

Y tampoco por Cedar Grove.

Había seguido adelante por ella misma y por sus hijos.

Había seguido adelante porque no podía seguir viviendo con dudas sobre el hombre con el que se había casado, sobre el hombre con el que compartía cama, sobre el padre de sus hijos.

Había seguido adelante porque, de abrigar la menor duda al respecto, de ser siquiera mínimamente cierto que Finlay pudiese ser el asesino brutal y calculador que había acabado con la vida de su mejor amiga, ¿cómo iba a concebir la idea de poder convivir un minuto más con él?

Oyó un ruido en algún lugar de la vivienda, aunque de entrada fue incapaz de localizarlo. No tenían perro ni gato, porque ella era alérgica, y a esas horas del día los niños no estaban en casa.

¿Podía ser Finlay, que hubiese vuelto? Habían comido juntos. ¿Se le habría olvidado algo? Cerró el expediente, se levantó y volvió a colocarlo en su estante. Entonces preguntó:

—¿Finlay? ¿Eres tú? ¿Qué te has olvidado?

No hubo respuesta.

Salió del estudio y, en el pasillo, dio un respingo y se llevó una mano al pecho.

—Me has asustado. —Entonces dijo—: Pero ¿qué…? ¿Qué haces tú aquí?

En ese momento identificó el ruido que había oído: el de alguien que abría la puerta corredera de la parte de atrás de la casa. Percibió un olor penetrante y miró al suelo.

—¿Ese no es nuestro bidón de gasolina?

—Estaba haciendo servicio de patrulla —respondió Finlay—. El turno había estado muy tranquilo, con solo unas cuantas llamadas de la centralita. —Se detuvo—. Entonces llamaron por radio: «Han avisado de un 2b-10, "incendio en un edificio"». —Miró a Tracy a los ojos—. Recuerdo que pensé que un incendio en esa época, en septiembre, podía ser un desastre. El verano había sido excesivamente caluroso. Habíamos pasado trece veces de los treinta grados y tres de ellas habíamos llegado a los treinta y ocho. El bosque estaba seco como el ojo de un tuerto. Encima, los escarabajos del pino de montaña habían acabado con una cantidad tremenda de árboles… y los habían convertido en yesca de color parduzco. Había motivos de sobra para estar en alerta máxima. «Han visto llamas y humo negro», dijeron de la centralita. —Finlay pronunció la frase siguiente como si hablara consigo mismo—. «En el 372 de Bisby, delante de Fourth Street».

—Tu casa —dijo Tracy.

Él asintió.

—Cogí la radio para pedir que me aclarasen eso último y me repitieron la dirección. ¿Conoces esa sensación de no saber qué hacer?

Por supuesto que sí. Ella se había sentido paralizada la mañana que la había llamado su padre para preguntar por qué habían encontrado en la carretera del condado su camioneta sin Sarah.

—Me quedé paralizado. Recuerdo que pensé en las veces que le había dicho a Kimberly que el calefactor de su estudio era un peligro y que podía incendiarse. Eso fue precisamente lo que pensaron al principio quienes investigaron el incendio, porque se había iniciado en el estudio de Kimberly. Pensaron que pudo haber sido un enchufe en mal estado que había estallado.

Tracy lo escuchó sin querer interrumpirlo.

—Entonces me acordé de que ella estaba en casa. Habíamos comido juntos. —Volvió a mirar a Tracy—. Ahí fue cuando me asusté de verdad. —Se le crispó el rostro y apretó tanto los labios que casi los hizo desaparecer. Tracy sintió que se le encogía el estómago. Finlay respiró hondo y por su mejilla rodó una lágrima—. Cuando llegué, la casa estaba envuelta en llamas y escupía humo negro. Busqué a Kimberly entre la multitud que se había formado delante. Pregunté a mis vecinos, pregunté a todo el mundo si la había visto alguien, pero todos me... —Cerró los ojos. Seguían cayéndole lágrimas por las mejillas—. Todos me decían que no con la cabeza. Nadie la había visto. Miré y vi su coche, su Honda, aparcado en la cochera. —Exhaló un suspiro y guardó silencio unos instantes—. Crucé corriendo el césped en dirección a la puerta de entrada e intenté atravesar las llamas, pero los bomberos me lo impidieron. No recuerdo el momento en que se me prendió el uniforme ni cuántos bomberos fueron necesarios para contenerme. Llegó un momento en que me daba igual todo. Me alejaron a rastras y allí me quedé. Allí me quedé, impotente, oyendo el aullido de aquellas llamas... y sabiendo que Kimberly estaba dentro.

Tracy aguardó unos instantes a que se recompusiera y, a continuación, con voz suave, preguntó:

—¿Crees que pudieron tenderte una trampa, Finlay?

Él dio la impresión de meditar la respuesta, aunque saltaba a la vista que no era la primera vez que se lo planteaba.

—Cuando mataron a Heather no se me ocurrió. Me tuve por una víctima más de las circunstancias. Había estado saliendo con ella y me había portado como un imbécil cuando habíamos roto. Cuando murió Jason Mathews, pensé... pensé que alguien quería guardar un secreto, un secreto al que Mathews se había acercado demasiado; pero no se me ocurrió que pudiesen tener nada contra mí.

—¿Y ahora?

Finlay levantó la mirada.

—Cuando el informe del incendio reveló que había sido provocado, que habían encontrado pruebas del uso de un acelerante, gasolina, y que habían encontrado mi bidón entre los escombros...

—¿Quién podría querer culparte de los asesinatos?

—No lo sé.

Tracy volvió a reflexionar sobre quién había sabido que Finlay había acosado en el pasado a Heather Johansen y sobre quién sabía que Jason Mathews tenía el expediente policial y conocía las conclusiones a las que había llegado el forense respecto del embarazo de Heather Johansen. ¿Quién sabía que Kimberly había solicitado ambos expedientes?

Finlay, sin duda, y...

Sintió un escalofrío al concluir que la única otra persona había sido Roy Calloway.

CAPÍTULO 10

Dan miró el reloj de la esquina inferior derecha de la pantalla de su ordenador: las cuatro de la tarde.

Se reclinó en su asiento para mirar por la ventana, pero no vio el Subaru en el camino de entrada. Tracy todavía no había llegado a casa.

No había parado en todo el día desde el momento en que había cerrado la puerta de su despacho. Apenas había hecho un descanso para comer algo y ver cómo estaban Therese y Daniella. Había encontrado a la niñera delante del caballete en la sala de estar. El cuadro había tomado forma desde la última vez que lo había visto. Pudo identificar con claridad el cenador que había instalado el verano anterior sobre la bañera de hidromasaje. Él no sabía mucho de pintura, pero pensó que debía de ser impresionista, ya que Therese había representado la escena con una ráfaga de nieve que difuminaba los contornos de aquella estructura.

—Está durmiendo en el moisés —le había dicho ella en voz baja—. Estoy aprovechando para pintar un rato. Espero que no le importe.

Claro que no.

Aparte de aquella pausa, no había dejado su escritorio en todo el día.

De la cocina le llegó un olor que le hizo la boca agua y lo llevó a retirar el asiento para levantarse. Entonces saltó un aviso del Outlook. La dirección del remitente le llamó la atención: el tribunal superior del condado de Whatcom. Al pinchar en el correo electrónico apareció en pantalla la comunicación del fallo del magistrado Doug Harvey. Ojeó la exposición preliminar de los hechos y buscó la expresión «Por consiguiente» que precedía el veredicto en sí.

El juez Harvey había decidido no pronunciarse aún respecto del pedimento de juicio sumario presentado por el municipio y concedía a Dan treinta días para presentar los documentos pertinentes y exhibir pruebas que demostrasen que Cedar Grove y la actuación de sus funcionarios no se hallaban amparados por el principio de inmunidad funcionarial. Dicho de otro modo, el magistrado no se había acabado de tragar sus argumentos, pero le daba la ocasión de mover ficha o callar la boca. Además, había exhortado al municipio a satisfacer la petición de documentos que había presentado Dan hacía casi un mes y a aprestar a los testigos para que les tomase declaración.

El programa volvió a avisarlo de la llegada de un correo. Esta vez, el remitente era Rav Patel, que le preguntaba cuándo deseaba ir a verlo a su despacho para revisar los documentos y adjuntaba, en forma de declaración jurada, las respuestas al pliego de posiciones de Dan. La rapidez con que había contestado Patel se oponía de medio a medio a las evasivas que había esperado Dan de él. Todo apuntaba a que no tenía la intención de remitir el caso a un bufete externo, cuando menos de momento.

Dan respondió solicitando la ocasión de revisar los documentos al día siguiente. Tras enviar el correo, llamó a su bufete de Seattle y habló con Leah Battles, que dijo haber leído el fallo del juez Harvey y estar preparando las notificaciones de declaración para Gary Witherspoon y otros integrantes del ayuntamiento de Cedar Grove.

—Deja que Witherspoon testifique el último, después de que haya escuchado a los demás.

El ruido de un motor lo llevó a mirar otra vez por la ventana. Tracy recorrió el camino de entrada con el Subaru para dejarlo detrás de su Tahoe. Aunque no habían vuelto a hablar desde la víspera, podía hacerse una idea bastante exacta de dónde había estado.

—Te llamo mañana —le dijo a Battles.

Salió del estudio y fue a la cocina para levantar la tapa de una olla y disfrutar del aroma del estofado que había hecho Therese. Tracy abrió la puerta principal con dos cajas que parecían pesar mucho y debían de contener, según supuso Dan, expedientes policiales.

—Dame, que te echo una mano —se ofreció tapando de nuevo la olla para dirigirse a la puerta.

—Ya está. —Tracy dejó las cajas en el suelo y su marido cerró la puerta. Se besaron y ella se quitó el abrigo para colgarlo en la percha—. ¿Se ha despertado Daniella?

—Therese la ha sacado de paseo hace una media hora. —Miró el reloj—. Supongo que deben de estar a punto de volver.

Tracy se dirigió al caballete y observó el cuadro.

—Es bueno, ¿verdad?

Dan asintió.

—Estaba pensando en comprárselo y ponerlo sobre la repisa de la chimenea.

—Una idea genial —repuso Tracy y, tras una pausa, añadió—: ¿Qué estás haciendo, que huele que alimenta?

—Eso también es cosa de Therese. Creo que es un estofado irlandés.

—Un plato de cuchara… Perfecto, porque está empezando a nevar otra vez. Podemos avivar el fuego y olvidarnos de todo.

Dan miró por la ventana y vio caer copos de manera intermitente. Los dos estaban esquivos. Él sabía dónde había estado ella y había estado reflexionando sobre cómo responder y qué decir. No quería empeorar la situación ni parecer sexista, aunque había llegado a la conclusión de que tal cosa resultaba, en cierto modo, inevitable.

—No sé si atreverme a preguntar dónde has estado o qué hay en esas cajas.

—Esta mañana he acompañado a Roy a casa de los Johansen y luego he ido a Silver Spurs para hablar con Finlay.

—¿Y…?

—Y he llamado a Seattle para ver si me autorizan a investigar.

Dan dejó escapar un suspiro. No había nada que hacer.

—Está bien.

—Yo me dedico a esto, Dan.

—Ya lo sé, me lo dijiste anoche.

—Lo que no quiero es que sea motivo de discusión —empezó a decir ella.

—Y lo entiendo —la interrumpió él sin asegurarle que no lo sería.

—Déjame acabar.

—No hace falta.

—Dan…

—Entiendo que es eso a lo que te dedicas. También entiendo que eres igual que tu padre y que lo que hace que te levantes por la mañana es tu afán de ayudar a la gente. Supongo que me he aferrado a la esperanza de que al final decidirías no reincorporarte. No pretendía hacer ningún comentario machista: es solo que me preocupo por ti. —Se encogió de hombros—. Pero para eso tenemos a Therese, ¿verdad? Para que puedas volver al trabajo. Conque…

—Ya sé que te preocupas. —Tracy dio un paso hacia él—. Y eso me encanta de ti. No se trata de aceptar un caso cualquiera.

—Sin embargo, el asesinato de Heather te recuerda demasiado a lo que sufrió tu familia cuando desapareció Sarah.

Tracy miró a las cajas.

—Creo que le están tendiendo una trampa a Finlay, Dan, y, sea quien sea el responsable, podría haberse librado de responder por el asesinato de tres inocentes.

Él asintió sin palabras.

—Quiero que sepas que no pienso hacer ninguna estupidez.

—Está bien. —Dan consiguió componer una sonrisa tímida, aunque por dentro se preguntaba cuántos agentes de policía muertos en acto de servicio habrían dicho algo similar.

CAPÍTULO 11

La tormenta de aquella noche pasó como un tren de mercancías por Cedar Grove, a juzgar por el viento que aullaba acompañado por los chasquidos y restallidos de las ramas de los árboles que entrechocaban como látigos. No amainó en casi toda la noche y arrojó más nieve aún sobre las calles, ya cargadas, hasta que, al fin, se apaciguó a las cuatro de la madrugada. Tracy lo supo porque en ese momento estaba dándole el pecho a Daniella, aunque tampoco había conseguido dormir demasiado, pues no conseguía expulsar de su cabeza el último pensamiento que había tenido durante su conversación con Finlay.

¿Quién poseía la información necesaria para tenderle una trampa?

Roy Calloway.

La idea era absurda, lo sabía, pero también cierta, y en otros casos había abrigado sospechas en apariencia igual de desquiciadas que después habían resultado no serlo tanto.

Así que se obligó a repasar mentalmente toda aquella cuestión.

Roy había ocultado, sin duda, la noticia del embarazo de Heather Johansen. Según él, lo había hecho para proteger a Eric y a Ingrid, para honrar el recuerdo que tenían de su hija y salvaguardar su reputación. Si aceptaba tal razonamiento, Tracy debía entender que Roy había hecho pasar ante la prensa la muerte de Mathews por un accidente de caza por el mismo motivo, a fin de desviar la atención de lo que había descubierto el abogado en el expediente de Heather Johansen. Roy sabía que la muerte de Mathews no había sido un accidente. Había ido al lugar de los hechos y hasta había subido la ladera de la colina. Si sabía que Mathews no había sido víctima de un accidente, tenía que saber que había muerto por lo que había averiguado en el expediente de Heather. ¿Podía haber otro motivo? Claro que sí. Todo apuntaba a que Mathews había tenido muy mal beber. Quizá se había granjeado alguna enemistad, tal vez la de algún parroquiano de la Four Points Tavern. Sin embargo, una cosa así habría sido una coincidencia de la leche dado el momento de su muerte.

Entonces, ¿por qué había actuado así?, ¿por proteger a Finlay o por tenderle una trampa? ¿No se debería, sin más, a su interés por hacer una buena labor policial, lo que suponía no revelar al público información crucial con la esperanza de que, una vez hallado el asesino, este confirmaría lo que no sabía nadie más? Tal vez sí.

Tracy había repasado todos estos hechos mientras amamantaba a Daniella.

Roy sabía que Finlay había sido novio de Heather y que la relación había acabado mal. Sabía que Finlay sería el principal sospechoso de la muerte de Heather. Roy era el jefe de policía de Cedar Grove, así que era de esperar que, a través del registro de la centralita, podía estar también al tanto de que Finlay había recogido a Jason Mathews de la Four Points Tavern la tarde que lo habían llamado. Pudo haber supuesto que el abogado había revelado al agente el contenido del informe del forense, más aún teniendo en cuenta que Finlay no llegó a mencionar siquiera el encuentro en el bar. Esto último era mucho conjeturar; demasiado, quizá, para sacar ninguna conclusión real, aunque no para permitir a Tracy construir una teoría sobre ello. Roy también podía haber disparado hasta con los ojos cerrados la bala que había matado a Mathews y, además, debía de saber que Finlay libraba aquel día. Sabía lo que hacían en octubre los cazadores y, por tanto, a qué tenía que haber dedicado Finlay su día de asueto. Además, era consciente de que Kimberly Armstrong había emprendido una investigación periodística sobre las muertes de Heather Johansen y Jason Mathews.

¿Estaría tratando de auxiliar a su protegido? ¿Y si se estaba protegiendo a sí mismo?

Para admitir esto último era necesario aceptar un hecho fundamental: Tracy tenía que creer que Roy Calloway, el hombre que en otra época había mandado con mano de hierro en Cedar Grove, había sido capaz de dejar embarazada a Heather. Todo lo demás se desprendía por sí solo de esta proposición.

Y era ahí donde se desmoronaba la teoría. Tracy conocía bien a Roy y no solo en calidad de jefe de policía. Su padre y él habían sido amigos íntimos. Nora y él habían visitado su casa decenas de veces. No lo había tenido nunca por un adúltero y, sin embargo, si quería que se sostuviera su teoría, debía creer que sí lo era. Tendría que creer que Roy se había aprovechado de una joven de dieciocho años y quizá hasta la había violado.

Y eso era algo que no lograba concebir, que no le entraba en la cabeza. Habría sido como conjeturar con que su propio padre se había acostado con Heather. Había hombres que engañaban a las mujeres («El que es infiel una vez lo es toda la vida», solía decir su madre) y otros se limitaban a coquetear por tantear el terreno.

Roy no pertenecía a ninguna de esas dos clases.

Decidió mantenerlo en la lista de sospechosos por considerar que así era como debía procederse en una investigación seria; pero no lo consideraría culpable. Tampoco pensaba considerar culpable a Finlay…, al menos por el momento.

A las seis de la mañana llevó a Daniella a la cama con ella y las dos durmieron a pierna suelta hasta las nueve, cuando la despertó el teléfono. Andrew Laub, teniente suyo en Seattle, había dado el visto bueno a su participación en las pesquisas sobre los asesinatos.

Dan ya se había marchado, aunque Tracy ignoraba adónde. No lo había oído salir. Dio de comer a su hija y la vistió antes de envolverla en una mantita rosa y se la dio a su «mamá de día». Creía que el uso de la expresión tal vez la ayudara a acostumbrarse y aplacase la culpa que sentía por separarse de Daniella, pero no era así.

Cuando se vistió y llegó al Subaru cubierto de nieve, había empezado ya a tratar de contener las lágrimas. A punto estuvo de volver a la casa, de llamar a Roy Calloway para decirle que no podía seguir adelante, que dejaba lo de dar caza a asesinos. Entonces volvió a pensar en su hija y en por qué habían ido Dan y ella a Cedar Grove. Él había acariciado, en un primer momento, la idea de vender la casa de sus padres, porque sabía que a Tracy Cedar Grove no le traía buenos recuerdos; pero ella lo había convencido para que no lo hiciera. No quería pasarse la vida temiendo volver a casa por miedo a lo que le evocaba. Una parte de ella abrigaba la esperanza de que Gary Witherspoon infundiese nueva vida a aquel municipio difunto y lo hiciera florecer otra vez, quizá no del mismo modo, pero sí como un lugar activo habitado por personas que se conocían, se cuidaban y protegían a los hijos de sus vecinos. Eso era lo que quería para Daniella.

Miró al asiento del copiloto, al expediente policial que le había dado Roy, y pensó en Heather Johansen, en su hermana, Sarah, y en aquellos meses tan negros. Cedar Grove no volvería a ser nunca la ciudad que había conocido de niña. Las reformas y las nuevas capas de pintura no podrían ocultar las sombras que habían proyectado aquellas dos muertes, el paño mortuorio que había caído sobre lo que había sido un lugar bucólico donde crecer. Por eso el segundo juicio de Edmund House había resultado tan doloroso para tantos: el municipio no quería regresar a aquel tiempo de tinieblas en el que Cedar Grove había empezado a descomponerse. Muchos tampoco iban a querer regresar ahora que las cosas comenzaban a iluminarse de nuevo.

Sin embargo, la necesidad de llegar a la verdad seguía tan viva como en el pasado, pues solo la verdad podría traer luz duradera a aquel lugar.

Tenía que dar descanso a Heather Johansen —y también a Kimberly Armstrong— si quería que Cedar Grove subsistiese de veras. Aunque no sentía ninguna obligación personal de hacer otro tanto con Jason Mathews, su muerte parecía ser la clave para resolver lo que había ocurrido y, si quería poner fin al capítulo más nefasto de la historia del municipio, también debía darle descanso a él.

Echó marcha atrás por el camino de entrada para tomar las calles nevadas. El tránsito había compactado la nieve caída. Al salir de la población, se encontró con una hilera de coches atascados en la carretera del condado, cosa que no había visto nunca en su juventud, cuando apenas había tráfico. Aquella era la vía de salida de Cedar Grove y, aparte de los largos viajes que habían hecho su padre, Sarah y ella para asistir a las competiciones de tiro, apenas habían tenido motivos para alejarse nunca del municipio. Se incorporó a la fila de vehículos.

El tráfico fue avanzando, aunque nunca llegó a alcanzar el límite de velocidad establecido, dada la preocupación de los conductores por la capa de hielo que cubría la calzada a aquella hora de la mañana, en la que la temperatura no subía de los siete grados bajo cero. Las extensiones de cielo que asomaban entre las copas de los árboles ofrecían vislumbres del tono azul pálido propio de los días despejados de invierno, indicio de que el termómetro no subiría mucho a lo largo del día. Tracy conocía bien aquel tiempo, calmo y sin una pizca de viento. Daba la impresión de que Cedar Grove se encontrase en el ojo de un huracán, el aire se hubiera detenido momentáneamente y el bosque hubiese quedado envuelto en un silencio ensordecedor...

Hasta que volviera a desatarse el infierno.

Conocía de memoria el trayecto a su destino, pero iba comprobando los mojones. En Cedar Grove no había nadie que ignorase dónde habían encontrado el cuerpo congelado de Heather Johansen los sabuesos de Vern Downie. Sus compañeros de Cedar Grove habían depositado flores y demás recuerdos en el arcén a modo de homenaje, en tanto que otros vecinos se acercaban allí por la simple curiosidad de ver dónde habían abandonado un cadáver. James Crosswhite había prohibido a Tracy y a Sarah ir a aquel lugar. «No es sitio para curiosos —les había dicho—. Allí murió una joven».

Llegó al ensanchamiento y salió del asfalto pisando el freno con destreza. Los quitanieves habían acumulado la nieve en las márgenes de la calzada, donde se había compactado y helado hasta convertirse en un peligro en potencia. Una vez detenido el vehículo, se puso un gorro de lana, se envolvió el cuello con una bufanda y tomó el expediente policial de Heather del asiento del copiloto. Quería ver el sitio en el que habían encontrado su cuerpo sin vida por si le inspiraba alguna idea después de haber leído la documentación sobre el caso.

Uno de los inspectores del Equipo Criminalista de Respuesta de la policía estatal de Washington había hecho un croquis de aquel tramo de la carretera y Tracy vio que hacía un giro marcado a la izquierda. El informe resaltaba también que la visibilidad tuvo que ser nula la noche que Heather Johansen recorrió a pie aquella calzada. En las inmediaciones no había farolas y las nubes negras de la tormenta, unidas a la espesa bóveda arbórea, debieron de ocultar cualquier atisbo de luz natural. Por eso, en un primer momento, los investigadores habían dado a entender que tal vez la hubiese atropellado un coche debido a la oscuridad y se hubiera golpeado la cabeza contra el asfalto. Tal teoría se había descartado al revelar la autopsia la ausencia de otras heridas propias de semejante impacto —hematomas o abrasiones— aparte del golpe en el cráneo. Por el mismo motivo, el médico forense había rechazado la posibilidad de que la hubiesen empujado o hubiera saltado desde un vehículo en movimiento.

Tracy tampoco se tragaba la teoría de que Heather hubiese tratado de ir a pie al hospital de Silver Spurs. Parecía más razonable asumir que la habían llevado allí en coche y, tras negarse a entrar, había intentado volver andando a su casa. El informe policial aseveraba, como Finlay, que la joven no iba bien pertrechada para la lluvia ni para el descenso de la temperatura, pues solo llevaba un impermeable encima de una camiseta y pantalones vaqueros. Si hubiese tenido la intención de caminar hasta el hospital, se habría equipado mucho mejor.

En tal caso, si el padre del bebé había llevado a Heather hasta Silver Spurs y la había dejado allí, o si ella se había negado a entrar y había huido del coche, ¿por qué no se había escondido cuando el vehículo volvió a buscarla?

Tracy volvió a observar la curva y se preguntó si quienes habían analizado el lugar de los hechos no habrían abordado al revés sus pesquisas. Podía ser que, en lugar de centrarse en lo que no había visto el conductor, debieran haberse planteado lo que no había visto Heather. A oscuras, en los montes, con la tormenta arreciando, lo más seguro era que el vehículo hubiese llevado puestas las largas y que el contraste brusco que debía de ofrecer su luz en medio de la oscuridad hubiera cegado a Heather Johansen, al menos momentáneamente, lo que le habría impedido esconderse y habría ofrecido al conductor la ocasión de abalanzarse sobre ella. Esta teoría estaba respaldada por la conclusión del forense, según la cual la habían llevado al lugar en que fue hallada después de asestarle un golpe en la cabeza.

La policía había buscado en vano rastros de sangre en la carretera y en las hojas y las ramas de los árboles de las inmediaciones del cadáver. Su ausencia, no obstante, podía deberse a lo copioso de la lluvia y la cellisca de aquella noche. El informe apenas hablaba de huellas o rodadas en el arcén, aunque la omisión podía achacarse de nuevo a las violentas precipitaciones y a la falta de atención ante determinados detalles de que adolecían los criminalistas en 1993.

Tracy cerró el expediente y salió del coche. Cuando el frío fue a morderle el rostro descubierto, se ajustó la bufanda para protegerse al máximo. Con la carpeta bajo el brazo, descendió a la cuneta y buscó alguna senda que llevase al bosque. Se agachó para esquivar las ramas bajas o las fue partiendo y llenándose con ello de nieve pulverulenta. A cada paso se le hundían hasta la altura de la espinilla las suelas engomadas de las botas forradas de piel. Avanzó penosamente hasta llegar a las rocas escalonadas. Según el informe, habían colocado el cadáver de Heather Johansen en la parte más alejada de la primera terraza rocosa, apartado de la vista. El lugar, cuidadosamente elegido en un empeño patente en ocultar el cuerpo, había sido otro de los factores que habían llevado al forense a concluir que lo habían trasladado después de asestarle el golpe en la cabeza.

Tracy se detuvo para recuperar el aliento, que había perdido por el esfuerzo y por la merma que había supuesto en su condición física el reciente nacimiento de Daniella. Se bajó la bufanda. El vaho que exhalaba por la boca y la nariz se dibujaba en aquel aire gélido. Calculó que de allí a la carretera debía de haber unos ciento cincuenta metros, una distancia nada despreciable. El informe elaborado en el lugar de los hechos hablaba de ramas rotas y huellas de talón y concluía que habían llevado el cadáver hasta allí a rastras, no en volandas. Heather medía un metro setenta y pesaba sesenta y un kilos, un peso que no resultaba, en absoluto, imposible de acarrear para un varón de altura, peso y fuerza medianos; pero la experiencia que había adquirido leyendo informes forenses le decía que un cuerpo muerto es mucho más difícil de acarrear, ya que, debido a su flacidez, no resulta nada sencillo levantarlo ni dar con su centro de gravedad. El asesino, además, debía de haber tenido prisa por sacar el cadáver de la carretera y apartarlo de la vista antes de que pasara un coche, por improbable que resultara con la tormenta de aquella noche. Además, en lugar de enterrarla, se habían limitado a cubrirla con nieve, hojas y tierra. Uno de los criminalistas que habían analizado el lugar había planteado otra pregunta: si el asesino llevaba consigo un bate, ¿por qué no había llevado también una pala?

Una vez más, Tracy sabía por experiencia que la decisión de no enterrar el cadáver no quería decir que el asesinato no hubiese sido premeditado, es decir, que quien lo había cometido no se hubiera provisto de una pala porque no tenía la intención de matar a nadie. El suelo de las Cascadas del Norte era glacial sedimentario, duro en extremo y muy difícil de cavar, sobre todo en la base de un afloramiento rocoso. Las raíces de los árboles habrían complicado aún más la labor, por no mencionar que la operación habría obligado al asesino a dejar el vehículo en la carretera del condado, a la vista de cualquiera que circulase por ella.

Tracy oyó tres golpes de claxon que resonaron en el bosque, sumido por lo demás en el silencio. Qué raro. Se abrió el abrigo y retiró la trabilla de seguridad de la pistolera antes de desandar el camino hacia la carretera, pisando sobre las huellas que había ido dejando en la subida para que le resultara más sencillo.

Al llegar a la carretera, vio la camioneta azul de Finlay aparcada tras el Subaru. El dueño estaba apoyado en el capó, observando su descenso. Al verla llegar, sacó las manos de la chaqueta de uniforme verde oscuro forrada de pelo, le tendió una, sin guante, que Tracy aceptó, y la ayudó a subir el terraplén de la carretera.

—Me ha parecido tu coche —dijo. Llevaba encasquetado casi hasta las cejas un gorro negro con orejeras. No se había afeitado y la barba incipiente se veía salpicada de gris—. Me parecía demasiada coincidencia encontrar precisamente aquí otro Subaru.

—¿Qué haces aquí, Finlay?

—Iba de vuelta al motel y he reconocido tu coche por la silla de bebé del asiento de atrás. Además, claro, he reconocido este sitio.

—Pensaba que no habías leído el informe policial —dijo ella en tono firme.

Él sonrió.

—Pero vivía aquí, Tracy, y tú también. Todo el que vivía en aquella época en Cedar Grove conocía bien la significación de este sitio... y del sitio en el que encontraron tu camioneta cuando desapareció Sarah.

La inspectora no podía negar que era cierto.

—¿Querías hablar conmigo?

—En realidad, no. ¿Tengo que entender que esto quiere decir que te han autorizado investigar el caso?

—No. Además, todavía sigo sin decidirme.

Volvió a mirar a la curva y Finlay le leyó el pensamiento.

—De ahí venía yo aquella noche después de acabar las clases.

Aquel aserto y la presencia de Finlay en el lugar de los hechos la llevaron a preguntarse si su aparición no sería algo más que una simple coincidencia, si no estaría acechando sus movimientos como había hecho en el pasado con Heather Johansen.

CAPÍTULO 12

Dan accedió al vestíbulo de lo que había sido en otro tiempo el First National Bank y, años después, cuando se había vuelto a mudar a Cedar Grove tras su divorcio, un conjunto de oficinas muy variado que incluía su propio bufete. Los mostradores de los cajeros seguían en su sitio, aunque convertidos en cubículos de diversos empleados y departamentos del ayuntamiento. Las voces reverberaban en el vestíbulo de mármol rojo, que incluía seis columnas decorativas y cuya construcción original había costado, por lo que se decía, más que el oro. El interior remozado relumbraba a la luz de arañas de techo decimonónicas de bronce y latón que hacían destacar el suelo de mosaico en el que se representaba un águila calva con una rama de olivo en una garra y trece flechas en la otra. Christian Mattioli no había reparado en gastos en la edificación del banco en que depositaría su fortuna y Dan tuvo que reconocer que daba gusto verlo limpio y vivo de nuevo, lleno de gente y de alboroto de voces y teléfonos.

Prescindió del ascensor y subió la escalera curva de mármol con alfombra burdeos y barandilla de latón. Su antiguo bufete, situado en la primera planta, servía ahora de despacho del abogado municipal de Cedar Grove, Rav Patel.

Si la disposición de este a permitirle con tanta rapidez el acceso a los documentos le había resultado sorprendente al principio, Dan había empezado a sospechar que semejante conformidad bien podía ser una medida de presión para que Cedar Grove pudiese volver a presentar cuanto antes su pedimento de juicio sumario. Al mostrar la documentación y responder al pliego de posiciones, Patel podía argumentar de nuevo que Dan no tenía pruebas en las que fundamentar su declaración de que Gary Witherspoon y el ayuntamiento no estaban amparados por el principio de inmunidad funcionarial ni habían incurrido en fraude ni falsedad testimonial.

Abrió la puerta de cristal esmerilado en cuya superficie estaban estarcidas en letras de molde las palabras ABOGADO MUNICIPAL donde años atrás se había leído BUFETE DE DAN O'LEARY. Accedió a la zona de recepción. Había un ventilador de techo girando sobre el escritorio, un escritorio que en sus tiempos había estado desocupado y tras el que vio al entrar un rostro familiar.

—Dan O'Leary —dijo Sunnie Witherspoon, tan radiante como la luz del sol que entraba por la ventana abovedada que tenía a sus espaldas. Dejó su asiento y rodeó la mesa para darle un abrazo muy poco profesional—. Rav me había dicho que vendrías hoy. ¡Cuánto me alegro de verte!

—Yo también me alegro —respondió él.

Tracy y Sunnie habían sido amigas de infancia, pero Sunnie y él no habían tenido nunca demasiado roce y el pleito que había emprendido Dan contra su marido, Gary, no era precisamente el mejor incentivo para mejorar dicha relación. Si ella había tolerado a Dan siendo niños había sido por Tracy, aunque nunca había hecho nada por ocultar que, en su opinión, desentonaba con el resto del grupo, pues, mientras que ellas dos eran hijas de médico y abogado y vivían en las mejores mansiones de Cedar Grove, el padre de Dan era funcionario municipal y su casa, pequeña y de una sola planta, se encontraba «al otro lado del arroyo», como se decía en la ciudad.

—Dile a Tracy que estoy enfadada con ella —le hizo saber Sunnie poniendo fin al abrazo con un paso atrás—. No puedo creerme que no me haya llamado. Ni siquiera conozco todavía la pequeña, que tiene ya... ¿Qué tiempo tiene?

—Dos meses.

—¿Dos meses? Pues dile que tengo un regalo para ella y un par de consejos que darle, que para algo he criado ya a cuatro.

—Dudo que Daniella pueda tomar nota todavía —repuso Dan en un intento fracasado de hacer un chiste.

Sunnie no lo entendió o se limitó a obviarlo, cosa que había hecho a menudo desde la adolescencia.

—Me han dicho que la han visto paseando por el centro con la cría y otra mujer.

—Nuestra niñera.

—¿Niñera? Espera. No me digas que Tracy está pensando en volver al trabajo. ¿No, verdad? ¿Con una recién nacida en casa?

—Todavía no lo ha decidido.

Sunnie no había cambiado mucho desde la última vez que se habían visto, al menos en lo tocante a su personalidad. Era capaz de pasarse una hora hablándole a un muerto antes de darse cuenta de que había dejado de respirar... y lo más probable era que, después de reparar en ello, no parase hasta acabar de contar lo que fuera que hubiera empezado. En cuanto al físico, había engordado, como todos ellos, aunque a ella se le notaba más en las caderas y las pantorrillas. Su pelo, castaño claro de niña, se había vuelto dorado con mechas rubias. Seguía usando una capa generosa de maquillaje, incluida su sombra de ojos azul, marcada por los diminutos puntitos negros que dejaba en ella el rímel.

—Aunque quiera, no va a poder evitarme mucho más. Ya me conoces: soy como un halcón cuando me propongo algo...

—Lo recuerdo —dijo Dan.

—No esperabas encontrarme aquí, ¿verdad? No es que me haga falta el trabajo, pero cuando se marchó el más pequeño de los cuatro, le dije a Gary que no podía pasar más tiempo sin mantener una conversación con adultos. Siempre había querido ser enfermera, ¿te acuerdas?

—Pensaba que querías ser actriz o cantante.

Ella desacreditó el comentario agitando una mano.

—Tú, siempre con tus bromas. No, abandoné mis planes para quedarme en casa con los niños. El caso es que le dije a Gary que me daba igual lo que fuera, pero quería hacer algo. Me estaba volviendo loca. Yo soy de esas personas que necesitan estímulos.

—No lo dudo.

—Has venido por la exhibición de documentos de lo de Larry Kaufman, ¿verdad?, del pleito contra Gary y el ayuntamiento.

—He venido a ver a Rav Patel.

Sunnie restó importancia a la situación con un nuevo movimiento de mano y, mientras volvía a rodear el escritorio en dirección a su asiento, dijo:

—Pff... No te preocupes. Ya sé que los abogados solo hacéis vuestro trabajo. De alguna manera nos tendremos que ganar la vida, ¿verdad?

—Eso será —repuso Dan.

—Me alegro mucho de verte —insistió ella antes de avisar a Rav Patel por teléfono. Instantes después, se abrió la puerta interior para dar paso a Patel, que salió a la zona de recepción ataviado con corbata y camisa azul arremangada que dejaba ver un reloj grueso que debía de costar un riñón.

—Tengo en el despacho los documentos y un duplicado de las respuestas al pliego de posiciones. ¿Te apetece un café? —preguntó Patel.

—No, gracias.

—Pasa.

—Dile a Tracy que se prepare, que pienso dar con ella. En Cedar Grove no es fácil esconderse —advirtió Sunnie mientras él accedía al despacho.

Patel cerró la puerta tras ellos y lo miró con una sonrisa cansada antes de pasar a su lado para dirigirse a su mesa en aquella sala octogonal que tan bien recordaba. Las estanterías de caoba estaban llenas de volúmenes legales antiguos sin usar, los mismos que poblaban el despacho cuando lo había alquilado Dan.

El abogado municipal se sentó bajo un ventilador de techo cachazudo y señaló con un gesto una de las dos sillas del lado opuesto del escritorio.

—Siéntate.

Dan hizo lo que le pedía y cruzó las piernas.

—Sospecho que ya no hay quien alquile este despacho por quince dólares al mes.

Patel se reclinó en el sillón de cuero de color crema, de espaldas a la ventana curva dispuesta en mirador, que dejaba que la luz matinal llegase hasta la mitad de su escritorio.

—Tengo entendido que estuviste un tiempo trabajando en este despacho.

—Unos tres años. Recuerdo que justo ahí, debajo de esa ventana, había un radiador de los antiguos. En invierno hacía un ruido de mil demonios.

—Se ha renovado el sistema de calefacción del edificio.

—Ha tenido que salir caro.

—La ciudad recibió una ayuda de los Fondos de Conservación Histórica para cubrir parte de los gastos de las modernizaciones. —Patel señaló con un gesto rápido dos cajas que descansaban sobre una mesa situada en un rincón y cambió de tema—: He reunido todos los documentos que solicitaste. ¿Recibiste las respuestas al pliego de posiciones?

—La verdad es que ha sido una grata sorpresa que hayáis contestado tan pronto.

Patel se encogió de hombros.

—Tenía mis dudas sobre la vista. Sobre el pedimento no, pero había imaginado que el juez Harvey te daría al menos la ocasión de ejecutar la exhibición de documentos. Es muy suyo.

—Eso me pareció. Por un momento creí que no me salía con la mía.

—El de recurrir a la historia de los edificios de Market Street fue un argumento muy inteligente.

—Hago lo que puedo. —Tras una pausa, añadió—: Me sorprende que te hayas mojado, Rav.

—¿A qué te refieres?

—Suponía que le pasarías el expediente al bufete de Bellingham.

—Y lo pensé, pero creo que este asunto podemos gestionarlo en casa. —Patel se inclinó hacia delante y bajó la mirada a las cinco bolas del péndulo que entrechocaban a izquierda y derecha transmitiendo el movimiento de una a otra. Aquel objeto de adorno demostraba la ley física fundamental de Newton: a cada acción corresponde una reacción opuesta de igual intensidad.

—Al ayuntamiento le gustaría resolver este asunto para poder seguir adelante con los planes que tiene para Market Street y el centro cívico.

—¿Cedar Grove tiene centro cívico?

Patel alzó la vista y respondió con una ligera sonrisa, aunque, por lo demás, su gesto no tenía nada de divertido.

—A Cedar Grove le gustaría tenerlo —dijo—. Se está hablando de cerrar Market Street al final de la manzana y construir un anfiteatro en el que albergar las actividades estivales, como el festival del *jazz* del verano pasado. La ciudad necesita un lugar en el que pueda reunirse la gente.

—Lo único que falta en ese planteamiento es la gente. —Dan sonrió a Patel, quien seguía sin dar muestras de estar divirtiéndose—. Si puedo hablar con franqueza, tengo la impresión de que el alcalde y el ayuntamiento ven con demasiado optimismo el futuro de la ciudad. A mi cliente, desde luego, le encantaría ver un anfiteatro lleno de gente en las inmediaciones de su comercio.

—Ya que hablamos de tu cliente… —Patel cogió un bolígrafo y dio unos golpecitos con la punta en el protector de su escritorio—. Al municipio le gustaría terminar con esto.

—Soy todo oídos. Y tú, que me conociste de niño, cuando llevaba el pelo rapado, sabes que no lo digo por exagerar.

—¿Cuánto haría falta para resolver este asunto?

—Mi cliente quiere conservar su negocio. No le importa vender material para actividades al aire libre… si eso le reporta ingresos.

—Lo que quiero decir es… ¿cuánto haría falta para que estuviera dispuesto a irse?

—En eso no está interesado.

—El ayuntamiento le ha ofrecido diez mil dólares. Estoy autorizado para subir la cantidad, aunque ese aumento dependerá de lo que pueda estar dispuesto a aprobar el municipio.

—¿Y de cuánto estaríamos hablando? —preguntó Dan, que no tenía intención alguna de quedar condicionado por la cantidad que pudiese proponer él mismo.

—¿Aceptaría tu cliente quince mil dólares?

—Como ya he dicho, lo que le interesa no es el dinero. Lo que quiere es tener un lugar al que ir a diario, poder salir de su casa y saludar a sus vecinos. También hay que tener en cuenta el factor de la nostalgia. La empresa la fundó su abuelo y la llevó su padre, de modo que hay cierto sentimiento familiar…

—Podríamos hablar con los nuevos propietarios y garantizar que contratarían a tu cliente durante al menos…, no sé…, dos años después de la venta. Seguro que están interesados en el prestigio y la experiencia que aportaría al negocio.

—No me cabe la menor duda, pero no por quince mil dólares.

—Entonces, ¿por cuánto?

—Nunca he hablado de esto con él y, sinceramente, no tengo claro que le vaya a parecer suficiente ninguna cantidad.

—Tu cliente tiene ya setenta y tantos años y sus hijos hace tiempo que no viven en Cedar Grove. En algún momento tendrá que jubilarse y yo diría que sus herederos no tienen mucho interés en llevar la tienda.

—Eso no puedo rebatirlo.

—Además, dudo mucho que encuentres algo que pueda respaldar tu teoría de fraude o de que Cedar Grove o alguno de sus funcionarios no están amparados por el principio de inmunidad funcionarial. Como argumento para retrasar lo inevitable, tengo que reconocer que es inteligente; pero los dos sabemos cómo va a acabar esto.

—En fin, supongo que por eso dejan que corran todos los caballos en las carreras, porque a veces uno te sorprende y gana.

—¿Estarías dispuesto a presentarle nuestra propuesta a tu cliente y venir a verme con lo que te diga?

—Por supuesto.

Patel asintió.

—Entonces, estaré encantado de volver a recibirte.

—¿Puedo llevarme las cajas? —preguntó Dan señalando las que había sobre la mesa.

—Te he hecho un duplicado de todo. Tienes la factura dentro de la primera caja. Te he ahorrado el viaje a Bellingham, donde, además, habrías tenido que buscar una copistería capaz de hacerse cargo de este volumen de trabajo.

Dan sonrió y se puso en pie.

—Gracias por el detalle. —Miró su reloj y luego hacia la puerta.

—Tranquilo —dijo Patel—. Le pediré que me haga un recado para que tengas tiempo de escabullirte.

CAPÍTULO 13

Tracy dejó el lugar en que había aparecido el cadáver de Johansen y volvió a Cedar Grove. Roy Calloway le había buscado un despacho en comisaría. Tras servirse un café en la sala de descanso, fue a ver al jefe en funciones y lo informó de lo que había hecho antes de preguntarle si habían hablado con la oficina de planificación familiar de Bellingham.

Calloway asintió.

—Heather no llegó a ponerse en contacto con ellos.

—Era solo una corazonada. Quiero preguntarte por el caso de Mathews. He leído en el expediente el informe de la agente que mandaste a hablar con los parroquianos de la Four Points Tavern, pero me ha parecido demasiado escueto, como si la agente fuese nueva o no tuviera mucha experiencia... o interés.

—No era nueva; es que no había gran cosa que averiguar de Mathews. Ya conoces a la gente de los bares: nadie quiere decir gran cosa por miedo a verse involucrado... y más cuando hay muertes de por medio. Le pedí que se enterase de si se había enemistado con alguien, pero no consiguió dar con nadie dispuesto a reconocer que lo conociera medianamente bien. Antes de que sigas criticando su informe, acuérdate de que no pensábamos que su homicidio y el de Heather estuvieran relacionados, así que no preguntó si Mathews había hablado con alguien del expediente de Johansen.

—¿Y tenía enemigos?

—Si los tenía, a mi agente nadie le dijo nada.

—En el informe apuntó la necesidad de volver a insistir. ¿Se encargó alguien de hacerlo?

—En aquel momento no le vimos justificación.

Tracy, de hecho, estaba convencida de que tal cosa resultaba de utilidad, pues hacía aún más probable que Mathews hubiese muerto por lo que había averiguado en el informe del forense y no por haberle tocado las pelotas a nadie en el bar. Con todo, se propuso intentar contactar con el propietario de 2013 y averiguar si había sacado el tema del informe.

Salió del despacho de Calloway y se instaló en el despacho vacío que le había asignado. Colgó la ropa de abrigo en los ganchos que solían emplearse para disponer el equipo táctico. Todo apuntaba a que hubiesen abandonado hacía poco aquel lugar: sobre la mesa no quedaba otra cosa que el monitor de un ordenador y las estanterías estaban vacías; pero en las paredes de color crema se veían los arañazos propios de los cuadros colgados y en el linóleo desgastado del suelo, marcas de tacones. Hasta con la puerta cerrada llegaba a ella el sonido de los teléfonos y las voces.

Desde el escritorio, llamó a casa para ver cómo estaba Daniella.

—Estupendamente —le aseguró Therese—. Está en su hamaquita, jugando con sus muñequitos y echando babas. No me he atrevido a sacarla con este tiempo. Como dirían mi padre y mis hermanos, hace un frío que le helaría los colgandillos a un mono de latón.

Tracy soltó una risotada.

—Está bien.

—En serio, esto es peor que los pantanos de Irlanda. El frío te cala como si no llevases nada puesto. ¿A qué hora tiene pensado volver a casa?

—No estoy muy segura. ¿Necesitas algo?

—Por aquí estamos perfectamente. La chiquitina está triturada. Dentro de poco la echaré a dormir un ratito.

Tracy deseó tener a mano a un intérprete de inglés de Irlanda. Supuso que con «triturada» quería decir que estaba cansada.

—Si te hace falta algo, no dudes en llamar.

—Por supuesto. Ya lo sabe.

Colgó el teléfono y sacó de su maletín el expediente policial de Heather Johansen. Pasó las páginas hasta llegar a la sección en la que había archivado Roy Calloway los testimonios orales y dedicó la hora siguiente a releerlos mientras tomaba notas y subrayaba frases. Cuando acabó, volvió al registro con los nombres de los testigos y sus números de teléfono. Estaba a punto de hacer una llamada cuando se detuvo y decidió que valía más acercarse en coche. Obviar a alguien en persona resultaba mucho más difícil que colgarle el teléfono. También se propuso hacer una visita a la Four Points Tavern, no porque tuviera la esperanza de conseguir información valiosa después de tantos años, sino porque la experiencia le había enseñado que, si no ponía los puntos sobre las íes por sí misma, al final solían volverse contra ella.

El hielo acumulado en la carretera hizo que el viaje se prolongara más de lo que había previsto. Había salido el sol, aunque solo brevemente, y la nieve que había logrado derretir se había vuelto a congelar sobre la calzada, dejándola muy resbaladiza. Como el trayecto no era largo, Tracy se limitó a colocarse el chaquetón y metió los guantes, la bufanda y el gorro en los bolsillos del abrigo.

La casa de Ed Witherspoon, de una sola planta, estaba forrada de tablillas que parecían recién cambiadas y daba la impresión de ser más pequeña de lo que recordaba, aunque a un crío todo se le hace mucho más grande. Todo apuntaba a que Ed había construido una ampliación en el lado derecho, donde en el pasado había estado el techado bajo el que guardaban el coche, para instalar en ella, según le había dicho Roy, si la memoria no le fallaba, un despacho. Se preguntó de dónde habría sacado Ed el dinero. El jardín delantero parecía estar tal como lo recordaba, aunque la nieve no hacía fácil asegurarlo. Siendo más joven, Barbara Witherspoon había dedicado su tiempo libre a la jardinería. Siempre ganaba el primer premio en la feria del ganado de Cedar Grove. La madre de Tracy, que compartía la misma afición, solía quedar en segundo puesto, aunque su jardín cuadruplicaba en tamaño el de Barbara y era mucho más refinado. La señora Crosswhite no se había quejado nunca del fallo del jurado, pero su padre se había negado a ser tan correcto: no se cansaba de decir que el concurso estaba amañado ni de repetir su mantra sobre Ed Witherspoon y los pantalones rectos.

Las ventanas de la fachada principal tenían cortinas para protegerse del frío, pero, a juzgar por el fuego que ascendía en espirales flemáticas de la chimenea de ladrillo construida sobre el tejado, había gente en casa. El Cadillac descapotable de Ed, un modelo de los ochenta blanco y con tapicería rojo cereza, se encontraba estacionado en el camino de entrada. Aquel coche se había paseado por más ferias de Cedar Grove de las que pudiera contar Tracy.

Llamó a la puerta principal y fue Barbara quien la abrió instantes después. Vaciló, como si no distinguiera bien a Tracy o, aun viendo bien su rostro, no lograse recordar de qué se conocían.

—Soy Tracy Crosswhite, Barbara —dijo ella.

La señora Witherspoon titubeó un segundo antes de darle la bienvenida con un abrazo torpe.

—Tracy. Sí, sí, claro. No te había reconocido.

—Es que ha pasado mucho tiempo. Estoy un poco cambiada.

—¿Qué te trae por aquí? —quiso saber Barbara, que cruzó los brazos sobre la pechera de un jersey de cuello vuelto de color azul oscuro. Del cuello le pendía un crucifijo con cadena de oro.

—Quería hablar con Ed.

—¿Con Ed?

—¿Está en casa?

—En la parte de atrás —dijo Barbara—, en su despacho. Entra, que le estamos dando calefacción al vecindario. —Se hizo a un lado para dejarla pasar.

Dentro hacía buena temperatura y olía a café y a aire viciado. Oyó el sonido de un televisor que emitía un concurso.

—¿Te pongo algo? Tengo café y té. Si llego a saber que venías… No suelo tener visitas.

El interior de la casa era como el jardín que Tracy recordaba: todo estaba limpio y cuidadísimo.

—No, gracias, Barbara. No te molestes ni te angusties.

—Es que la casa está…

—Está preciosa, como siempre, Barbara. Igual que tu jardín.

Barbara Witherspoon sonrió de oreja a oreja, aunque sus ojos tenían un brillo distante, como ausente. Parecía insegura y Tracy se preguntó si no sería demencia prematura o alzhéimer.

—¿Seguro que no quieres una taza de café? —insistió la anfitriona.

—Me conformo con hablar con Ed.

—¿Con Ed? —Tras un instante de aparente confusión, añadió—: Claro, está en la parte de atrás. Voy a buscarlo. —Barbara desapareció por una puerta situada al fondo de la sala y que debía de dar a la ampliación.

Momentos después, Tracy oyó por el pasillo la voz resonante de Ed, que tan bien conocía.

—Tracy Crosswhite. ¡Que me aspen! —dijo al entrar en la sala. Parecía quizá demasiado alegre de verla—. ¿Cómo estás, carajo? —Cruzó la estancia como quien saluda al gobernador con la intención de impresionar. Seguía conservando el carisma de un político, pero la edad no lo había tratado nada bien. Nunca había sido una persona recia, aunque había tenido siempre tanta tripa como una embarazada de seis meses. El pelo no había dejado de clarearle y lo llevaba demasiado corto para seguir peinándoselo con cortinilla. Afortunadamente, se había cortado los mechones que usaba a tal propósito. Siempre había tenido la constitución rubicunda de un alcohólico (nadie ignoraba que jamás se iba a la cama sin una copita o dos en el cuerpo), pero el tiempo parecía haberse encargado de pronunciar el tono sanguíneo de su rostro hasta hacerlo semejante a un caso grave de rosácea.

—No estoy mal, Ed. ¿Y tú?

—Vamos tirando, vaya. —Llevaba pantalón de lona caqui y una camiseta de los Seattle Seahawks.

—¿Qué te trae de vuelta a Cedar Grove? No vendrás a quedarte, ¿verdad?

No parecía alegrarle tal posibilidad.

—Me temo que no… y me temo que esto no es ninguna visita social, Ed, sino policial. Estoy echándole una mano a Roy con cierto asunto.

Todo indicaba que la noticia no lo sorprendió.

—Claro, que eres poli, ¿no?

—Inspectora, sí señor —repuso Tracy siguiéndole el juego.

Ed Witherspoon no se había perdido una sola sesión del segundo juicio de Edmund House, celebrado en 2013. Ni lo había olvidado ni acababa de acordarse: Ed Witherspoon nunca olvidaba nada. Sabía de buena tinta que tenía un archivador de tarjetas rotatorio con los nombres de todos aquellos a los que había ayudado a vender o comprar un hogar o un local, así como con los nombres de sus hijos, la fecha de su cumpleaños y demás información oportuna. No en vano se había ganado la vida con la gestión inmobiliaria residencial y comercial gracias a la práctica de mantener siempre el contacto con antiguos clientes y clientes potenciales.

—Ya lo sabía, claro. Entonces estás ayudando a Roy. Sabía que volvería durante la ausencia de Finlay. Una lástima, lo de Kimberly.

Barbara y yo fuimos al funeral. Es muy triste que una persona joven como ella pierda la vida de un modo tan trágico.

—Sin duda —dijo ella pensando en su hermana.

—En fin, ven por aquí. Me he hecho un despacho en casa. Tú todavía no lo has visto, ¿verdad?

—No. —Tracy se dio la vuelta—. Me alegro de volver a verte, Barbara.

La anfitriona sonrió, pero ni siquiera abrió la boca para contestar.

Tracy siguió a Ed por un pasillo estrecho y sin ventanas, decorado con fotografías familiares que pendían ladeadas, como si hubiese chocado alguien con ellas. Bajaron a un cuarto que parecía mitad refugio del hombre de la casa, mitad estudio. Había un sofá de cuero marrón con su sillón a juego delante de un televisor descomunal de pantalla plana y las paredes estaban llenas de instantáneas y banderines de los Seahawks y los Mariners. El despacho era todo un homenaje a Ed Witherspoon, antiguo alcalde de Cedar Grove, con certificados enmarcados y fotografías suyas con diversas personalidades dispuestas en las estanterías. El techo tenía cuatro claraboyas, dos a cada lado del caballete, aunque en un día como aquel no era mucha la luz que daban a la estancia, que apenas recibía más iluminación que la lámpara de estilo Tiffany del escritorio.

—¿Sigues trabajando, Ed? —preguntó ella al ver que la mesa, de gran tamaño, estaba cubierta de papeles.

—Ya me conoces, Tracy. No puedo jubilarme. La gente no me dejaría y, además, llevo en las venas el negocio inmobiliario. Barbara y yo dejamos el local de Fourth Street. Lo recuerdas, ¿verdad? Delante justo de la redacción del *Towne Crier*.

—Sí.

—Me hice este despacho para conservar la cordura, la mía y la de Barbara. —Sonrió ante la ocurrencia—. Aquí puedo resguardarme y trabajar un poco sin interrupciones.

—¿Y a qué te dedicas, Ed?

—A lo de siempre: a la compraventa de viviendas y locales comerciales. Cedar Grove está creciendo. Gary está haciendo un trabajo excelente —dijo con aire ufano— y está atrayendo savia nueva al municipio.

—El otro día estuve viendo cómo ha cambiado Market Street —señaló ella.

—¿Y no es para estar orgulloso de él?

—Por supuesto.

—Pues lo estoy y mucho —aseveró dando una palmada en el protector del escritorio.

—Además, te habrá venido de perlas. Todos esos cambios deben de traducirse en compras y ventas de casas.

—En parte —respondió sucinto Ed.

—¿Estás participando en la venta de los comercios de Market Street?

—Qué va. ¡Ya me gustaría!

Ed se acomodó en el sillón de piel de color verde oscuro que había tras un escritorio de dos cajoneras tan grande que podía servir de pista de aterrizaje a un caza de reacción.

—Bueno, cuéntame: ¿cuál es el asunto ese en el que le estás echando una mano a Roy? Pero ¡espera! ¿No habías tenido un bebé?

—Sí, hace dos meses. Una cría.

—Eso tenía entendido. —Levantó la tapa de un humidificador situado en un extremo del escritorio y sacó un puro para tendérselo a Tracy—. Para Dan… o para ti, que no quiero ofender a nadie. Ahora hay que andar con pies de plomo con todo el asunto del Me Too.

Tracy sonrió.

—Se lo daré a Dan, gracias.

—Así que dos meses, ¿eh? ¡Vaya! ¿Y te queda tiempo para echarle una mano a Roy?

—Eso intento. Estoy haciendo malabares, desde luego. El caso es que quería hacerte un par de preguntas sobre Heather Johansen.

Ed puso los ojos como platos, pero sin gesto alguno de alarma, sino más bien como un maestro de ceremonias circense que presenta una actuación destinada a dejar estupefacto al público.

—¿Heather Johansen? —repitió antes de santiguarse—. Creía que esa pobre chiquilla descansaba en paz desde hace ya mucho…

—Roy quiere dejar atados unos cuantos cabos sueltos simplemente.

—Está bien. Escúchame, si puedo ayudar en algo… Quiero decir, que Eric e Ingrid… son buena gente y aquí lo pasamos todos fatal con lo que le pasó a su hija y, después, cuando desapareció tu hermana. Que Dios las tenga a las dos en su gloria. Siento mucho también lo que tuvisteis que soportar tu familia y tú. Supongo que sabrás que en Cedar Grove hubo gente que no se tomó muy bien que volvieses para remover el pasado. Por algo dice el refrán que, a perro que duerme, no lo despiertes.

Tracy no pudo menos de observar un cambio sutil en su tono. Ya no parecía tan feliz de verla y se preguntaba si su comentario no llevaría implícito el mensaje de que era preferible no desenterrar el caso de Heather Johansen. Por si acaso, decidió mandar un mensaje ella también.

—Heather trabajaba para ti en aquella época, ¿verdad? ¿No estaba contigo en la oficina?

Ed se detuvo, aunque solo un instante. Mensaje recibido.

—A tiempo parcial —dijo abandonando el aire jovial—. No sabría decirte muy bien qué días de la semana ni con qué horario. Tengo buena memoria, pero no tanto. A su gente le hacía falta aquel ingreso extra, porque Heather estaba a punto de ir a la universidad y a Eric le estaba costando encontrar trabajo fijo. Yo le pagaba un dólar más del salario mínimo por hora para echarles una mano.

Tracy sacó una libreta y un bolígrafo y no pasó por alto la expresión de Ed al verlos.

—¿Cuánto tiempo estuvo trabajando contigo?

Ed arrugó la frente y dejó escapar un leve gruñido.

—Pues... ni idea. Además, dudo mucho que guardemos todavía esa información. Después de tantos años y con la mudanza...

—Pero llevaba ya unos meses, ¿verdad?

—Creo que sí, aunque ya te digo que no estoy seguro. Estás poniendo a prueba mi memoria de anciano.

Tracy lo dudaba.

—¿Y notaste algún cambio en su comportamiento durante ese tiempo?

—¿Algún cambio?

Ed seguía siendo un buen político. Si no sabía cómo responder a una pregunta, lo hacía formulando otra.

—¿Te pareció más sensible o se molestaba con más facilidad en algunos casos?

—¿En qué casos?

—En cualquier situación.

Él se rascó la nuca y empezó a menear la cabeza.

—Pues... no sé. Supongo que como todas las adolescentes. —Dejó de rascarse y chasqueó los dedos—. Sí que noté algo. Fue más o menos cuando le pasó aquello con Finlay. Creo que tú ya te habías ido, ¿no? Estabas en la universidad, conque quizá no sepas que Finlay y ella habían sido novios. Creo que fue ella quien lo dejó y, por lo que tengo entendido, Finlay se lo tomó fatal. Se fue un poco de la cabeza y la cosa se puso fea. Creo que tuvo que intervenir Roy y pararle los pies.

Witherspoon entrelazó los dedos sobre unos papeles y la miró desde el otro lado del escritorio.

—¿Recuerdas haber hablado con Heather sobre Finlay?

Él hizo un mohín antes de poner cara de preocupación.

153

—A ver, Tracy, todo eso se lo conté a Roy cuando investigaron el caso y al final resultó que nada de aquello tenía la menor importancia, porque se descubrió lo de Edmund House. No quiero ir difamando a nadie. Finlay es un buen hombre y ya ha sufrido bastante últimamente.

—Lo entiendo, Ed. —Aguardó, consciente de que Ed no pretendía otra cosa que difamar.

—Bueno, sí. Heather entró una noche en mi despacho, no mucho antes de que... El caso es que entró y me preguntó si podía llevarla a casa. Quise saber qué le pasaba y me dijo que era por Finlay, que le tenía miedo y temía que le hiciese algo.

—¿Te dijo si la había amenazado?

Ed empezó a moverse como si le hubieran metido una araña por el cuello de la camisa.

—No lo sé, Tracy. Lo que quiero decir es que eran cosas de críos de instituto, de parejitas de adolescentes...

Ella volvió a esperar, aunque esta vez no transcurrió mucho tiempo.

—Me contó que Finlay la había amenazado.

—¿Y te dijo cómo?

Ed exhaló el aire de los pulmones, guardó silencio y entonces respondió:

—Según ella, le había dicho que la iba a matar, que la iba a matar si la veía con otro.

Tracy asintió.

—Supongo que te quedarías de piedra.

—Pues imagínate.

—Y que se lo dirías a Roy.

Ed balbució mientras buscaba una respuesta que lo sacase del brete en que se había metido él solito.

—Pues... no. Quiero decir, no en ese momento.

—¿Y por qué no?

Él levantó las manos.

—Por lo que te he dicho, Tracy. Me pareció cosa de novietes adolescentes, de jóvenes de instituto. No quería ser yo quien condenase a Finlay.

—Pues a mí me suena a algo más serio que una cosa de novietes adolescentes y más aún teniendo en cuenta lo que pasó después.

—Espera a que crezca tu chiquilla. Yo he tenido a tres en el instituto y sé lo dramáticos que pueden llegar a ser.

—¿Llevaste a Heather a su casa aquella noche?

—No. —Acompañó su respuesta con un movimiento resuelto de cabeza—. Tenía ya muchos tiros pegados para saber que un adulto no debe llevar en coche a casa a una joven atractiva. Es tener ganas de provocar rumores de toda clase. Le pedí a Barbara que la acercase. Ella te lo confirmará... si se acuerda. Te habrás dado cuenta de que le ha empezado a fallar la cabeza. Se le olvidan las cosas y a veces se confunde con facilidad.

«Qué oportuno», pensó Tracy.

—¿Notaste algún cambio más en Heather?

—No, la verdad es que no.

—¿Y recuerdas cuándo fue la última vez que la viste?

—Qué va, Tracy.

—Según el expediente policial, le dijiste a Roy que trabajó contigo el mismo día de su desaparición.

—En ese caso, así tuvo que ser. Yo confiaría en lo que dije por aquel entonces.

—Sin embargo, no te acuerdas de aquel día.

—De nada que no le contase entonces a Roy.

—¿No recuerdas que Heather se comportase de manera diferente en ningún sentido?

—Te repito que no puedo decirte más de lo que le dije a Roy para su informe.

—Pero ¿no te dijo nada ella?

—Tracy, lo que diga el informe.

—¿No notaste siquiera si se le escapó alguna lágrima?

Ed Witherspoon negó con la cabeza.

—Que yo recuerde, no, Tracy.

—¿Cómo te enteraste de la muerte de Heather?

—Como todos, supongo. Oí que la habían encontrado los perros de Vern. Me lo diría alguien.

—¿Te acuerdas de lo que hiciste la noche que desapareció?

—Todo eso ya se lo conté al jefe Roy, Tracy. No estarás intentando pillarme en un desliz, ¿verdad? ¿Qué esperas, que me líe y diga algo distinto de lo que le dije a él?

—Solo pregunto, Ed.

—Pues yo no lo recuerdo. Creo que lo mejor que puedes hacer es quedarte con lo que le dije a Roy.

—¿No recuerdas haber salido aquella noche?

—Te vuelvo a decir que mires el informe del jefe Roy. No querrás que me ponga a dar palos de ciego, ¿verdad?

—No, prefiero que no —le aseguró ella—. ¿Tenías a más gente trabajando contigo en aquella época, Ed? Además de Barbara y Heather, claro.

—Pues a Gary, claro. Ahora el negocio es suyo. Eso no significa que no hubiese nadie más. En temporada alta buscábamos a gente que echase un par de horas aquí y un par de horas allá.

—Gracias por tu tiempo, Ed.

Ed Witherspoon pareció sorprendido y, a continuación, aliviado ante el final abrupto de la conversación.

—Tranquila, mujer. De nada.

Tracy se puso en pie y Ed hizo otro tanto.

—Deberías plantearte volver a casa —dijo—. Gary está haciendo maravillas y a Cedar Grove no le vendría nada mal un buen jefe de policía.

—Para eso tenéis a Finlay.

Él hizo un gesto de asentimiento por toda respuesta. La acompañó por el pasillo, cruzó con ella el salón y le abrió la puerta de la calle. Tracy salió al porche y se puso el chaquetón y la bufanda.

—Me alegro mucho de verte —dijo Ed—. Pásate a vernos cuando quieras. Nos encantaría conocer a tu bebé.

—Lo haré. —Tracy se detuvo como si hubiese recordado algo. En realidad, se trataba de una pregunta que quería haberle hecho en el despacho, pero Ed estaba entonces con la guardia demasiado alta.

—¿Seguís celebrando las fiestas de Nochebuena de antes? — Sonrió—. Eran todo un acontecimiento.

—Hace unos años que no.

—Ah, ¿no? ¿Y cuándo fue la última?

—No me acuerdo, Tracy. Oye, gracias de nuevo por venir. Le diré a Gary que he hablado contigo.

Ella asintió, se volvió y se dirigió a la acera mientras oía la puerta cerrarse a sus espaldas. Recordaba perfectamente la última vez que había celebrado Ed su fiesta de Nochebuena, porque había sido el mismo año que la habían ofrecido sus padres. Había sido en 1992, la Navidad anterior al asesinato de Heather, la Navidad anterior a la desaparición de Sarah, la Navidad en torno a la que, con arreglo al informe del forense, tuvo que girar la fecha en que había quedado encinta Heather Johansen.

CAPÍTULO 14

Dan llamó a Larry Kaufman después de salir del edificio y le comunicó la oferta de acuerdo del ayuntamiento. Su cliente, como había supuesto, la rechazó.

—¿Estarías dispuesto a ceder por alguna cantidad concreta? —le preguntó.

—No, ahora no. Estoy muy indignado por cómo se han portado.

—No dejes que tus emociones dicten tu forma de encarar la situación —dijo Dan—. Piénsalo bien y si das con una cifra que quieras que presente al ayuntamiento, dímelo. De lo contrario, seguiremos adelante con nuestro plan original.

—¿Te han dado los documentos y han contestado las preguntas que les dimos por escrito?

—El pliego de posiciones. Sí, pero todavía no he tenido ocasión de mirarlo. Enseguida me pongo con ello.

—Entonces, ¿por qué no esperamos a ver qué documentación nos han dado?

—Está bien. —Dan colgó tras unos minutos más de conversación.

La presión de las otras causas que estaba llevando no le dejaba mucho tiempo para revisar el contenido de las cajas. No había imaginado que el ayuntamiento les daría tanto papeleo. Estaba convencido de que se andarían con evasivas y, al final, pondría a su disposición solo unos cuantos documentos. En cambio, las autoridades de Cedar Grove parecían haber optado por la táctica de enterrarlo bajo una montaña de papel. Si había alguna pepita de oro oculta en aquellas cajas, tendría que ponerse a buscarla, porque lo que no podía hacer, por descontado, era ir corriendo a los tribunales y acusar a la parte contraria de obstrucción. Contaba, claro, con la ayuda de Leah Battles, a quien había contratado precisamente para eso; pero ya le había dado demasiado trabajo con un arbitraje y dos mediaciones.

Decidió que lo mejor era volver a Seattle. Así, Battles y él podían revisar juntos las cajas mientras se ocupaban juntos del resto de casos. Había hablado con Tracy de esa posibilidad antes de mudarse a Cedar Grove durante la reforma. Dan podía dormir en el sofá de su bufete y el edificio en que se encontraba disponía de duchas. Por supuesto, la conversación se había producido antes de que Tracy se aviniera a investigar el caso de Heather Johansen. Entonces, había dado por supuesto que estaría en casita con Daniella. Gracias a Dios, tenían a Therese. Había resultado ser un regalo del cielo, pues, además de ser un sol con la pequeña, se encargaba como nadie de la colada y las cenas.

Hasta le había subido el sueldo.

Tal vez les viniera bien que tuviese que irse, pues así podían hacerse una idea de cómo sería la situación cuando los dos volvieran al trabajo. De vuelta a casa, llamó al teléfono de Tracy, pero le saltó de inmediato el contestador, lo que quería decir que tenía el sonido apagado. El buzón de voz estaba lleno, lo que tampoco era raro en ella. Dan meneó la cabeza. ¿Cómo iban a criar a la pequeña si ni siquiera podían, él y quizá tampoco Therese, ponerse en contacto con ella ni dejarle al menos un mensaje? ¿Y si tenían una urgencia?

Ya en casa, llenó una bolsa de lona con ropa y su bolsa de aseo y preparó el maletín. Llamó de nuevo al móvil de Tracy y de nuevo saltó el contestador. Miró el reloj. Si salía ya, no encontraría tráfico de ida y podría llegar a Seattle en dos horas y media más o menos siempre que el tiempo y las condiciones de la calzada lo permitieran; pero si esperaba, era muy probable que el trayecto se convirtiese en un calvario de entre tres y cuatro horas por los atascos. Decidió mandarle un mensaje de texto a Tracy. ¿Qué otra cosa podía hacer?

Recogió la bolsa, dos trajes, camisas y corbatas y fue hacia la puerta.

Therese estaba sentada en el taburete, pintando, y tenía el vigilabebés en la mesa de al lado. Daniella estaba durmiendo en su moisés, en la planta de arriba.

—¿No estará pensando en irse de casa? —preguntó la niñera soltando el pincel.

Dan dio por hecho que estaba de broma, aunque tampoco podía descartar que podía haber oído parte de la discusión que había tenido con Tracy la otra noche. Sonrió.

—Tengo que ir un par de días al bufete de Seattle para apagar unos cuantos incendios.

—¿Apagar incendios? Ahora también es bombero... —dijo devolviéndole la sonrisa.

—Todos los abogados lo somos en cierto modo. Oye, no he sido capaz de dar con Tracy, pero le he mandado un mensaje de texto. ¿Le dices que espero volver de aquí a un par de días, para el fin de semana quizá? Voy a pasarme por lo menos un par de horas en el coche. Te lo digo por si llama.

—Se lo diré.

—¡Qué suerte tenemos de contar contigo! ¿Necesitas algo? —Recorrió el salón con la mirada—. Hay leña suficiente, ¿verdad? —Dejó en el suelo la bolsa y abrió el leñero contiguo a la puerta del hogar—. ¡Si está casi vacío! Lo llenaré antes de irme.

—No sea tonto. Se va a poner perdido de resina y de serrín. Además, está claro que lo de tener que irse le ha pillado en bragas y anda mal de tiempo. Eso puedo hacerlo yo. Váyase ya, vamos.

—¿Seguro?

—Puede que yo no sea bombera, pero creo que podré arreglármelas para meter unos cuantos troncos.

—Están en el patio, debajo del plástico que hay al lado del cobertizo. Hay una carretilla para que no tengas que hacer más de un viaje.

—Me vendrá bien un poco de ejercicio. Aparte de levantar a Daniella, no he hecho nada últimamente.

—Desde luego, si te sientes inspirada, también puedes partir algún que otro tronco.

—¿Está de broma? Capaz soy de cortarme un dedo del pie.

CAPÍTULO 15

Para cuando Tracy salió de casa de Ed Witherspoon, el cielo se había vuelto gris oscuro y el suelo y el capó de su coche estaban cubiertos por cinco centímetros más de nieve, que, además, había sumido Cedar Grove en un silencio apacible. Ya en el Subaru, repasó mentalmente la conversación que había mantenido, como hacía siempre después de hablar con un testigo. Su padre habría dicho que Witherspoon se había portado…, en fin, como Witherspoon, el hombre que nunca ofrecía una respuesta directa. Con todo, lo más importante no era el celo con el que había evitado contestar a sus preguntas, sino tratar de descubrir el motivo de aquel empeño.

Dudaba mucho que la vaguedad de sus respuestas se debiese al paso de los años o a su falta de memoria. El tiempo no parecía haber cambiado un ápice al hombre al que había conocido recorriendo incansable la ciudad con la intención de vender una propiedad inmobiliaria. Cuando su padre no lo estaba tachando de torcido era porque estaba criticando que se hubiera presentado a alcalde para promover su negocio y sacarse además un sobresueldo. Porque el cargo llevaba aparejado un salario, que Ed se las había ingeniado para incrementar modestamente año tras año durante casi todo su mandato sin aumentar por ello sus deberes ni sus responsabilidades.

Pero había algo más que la llevaba a desconfiar de su supuesta falta de memoria. Como todo el mundo, Tracy sabía que no podía haber olvidado la noche en que había desaparecido la joven a la que tenía empleada y a la que poco después habían encontrado muerta. La muchacha y el día de su desaparición tenían que haber quedado grabados en su cerebro para el resto de su vida. No había un solo día que ella no se acordase de su hermana, Sarah, ni se le llenara la cabeza de supuestos. ¿Y si la hubiese llevado a casa en el coche? ¿Y si Sarah no hubiese dejado la autovía para tomar la carretera del condado? ¿Y si no hubiesen participado en la competición de tiro aquel fin de semana? Había noches en que el aluvión de conjeturas era tal que la dejaba medio atontada.

El hecho de que Ed Witherspoon asegurase no recordar bien lo que había ocurrido no quería decir, claro, que pudiese asignarle sin más la categoría de sospechoso. Para hacer tal cosa necesitaría muchas más pruebas, algo más tangible que la demostración de que Ed Witherspoon había tenido noticia del embarazo de Heather o de que la había contratado. Ed siempre podía decir que había oído rumores, cosa que en Cedar Grove resultaba más que probable. Sin embargo, si podía demostrar que sabía que Jason Mathews había tenido conocimiento de aquella información, sí estaría en condiciones de ponerlo en la lista de sospechosos, aunque tal cosa no constituiría ninguna prueba de que Ed fuera el asesino de ninguno de ellos.

Soltó un suspiro. No iba a ser fácil encontrar indicios.

Miró el reloj y llamó a casa para ver cómo estaba Daniella.

—No ha coincidido con su marido por minutos —dijo Therese—. Va de camino a Seattle.

—¿A Seattle?

—Dice que le ha mandado un mensaje de texto. Ha intentado llamarla, pero, como no respondía… —Tracy miró el teléfono y vio que, en efecto, tenía un mensaje nuevo—. Dice que tiene que resolver no sé qué asunto urgente en el bufete.

Tracy seleccionó el nombre de Dan y leyó el mensaje.

—¿Y ha dicho algo de cuándo cree que volverá?

—A lo largo de la semana, aunque lo más seguro es que para el fin de semana esté ya aquí.

—¿Cómo va todo por casa?

—Bien. Daniella acaba de despertarse de su siesta y está comiendo. Puede estar segura de que no tiene ningún problema con el apetito.

—A mí me quedan todavía algunas cosas que hacer —dijo Tracy tras decidir que aprovecharía el tiempo que Dan estuviese fuera para avanzar cuanto le fuera posible en su investigación y así tener más libre el fin de semana para disfrutar de él y de su hija—. ¿Te importa si llego a casa dentro de una hora?

—Qué va. Haga lo que tenga que hacer, que nosotras la esperamos aquí.

Oyó a Daniella haciendo gorgoritos de fondo y se sintió a un tiempo alegre y triste. Quería estar allí con ellas, dando de mamar a su pequeñina.

—Se está poniendo impaciente —dijo Therese—. Creo que le gusta la leche de fórmula.

—¿Está tomando leche de fórmula? —preguntó la inspectora con una punzada de culpa más intensa. Cuando ella había intentado dársela, había fracasado estrepitosamente.

—Escupe más de lo que traga, pero con esta edad es normal.

Tracy sintió que le caía una lágrima por el rabillo del ojo.

—Qué bien —dijo, aunque con la voz tomada.

—Le haré fotos para mandárselas.

—Te dejo que sigas.

Colgó y se apartó hacia el arcén para tratar de dominar sus emociones. Acto seguido, buscó el mensaje de Dan y volvió a leerlo. Sabía que su marido tenía demasiadas cosas que hacer y que estar alejado del bufete lo estresaba. Que ella hubiese vuelto a trabajar tampoco ayudaba precisamente. Lo iba a echar de menos. Desde luego, habría preferido tenerlo en Cedar Grove, pero sabía que Dan se concentraba mejor en el bufete y decidió hacer lo mismo para resolver cuanto pudiese antes de que volviera. Quizá hasta pudiesen dar a Therese unos días de permiso para estar solos los tres, como una familia.

Volvió a tomar la carretera y callejeó hasta llegar a la del condado. La lluvia había empezado a acumularse en la calzada y retrasaba el tráfico y el avance de Tracy. Puso rumbo al sur, hacia Silver Spurs.

Veinte minutos más tarde llegó al estacionamiento de la Four Points Tavern bajo una capa nubosa cada vez más oscura que vaticinaba más nieve. Aunque había algunos coches, la mayoría de las plazas estaba libre.

Había visto el bar por primera vez cuando se había alojado en la Evergreen Inn para asistir al segundo juicio de Edmund House, aunque nunca se había atrevido a entrar. Tenía la estética propia de cualquier antro de mala muerte, con paredes de ladrillo de cemento pintadas de blanco y dos escaparates rectangulares con sendos rótulos de neón, uno de ellos de Budweiser y el otro de los Seattle Seahawks. El papel que habían fijado por la parte interior de uno de ellos anunciaba un descuento especial en bebidas y en comida los domingos que jugaban los Seahawks. Ni siquiera se detuvo a leerlo antes de entrar.

La nieve había empezado a caer en ráfagas cuando salió de la taberna. Como había imaginado, habían vendido el establecimiento y el nuevo dueño no sabía nada de Jason Mathews. Lo que sí tenía era el número de teléfono y la dirección de Pete Adams, el antiguo propietario, aunque le había advertido que él y su mujer habían vendido el bar para poder pasar la época de frío en Arizona.

Metió la dirección que le había dado el camarero en el GPS del móvil y, minutos más tarde, aparcó junto al bordillo de una casa con tejado a dos aguas. Había luces de exterior iluminando el camino de entrada y los tres escalones que daban a la puerta principal, pero las ventanas estaban a oscuras. Probó por teléfono, pero la llamada fue directa a un mensaje grabado que identificaba el número, aunque no al titular. Prefirió no dejar un recado por si la voz informatizada era una indicación de que Pete Adams no estaba interesado en responder a preguntas relativas al pasado; en particular, a las que pudiera formular una inspectora de policía de Seattle.

Regresó a la carretera del condado. Supuso que el descenso de la temperatura y la nevisca debían de haber dejado una fina capa de nieve sobre el hielo de la calzada. De hecho, el Subaru patinaba ligeramente cada vez que pisaba el freno. Al no ver faros en ninguno de los dos sentidos, dobló para tomar la del condado hacia Cedar Grove.

Entonces sonó el teléfono. Pulsó el botón del volante para responder.

—Soy yo —dijo Dan—. Era solo para asegurarme de que te ha llegado mi mensaje.

—Sí. ¿Ya estás en Seattle?

—Acabo de llegar. Tengo que echarle una mano a Leah, que está preparando un arbitraje y una mediación. Además, el ayuntamiento de Cedar Grove me ha dado las respuestas al pliego de posiciones y un montón de documentos que tengo que revisar cuanto antes.

—Siempre es mejor que nada.

—Ya te contaré, porque puede que no sirva para nada.

—¿Cuándo vuelves?

—El fin de semana probablemente... si no me he equivocado en la evaluación inicial de los incendios que tengo que apagar.

—Estaba pensando en dejarle a Therese uno de los dos coches para que pueda volver a Seattle y que podamos pasar el fin de semana juntos los tres.

—Claro que sí. ¡Qué buena idea! ¿Estarás libre? —Su voz tenía cierto tono crispado.

—Sacaré tiempo, Dan.

—Entonces, yo también.

—Nos vemos el viernes por la tarde. Podemos volver a Grandma Billie's Bistro.

—Me parece bien. Por cierto, no te he dicho que me encontré a Sunnie cuando fui a recoger los documentos. Trabaja con Rav Patel.

—¿En serio? ¿Sunnie, trabajando?

—Dice que, después de criar a sus hijos, tenía el cerebro hecho papilla y, ¿sabes qué?, que me lo creo.

—No seas malo. Lo que le pasa a Sunnie es que es muy insegura.

—Imagino que Gary ha tenido que ofrecerle a Rav Patel un aumento tremendo para que la contrate... si no lo ha convencido con amenazas. Está dispuesta a todo con tal de verte y le ha molestado muchísimo que no la hayas llamado.

Tracy se echó a reír.

—La llamaré para tomar café. No creo que sea para tanto.

—Si tú lo dices... A mí me ha abrazado como si pretendiera robarme la cartera. En fin, mejor me pongo con esto si no quiero pasarme semanas aquí.

—En ese caso, ahí va un pequeño incentivo para que vuelvas pronto, Dan O'Leary. ¿Te acuerdas de ese conjuntito verde de lencería...?

—Para no acordarme.

—Pues, como ahora mismo no me queda bien, no voy a tener más remedio que dejarlo guardado en el cajón el viernes por la noche.

—Entonces, me tendrás ahí el viernes por la mañana. Se acabó, que tengo que concentrarme.

Tracy soltó una carcajada y colgó. Volvió a pulsar el botón del volante y llamó para informar a Therese de la hora a la que calculaba llegar. Eran más de las cinco y tenían acordado pagarle hora y media por cada hora de trabajo que hiciese antes de las nueve o después de las cinco.

—Llamar a casa de Cedar Grove…

Sintió una sacudida, tan violenta que se golpeó con el reposacabezas, y antes de que pudiera averiguar lo que había ocurrido, el coche hizo un trompo. Ante Tracy se desplegó una vista de trescientos sesenta grados de la carretera, dos veces. Se resistió al impulso de pisar el freno y giró el volante en sentido contrario, con lo que logró detener el vehículo, que quedó orientado a contramarcha en el otro carril, delante justo de una curva.

Corrió a echarse hacia el arcén y se tomó un instante para recobrar el aliento. Comprobó que se encontraba bien, agitada, pero ilesa.

Se desabrochó el cinturón de seguridad y se apeó para averiguar qué había pasado. Habría supuesto que había pisado un témpano de hielo de no haber sido por la sacudida. Rodeó el coche y vio que no había pinchado. Encendió la luz del teléfono e inspeccionó el paragolpes trasero y los laterales. Justo encima del guardabarros vio una abolladura. La pintura también estaba arañada y mostraba una línea dentada.

Miró hacia la carretera. Le habían dado un golpe.

Trató de recordar si había visto los faros de otro vehículo, pero había estado hablando por teléfono. La ubicación de la abolladura hacía pensar que no había sido ningún accidente. La mayoría de los vehículos tenía el peso concentrado en la parte delantera, de modo que un golpe certero e inesperado en el paragolpes trasero lo haría girar en torno a su elemento más pesado: el motor. Los pilotos de carreras hablaban de «hacer parar en boxes» cuando se referían a esta maniobra, que Tracy había aprendido como otros muchos agentes de la ley adiestrados en técnicas de persecución y respuesta de emergencia.

Miró a un lado y a otro de la carretera del condado, cubierta por un manto de nieve salvo por el dibujo geométrico que habían dejado sus ruedas, y estaba a punto de dirigirse al centro de la calzada para ver si daba con un fragmento del vehículo que la había embestido o con algo fuera de lo habitual en las huellas, cuando se detuvo al verse asaltada por una idea.

Dan se había ido a Seattle.

Y Therese y Daniella estaban en casa, solas.

CAPÍTULO 16

Therese soltó el pincel y miró el reloj de la cocina. Ya eran más de las cinco. Tracy debería haber llegado hacía unos treinta minutos. Con arreglo a lo que habían acordado, le pagaban una hora y media por cada hora o fracción que trabajase antes de las nueve o después de las cinco, aunque no tenía ninguna intención de insistir en ello. El señor O'Leary ya le había aumentado el sueldo sin que ella dijese nada y solo por hacer la colada y guisar. Tracy y él habían sido más que justos con ella. De todos modos, se encontraba más a gusto cuando Tracy estaba en casa. Cedar Grove no le hacía demasiada gracia. Tampoco estaba mal para lo que era y suponía que estaría mejor si estuviera casada y tuviese un empleo a tiempo completo que le permitiera salir de la casa. Imaginaba que debía de ser ese el motivo que había llevado a Tracy a querer incorporarse. La había oído discutir sobre eso con el señor O'Leary la otra noche y no le costaba entender su posición. Pasarse en casa todo el día se hacía muy aburrido, sobre todo cuando nevaba con fuerza y hacía demasiado frío para pasear con el cochecito de Daniella. Afortunadamente, la señorita se pasaba durmiendo buena parte del día y, cuando se despertaba, estaba siempre «más feliz que una perdiz», como decía siempre su madre.

Observó el resto de la sala para asegurarse de que estaba todo en orden cuando volviese Tracy. El fuego de la chimenea se había consumido casi por completo y las brasas rojas y anaranjadas le recordaron que el señor O'Leary le había dicho que había que meter leña. Como la niña estaba dormida y Tracy aún no había llegado, le pareció que no era mal momento para rellenar el leñero.

Echó un vistazo a la salsa para espaguetis que hervía en una olla puesta al fuego y la probó con una cuchara de madera. Su madre le había enseñado que el secreto para hacerla con todo su sabor consistía en echarle mucho ajo y un vaso de vino tinto. Volvió a mirar la hora y bajó el fuego del agua que había puesto a calentar. Valía más esperar a que llegara Tracy: la pasta pasada sabía a engrudo.

Al llegar a la puerta principal, se puso las botas que le había prestado Tracy y su abrigo. Entonces pensó bien en la labor que tenía por delante y, sopesando la probabilidad de manchárselo de tierra y resina, buscó entre el resto de prendas del perchero y dio con el impermeable largo de Tracy.

—Esto me irá mucho mejor.

Se lo colocó y encontró en el bolsillo un par de guantes de trabajo de cuero. Cruzó la cocina para coger el vigilabebés de la encimera y guardárselo en el impermeable para poder oír a Daniella, aunque estaba convencida de que a la ratita todavía le quedaba un buen rato para despertarse. Iría a por la leña y volvería antes de que nadie tuviese tiempo de echarla de menos.

—Vamos allá —dijo poniéndose los guantes y abriendo la puerta de atrás. El ruido hizo que Rex y Sherlock saltaran de sus cojines para dirigirse a la salida, donde se sentaron con gesto obediente en ansiosa espera. El señor O'Leary decía que se trataba de una reacción pavloviana motivada por el sonido de la puerta, que hacía que dieran por supuesto que los iban a sacar a pasear. El gato no se dejaba engañar con tanta facilidad ni tampoco mostraba un gran interés. Siguió acurrucado en el sofá, sin intención alguna, a todas luces, de echar a correr hacia la nieve.

—En fin, ya que estáis aquí... —les dijo y los dos salieron disparados a dar saltos en la nieve y morderse el uno al otro. Therese salió y se colocó debajo del alero. Del cielo caían copos de nieve. Cerró la puerta y se cubrió con la capucha del impermeable antes de abrirse camino en dirección al leñero.

Tracy colgó al ver que Therese no contestaba al móvil. Entró de un salto en el coche, lo arrancó y pulsó el botón del volante.

—Llamar a casa de Cedar Grove.

El teléfono dio la señal. Esperó. Tras el tercer tono se oyó la voz de Dan decir: «Has llamado a...».

Colgó y dio un golpe en el volante.

—Mierda.

Volvió a probar, cada pocos minutos, sin éxito alguno. Sentía que las ruedas hacían un amago tras otro de patinar sobre la capa de hielo cubierta por la nieve. Tenía que andarse con cuidado, porque, si corría demasiado y perdía el control, corría el peligro de acabar en la cuneta y así no podría ser de utilidad a nadie.

Asimismo, iba observando el retrovisor central y los dos laterales, pues no le hacía ninguna gracia que volviesen a darle un toque en el paragolpes. Abandonó la carretera del condado y callejeó por calzadas por las que pasaba menos el quitanieves. Cuando se encontraba con otro vehículo, lo rebasaba; si llegaba a una señal de detención, reducía la marcha y seguía adelante, sin dejar de decirse en ningún momento que no pasaba nada, sin dejar de decirse que no podía permitir que se le desbocara la imaginación.

Pero no le estaba funcionando.

Aceleró al llegar a Market Street. Los comercios estaban apagados; las aceras, desiertas. Cedar Grove presentaba el mismo aspecto que cuando había vuelto a casa para enterrar a Sarah: mortecino y sin un alma.

Llegó al semáforo que pendía de la farola de hierro restaurada y que se puso en ámbar y, a continuación, en rojo. Redujo la velocidad tras el único vehículo que se había detenido ante la señal y a renglón seguido lo adelantó e invadió el cruce mirando a un lado y a otro. A su espalda oyó al conductor tocar la bocina con vehemencia.

La casa de los padres de Dan estaba en la otra punta de la ciudad. Cuando ella era pequeña, había quien lo llamaba «el otro lado del arroyo». En ese moménto, aquello le daba igual: lo único que le importaba era que tal cosa quería decir que todavía le quedaban dos o tres minutos para llegar.

Giró a la derecha en Elm y volvió a pulsar el botón del manos libres que tenía en el volante. Llamó al móvil de Therese. No hubo suerte. Llamó al teléfono fijo. Salió la voz de Dan. Colgó.

Dobló de nuevo a la derecha y, tras media manzana, giró a la izquierda para recorrer dos manzanas más. Después de dar el siguiente giro topó con que la calle estaba bloqueada por un árbol derribado. Soltó un reniego, metió la marcha atrás y retrocedió. Giró a la derecha para rodear la manzana. El coche derrapaba por efecto del hielo y de la nieve.

Therese retiró el plástico azul que protegía de la lluvia y la nieve la leña amontonada y fue a coger los troncos cortados en forma de cuña. Hacía un frío de la leche. ¡Si era todavía peor que el de la noche anterior! Los guantes eran guantes de seguridad, no para la nieve, de modo que tenía heladas las puntas de los dedos y le costaba hacerse con la leña. También sentía el frío calarle las perneras del pantalón.

Dejó caer el tronco en la carretilla y fue a por otro. Cuando llenó el cajón, levantó las dos varas. Pesaba mucho, pero creyó poder con ella. Lo único que temía era no poder empujarla a través de los doce o quince centímetros de nieve que había acumulados en el suelo.

Situó la carretilla mirando hacia la parte trasera de la casa y le dio un empujón; pero la rueda apenas se movió. Lo intentó de nuevo con la esperanza de ganar algo de impulso. Consiguió moverla quince centímetros antes de que quedase atascada en la nieve. La leña se movió y Therese tuvo que afanarse en no volcarla. Así no había nada que hacer.

Rodeó la carretilla y se puso a darle patadas a la nieve para abrir una zanja en el césped hasta la puerta trasera. Cuando acabó de despejar el camino, tenía la respiración agitada, aunque así, al menos, había conseguido entrar en calor.

Estaba a punto de levantar la carretilla cuando oyó gimotear a Daniella por el vigilabebés. Sacándolo del bolsillo, escuchó con atención y volvió a oír un gemido y, a continuación, silencio. Tenía que darse prisa y llenar el leñero antes de que se despertara del todo.

Balanceó un par de veces la carretilla y empujó. La rueda echó a andar. Aplicó más fuerza para aprovechar la inercia de la carga y avanzar. Cuando se acercó a la casa, se encendió la luz del sensor situado por encima de la parte trasera del garaje, que la iluminó con su resplandor blanco.

Tracy pisó el freno, giró y sintió que patinaba, corrigió la dirección y aceleró al enfilar la calle. Veía la luz de las ventanas de la casa y las que iluminaban el camino de entrada como la pista de un aeropuerto. Miró a las ventanas, pero era poco lo que dejaban ver las persianas, echadas para conservar el calor. El coche se detuvo. Tracy bajó un pie y sintió que se le hundía la bota en la nieve. La liberó y cruzó el césped dando pisotones con toda la rapidez de que fue capaz. De hecho, a punto estuvo de caerse de camino a la puerta. Accionó el pomo, pero estaba cerrada con llave.

Dan había instalado una cerradura digital. Presionó el botón con que se iluminaba el teclado e introdujo los cuatro dígitos del código antes de volver a accionar el pomo y entrar como una exhalación en la casa.

—¿Therese? —gritó—. ¿Therese?

No obtuvo respuesta alguna. Cruzó la cocina para llegar al pasillo y subió las escaleras de dos en dos para acceder a la habitación que había delante de su dormitorio. La pequeña estaba en el moisés, despierta, pero tranquila. Al verla entrar, se puso a agitar los brazos y las piernas y a hacer ruiditos con la garganta.

Tracy la sacó del moisés.

—Ven aquí. Ven… —dijo.

Con la respiración agitada, vio luz en el patio trasero y se asomó a la ventana. Therese estaba detrás de la carretilla, cargada de leña, bajo la luz del foco y con la mirada alzada hacia la planta alta, hacia la ventana de Daniella.

Tracy se volvió y vio el vigilabebés en el cambiador. Acto seguido miró otra vez al patio. Therese llevaba puesto un impermeable amarillo con la capucha puesta.

El impermeable de Tracy.

Therese había conseguido cruzar la mitad del césped con la carretilla y avanzaba a buen ritmo cuando oyó que la llamaban por su nombre.

—¿Therese? ¿Therese?

Tardó un instante en darse cuenta de que la voz amortiguada procedía del bolsillo de su impermeable. Dejó caer las varas de la carretilla y sacó el vigilabebés. Le había parecido la voz de Tracy. Miró hacia las ventanas de la cocina, pero no la vio dentro de la casa. La luz de detrás de la casa se apagó.

—Ven aquí. Ven…

De nuevo Tracy, también a través del vigilabebés, y, de fondo, los gorgoritos de Daniella.

Levantó la mirada hacia la ventana de la planta alta que correspondía al cuarto de la pequeña, pero seguía estando a oscuras y no veía nada. Entonces percibió movimiento, una aparición fantasmal tras la ventana que hizo que se le encogiera el corazón… hasta que el espectro se acercó a la ventana y reconoció a Tracy.

Therese la saludó con la mano y sonrió. El movimiento hizo saltar el sensor y la luz volvió a encenderse, bañándolos a ella y el patio en un fulgor blanco iridiscente.

Entonces oyó a Tracy gritar por el vigilabebés. Esta vez el mensaje era inconfundible; raro, pero inconfundible:

—¡Agáchate! ¡Therese, agáchate! ¡Al suelo! ¡A la nieve!

Tracy se acercó a la ventana. Therese la saludó con una amplia sonrisa. El movimiento hizo saltar el detector que había sobre la puerta trasera y el patio se iluminó. Tuvo un mal presentimiento, se volvió y estaba a punto de dejar de nuevo a Daniella en el moisés cuando giró sobre sus talones, fue a la ventana y gritó:

—¡Agáchate! ¡Therese, agáchate! ¡Al suelo! ¡A la nieve!

La niñera la miró con gesto confuso.

—¡Tírate a la nieve!

Tracy oyó el chasquido estruendoso que muchos habrían tomado por el de una rama que se troncha bajo el peso de la nieve caída. Ella, en cambio, no podía confundir un sonido que había oído cientos, si no miles de veces en su vida: la descarga de un fusil de gran potencia.

Puso a Daniella en el moisés y echó a correr escaleras abajo, con tanta urgencia que tropezó y a punto estuvo de caer. Usó la barandilla para no perder el equilibrio. Al llegar abajo, cruzó la cocina y abrió la puerta de atrás. Sacó el arma de la pistolera mientras cruzaba el patio trasero, envuelta en un manto de nieve que le dificultaba el paso. Apuntó a la luz que había sobre la puerta y descargó la pistola. El foco estalló y el patio volvió a sumirse en una oscuridad total. Siguió adelante como quien pretende correr hundido en el agua hasta la cintura. Al llegar al lado de Therese, tendida boca abajo en la nieve, se lanzó encima de ella.

—Jesús, María y José —dijo la niñera—. ¿Qué coño…?

—¿Estás bien? ¿Te han dado?

—¿Que si me han dado?

La joven había vacilado ante la primera orden de Tracy, pero no ante la segunda. Sin dudarlo, se había lanzado de bruces a la nieve.

—Quédate así.

—Pero ¿qué leche está pasando?

Tracy esperó treinta segundos más. Daniella rompió a llorar a través del vigilabebés.

—Quiero que te pongas de pie lentamente —susurró— y, cuando yo te avise, atravieses el césped lo más rápido que puedas. No pares hasta que estés dentro. Sube y ve a por Daniella, pero no te acerques a las ventanas.

Therese asintió.

—Está bien —dijo Tracy—. Recorrió con la mirada la valla del fondo, que daba a una servidumbre de paso y al lugar desde el que calculó que debían de haber efectuado el disparo—. Ahora.

Agachada, la joven corrió hacia la casa y cayó al llegar a la puerta. La inspectora la vio levantarse y correr hacia dentro.

Tracy, sin incorporarse, se afanó en cruzar el patio. Tenía el arma preparada y escrutaba la negrura en busca de algo que sobresaliera por encima de la valla. Al llegar a esta, esperó un instante y, poniéndose de pie, apuntó. No vio a nadie del otro lado, así que encendió la linterna del móvil y alumbró con ella lo que tenía delante. Tampoco vio a nadie, pero la senda sinuosa que habían abierto por entre la nieve hacía patente la presencia de alguien, de alguien que se había marchado con mucha prisa.

CAPÍTULO 17

Tracy estaba sentada en la sala de estar con Daniella en brazos mientras observaba a Therese, en el sofá más cercano a la chimenea. Tras llamar a Roy Calloway, había tapado con una manta la ventana que daba al patio, había sentado a la niñera, que no paraba de tiritar, y había avivado el fuego a tal extremo que apenas hubo que esperar para que se activara la turbina. Le había puesto una manta sobre los hombros antes de prepararle una infusión que Therese casi no había probado. La sala olía a ajo de la salsa para espaguetis. Tracy había apagado el fuego en el que había estado hirviendo y el que estaba calentando la olla con agua.

Había intentado darle conversación, pero siempre que le decía algo, Therese tardaba un segundo en responder y lo hacía en todo momento con preguntas como «¿Perdón?» o «¿Cómo?».

Roy Calloway y una de sus agentes abrieron la puerta trasera y, tras sacudirse la nieve de los hombros y limpiarse las botas en el felpudo, entraron en la casa. En los segundos que Calloway tardó en cerrar la puerta se coló un soplo de aire frío que atravesó la estancia. La agente entró en el salón.

—Pues sí, creo que tienes razón —dijo Calloway accediendo a la sala de estar.

Tracy miró a Therese antes de hacer un gesto negativo al jefe en funciones. Se puso en pie y dejó a Daniella en brazos de la niñera, que pareció encontrar consuelo en compañía de la pequeña. Entonces indicó a Roy que saliera con ella de la sala de estar y la siguiera al salón, estancia que raras veces usaban.

—¿Cómo lo lleva? —quiso saber él.

—Está asustada… y confundida.

—Mmm… Creo que tienes razón en lo de las huellas que hay en la nieve, detrás de la valla: sí parecen recientes.

—Claro que tengo razón, Roy. —Tracy tampoco había logrado calmarse todavía.

—¿Seguro que has oído un disparo de escopeta?

Ella le dejó claro con una mirada que no estaba hablando con la niña que montaba en bicicleta por la acera.

—He disparado unas cuantas a lo largo de mi vida. ¡Para no reconocerlas por el sonido!

Él hizo un mohín.

—Dudo que consigamos dar con la bala, por lo menos esta noche. Por la mañana, con luz, es posible; pero las huellas llegan hasta la valla y, por el ángulo del tiro, dudo que haya ido a dar en la casa. Podría haberse incrustado en un tronco, aunque… En fin, mandaré mañana a un par de agentes y llamaré al equipo de análisis…

—No te molestes: ahora mismo no pueden hacer mucho más y por la mañana ya no habrá huellas. Las he fotografiado… —Meneó la cabeza con gesto poco optimista. Había recorrido el sendero sinuoso abierto por las huellas en la servidumbre de paso hasta llegar a la calle sin dar con una pisada distinguible. Ni siquiera resultaba fácil determinar el tamaño, pues la persona en cuestión había avanzado dando patadas en la nieve—. Le he enviado las fotos que han salido medianamente bien a una amiga que trabaja de rastreadora en Seattle.

—¿De qué?

—Es experta en seguir rastros e identificar huellas de calzado, entre otras cosas. Quizá ella pueda revelarnos la talla y la marca de la bota, porque por el dibujo ondulado parece una bota de nieve.

—Con eso no descartamos a nadie —dijo Calloway—. He enviado a dos agentes a hablar con los vecinos de la calle que da a la servidumbre de paso por si han visto a alguien, quizá un coche, pero la mayoría tenía las cortinas echadas por el frío...

—Otra cosa: quien haya sido usó el mismo camino de ida y de vuelta, lo que quiere decir que debía de saber cómo cubrir sus huellas. Puede que tenga cierta formación de la que reciben los cuerpos de seguridad.

La expresión facial de Calloway hizo ver que no acababa de estar de acuerdo con semejante conclusión.

—Puede que quisiera huir sin más, Tracy, y la senda que había abierto era la que le permitía volver corriendo a su coche.

—Tal vez, pero hay que tener en cuenta otra cosa. —Le contó lo que le había ocurrido en la carretera, de camino a casa.

—¿Sentiste un golpe?

—Me dieron en el parachoques trasero.

—Pero ¿viste un coche, una camioneta... o algo?

—No. Supongo que iría sin luces.

—¿Y dónde fue?

—En la carretera del condado.

—¿Estás segura de que te ha golpeado alguien, Tracy? No te cabrees conmigo, Tracy, pero lo normal es que se acumule hielo bajo la nieve...

—Eso ya lo sé, Roy, pero el hielo no te hace un bollo ni te araña la pintura por encima del guardabarros trasero. Échale un ojo cuando te vayas. Ha sido una maniobra de mandarte a boxes... o algo parecido.

—¿Una qué?

—Lo llaman de mil maneras, pero lo importante aquí es que lo enseñan en cualquier curso de formación para persecuciones policiales. —Tracy se encogió de hombros—. Creo que vale la pena tenerlo en cuenta.

El gesto de preocupación de Calloway hacía evidente que había entendido adónde quería llegar.

—Conozco a Finlay de hace mucho, Tracy. Te puedo asegurar que es un buen hombre y en estos momentos está pasándolo mal.

—Eso parece, Roy, pero en algún momento tendremos que dejar de pasar por alto lo que resulta evidente.

—No lo veo, Tracy.

—Pues yo creo que deberías averiguar si en algún momento ha asistido a un curso de conducción policial. —Se preguntaba también si Roy no habría recibido uno a su vez, aunque se abstuvo de decir nada.

—De acuerdo. —Roy miró por el pasillo en dirección a la cocina.

—¿Qué piensas hacer con la joven?

—Tenía la esperanza de que alguno de tus agentes pudiese llevarla a Seattle.

—Sí, claro. Con la nieve no será rápido, pero llegaremos.

—No sé cómo lo voy a hacer para seguir con esto. Si no está ella para cuidar a Daniella…

—Joder, Tracy. Tú ya has hecho todo lo que tenías que hacer. Todo esto ha sido una idea pésima desde el principio. Ahora tienes a una cría de la que estar pendiente, una familia.

—Lo sé, pero tú también tienes familia, Roy, igual que todos tus agentes. —Ella miró asimismo hacia el otro lado del pasillo—. Siempre voy a tener una familia, Roy. Eso es lo que me jode. Alguien va y me dispara, a mí o a alguien a quien confunde conmigo; pero no me ha disparado solo a mí, sino a toda mi familia.

—No te lo tomes como algo personal, Tracy.

—Ha sido el fulano de la escopeta el que ha hecho que sea personal, Roy. Mi hija estaba durmiendo arriba.

—A eso me refiero precisamente, Tracy. Tienes el mismo carácter de tu padre.

—No me...

Él levantó la voz y una mano para interrumpirla.

—Tienes que tranquilizarte, ¿vale? Tranquila. —Se volvió y dio varios pasos en dirección a la cocina antes de girar de nuevo hacia Tracy—. Reflexiona y mañana hablamos. Lo único que digo es que no puedes hacer esto por motivos personales.

—Tú lo hiciste, Roy, cuando desapareció Sarah.

Calloway la miró con gesto herido. Sus palabras habían sido como una puñalada y no era la primera vez que ocurría. Tracy también había heredado la lengua de su padre.

—Perdona, Roy.

—No pasa nada —repuso él negando con la cabeza—. Tienes razón, Tracy: lo llevé al terreno de lo personal. Y ya viste cómo salió todo. Todavía me estoy arrepintiendo de todo lo que pasó... y prefiero que tú no tengas que hacerlo.

Tracy cerró la puerta principal, echó el pestillo y conectó la alarma. Decía mucho de Therese que, de entrada, hubiera rechazado la idea de volver a Seattle cuando se la había planteado, aunque lo cierto era que en ese primer momento había hecho acopio de valor por Tracy. Le daba miedo quedarse, pero, al irse, no había podido evitar echarse a llorar.

—No sabe lo que quiero a esa pequeñaja —había dicho— y me encanta trabajar para usted y el señor O'Leary.

Tracy abrió las persianas que cubrían la ventana delantera. La agente estaba sentada en su coche patrulla al otro lado de la calzada. Tenía por delante una larga noche de frío, si bien la de la inspectora aún sería más larga.

Se dirigió a las escaleras y vio el lienzo de Therese, que seguía en el caballete, si bien la paleta, los tubos de pintura y los pinceles ya no estaban en el trozo de aglomerado en el que los dejaba.

Había dejado el cuadro.

Daniella rezongó por el vigilabebés. Tracy miró la hora: su hija tenía que comer. «Si la deja harta —decía siempre Therese—, las dos dormirán como angelitos».

Empezó a subir las escaleras, se detuvo a medio camino y volvió a bajar para comprobar que había cerrado bien la puerta. Entonces fue a la cocina, donde había dejado la pistolera en el respaldo de una silla. Se llevó el arma consigo al subir de nuevo y la puso en el cambiador del cuarto de la pequeña. Sacó a Daniella del moisés.

—¿Tienes hambre? —preguntó mientras le miraba el pañal. La tendió en el cambiador y, tras despegar los adhesivos del pañal, se lo quitó—. Vamos a cambiarte…, aunque después de darte de comer tendré que cambiarte otra vez; ¿qué te juegas? —Lo último lo dijo con los ojos anegados en lágrimas que le enturbiaban la vista y hacían más difícil la tarea que tenía entre manos. Limpió a Daniella, le untó el culete con crema para evitar las erupciones y le colocó un pañal nuevo. Entonces la envolvió en su mantita y la estrechó contra su pecho—. Ven aquí, enana… —Las lágrimas le corrían por la cara sin que pudiese hacer nada por contenerlas. Se sentó en la mecedora y acunó a su hija sin dejar de llorar. Tenía el estómago atenazado por un dolor tan hondo como el que la había acometido al enterarse, hacía ya muchos años, de que Sarah no había vuelto a casa.

Daniella seguía quejándose por el hambre y Tracy la llevó a su pecho antes de volver a reposar la cabeza en el respaldo de la mecedora y balancearse con suavidad. Había conseguido mantener el tipo delante de Roy y de la agente, pero al no tener ya a nadie delante a quien impresionar, le empezaron a correr las lágrimas sin freno. Respiró hondo varias veces, luchando por dominar sus emociones. «Serán las hormonas». Volvió a reflexionar sobre el golpe que había recibido y el disparo. Therese llevaba su impermeable amarillo y se había puesto la capucha. Intentó zafarse de estos pensamientos, pero, cada vez que trataba de tapar un agujero, se colaban por otro.

Cerró los ojos y se puso a cantar una canción que llevaba años sin oír, una que les cantaba su madre a Sarah y a ella cuando estaban enfermas o alteradas; la misma que, según les decía, le cantaba a ella su abuela. Su madre estrechaba la cabeza de Tracy contra su pecho y tarareaba o cantaba la letra con voz muy suave. A pesar de los años, los versos fueron brotando como si acabase de oírla.

Al principio la tarareó en voz baja, meciéndose levemente.

> Tura, lura, lúral.
> Tura, lura, lea.
> Tura, lura, lúral.
> Para que te duermas.
> Tura, lura, lúral.
> Tura, lura, lea.
> Tura, lura, lúral.
> Canto una nana irlandesa.

CAPÍTULO 18

Al final, Daniella se durmió en los brazos de su madre. Tracy, en cambio, sabía que no lograría pegar ojo.

Dejó a su hija en el moisés, puso a su lado el vigilabebés y recogió la pistola. Al salir del cuarto, cerró la puerta, aunque no del todo. Cruzó el distribuidor en dirección a su dormitorio y encontró a Rex y Sherlock esperándola. Podían salir y entrar por la gatera eléctrica situada en la trasera de la casa. Se alegró de tenerlos con ella y pensó en lo que había dicho Therese la noche que habían salido a cenar: «Me gustaría saber quién es el guapo que se atreve a entrar. La pelea no iba a estar muy reñida si ellos dos juegan en mi equipo». Les frotó la cabeza a los dos, que parecían haber percibido la inquietud de Tracy… y tener claro cuál era su deber perruno.

—Puedo contar con que nos protegeréis a Daniella y a mí, ¿verdad?

Rex dio un leve gañido y agachó la cabeza, mientras que Sherlock permaneció en actitud atenta. Tracy miró por la ventana: el coche de policía seguía estacionado en la otra acera.

Entró en el cuarto de baño y Sherlock la siguió. Se miró en el espejo y vio que tenía los ojos rojos e hinchados. Nunca había sido de lágrima fácil, al menos, después de la desaparición de su hermana. Aquellos días horribles la habían visto llorar hasta vaciarse y la habían convencido de que nada de lo que pudiera pasarle en el futuro sería capaz de hacerle tanto daño.

Qué equivocada había estado.

El dolor que había sentido esa noche, no por ella misma ni tampoco siquiera por Therese, sino por su hija, por Daniella, le torturaba las entrañas. ¿A qué clase de mundo había traído a su hija? ¿A uno en el que las jóvenes podían ser presa del mal con semejante facilidad? Respiró hondo y, soltando un suspiro, bajó la cabeza y se enjuagó la cara con agua fría antes de secarse con una toalla. A continuación, se aferró al borde del lavabo y volvió a mirar su reflejo.

¿Qué clase de mundo le esperaba si nadie resolvía casos así, si nadie hacía nada por que esas jóvenes pudiesen descansar en paz, si nadie proporcionaba a las familias las respuestas que ansiaban conocer?

No criaría a su hija en un mundo así si podía evitarlo. Estaba dispuesta a dar a Heather Johansen y Kimberly Armstrong el eterno descanso que merecían… y Roy Calloway no iba a impedírselo. Lo tenía que hacer ella, no lo iba a hacer nadie más.

Porque a ella le importaba.

Porque podía.

Todos los policías a los que conocía tenían familia. Todos se jugaban el tipo a diario, conscientes de que cada día podía ser el último que viesen a los suyos. No le costaba verse reflejada en cada uno de ellos. ¿Tenía miedo?

Más que nunca, pero más por Daniella que por ella misma.

¿Y podía permitirse dejar su trabajo? Con lo que ganaba Dan no lo necesitaba, así que podía quedarse en casa y ejercer de madre y esposa. Se lo había estado planteando desde el nacimiento mismo de Daniella. No le parecía bien retirarse por el simple hecho de poder permitírselo cuando había tantas mujeres que no; aquello no iba con su carácter. Roy tenía razón: había salido a su padre. Nunca la había amilanado un desafío ni pensaba dejarse asustar y esconder la cabeza. Tendría que andar con más precaución, como atestiguaba la agente de policía que tenía apostada delante de casa.

En ese momento sonó el móvil en el dormitorio y fue a la cómoda para responder.

Dan.

Pensó en lo que debía decirle ¿Qué podía decirle que no lo hiciera temer por Daniella y por ella?

—Nada —susurró.

Por primera vez en su relación, Tracy pulsó el botón de rechazar la llamada. Se sentó en el borde de la cama. ¿Qué podía decirle? No estaba dispuesta a mentirle, pero tampoco quería alarmarlo.

Optó por mandarle un mensaje de texto:

Estoy acostando a Daniella. Las dos estamos sanas y salvas. Los perros nos tienen vigiladas. Mañana te llamo.

Y añadió un corazón. Dan le respondió:

Yo también te quiero. Que durmáis bien. El sofá está lleno de bultos. Ojalá estuviese con mis dos niñas.

Tracy contestó con una carita sonriente, dejó el teléfono y observó por la claraboya el cielo estrellado. Pensó en lo que le había dicho Roy sobre lo difícil que le resultaba creer que fuera Finlay. A ella también le costaba creer que fuese el responsable de la muerte de su mujer, pero cada vez se le hacía más cuesta arriba no aceptar lo contrario. Las coincidencias no eran frecuentes en el mundo policial y las que existían solían quedar al descubierto tras horas de dedicación por parte de una inspectora que hiciera bien su trabajo.

«¿Coincidencia? ¡Mi culo! —decía siempre a todo el mundo Vic Fazzio, uno de sus compañeros de la Sección de Crímenes

Violentos—. Y ojo, que tengo el culo más gordo que se haya visto por aquí».

El teléfono volvió a sonar. Tracy se inclinó hacia el aparato, esperando ver el nombre de Dan y sabiendo que no podía eludir aquella conversación: le debía una explicación, de modo que se preparó para darla.

Sin embargo, en vez de eso leyó: «Vic Fazzio». Sonrió. «¿Coincidencia? ¡Mi culo!». Respondió:

—¿Vic?

—Tracy —dijo él con esa voz suya grave y profunda.

—Hola, Tracy —oyó añadir a Vera.

—Esa era Vera —anunció Faz.

—Hola, Vera —dijo Tracy.

—No es muy tarde para llamar, ¿verdad? —quiso saber Vera.

La inspectora miró el reloj de la mesilla: las 21:42.

—Que no, mujer —respondió Faz por ella—. Ya te he dicho que no, que Tracy es ave nocturna. ¡Si hacía las guardias de noche como quien lava y no enjuaga!

Vera no hizo el menor caso a su marido.

—No es muy tarde, ¿verdad, Tracy?

—No, de verdad.

—¿Cómo está nuestra ahijada? —preguntó él. Antonio, el hijo de Faz y Vera, había planeado casarse el verano siguiente. Así que todavía no tenían nietos y trataban a Daniella como si lo fuera.

Tracy hizo lo posible por mantener a raya sus emociones. Le costó responder:

—Está bien. Está... Está durmiendo.

—Oye, ¿te pasa algo? —dijo Faz.

—Sí, estoy...

—Tracy, que soy Faz. Nos conocemos desde hace mucho. ¿Qué te pasa?

Todo le salió de golpe. No quería, no quería que pareciese que se estaba dejando llevar por las emociones o las hormonas, que no tenía dominada la situación; pero tampoco fue capaz de contenerlo. Faz era compañero suyo de trabajo, pero Vera y él se habían vuelto además parte de la familia que Tracy anhelaba tener. Por eso les había pedido que fuesen los padrinos de Daniella.

—¿Y cuándo ha sido eso? —preguntó él.

—Esta noche. Pero estamos bien, no pasa nada. Tenemos una agente ahí fuera, vigilando la casa, y los dos perros están con nosotras.

—Me da igual. Vera y yo vamos para allá.

—No, Faz. No hace falta.

—Deja que decida yo si hace falta o no. Antonio puede pasar unos días sin Vera en el restaurante, por eso no hay que preocuparse, y yo no tengo que volver a Crímenes Violentos hasta el mes que viene. La mierda de...

—¡Esa boca! —dijo Vera.

—Los dichosos médicos siguen sin querer darme el alta porque todavía tengo dolores de cabeza.

A Faz lo habían herido durante una paliza brutal que había recibido mientras investigaba un asesinato relacionado con una banda. Llevaba dos meses de baja. Los daños externos —los cortes y las contusiones— habían sanado; pero Tracy sabía que las cicatrices del interior tardaban más tiempo, que ni siquiera este podía llegar a curar las llagas más profundas. Con esas, lo mejor que podía hacer uno era acostumbrarse a llevarlas siempre a todas partes.

—Pero estás bien, ¿verdad? —preguntó.

—Sí, sí: estoy estupendamente —repuso Faz—, fuerte como un toro. Puedes clavarme un cuchillo por la espalda, que yo seguiré andando. Vamos para allá y no se hable más.

Tracy quería decirles que no, que estaba bien; pero una parte de su ser deseaba tenerlos a su lado, para sentirse segura y para disponer del tiempo necesario para hacer lo que tenía que hacer.

Había salido a su padre. No podía dejar escapar aquel caso. No quería provocar una escalada de violencia, sino acabar con ella. Quería que su hija pudiese disfrutar de aquella parte de su ser que se sentía segura y a salvo cuando su madre le cantaba. Quería que Daniella supiese que su madre no iba a dejar nunca que le hicieran nada malo.

«Igualita que su padre», oyó decir a Roy Calloway en sus pensamientos.

—Os espero despierta —dijo.

CAPÍTULO 19

Dan oyó chasquear el cerrojo de la puerta de su despacho y levantó la cabeza del cojín del sofá que había usado a manera de almohada, desorientado en un primer instante.

—Me había parecido ver tu coche ahí fuera —dijo Leah Battles, quien, al ver en el suelo la bolsa de lona y los trajes y las camisas que pendían detrás de la puerta, añadió—: ¿Te ha dado la patada tu mujer… o es que te mueres por pasar una noche sin la cría y poder dormir?

Battles había sido auditora de guerra, abogada militar destinada en la base naval de Kitsap, en Bremerton. Tracy la había conocido mientras investigaba un caso de drogas y había quedado impresionada por su actitud. Tras su resolución, Battles le había dicho que estaba buscando trabajo en el sector privado para cuando acabase sus años de servicio. Cuando Dan necesitó a alguien, tuvo claro que no quería un recién licenciado a quien tuviese que supervisar, pues eso le habría dado más trabajo aún. Quería a alguien —y no era por hacer un juego de palabras con su apellido— batallado, que tuviese experiencia en los juzgados y a quien no asustara encargarse de pleitos difíciles. La contrató y le asignó los pleitos por delitos de guante blanco que atraía por su reputación. Tenía la intención de ir dejando poco a poco el derecho penal y los procesos civiles —que, de todos modos, de civiles tenían bien poco— y centrarse en

asuntos empresariales, que no estaban tan sometidos a un calendario judicial y le permitían ser más dueño de su tiempo y, con suerte,
disfrutar más de Tracy y de Daniella.

Puso los pies en el suelo, se incorporó y dobló el cuello para
aliviar la contractura que le había provocado el cojín.

—No es fácil ser productivo —dijo—. Se me ha ocurrido que
podía echarte una mano con el arbitraje que tenemos por delante.

—Lo dejé resuelto ayer por la tarde —repuso Battles con una
leve sonrisa mientras se encogía de hombros.

El asunto había sido muy polémico y el abogado de la parte
contraria pertenecía a un bufete importante de Seattle.

—¿Cómo lo has conseguido? Pensaba que estábamos a millones
de dólares de alcanzar un acuerdo…

—Aproveché la declaración de Lombardi para darle una patada
en los huevos. Lo siento. —No lo sentía: el derecho no era lo
único que había sacado Battles de la Armada—. Le di para el pelo
y, después de la declaración, le faltó gente en el santoral a la que
encomendarse.

—¿Cuánto hemos pagado?

—Cincuenta mil, lo mismo que le ofrecimos hace un año y
medio, antes de que se gastase quinientos mil en honorarios.

Dan se levantó del sofá y estiró la espalda.

—El cliente estará contento.

—Se ha ofrecido a invitarme a cenar. Al final lo hemos dejado
en un par de copas. Tenía los ojos demasiado inquietos para mi
gusto.

Battles medía algo menos de un metro setenta, tenía el cabello
moreno, la piel oscura y un tipo esculpido por años de formación
en *krav magá*, la disciplina de defensa personal popularizada por el
servicio secreto israelí. Estaba en muy buena forma física y eso atraía
a los hombres, pero también podía hacer que se llevasen una buena
patada en el trasero si se propasaban.

Dan siguió ahuyentando el sueño de sus articulaciones a fuerza de estiramientos.

—Pero todavía tenemos la mediación de Benedetti, ¿o también has llegado ya a un acuerdo?

—¿No te parece demasiado esperar para un par de días mal contados?

—Yo ya no sé lo que esperar de ti.

—Está programada para la semana siguiente, lo que explica que esté yo aquí a horas tan intempestivas.

Dan miró el reloj de la pared del bufete: faltaban diez minutos para las seis.

—La mediación de Wentworth, sin embargo, se ha aplazado al mes que viene por petición del abogado de la defensa. Ha solicitado una exhibición parcial.

—Hablando de exhibición...

—Sí, sí, si sabía que no habías vuelto solo por motivos altruistas. Anoche, después de mi clase de *krav magá*, estuve mirando las respuestas al pliego de posiciones que me enviaste por correo electrónico. Todos los negocios de Market Street se vendieron a una sociedad de responsabilidad limitada. He mirado en la Oficina del Departamento de Estado de Washington quiénes son los directivos y he hecho una lista con los nombres; pero los únicos números de teléfono que aparecen son los de los negocios. En todos salta el contestador.

—¿En todos?

—Sí.

—Debe de ser porque los establecimientos siguen de obras y no han abierto todavía. ¿Y el apoderado?

Ella sonrió.

—Ahí es donde la cosa se pone más interesante. Todos los negocios han designado al mismo, un abogado de Bellingham.

Dan no daba crédito a sus oídos.

—¿Que todos tienen el mismo abogado?

Battles asintió.

—Tengo su nombre y su dirección. Intenté llamar ayer, pero me saltó el contestador y me pareció mejor no dejar mensaje. —Se encogió de hombros—. Ya te he dicho que era interesante. Él fue quien presentó los documentos de constitución de todas las empresas, luego doy por hecho que fue también él quien los preparó todos.

—¿De todos los negocios?

—A lo mejor tenía una oferta especial...

Dan quedó pensativo y Battles se dirigió a la puerta.

—Voy a hacer café.

—Gracias —dijo él—. Yo me daré una ducha antes de empezar.

Media hora después, con una taza de café en la mano, Dan estudió las respuestas del ayuntamiento a su pliego de posiciones y los documentos de constitución que había imprimido Battles tras descargarlos de la Oficina de la Secretaría de Estado de Washington. Tal como le había dicho, cada uno de los negocios era una sociedad de responsabilidad limitada, lo que era habitual en individuos que querían proteger sus bienes a la hora de crear una empresa. Lo que no lo era tanto era que todas las de una calle hubiesen designado al mismo apoderado, un abogado de Bellingham llamado Zack Metzger.

En general, los vecinos de Cedar Grove no se complicaban mucho en lo que a cuestiones legales se refería y los negocios se habían vendido al mismo tiempo más o menos. Por tanto, cabía tener al menos por posible que los propietarios nuevos se pidiesen los unos a los otros las señas del abogado que habían contratado. Tramitar la constitución de una sociedad de responsabilidad limitada no era asunto complicado y Metzger podía haber ofrecido descuentos a quien le llevara otro cliente, como había dado a entender Battles.

Aun así, había algo que no acababa de encajar.

Llamó al número de Metzger, pero también él topó con el contestador automático, ni recepcionista ni tampoco siquiera una centralita. Dan dejó un mensaje pidiendo que se pusieran en contacto con él, aunque sin indicar el motivo de la llamada. A continuación, siguió estudiando las cajas de documentos que le había dado Rav Patel y comprobó que, si bien la mayoría respondía a las peticiones que había hecho, ninguna de ellas resultaba especialmente esclarecedora. Revisó cada uno de los contratos en los que había participado Cedar Grove, primero para comprar los edificios a sus propietarios y luego para venderlos a las sociedades de responsabilidad limitada.

Consiguió los nombres de los integrantes de cada una de estas últimas, así como la dirección y el número de teléfono de cada una de las empresas de Market Street, pero no la dirección ni el teléfono de ninguno de sus socios.

Daniella despertó a Tracy tras unas cuantas horas de sueño intermitente. Tracy la amamantó y la cambió mientras llegaba a ella el aroma del café… y el beicon. Cuando llevó a Daniella a la planta de abajo, Vera dejó la mesa a todo correr para tomar en brazos a la cría.

—Pero ¡si está aquí mi ángel! —dijo la madrina.

Faz estaba de pie ante los fogones, dándole la vuelta al beicon, mientras en uno de ellos aguardaba una sartén y, al lado, un cuenco de huevos batidos listos para hacerlos revueltos. Sobre el hombro tenía un paño de cocina de cuadros blancos y rojos y tenía las gafas de lectura apoyadas en la punta de la nariz. Habría pasado sin dificultad por el colosal cocinero de frituras de un figón de mala muerte.

Rex y Sherlock le habían tomado cariño de forma inmediata, a Faz… o al olor del beicon. Se habían sentado en el suelo de la cocina y, con el cuello estirado, lo miraban expectantes. Tracy sabía que ni Vera ni él habían dormido mucho. Cuando habían llegado a la casa era ya más tarde de la una de la mañana. Afortunadamente, el tiempo se había mantenido y no había vuelto a nevar. Después, los tres habían estado levantados una hora más hasta que Vera los convenció a todos de que había llegado el momento de irse a la cama y dejar el resto para cuando se hiciera de día.

Vera se sentó a la mesa de la cocina a decirle cositas a Daniella mientras vigilaba el café y mordisqueaba una tostada con mermelada casera de Dan. Faz sacó del diario las hojas de deportes y le tendió a Tracy el resto.

—Casi me congelo y solo he salido hasta el buzón para recoger el periódico —dijo con los ojos aún inyectados en sangre. Seguía teniendo manchas en la cara y se veían todavía unas cuantas cicatrices de la paliza que le habían propinado; pero, por lo demás, tenía el mismo aspecto del Faz de siempre: el de un guardaespaldas que no habría desentonado en las películas de *El padrino*.

A Tracy no le cabía la menor duda de que debía de haber pasado frío, teniendo en cuenta que llevaba puesta su indumentaria habitual: pantalones de pinzas, una camisa holgada de bolera y mocasines de piel que la nieve bien podría arruinar antes de que tuviera tiempo de llegar al final del camino de entrada. Dan tenía un par de botas que posiblemente le quedase bien, pero esperaba que, por lo menos, hubiese tenido la precaución de meter en el equipaje un chaquetón de abrigo, porque su metro noventa de estatura y sus ciento trece kilos dejaban poco lugar a la esperanza de que cupiese en ninguno de los de Dan.

—¿Has dormido bien? —preguntó Vera.

—No mucho. ¿Y vosotros? ¿Habéis tenido sitio en la cama?

Faz y Vera habían dormido en la de tamaño extragrande del cuarto de invitados que le habían asignado a Therese.

—De sobra —dijo Vera.

—De sobra para ti, que eres un espagueti —replicó Faz—, pero yo parecía una sardina en lata.

—Pues yo no he visto nunca una sardina roncar de esa manera. La cama es perfecta, Tracy. Tómate un poco de café y desayuna.

Tracy había alargado la mano para hacerse con la jarra cuando preguntó:

—¿Es descafeinado?

—Claro. No querrás tomar cafeína mientras estás dando teta, ¿verdad?

—Todo eso me parece muy bien —dijo Faz—, pero yo, aunque pueda parecer lo contrario, no estoy dando teta, así que o me decís dónde hay café con cafeína o me echo a dormir aquí mismo.

Después de desayunar, Vera se excusó para acostar a Daniella a fin de que durmiera su siesta matinal y Tracy llevó un plato de comida a la agente que vigilaba la casa antes de sentarse de nuevo con Faz a la mesa de la cocina.

—Bueno —dijo Faz—, pues cuéntame qué es lo que está pasando.

Tracy dedicó la media hora siguiente a exponerle los hechos, las pruebas y las conclusiones a las que había llegado por el momento en relación con los tres asesinatos. También le habló del besito que le habían dado en el coche mientras volvía a casa.

—Entonces, ¿el disparo iba para ti?

—La niñera llevaba puesto mi impermeable y se había echado la capucha.

—En ese caso, podría ser que no fuese poli. Estoy de acuerdo en que las pruebas apuntan a ese tal… ¿Cómo has dicho que se llamaba? ¿Fenway?

—Finlay, Finlay Armstrong.

—Cualquier policía sabe que matar a un compañero es la mejor forma de atraerse la ira divina. Cedar Grove se habría llenado de inspectores.

—Bien mirado. En eso no había caído.

—También me has dicho que cabe la posibilidad de que estén tendiéndole una trampa al Finlay ese…

—Me parece que, por lo menos, habría que tenerlo en cuenta.

—¿Y por qué?

—Por algo que me dijo él mismo de las fechas por las que debió de quedar embarazada Heather Johansen. El forense determinó que tuvo que concebir en torno a las vacaciones de Navidad de 1992; pero ni los padres ni la que era por aquel entonces su mejor amiga, Kimberly Robinson, tenían noticia alguna de que estuviera saliendo con nadie ni de que hubiese tenido ninguna cita.

—Pudo ser cosa de una noche en una fiesta de adolescentes — apuntó Faz.

—Quizá, aunque es poco probable. Esto es Cedar Grove, Faz. En el instituto hay cuarenta alumnos por curso. Todo el mundo se conoce y sabe lo que hace todo el mundo. Me parece poco probable que Heather tuviese novio o estuviera quedando con alguien sin que lo supiera su mejor amiga. Es posible, claro, y, de hecho, no lo he descartado completamente.

—¿Y cómo lo ve Fenway?

—Heather trabajaba en la inmobiliaria de Ed Witherspoon y Ed ofrecía todos los años una fiesta de Nochebuena.

—Entonces Fenway cree que la tal Heather fue a la fiesta y se acostó con alguien.

—La fecha encaja con el informe forense. A falta de más, creo que vale la pena investigar por ahí.

—Dices que hablaste con Ed Witherspoon.

—Sí.

—¿Y qué te dijo?

—Se pasó el rato andándose por las ramas y haciéndose el desmemoriado.

—Es que de todo eso hace mucho tiempo. Es muy probable que no se acuerde. Además, es difícil acordarse de algo que no ha ocurrido.

—No creo que tenga problemas de memoria, Faz. Uno no olvida la noche en la que matan a su empleada de dieciocho años. Me da igual cuánto haya pasado. Ed dice que tampoco se acuerda de eso.

—Entonces, quizá sea un mentiroso; pero ¿lo ves de asesino? Dicho de otro modo: ¿te parece la clase de tío capaz de aplastarle el cráneo a una muchacha? —Alzó las cejas—. Una cosa es dispararle a alguien con una escopeta en un arranque de ira y otra golpear a una joven con un bate de béisbol… Eso suena a mucha rabia, Tracy…

—Lo sé y, para responder a tu pregunta, no tengo ni idea. Todos tenemos un lado oscuro, como me dijiste tú una vez.

—Y es verdad.

—Conque puede ser que fuera más complicado. Supongamos que fue así como se quedó embarazada Heather. ¿Y si le apretó las tuercas y le dijo que no pensaba abortar, que quería tener el bebé? Tal vez él saltase.

—Tal vez, pero, entonces, ¿qué sentido tienen los otros dos asesinatos?

—¿Y si alguien que leyó también el informe del forense hizo las mismas conjeturas que Finlay: que tuvo que ser durante las vacaciones, que Ed daba una fiesta todos los años y que ese año, precisamente, Heather estaba entre los invitados?

—¿Alguien como quién?

—Estaba pensando en el abogado, Jason Mathews. Sabemos que tenía el expediente y que, por tanto, estaba enterado de que Heather murió embarazada.

—¿Y le presentó la información a ese tal Witherspoon? Lo veo endeble.

—Ya lo sé, pero ¿tan inverosímil resulta que no valga la pena tenerlo al menos en cuenta?

—Está bien, luego tenemos a la mujer de ese tal Fenway. ¿Cómo se llamaba?

—Kimberly.

—¿Crees que lo averiguó también?

—Ella tenía copia del informe, luego también lo sabía. Quizá calculó ella también cuándo pudo quedarse embarazada. Era periodista, de manera que tal vez se puso a hacer preguntas al respecto y se corrió la voz hasta llegar a la persona equivocada.

Faz dio un sorbo a su café antes de pasarse una mano rolliza por el rostro cansado.

—Quizá sí, pero ¿por dónde seguimos?

—Estaba pensando en volver al punto de partida, esta vez con preguntas diferentes y sin que esté delante Roy Calloway.

—¿A casa de los padres de la muchacha?

Tracy asintió.

—¿Quieres que te acompañe?

—Sí. Al verte conmigo, sabrán que me he propuesto en serio resolver la muerte de su hija.

—Perfecto. Déjame ir primero al baño, que el café está empezando a salir por el filtro...

—No necesitaba tanta información, Faz. Por cierto, ¿qué número de zapato tienes?

—Un cuarenta y seis. ¿Por qué?

—Porque esos mocasines te van a durar dos segundos en la nieve.

Faz se excusó y Tracy recogió la mesa. Sonó el timbre, cosa rara, y Sherlock y Rex se echaron a ladrar. Tracy miró por uno de los cristales laterales de la puerta, soltó una maldición entre dientes y abrió.

La policía que había estado haciendo guardia se encontraba en el porche al lado de Sunnie Witherspoon.

—¡Tracy! —exclamó la recién llegada con aire alarmado—. ¿Le puedes decir que soy tu amiga?

—Tranquila —dijo la anfitriona—, gracias por estar pendiente.

La agente hizo un gesto de asentimiento y volvió al coche. Sunnie miró con aire receloso a los dos perros.

—Espera —dijo Tracy—, que los voy a quitar de en medio para que no despierten a la niña. —Tracy cerró la puerta y dejó fuera a Sunnie.

Los metió en el cuarto de la lavadora, situado en la parte trasera de la casa y los dos, entusiasmados, salieron al patio a través de la gatera eléctrica para jugar dando saltos en la nieve. Cuando Tracy volvió a abrir la puerta principal, Sunnie entró enseguida en la casa y bajó la voz como si todo aquello formara parte de una gran conspiración.

—Me he enterado de lo que pasó anoche. ¿Estás bien?

—Sí. ¿Cómo lo has sabido?

—Me ha llamado Gary cuando iba de camino al trabajo.

—¿Y cómo se ha enterado él?

—Es el alcalde, Tracy. Además, esto es Cedar Grove. ¿No te acuerdas de la que se armó cuando volviste por el juicio? Te dispararon por la ventana y antes de que los perdigones le dieran al perro ya se había enterado todo el mundo. ¿Seguro que estás bien?

—Sí, sí.

Sunnie recorrió con la mirada el interior de la casa y cambió de tema de inmediato.

—¿Esta era la casa de los padres de Dan?

—En realidad, de aquella casa solo quedan los cimientos y los cuartos de atrás.

—¡Qué pintoresca y hogareña! —dijo quitándose los guantes mientras pasaba a la cocina.

Tracy la siguió.

—En fin, Sunnie, que estoy bien.

—Pues yo me tomaría una taza de café —aseveró la recién llegada al ver la jarra—. No te pillo mal de tiempo para ver a una amiga de la infancia, ¿verdad?

Tracy sonrió.

—¡Qué va! Espera un segundo. —Buscó una taza en el armario de la cocina, tomó la jarra de café con cafeína que había hecho Faz y, tras pensarlo bien, le sirvió descafeinado—. Aquí tienes —dijo tendiéndosela.

—Bueno, pues cuéntame qué ha pasado.

—En realidad no lo sabemos, Sunnie.

—¡Caray! Tengo entendido que te dispararon con una escopeta. ¿Crees que podría ser Parker House? ¿No fue él quien le pegó un tiro al perro de Dan la última vez? Siempre ha sido un malnacido desquiciado, allí solo, en aquella montaña... ¿Sospecháis que estará resentido todavía por lo de su sobrino?

—Lo dudo, Sunnie.

—Entonces ¿quién? Si todo Cedar Grove te quería... Todos querían a tu familia.

—La ciudad ha cambiado mucho —dijo Tracy—. Hay un montón de caras nuevas.

—¿Es por Dan, por ese pleito que ha entablado contra Gary? La ciudad quiere mucho a Gary, Tracy. A mí no me dejan pasar por Market Street sin que me paren cuatro o cinco para decirme que está haciendo un trabajo fabuloso. No me malinterpretes: eso es muy halagador, pero a veces lo único que quiero es llegar adonde voy.

Tracy no dudaba que Sunnie se derretía con todas aquellas atenciones.

—No creo que tenga nada que ver con Gary —respondió.

—Entonces, ¿por qué ha sido? —Sunnie dio un sorbo a su café y volvió a bajar la voz—. Me han dicho que has estado haciendo preguntas sobre la muerte de Kimberly Armstrong. Se rumorea que has vuelto porque Roy necesita ayuda de fuera para evitar un conflicto de intereses.

—No lo sé, Sunnie.

La amiga, con gesto dolido, dejó el café y recogió los guantes.

—Ya, ya. Lo entiendo.

Tracy se sintió culpable. De pequeñas, la había asaltado siempre aquella sensación al menos una vez al día cuando estaban juntas.

—A ver, Sunnie, sabes que no puedo hablar de asuntos policiales, ¿vale? No te estoy ocultando nada: es solo que no puedo decir nada.

La amiga asintió y, acto seguido, sonrió.

—No te preocupes. Lo que pasa es que pensaba que podía tener algo que ver con lo de Kimberly Armstrong. ¡Qué tragedia! Nos dejó a todos desolados. Por lo que he oído, el incendio lo provocó un calefactor que tenía en su despacho y que debió de dejarse enchufado. Finlay tiene que estar destrozado. Y quién no, ¿verdad? Perder a tu mujer de ese modo… Pero luego volvió Roy para hacerse cargo de la policía y Finlay sigue sin incorporarse… Ahora dicen que no fue el calefactor y que Kimberly no murió por inhalación de humo, que el incendio no fue más que una tapadera…

—La situación es muy triste —reconoció Tracy.

—Tú sabes que Finlay estuvo saliendo con Heather Johansen, ¿verdad? Te acordarás de esa pobre. Todo el mundo estaba convencido de que la había matado Edmund House, pero ahora…, en fin, que da que pensar, ¿verdad? Tú ya te habías ido a la universidad y no estabas por aquí, pero yo sí.

—Sarah me lo contó todo —logró decir la anfitriona.

—Así que sabrás que Finlay se lo tomó fatal cuando Heather rompió con él. Mucha gente dio por hecho que tenía algo que ver con su muerte… Y ahora, lo de Kimberly… Tendrás que reconocer que tiene sentido.

Tracy no respondió, aunque el comentario de Sunnie fue a confirmarle que la maquinaria de fabricar rumores de Cedar Grove seguía en funcionamiento.

—¿Tracy? —Faz entró en la cocina y se detuvo al ver a la desconocida—. ¡Ay! Perdón… No sabía que tenías compañía.

La amiga dejó el café, se levantó de la mesa y tendió una mano.

—Sunnie Witherspoon. Tracy y yo somos amigas íntimas de infancia.

—Vic Fazzio —dijo él—. Tracy y yo…

—Vic es el padrino de Daniella —se apresuró a decir la inspectora para no dar más pábulo a los rumores—. Su mujer y él han venido a ver a su ahijada. Estábamos a punto de salir: quiero enseñarle Cedar Grove a Vic.

—Llévalo a Market Street —dijo Sunnie animándose de nuevo—. Ha cambiado muchísimo. Dan me dijo en el despacho que tenéis una niñera. Vivís a lo grande, ¿eh? —Sunnie sonrió y volvió a centrarse en Faz—. Yo tengo cuatro hijos y podía considerarme afortunada si mi marido pagaba una canguro una vez al mes para que saliéramos.

Tracy sonrió.

—Vic y yo deberíamos irnos ahora que Daniella está durmiendo.

La amiga recogió los guantes y se los puso mientras se dirigía a la puerta principal.

—Sé lo que es. No hay que dejar pasar la ocasión… —Se puso el abrigo y la bufanda y se inclinó para abrazar a Tracy y lanzarle un beso en cada mejilla.

—Mua —dijo—. Gracias por el café. Gary y yo seguimos esperando que os dejéis caer un día para cenar en casa Dan y tú. Vivimos en la casa grande aquella que estaba tan cerca de la tuya. ¿Te acuerdas de dónde vivían mis padres?

—Claro que sí.

—Pues me la dieron en herencia. Hubo que hacerle una reforma de padre y muy señor mío, pero le dejé muy claro a Gary que no pensaba vivir ni un día más en ese chozo en el que criamos a los niños.

Tracy abrió la puerta.

—Dan ha tenido que volver a Seattle para encargarse de un par de pleitos que tiene pendientes y no tengo muy claro cuándo volverá; pero nos veremos en cuanto podamos.

Sunnie le tendió la mano a Faz.

—Me ha encantado conocerte. Dile a Tracy que te lleve a Market Street. Hay una cafetería llamada The Daily Perk que tiene unos dulces… Es preciosa, un sitio ideal para refugiarse del frío. —Sunnie salió al porche y, ya de espaldas, volvió la mirada—. Habla con Dan —añadió mientras recorría los adoquines en dirección a su Mercedes.

La anfitriona cerró la puerta de inmediato.

—¡La madre que parió a la reina de picas! Pero ¿y eso…? —dijo Faz.

Tracy dejó escapar un suspiro con expresión exánime y, apoyando la cabeza en la puerta cerrada, contestó:

—Una amiga de instituto.

—Pero ¡si podría derretir ella sola toda la nieve de ahí fuera! Solo tienes que atarla al parachoques delantero y dejarla que hable. ¿Qué quería?

—Chismorrear. —Tracy observó por el cristal lateral de la puerta el Mercedes alejarse por la manzana—. Sunnie ha sido así desde que tengo memoria. Si no está al corriente de todo lo que pasa por aquí, se ofende. Por lo que veo, Cedar Grove no ha cambiado nada: sigue siendo una fábrica de chismes. —Volviéndose hacia Faz, añadió—: Lo que confirma la teoría de que Mathews y Kimberly Armstrong pudieron morir asesinados por lo que averiguaron en el expediente y compartieron con otros.

Faz se santiguó.

—Vámonos a la calle antes de que vuelva y eche la casa abajo con su cotorreo.

CAPÍTULO 20

Tracy decidió no llamar a los Johansen para avisar de su visita. Dejó el coche en el camino de entrada, que estaba ya despejado, y se apeó. Faz se reunió con ella delante del capó. Con las botas de Dan, caminaba como a cámara lenta.

—¡Por Dios bendito! Pero ¿cómo coño se las arregla la gente para andar con esto? ¡Si parezco un astronauta en la Luna! —Dan tenía un número menos que él, pero siempre era mejor soportarlo que arruinar un par de zapatos de piel de calidad.

Tracy miró hacia la puerta principal de los Johansen.

—No sé muy bien con qué nos encontraremos —dijo—. Eric Johansen es muy precavido y hará cualquier cosa por proteger la memoria de su hija. Tal vez no quiera hablar conmigo.

—Haz el favor de llamar a la puerta, que lo averigüemos antes de morirnos de frío.

Hizo lo que le pedía y Eric abrió tras unos instantes. Se sorprendió al verla, aunque no tanto como al ver a Faz.

—¿Tracy?

—Hola, Eric. Me preguntaba si podíamos hablar otro rato.

El carpintero volvió a mirar a Faz.

—¿De qué?

—De algo que ha surgido. Te presento a Vic Fazzio, inspector de Seattle.

—¿De Seattle?

—Sí, también ha venido a echarnos una mano a Roy y a mí.

Eric lo saludó con una inclinación de cabeza y preguntó a continuación:

—¿No viene contigo el jefe Calloway?

—Tenía otros asuntos que atender esta mañana.

—Ya lo creo —dijo el anfitrión—. Esta mañana he estado en el centro, Tracy. Me he acercado con los esquís a la farmacia para comprarle a Ingrid las pastillas de la tensión y todo el mundo estaba hablando de ti. Dicen que te dispararon anoche.

Tracy sonrió apretando los labios.

—Ya sabes cómo son los rumores aquí, en Cedar Grove, Eric. Quizá fue solo el viento, que tiró unas cuantas ramas de los árboles de alrededor de la casa.

Él no pareció muy convencido.

—Esta mañana tengo mucho que hacer. Tengo…

—¿Cuánto ha recorrido con los esquís? —quiso saber Faz—. El centro está a… ¿cuánto?, ¿a ocho kilómetros de aquí?

—A diez.

El inspector soltó un silbido para hacerle ver que estaba impresionado.

—Veinte kilómetros entre ida y vuelta. Una buena paliza.

—He llegado a hacer más. El doble, vaya.

—De niño hice un cursillo de esquí de fondo en Nueva Jersey. Ya sé que viéndome ahora no lo diría nadie, pero hacía el circuito de diecisiete kilómetros más rápido que ninguno de los de mi edad. Me encantaba aquella sensación. Tu cuerpo se vuelve una estufa y el calor empieza a extenderse por las extremidades… ¿Qué esquís usa?

—Rossignol —respondió Eric con aire más interesado.

—Muy buenos. Yo usaba Salomon en aquella época, aunque desde entonces han tenido que cambiar una barbaridad…

—¿Quiere verlos?

—Hombre, si no es mucha molestia… —dijo Faz.

—Los tengo aquí mismo…

Eric se apartó para dejarlos pasar y cerró la puerta. Se volvió hacia el armario empotrado que había al lado de la percha para los abrigos. Tracy miró a Faz, que le sonrió. Dudaba que su compañero se hubiera calzado en la vida un par de esquís, pero más improbable aún le parecía que alguien le fuera a cerrar nunca una puerta en las narices.

Una vez dentro, el inspector y su anfitrión se sumergieron en matices más concretos del esquí de fondo. Si lo de Faz era invención, desde luego, se lo estaba trabajando de lo lindo. Eric pidió a Ingrid que hiciera café y sacase dulces y, tras unos minutos más de conversación, miró a Tracy con una sonrisa mucho más sincera y dijo:

—Decías que querías hablar de algo más, ¿verdad?

—Sí, Eric, y haré lo posible por no entretenerte demasiado.

—Tranquila, que ya he hecho mi ejercicio diario. —Sonrió a Faz y los llevó a la mesa del comedor, donde se sentaron los cuatro.

De fondo se oía una suave música orquestal. En la mesita auxiliar, al lado de un sillón de la marca La-Z-Boy, descansaba un periódico abierto y, en el suelo, un montón de diarios y revistas por leer. Por la ventana entraba un sol radiante que hacía brillar la nieve del césped como un manto de miles de diamantes diminutos.

Tracy trató de mantener una conversación intrascendente mientras Ingrid servía café y dulces, de los que Faz, que no conocía la timidez, iba dando cuenta. La inspectora se centró al fin en el motivo de su visita.

—Me preguntaba, Eric, si el abogado que contratasteis, Jason Mathews, dijo algo más sobre lo que había encontrado en el expediente policial.

—¿Más? —preguntó él.

—¿Os habló del informe del forense?

El anfitrión irguió la espalda.

—¿Por qué insistes en eso, Tracy?

—No es por gusto, Eric. Ojalá no hubiese que recordarlo, pero me pregunto si pudo decir Mathews algo que os pareciera inapropiado.

—Algo que pudiera haberlo llevado a la tumba —dijo Faz—, si podemos hablar sin rodeos, de hombre a hombre.

Eric lo miró y, tras unos instantes, se metió los pulgares bajo los tirantes y aseveró:

—El señor Mathews no nos gustaba nada.

—¿Por eso lo despidieron, Eric? ¿Porque les dijo que quizá Heather estaba embarazada?

—No, no fue por nada que nos dijese. Lo que no queríamos es que fuese difundiendo por todo Cedar Grove rumores sin confirmar sobre nuestra hija.

—¿Y qué les hizo pensar eso, que iba a ponerse a difundir rumores?

—Eso fue lo que nos dijo. —Eric buscó un gesto de confirmación en su mujer, que inclinó la cabeza hacia delante.

Tracy miró a Faz. Aquel dato era nuevo.

—¿Qué os dijo? —preguntó.

—Que una noticia así podía ser el palito con el que hurgar en el hormiguero.

—¿Hurgar en el hormiguero? ¿Os dijo a qué se refería?

—Decía que eran armas de abogado. Quería ponerse a hablar con unos y con otros y hacer ver que sabía más de lo que sabía en realidad, más de lo que había en el informe.

—¿Como el nombre del padre?

Eric levantó una mano e hizo un movimiento de negación con la cabeza.

—No estaba embarazada, Tracy. Eso no son más que conjeturas.

—Lo único que intento es imaginar qué pudo ir contando Mathews.

—Decía que tenía una teoría. —Eric miró a su mujer. Empezaba a ponerse nervioso y el labio inferior volvió a temblarle.

Fue Ingrid quien habló por él.

—El señor Mathews decía que si Heather estaba de siete u ocho semanas, si es que estaba embarazada, habría tenido que… concebir… más o menos durante las vacaciones. Quería saber si había podido ir a alguna fiesta aquellas Navidades.

«Bingo», pensó Tracy.

Faz soltó el suspiro que había estado conteniendo.

—Lo siento —dijo.

—¿Tiene usted hijas, señor Fazzio? —preguntó Eric apretando los labios por tratar de contener las lágrimas.

—No, Eric; pero pronto tendré una nuera, una nuera que, algún día, me dará nietas. Además, soy el padrino de la chiquilla de Tracy. No quiero ni imaginar lo duro que debe de ser esto para ustedes.

Eric asintió con un movimiento rápido de cabeza.

—Muchas gracias, de verdad.

—¿Recuerda si Heather asistió a alguna fiesta de Nochebuena aquel año, Eric?

—En aquella época se celebraban siempre en Cedar Grove. Tú lo sabes mejor que nadie, Tracy, porque tus padres organizaban la mejor de todas. Ingrid y yo no nos la perdíamos nunca.

—Les encantaba —dijo la inspectora sonriendo—. ¿Os acompañó Heather aquel año?

Eric negó con la cabeza.

—Tenía obligaciones laborales. Ya sabes que Ed Witherspoon organizaba también su propia fiesta.

—Ah, ¿sí? Pues de eso no me acordaba —mintió.

—Ingrid y yo fuimos a las dos aquel año. Nos pareció lo más correcto, ya que Ed le estaba dando trabajo a Heather.

—¿Y a cuál fuisteis primero?

—A la de Ed. Por quitárnoslo de en medio. —Sonrió—. En la de tu padre se comía y se bebía mucho mejor.

—Eric —dijo Ingrid—, que no era una competición. —A continuación se dirigió a Tracy—: Ed había contratado a Heather y le estábamos muy agradecidos.

—Claro. Entonces Heather fue a la fiesta de Ed, ¿no?

—Sí. Creía que debíamos ir todos.

—¿Y dejó la fiesta de Ed con vosotros cuando fuisteis a la de mi casa?

—No —contestó Eric—. Nos dijo que prefería quedarse.

Tracy sintió un cosquilleo en el estómago y trató de dominarse mientras seguía haciendo preguntas.

—¿Sabéis cómo volvió a casa aquella noche después de la fiesta?

—No nos lo dijo. Como puedes ver, Tracy, la pista se corta aquí. Es lo mismo que le dijimos a Mathews.

Tracy asintió.

—Ya, pero tenía que preguntártelo, Eric. Habéis sido los dos muy generosos con vuestro tiempo.

—¿Va a estar mucho tiempo por aquí, señor Fazzio? —Eric echó hacia atrás su silla y se puso en pie—. Si quiere, puedo llevarlo a esquiar. Conozco un circuito que rodea el lago. Son solo dieciocho kilómetros y tengo otro par de esquís.

—Me temo que mis días de esquí han quedado sepultados debajo de demasiados dulces.

—En fin, si se decide, dígamelo, que la oferta sigue en pie.

Los dos se estrecharon la mano y Tracy se despidió. Cuando Faz y ella llegaron al Subaru, Tracy le preguntó:

—Pero ¿tú te has puesto alguna vez unos esquís, Faz?

—Seguro que un oso polar se deja poner unos antes que yo.

211

—¿Y de dónde has sacado toda esa información sobre esquí de fondo?

—Porque sí es verdad que sé algo sobre el tema. Mi tío nos consiguió un trabajito para las vacaciones a mi primo y a mí en su club. Durante las de invierno, el campo de golf se usaba para hacer esquí de fondo y nosotros nos encargábamos de alquilar el material y encerar los esquís. En primavera y verano, echábamos una mano en el salón y llevábamos la camioneta de los refrescos por el campo de golf. —Hizo un gesto de afirmación con la cabeza—. Parece que tenías razón con lo de la fiesta de Nochebuena. Heather estuvo allí.

Tracy asintió.

—Y sobre el posible motivo por el que mataron a Jason Mathews.

—Un tío así, que les cuenta de esa manera, a unos padres que han perdido a su hija… Me juego lo que sea a que con lo de «hurgar en el hormiguero» se refería a sacar dinero por la información. ¿No suena a que quisiera hacerle chantaje a alguien?

—Sí. Además, dudo mucho que lo dejase porque se lo dijera el padre. —Apoyó la espalda en el asiento—. Conque las preguntas más candentes son quién la llevó a casa al salir de la fiesta aquella noche y con quién habló Jason Mathews sobre el embarazo.

—¿Qué me dices de ese poli tuyo, Fenway?

—¿Finlay? Está claro que habló con Mathews, porque me lo dijo él mismo; pero ya casi no vivía en Cedar Grove cuando mataron a Heather.

—¿Qué quieres decir?

Tracy se lo explicó.

—Ya, pero aquello fue en febrero. ¿Qué me dices de diciembre? ¿No pudo dejarla embarazada él?

—Yo no lo recuerdo en la fiesta de mis padres, pero eso fue hace mucho tiempo y no teníamos mucha relación. Desde luego, dudo que se le ocurriera ir a la de Ed Witherspoon, porque, estando allí Heather, no lo habrían dejado entrar.

—¿Y si la esperó fuera y la convenció para llevarla a casa?

—Eso sí es posible, pero si Heather no tenía coche, ¿no es más probable que saliera de la fiesta con quien fuese a llevarla a casa?

—¿Y si volvió andando?

—También puede ser, aunque estábamos en diciembre. Era una fiesta de Nochebuena.

—Es verdad, pero no descartes todavía a Fenway, porque sigue habiendo muchos detalles que lo apuntan a él.

Tracy coincidía completamente con él.

CAPÍTULO 21

Una vez resuelto el arbitraje y aplazada un mes una de las mediaciones, Leah no necesitaba para nada la presencia de Dan, quien, por tanto, no tenía motivo alguno para quedarse en Seattle.

—No quiero tenerte sobrevolando a mi alrededor como un halcón con sus polluelos —le había dicho ella al abordar el tema de la segunda mediación.

La carga de trabajo de Dan había disminuido de manera considerable, pero no tenía la menor duda de que su carné de baile tardaría muy poco en volver a llenarse, porque siempre le pasaba lo mismo. Eso era lo más estresante de ser abogado. Algún colega presentaría un pedimento inesperado o mandaría una cartita con alguna exigencia y Dan tendría que responder. Los letrados aprendían desde muy temprano a sacar buen provecho de la calma que precedía a cada tempestad. Para él, aquel provecho se traducía en tiempo de calidad con Tracy y Daniella. Si fallaba eso, todos sufrirían las consecuencias.

—Vuelve a Cedar Grove —le había dicho Battles al verlo entrar en su despacho preguntando cómo podía quitarle trabajo de encima—. O te vas tú o acabaré yéndome yo. Me estás poniendo nerviosa.

Dan sonrió.

—Vale, vale. Creo que sé detectar cuándo no se me quiere.

—Dale una sorpresa a tu mujer —añadió cuando él se aprestaba a salir—. Cómprale flores.

—¿Comprarle flores?

Battles frunció los labios y Dan supo que estaba a punto de recibir un comentario sarcástico.

—Por si has dicho o hecho alguna estupidez, como dejarla en un pueblo perdido en la montaña en medio de una tormenta de nieve con una cría de dos meses.

Dan soltó una risita.

—*Touché*.

Compraría flores.

Dejó en la oficina los dos trajes con sus camisas limpias y sus corbatas, preparó el maletín y agarró la bolsa de lona.

—¿Me echas una mano para meter las cajas en el coche? —Se refería a los documentos de Cedar Grove.

—¿Has averiguado algo más? —preguntó Battles, que levantó dos de las cajas sin demasiado esfuerzo.

—En general están respondiendo. En las actas de constitución aparecen los miembros de las distintas sociedades de responsabilidad limitada, pero no he conseguido localizar a ninguno. Supongo que no deben de ser vecinos del municipio. Eso me lleva a hacerme otras preguntas, como por qué iba a querer invertir en un lugar como Cedar Grove gente de fuera.

Battles entró al ascensor cuando llegó a la planta.

—Los municipios pequeños están cambiando mucho, según he leído en un artículo de *The Seattle Times*. Como la población de Seattle se ha disparado y los precios de la vivienda son cada vez más prohibitivos, la gente se está mudando a la periferia y está buscando sitios a los que escapar para descansar en su tiempo libre. Esas poblaciones de montaña se están convirtiendo en destinos de fin de semana.

—La isla de Caamaño no te digo que no, y hasta La Conner; pero Cedar Grove sigue estando demasiado lejos.

—De Seattle sí, pero no de Bellingham ni de Everett, que también están creciendo.

El ascensor se abrió al llegar a la planta baja y Dan salió después de Battles. Los recibió un sol radiante que, sin embargo, no había conseguido espantar al frío. Usó el mando a distancia para abrir el portón trasero de su Chevrolet Tahoe. El viento soplaba a ráfagas y aguijaba las nubes grises de lluvia, que atravesaban bajas el cielo. Dan metió en la parte trasera las cajas que llevaba y Battles puso las dos últimas.

Dan abrió entonces la puerta del conductor.

—Llámame si necesitas algo.

—No cuentes con ello —respondió su compañera.

Entró en el Tahoe y arrancó el motor. Battles le indicó con un gesto que bajara la ventanilla y, cuando lo hizo, le recordó:

—Flores.

Dan salió de Seattle según el horario que había previsto, pero el tráfico que encontró al sur de Everett lo retrasó. Quería llegar a casa antes de que empezara a nevar tal como había anunciado la previsión meteorológica. Iba escuchando un audiolibro, costumbre que había adoptado para pasar el rato durante los desplazamientos largos. El único problema era que, cuando su mente se ponía a vagar por alguno de sus casos, como había ocurrido en aquel trayecto, podía perderse veinte minutos del argumento del libro.

Al llegar a las afueras de Everett volvió a despejarse el tráfico, lo que lo llevó a abrigar la esperanza de compensar parte del retraso acumulado. Había decidido no llamar a Tracy para darle una sorpresa.

—Flores —dijo en voz alta.

Dispuesto a seguir el consejo de Battles, salió de la autopista para detenerse en Bellingham. Los arcenes estaban cubiertos por montones de nieve teñidos de color de hollín. Aunque en Bellingham no era raro que nevase, tampoco era la norma. La ciudad, situada al sur mismo de la frontera canadiense, había crecido en torno a la bahía de Bellingham. Los montes Olímpicos la protegían de las tormentas más violentas por el sudoeste y las Cascadas por el este. La mayoría de los meses, las temperaturas eran moderadas y no llovía tanto como en Seattle. Igual que Cedar Grove, Bellingham había sido un municipio de buscadores, inmigrantes e inversores atraídos por la fiebre del oro. Cambió este metal por el carbón cuando se descubrió que yacía en abundancia en su subsuelo y a esta actividad fue a sumarse la conservera por el acceso que ofrecía a las ricas aguas pesqueras de Alaska.

La arquitectura de la ciudad, la presencia de edificios bajos y robustos de piedra y ladrillo junto con estructuras más modernas, reflejaba su herencia obrera. Su población había crecido a más de cien mil habitantes.

Se detuvo ante el bordillo y buscó en su móvil una floristería mientras sus pensamientos volvían a deambular, esta vez para centrarse en los documentos que llevaba en el maletero y, más concretamente, en las actas de constitución de cada sociedad de responsabilidad limitada de cuya gestión se había encargado el bufete de Zack Metzger. Este no le había devuelto la llamada.

Buscó el contacto y volvió a marcar. De nuevo le saltó el contestador automático. Prefirió no dejar otro mensaje y, en cambio, buscó la dirección del bufete en internet. Cuando dio con ella, la introdujo en el GPS y supo así que estaba a solo cinco minutos de allí. Miró la hora. Si Metzger hacía las horas de un abogado, tenía que estar trabajando y, si no, si hacía más bien las de un banquero, solo habría alargado su viaje unos minutos más.

Estaba a punto de arrancar cuando se le ocurrió otra cosa. Introdujo «abogado Zack Metzger» en el buscador de su teléfono y encontró una reseña biográfica del letrado. Por su fecha de nacimiento, debía de tener cuarenta y nueve años. Llevaba dieciséis ejerciendo la abogacía, lo que quería decir que aquella no había sido su primera ocupación. Siguió leyendo y supo que se había graduado en una facultad de derecho de Washington que no estaba asociada a ninguna de las universidades del estado. Dan no había oído nunca ese nombre, aunque lo cierto era que, en Washington, el hecho de haberse graduado en una facultad no acreditada no excluía a nadie del ejercicio de la abogacía… siempre que se aprobara el examen que habilitaba para tal profesión. El currículum de Metzger dejaba constancia de un período de nueve años entre su graduación y su ingreso en el Colegio de Abogados, lo que a menudo quería decir que la persona en cuestión había suspendido el examen de aptitud del estado de Washington, en su caso, quizá hasta nueve veces.

Dan siguió las indicaciones del GPS hasta llegar a una dirección de Meridian Street. Comprobó bien que no se hubiera equivocado, ya que, a todas luces, la ubicación correspondía a la de un mercado asiático. Estacionó en paralelo y salió. Una ráfaga de viento helado fue a asaltarlo mientras cruzaba la calle en dirección al mercado. Buscó en vano una indicación, pero sí dio con una puerta de cristal a la derecha de los escaparates del mercado. Al abrirla, chocó contra el cristal una campanita que produjo un ruido metálico. Subió una escalera estrecha que parecía torcida, como si hubiera sobrevivido a un terremoto, y olía a humedad.

En el rellano topó con una puerta cerrada y una nota adhesiva amarilla que decía: «Estoy enfrente, en O'Halloran's». Tenía fecha del 19 de noviembre, pero Dan dudaba que llevase tres meses ahí pegada y eso dejaba dos opciones: Metzger había dejado el negocio o el irlandés ofrecía hora feliz a diario y el abogado llevaba desde entonces reutilizando la nota.

Bajó las escaleras y empujó con fuerza la puerta a fin de abrirla frente a una nueva racha de viento. Ya fuera, miró a un lado y otro de la acera de árboles de hoja caduca desnudos y vio un letrero que sobresalía del lateral de un edificio de ladrillo rojo con tréboles verdes y un duendecillo del mismo color. Tenía que ser allí.

De cerca, la puerta verde del O'Halloran's daba la impresión de que la hubiesen pintado... con los codos. Los lugares por los que estaba descascarillada revelaban toda una serie de colores diversos bajo la capa más reciente. La empujó y accedió al interior, tan oscuro como el ocaso. Necesitó unos segundos para que se le habituaran los ojos. Aquel bar olía igual que su fraternidad: a cerveza y fritanga. Llamarlo un cuchitril habría supuesto dejar en muy mal lugar los cuchitriles. Aquello era más bien como el servicio de un cuchitril. No debía de llegar a los veinte metros cuadrados. Había tres hombres sentados en taburetes y dos de pie en un rincón, charlando y bebiendo. Ninguno de ellos se parecía al Metzger de la fotografía que había visto en internet. Dan se centró entonces en las pocas mesas del establecimiento, llenas de botellas de cerveza, vasos y cestas de plástico para comida, casi todos vacíos.

Zack Metzger estaba sentado a una de ellas situada al fondo. Lo delataba el expediente legal que tenía abierto ante él. Tenía la cabeza gacha y estaba muy concentrado en lo que quiera que estuviese leyendo. Dan vio una cesta naranja con una hamburguesa a medio comer, patatas fritas y un pegote de kétchup.

—¿Señor Metzger?

Él alzó la mirada al oír su nombre.

—¿Sí? ¿Quién es usted?

Tenía el pelo rizado y salpicado de canas, quizá algo escaso para su edad, y barba de media tarde. Llevaba camisa y corbata, con el nudo flojo y el botón del cuello desabrochado.

El recién llegado le tendió la mano.

—Dan O'Leary.

Metzger se la estrechó sin entusiasmo. La de aquel hombre era pequeña y blanda y llevaba en la muñeca una cadena de oro. Al principio no dio indicio alguno de haber reconocido su nombre, pero a continuación repitió:

—¿O'Leary? —Pasó con rapidez con un dedo un taco de notas de color rosa y sacó una—. Ya decía yo que me sonaba. —La sostuvo en alto—. Perdón, pero la caligrafía de mi recepcionista es una mierda. Lo único que entiendo aquí es su nombre. —Sonrió brevemente, arrugó la nota y la lanzó a un cubo que había a un metro de él… sin encestarla—. ¿En qué puedo ayudarlo?

—¿Me permite? —preguntó Dan señalando una silla.

—Vivimos en un país libre. Siéntese. ¿Es por un asunto civil o penal?

El recién llegado sonrió.

—Soy abogado y tengo bufete en Seattle.

—¿Abogado? Joder, deberían tirar serpentinas, porque dudo que hayan tenido nunca dos abogados a la vez aquí dentro.

Ante ellos apareció una mujer en vaqueros con una camiseta rosa sin mangas cuya cara parecía anunciar a gritos que no había tenido una vida fácil.

—¿Le traigo algo? —preguntó.

Dan miró el vaso de Metzger, donde se derretía un hielo en un líquido color caramelo y se preguntó cuántas copas había apurado.

—¿Puedo invitarlo a algo?

—Claro que sí. Una Coca-Cola.

Dan contuvo la sonrisa y dijo a la camarera:

—Pues que sean dos.

Uno de los clientes se acercó a la gramola y echó unas monedas mientras estudiaba la selección musical. Metzger quiso saber:

—Dígame, señor O'Leary: ¿qué lo ha traído nada menos que hasta Bellingham?

—Puedes tutearme.

—Perfecto.

—Ejerzo en Seattle, pero me crie en Cedar Grove y hace poco he aceptado representar allí a un cliente.

—Ah, ¿sí? ¿Y yo soy la parte contraria?

—No. Bueno, no exactamente. Represento al antiguo propietario de la Kaufman's Mercantile Store de Market Street.

—Market Street la conozco, pero de la Kaufman's no he oído hablar en mi vida.

La camarera regresó con las dos bebidas.

—Son tres cincuenta. —No tenía pinta de ir a darle la cuenta ni de dejar que pagase al salir.

Dan fue a echar mano de la cartera.

—Ponlo en mi cuenta —dijo Metzger—, siempre que no estemos en partes contrarias.

—Qué va —respondió Dan. En la gramola empezó a sonar una canción de música *country* y el hombre que la había elegido regresó a su taburete—. Gracias por la invitación. —Dio un trago y dejó el vaso—. He demandado al ayuntamiento, al alcalde y al gobierno municipal.

—Dime que necesitas un asesor de por aquí y que hay mucho dinero de por medio —dijo Metzger.

—Por el momento, lo llevaré yo solo.

—Vaya, hombre.

—¿Conoces bien Cedar Grove?

—Nunca he estado allí, pero sí he hecho gestiones para alguna que otra empresa de allí. Están reformando el centro.

—Tramitaste la constitución de varias empresas. Ese era el motivo de mi llamada.

—Debe de ser algo gordo para que vengas aquí a buscarme.

—Iba de camino a Cedar Grove. He parado delante de tu bufete y he visto la nota.

—Pues si has entrado, ya sabes por qué vengo aquí. ¿Qué es lo que quieres saber?

—¿Cómo conseguiste que te contratasen todas esas empresas? Los integrantes de las sociedades no son los mismos, de modo que doy por hecho que se trata de entidades diferentes, ¿o me equivoco?

—No, supones bien. Fue como maná caído del cielo. Gestioné la constitución de la primera, una pastelería, y acto seguido me llamó otra empresa y luego otra.

—Por recomendación de la pastelería, quizá.

—No lo sé.

—¿No preguntaste?

—¿Eso no sería mirarle el diente a caballo regalado? Qué va. Me alegré de tener tanto trabajo y ya está.

—¿Y no preguntaste quién te había recomendado?

—Sé muy bien quién me había recomendado: Cedar Grove.

—¿Cedar Grove? Pero ¿no recuerdas ningún nombre?

—No, pero... —Metzger se reclinó en su asiento y entornó los ojos con expresión inquisidora—. Va a ser mejor que me cuentes de qué va el pleito en el que estás metido, no vaya yo a dispararme en un pie...

—Intento encontrar a los miembros de las sociedades de responsabilidad limitada para hablar con ellos y preguntarles qué propuesta les hicieron el alcalde y el gobierno municipal. Me parece demasiada casualidad que todas las empresas recién constituidas recurrieran al mismo abogado, aunque eso, en realidad, me da igual.

—Los nombres no los recuerdo, pero tengo los archivos en mi despacho. Hazme un favor: si dejas de representar a cualquiera de los propietarios de los demás negocios, dales mi tarjeta y les dices que soy todo suyo.

—Por supuesto —respondió Dan, aunque no tenía intención de hacerlo.

—Bueno, pues —dijo Metzger pidiendo la cuenta con un gesto— vamos a mi despacho. Si este sitio te ha parecido pequeño, espera a verlo.

No exageraba: el lugar en que trabajaba era del tamaño de un trastero. Dan dio gracias por no ser claustrofóbico.

—¿A que ahora entiendes por qué suelo estar en el bar o en la cafetería? Te preguntarás por qué me molesto en seguir aquí y te lo voy a explicar: pago doscientos pavos al mes de alquiler y tengo seis críos. Dos van a la Western Washington University y tres están en institutos privados. El colegio de primaria del pequeño también es privado. Me acuesto pensando en el coste de la educación y me levanto pensando en el coste de la educación. —Metzger miró el escritorio, atestado de papeles, y un aparador no mucho más despejado que había detrás. Se dirigió al alféizar de la ventana situada sobre un radiador y cogió un puñado de expedientes legales.

—Aquí están. —Los dejó sobre la mesa, encima de un montón de libros abiertos de derecho y otros documentos, y abrió el primero para ojear las páginas—. Aquí. Sabía que era un nombre gracioso.

Le dio la vuelta para que Dan pudiese leer sin dificultad lo que había apuntado en la nota: Sunnie Witherspoon.

CAPÍTULO 22

Tracy puso fin a la llamada y bajó el teléfono.

—No contesta —dijo.

Tras salir de casa de los Johansen, habían tratado de localizar a Pete Adams, el antiguo propietario de la Four Points Tavern, de la que había sido asiduo Jason Mathews.

—¿Está muy lejos lo de Silver Spoons? —quiso saber Faz.

—Silver Spurs —corrigió Tracy—. A unos quince minutos.

—Pues vamos para allá. Dame otra vez el nombre del tío, que voy a hacer unas llamadas para ver si conseguimos que nos consulten los datos del registro de la propiedad de la zona de Phoenix.

Tracy tomó la carretera del condado. El viento había arreciado, lo que confirmaba la inminencia de la tormenta que habían pronosticado los servicios meteorológicos. Cuando aparcaron frente a la casa de Pete Adams, la encontraron a oscuras, como la víspera.

—Gracias —dijo Faz al teléfono. Había llamado a Kinsington Rowe, otro compañero del equipo A de la Sección de Crímenes Violentos—. Pues no estoy mal. Deseando volver en cuanto me den el alta. Por supuesto. —Colgó y le tendió a Tracy una hoja de papel—. Pete Adams se compró una casa a cuarenta minutos de Scottsdale.

—¿Has conseguido el número de teléfono?

—No consta. Estoy pensando que será mejor hacerle una visita a ese tío para ver qué nos tiene que contar.

—Pues yo lo veo un poco difícil —replicó Tracy—, a no ser que queramos matar de hambre a Daniella.

Faz frunció el ceño.

—Sí, sí. No había caído. Está bien, iré yo.

—¿Qué? No, no me refería a eso. No puedo pedirte que hagas una cosa así, Faz.

—¿Que vaya a Arizona en febrero? Es verdad que es un sacrificio enorme y que tendré que aguantar temperaturas de veinte grados; pero haré lo posible por soportarlo. ¿Le importará a Dan que me lleve sus palos de golf?

Tracy sonrió. Sabía que a Faz no le hacía más gracia que a ella hacer semejante viaje.

—Le preguntaré al jefe de Cedar Grove, a ver si puede prescindir de algún agente.

—En serio, Tracy. El buen tiempo y yo nos llevamos muy bien. Sin embargo, esto de estar todo el día rodeado de nieve me mata.

—Pero si te criaste en Nueva Jersey, Faz.

—Claro, pero de eso hace ya treinta y seis kilos. Entonces me movía por la nieve como Cristo por las aguas y ahora me hundo hasta la cintura.

Ella se echó a reír.

—Llamaré a Seattle para ver si nos autorizan el gasto. La generosidad no es su fuerte últimamente. ¿Te importa si hacemos otra parada antes de volver a casa?

Faz miró por la ventana.

—Parece que el tiempo no nos va a permitir mucho más.

Veinte minutos después, Tracy dejó la carretera del condado y callejeó por Cedar Grove hasta llegar a los restos carbonizados de lo que había sido la vivienda de Finlay Armstrong. Todavía quedaban en pie partes de la casa, cuyas negras ruinas contrastaban de forma marcada con el blanco de la nieve. La camioneta azul de Finlay se hallaba estacionada en el camino de entrada y su dueño estaba sentado en el asiento del conductor. Tracy detuvo el coche al lado de la Chevrolet. Finlay la miró y, tras menear la cabeza, se secó los ojos.

Tracy y Faz salieron del coche y Finlay hizo otro tanto. Se encontraron a la altura del capó de la Chevrolet. El jefe de policía llevaba vaqueros, una chaqueta de Carhartt manchada y una gorra de los Mariners bien calada en la cabeza.

—Buenas, Tracy.

La inspectora hizo las presentaciones y Finlay y Faz sacaron las manos de los bolsillos de sus abrigos el tiempo justo para estrecharlas.

—¿Qué haces aquí?

Finlay se encogió de hombros.

—No lo sé. Se me viene encima la habitación del motel. Me estoy volviendo loco, Tracy.

—Lo siento.

—Siento mucho lo de tu mujer —dijo Faz—. Yo me quedé una vez sin casa por culpa de un incendio. Es como si perdieras tu pasado.

—Esa es precisamente la sensación que tengo yo. —Finlay se dirigió a Tracy—. ¿Y vosotros? ¿Qué hacéis aquí?

—Quería echar un vistazo. Todavía no había venido.

—¿Habéis conseguido descifrar algo más de todo esto?

Ella negó con la cabeza al tiempo que apretaba los labios.

—Me han dicho que te dispararon anoche y que estuvo la policía en tu casa.

—¿Y dónde te has enterado?

—Estaba en la farmacia, porque el médico me ha recetado antidepresivos, y había gente comentándolo. ¿Es verdad?

Una vez más, Tracy optó por no responder. Finlay soltó un suspiro.

—Sí, sí, ya sé. Yo ya me iba. —Se metió en la camioneta y dio marcha atrás para dejar el camino de entrada, tomar la calzada y marcharse sin siquiera despedirse con la mano.

—Está destrozado —dijo Faz.

Tracy lo miró.

—¿Se os quemó la casa?

—Sí. Vera y yo llevábamos poco tiempo juntos. Habíamos alquilado una casa en Green Lake. Por lo visto tenía mal la instalación eléctrica. Por suerte, los dos estábamos trabajando y, además, entonces no teníamos gran cosa que perder. De todos modos, es algo devastador. El fuego destruye todo tu pasado, todos los álbumes de fotos. Es como si no pudieras volver atrás, como si nunca hubieras existido.

Tracy no había preguntado a Roy Calloway si Finlay había incluido álbumes de fotos entre las posesiones perdidas. Muchas veces, las compañías de seguros se basaban en si un matrimonio había conseguido salvar los álbumes familiares y las mascotas para determinar si el incendio había sido provocado o no.

—Bueno, ¿y qué hacemos aquí, además de congelarnos? —quiso saber Faz.

Tracy echó a andar por el césped. Al no haber nevado aún y seguir bajas las temperaturas, la capa más superficial se había helado y crujía bajo el peso de los dos.

—Según el informe policial, la vecina de enfrente vio el coche patrulla de Finlay aparcado en el camino de entrada entre las doce y la una y cuarto del día del incendio.

—¿Y Finlay lo ha reconocido?

—Sí, dice que fue a casa a almorzar. La vecina es como toda una patrulla vecinal. No recuerda haber visto más coches en el camino de entrada, aparte del Toyota de Kimberly, en toda la tarde.

—¿Y vio a Kimberly después de que saliera Finlay?

—No.

—¿Ni a nadie más que visitara la casa?

—Ella, desde luego, no vio a nadie.

—Porque quizá no vino nadie.

—Finlay cree que el asesino entró por detrás para que no lo viesen y quiero ver si eso es posible. Ven. —Tracy rodeó con Faz la casa carbonizada. La casa no tenía valla, sino solo una hilera de árboles que la delimitaba. Cruzaron el césped cubierto de nieve y pasaron por entre los árboles para salir a la calzada del otro lado de la manzana—. Creo que Finlay podría estar en lo cierto. El asesino pudo haber venido en coche y cruzar la arboleda a pie. —Miró al lugar de la manzana en que acababan las casas—. Tal vez dejó el vehículo ahí mismo, apartado de la vista, y usó los árboles para ocultarse.

—Entonces debió de ser alguien que conociera la zona y lo planeara con antelación.

—Sí. Lo mismo puede decirse de quien usó la servidumbre de paso para acceder a la valla de detrás de mi casa.

—Doy por hecho que la policía ha recorrido la zona para hablar con los vecinos y preguntarles si vieron a alguien...

—Sí, y nadie vio a nadie.

—¿No vieron a nadie o no vieron a ningún desconocido? Porque no es lo mismo. Cuando te acostumbras a ver a alguien, ni siquiera le prestas atención.

—No vieron a nadie. —Hizo un gesto de negación con la cabeza—. Al menos eso dice el informe policial. No tengo claro por dónde seguir, Faz.

—A lo mejor deberíamos volver a hablar con ellos, por si conseguimos que recuerden algo más.

—Quizá sí.

Faz miró a su alrededor.

—Desde luego, no podrás decir que nos ha ido mal para ser el primer día. Los hemos tenido mucho peores. Vamos a casa y nos quitamos este frío. Así tú podrás darle de comer a la cría y aprovecharemos para repasar toda la información, hablar de lo que has averiguado y pensar en cuál puede ser nuestro siguiente paso. Además, podemos llamar a comisaría y ver si conseguimos que me lleven a Phoenix.

CAPÍTULO 23

Dan salió de Bellingham en dirección este por la carretera del monte Baker y, a juzgar por lo negro del cielo, apenas le sacaba una cabeza a la tormenta que habían anunciado. El viento había cobrado fuerza y sus rachas hacían temblar el coche. Empezó a caer una nieve ligera, que se haría más intensa a medida que bajasen las temperaturas. No se molestó en reanudar el audiolibro, porque sabía que iba a tener bastante con tratar de concentrarse en la carretera con todas las preguntas que se le agolpaban en la cabeza.

Dan había revisado las actas de constitución con Zack Metzger. En ellas se identificaban los integrantes de las sociedades, dos en cada caso, pero no había constancia de su dirección ni de su número de teléfono. Metzger decía que no había llegado a conocer a los interesados, que Sunnie Witherspoon había sido su único contacto con los compradores de las empresas. También aseguraba que en ningún momento le habían pedido que revisase ningún acuerdo ulterior entre Cedar Grove y las sociedades que había constituido, lo que quería decir que los compradores habían actuado sin abogado o que habían contratado otro. Eso, no obstante, suscitaba otras preguntas. Si ya tenían abogado, ¿para qué habían contratado a Metzger? Y, si no lo tenían, ¿por qué no habían dejado que él revisara también el contrato? Es más, ¿necesitaban abogado? Según Larry Kaufman, su cliente, y según las respuestas que había dado el municipio al pliego de posiciones de Dan, Cedar Grove había vendido los comercios a sus nuevos propietarios por solo un dólar, aunque, a cambio, los compradores se habían responsabilizado de reformar sus establecimientos de conformidad con la normativa municipal. Según el *Towne Crier*, Gary Witherspoon había afirmado que las dos partes se beneficiaban del convenio. Cedar Grove conseguía contar con empresarios interesados en renovar la zona y los compradores podían invertir en subsanar las infracciones de la normativa en que incurrían los edificios el dinero que, de otro modo, habrían asignado a la compra y, de paso, ayudar a modernizar Market Street.

Como Sunnie trabajaba para Rav Patel, podía tener cierto sentido que hubiera actuado de intermediaria entre las partes en lo tocante a la documentación. Patel, en tal caso, habría ejercido de representante de Cedar Grove. Para él, comunicarse directamente con la otra parte habría supuesto incurrir en conflicto de intereses; pero tenía la opción de hablar directamente con Metzger. Este último, sin embargo, no recordaba haber oído hablar de él. Dan había revisado antes de salir de su bufete de Seattle los contratos que había puesto Cedar Grove a su disposición, firmados por integrantes de las distintas sociedades de responsabilidad limitada, y no había encontrado carta alguna de ningún abogado que actuase en nombre del comprador.

También eso le resultaba extraño.

Sopesó la posibilidad de volver a solicitar la exhibición de documentos por parte de Patel a fin de obtener el número de teléfono y la dirección de los socios de las sociedades; pero no podía esperar treinta días antes de la siguiente vista. Aun así, no perdía nada por preguntar.

Poco antes de la desviación hacia la carretera del condado, se detuvo en una gasolinera para rellenar el depósito del Tahoe. Sacó el teléfono y llamó a Rav Patel. Respondió Sunnie Witherspoon y, aunque en cualquier otra ocasión Dan habría preferido clavarse agujas en los ojos a tener que mantener una conversación larga con Sunnie, en aquel caso, las circunstancias lo justificaban.

—Hola, Sunnie. Soy Dan O'Leary.

—Dan O'Leary —respondió ella entusiasmada—. Lo siento, Dan, pero Rav no está. Está reunido fuera del despacho, pero no me preguntes dónde, porque nunca me cuenta nada.

—Quizá me puedas ayudar tú, Sunnie. Estoy buscando los números de teléfono y las direcciones de la gente que compró los negocios de Market Street, que formaban parte de los documentos que me tenía que haber dado Rav.

—Me temo que todo eso me queda demasiado grande, Dan. ¿Quieres que le diga a Rav que te llame mañana?

Dan decidió presionarla, revelarle cuánto sabía con la esperanza de que Sunnie se lo contara a Patel y este se abstuviera de darle largas, cosa para la que no tenía tiempo. Si Sunnie estaba haciendo de intermediaria en nombre del municipio, debía tener los números o las direcciones de los compradores. Cuando la manguera del surtidor indicó con un chasquido que el depósito estaba lleno, salió del coche y la retiró mientras proseguía la conversación.

—Claro que puedes, Sunnie. Déjame que te lo explique. Acabo de salir del bufete que tiene Zack Metzger en Bellingham. Creo que conoces al señor Metzger, ¿verdad?

Por una vez, Sunnie se quedó sin palabras.

—El señor Metzger, como sabrás, fue el abogado que constituyó las sociedades de responsabilidad limitada en nombre de cada uno de los compradores. Me resultó extraño que todos ellos tuviesen el mismo abogado…

—Sí que lo conozco y sí sabía que todos los compradores lo habían contratado a él, Dan —dijo Sunnie, lo cual lo sorprendió.

—Ah, ¿sí?

—Claro. Uno de ellos, no me preguntes cuál, necesitaba un abogado y le pidió a Rav que le recomendara alguno. Rav me lo encargó a mí y, como yo no conocía a ningún abogado en Cedar Grove, busqué en internet y encontré al señor Metzger. Supongo que le gustaría y se lo recomendaría al resto... o algo por el estilo.

—Sí, puede que así fuera. —Dan volvió a sentarse al volante y arrancó el motor—. Lo que pasa es que el señor Metzger dice que nunca llegó a conocer a ninguno de los compradores. Según él, solo trató contigo, que fuiste quien actuó de intermediaria entre todos ellos y Cedar Grove.

Tampoco entonces respondió ella de inmediato.

—¿Sunnie? ¿Se ha cortado?

—No, sigo aquí. Me temo que el señor Metzger me ha atribuido mucha más responsabilidad de la que tuve en realidad, Dan. Si fuese así, debería ir pidiéndole a Rav un aumento de sueldo, ¿no?

Dan salió de la gasolinera para tomar la carretera del condado cuando hubiera un hueco en el tráfico.

—Lo que me interesa, si tú estabas... llevando papeles de un lado a otro, son las direcciones y los números de teléfono de los compradores. Doy por hecho, puesto que el juez Harvey ha fallado que las partes deben cooperar, que las autoridades municipales estarán dispuestas a darme esa información, ¿no es cierto?

—Sabes que yo no puedo tomar esa decisión, Dan: eso le corresponde a Rav.

—En fin, valía la pena intentarlo.

—No estarías intentando aprovecharte de nuestra amistad, ¿verdad, Dan?

—Claro que no. —Accedió al fin a la carretera del condado—. ¿Le dirás a Rav que necesito esa información y que espero que el municipio esté dispuesto a proporcionármela voluntariamente?

—Por supuesto, Dan.

—Gracias. ¿Le dirás también que, ya que el juez Harvey nos tiene a todos tan apurados de tiempo, si no tengo una respuesta afirmativa mañana a mediodía, me veré obligado a hacer las gestiones necesarias para exigir la información… sin audiencia de parte?

—Dan, mañana por la mañana, Rav estará en los juzgados de Bellingham.

—Entonces, el trayecto será corto. Las audiencias de parte se celebran a las tres, pero necesitaré tiempo para que registren mis papeles y se lo notifiquen a Rav, de modo que, si pudieses darme una respuesta por la mañana, te estaría muy agradecido.

—Se lo haré saber, Dan.

—Gracias. ¡Ah, Sunnie!

—¿Sí?

—¿Le puedes decir también que, si tengo que solicitar la información por vía judicial, pienso pedir también que se me permita contar con tu testimonio? ¿Se lo harás saber, Sunnie?

Dan oyó el tono que indicaba que se había cortado la señal y dudó de que fuese por la tormenta. A su rostro asomó una amplia sonrisa. ¿Cómo podía haber gente a la que no le encantase aquel trabajo?

Tracy entró en la cocina. Faz estaba sentado en una de las banquetas de la encimera, observando a su mujer, que, en el otro lado, cocinaba en la hornilla.

—Vera, ya te he dicho que nada de trabajar después de las cinco —dijo la recién llegada. Había estado en la planta de arriba, cuidando de Daniella, quien, según su madrina, había pasado el día «como una bendita». La pequeña pasaba parte del tiempo boca abajo y había empezado a levantar la cabeza. También habían salido a dar un paseo, acompañadas por la agente.

—¿Trabajar? —repitió Vera—. Estoy cocinando, Tracy, y eso no es trabajo, sino mi pasión.

—Da igual. Siéntate y tómate una copa de vino.

—Me la estoy tomando aquí —repuso levantando su copa.

—Yo te ayudaría a llevarle la contraria, Tracy —terció Faz—, pero dime la verdad: ¿cómo crees que he ganado yo todos estos kilos?

—Además —añadió Vera—, la salsa estaba casi perfecta. ¿La has hecho tú?

—No, es de nuestra niñera irlandesa.

—¿Irlandesa? —La madrina arqueó las cejas—. Pues sabe muy bien lo que se hace. Solo he tenido que añadir un poco más de vino tinto y otro diente de ajo. Dice Vic que tenéis que hablar todavía de un par de cosas antes de comer. A la salsa le faltan unos minutos más de hervor, conque podéis hacer lo que tengáis que hacer.

—Ven y siéntate, Tracy —dijo Faz—, que repasemos lo que hemos averiguado hasta ahora para que no tengamos que hacerlo mientras cenamos.

La anfitriona se sirvió un vaso de agua helada y se sentó en el taburete contiguo. Sacó su libreta y buscó una hoja en blanco.

—A ver, sabemos que, por lo que dice el informe forense, Heather Johansen estaba de siete u ocho semanas cuando la mataron, lo que quiere decir que debió de quedarse embarazada en Navidades más o menos. Sabemos que asistió a la fiesta de Nochebuena de Ed Witherspoon. Sabemos que sus padres también estuvieron allí, pero se fueron temprano para ir a la fiesta de mis padres. Sabemos que Heather prefirió quedarse por considerar que sería positivo para su continuidad en el trabajo. —Dio un sorbo de agua y dejó el vaso en la encimera antes de continuar—. Sabemos que Heather no tenía coche propio y tuvo que necesitar que la llevasen a su casa aquella noche, pero los Johansen dicen que no saben cómo volvió y Ed tampoco se acuerda.

—Estamos dando por hecho que el conductor es quien la dejó embarazada, pero tampoco lo sabemos —advirtió Faz—. Heather no tuvo por qué quedarse embarazada en aquella fiesta…

—Vale, pues ha llegado el momento de ponerse a leer —dijo Vera aludiendo a su tercera pasión, después de la cocina y la jardinería—. Esto tiene que hervir unos quince minutos más. —Recogió un libro en rústica de la encimera y fue con él a la sala de estar.

—Quizá no —respondió Tracy a Faz—, pero resulta que ni su mejor amiga ni sus padres tenían la menor idea de que saliera con nadie después de cortar con Finlay.

—Pudo ser cosa de una noche. Un rollete, que dicen ahora.

—Tal vez, aunque Cedar Grove es un municipio pequeño y, como has tenido ocasión de comprobar nada más aterrizar, aquí no es fácil guardar un secreto. Vale la pena desarrollar esto —dijo Tracy apuntando con el bolígrafo a las palabras «posibles conductores», que había escrito en el cuaderno. ¿Quiénes pudieron llevarla a casa si no la llevó Barbara?

—Ed Witherspoon.

—Y su hijo, Gary.

—Apunta también al ex si queremos hacer una lista completa de posibilidades. Puede que Fenway la estuviera acosando todavía y la convenciera para llevarla a casa.

Tracy anotó el nombre de Finlay.

—¿Alguien más? —preguntó Faz.

—Tendría que pensar e intentar acordarme de qué vecinos tenían más relación con Ed y Barbara y podían estar presentes en la fiesta. —Se detuvo y miró el calendario magnético de la pared.

—¿Qué?

—Acabo de caer en que a Heather la mataron alrededor de estas fechas. Murió un día como pasado mañana hace veintiséis años.

—Qué pena, cuando muere una persona tan joven… —dijo él.

Tracy respiró hondo antes de continuar.

—En fin, sigamos desde aquí —dijo antes de repasar todo lo que sabían o sospechaban e ir apuntándolo.

Hablaron de la revelación que les había hecho Eric, quien afirmaba que Mathews les había propuesto usar la información sobre el embarazo de Heather para hacer que el padre diera la cara, y Tracy señaló a continuación:

—Sabemos que Mathews intentó sacar dinero con la información y se lanzó a hablar más de la cuenta...

—Aunque es solo una conjetura —advirtió Faz señalando el cuaderno.

—No del todo. Sabemos que se lo dijo a Finlay.

—Es verdad, pero no tenemos constancia de que intentase sacar dinero con eso.

—No, pero si se lo dijo a Finlay, podemos dar por hecho que se lo diría a otros.

—Lo que nos lleva a la otra muerta: Kimberly, la mujer de Fenway.

—Está bien. En ese caso, presumimos que Kimberly Armstrong supo del embarazo, echó cuentas y concluyó que Heather tuvo que concebir durante aquellas vacaciones. Tal vez barajase incluso, como nosotros, la posibilidad de que ocurriera en la fiesta de Ed Witherspoon.

—Vale, pero ¿tu crees que Kimberly era de las que habrían intentado chantajear a nadie con esa información?

—No, desde luego, aunque sí pudo haber compartido sus sospechas con alguien.

—Yo diría que ahí está la clave, en averiguar a quién se lo contó Kimberly. Deberíamos empezar por ahí. Ya sé que tú no lo crees, Tracy, pero ¿a quién es más probable que se lo cuente una mujer casada?

Desde el sofá de la sala de estar se oyó decir a Vera:

—A su marido, el poli.

Faz miró a Tracy y se encogió de hombros.

Rex y Sherlock, echados en sus cojines, se incorporaron de pronto y se pusieron a ladrar, con lo que asustaron a todos.

—¡Jesús, María y José! —exclamó Vera—. En esta casa no os hace falta alarma.

—Rex, Sherlock, ¡chis…! —los riñó—. Que vais a despertar al bebé.

Los dos volvieron a ladrar y rodearon corriendo el sofá en dirección a la puerta. Tracy estaba a punto de hacerlos callar otra vez cuando oyó lo que los había alertado. No era el viento ni el crujido de las ramas, sino el ruido de un motor. Miró por la ventana y vio unos faros que enfilaban el camino de entrada.

Se acercó a la puerta y usó una pierna para apartar a los perros antes de ordenarles que se sentaran. Ambos obedecieron.

—Y ahora, quietos. Quietos los dos.

—Voy a tener que probar a ver si me funciona contigo —le dijo Vera a Faz.

—Si lo dices así, seguro que sí —respondió él.

Tracy abrió la puerta. Reconoció el Tahoe a través de los copos de nieve que caían y los nervios le atenazaron el estómago. Dan había vuelto antes de tiempo. No le había contado nada de lo que le había ocurrido a Therese. Todavía no le había dicho nada de lo que había pasado. Si no lo había hecho era por miedo a lo que podía decir, a cómo reaccionaría, a lo que podía hacer… Aquello no justificaba nada, pero así era la naturaleza humana.

En ese instante la asaltó otro pensamiento, tan definido que la hizo volverse a mirar a Faz. Estaba a punto de expresarlo cuando Sherlock salió de un salto, seguido de Rex, y la distrajo.

Dan saludó a los perros, pero enseguida desvió su atención hacia la agente de policía que había salido de su coche patrulla y se dirigía hacia él. Tras una breve conversación con ella, giró sobre sus talones para mirar a la puerta, a Tracy. Un minuto después, los perros y él avanzaron por los adoquines, iluminados parcialmente por las luces de exterior que bordeaban el camino.

Tracy sintió los mismos calambres en el estómago que la habían acometido durante los primeros meses de embarazo. Dan se detuvo al llegar a la puerta y se limpió las botas en el felpudo.

—¿Qué pasa? ¿Qué hace ese coche patrulla apostado delante de casa? ¿Por qué me ha preguntado la agente quién soy y qué vengo a hacer?

Ella se hizo a un lado para dejarlo pasar y él se detuvo en la entrada.

—Vera... Faz... —Miró a Tracy con gesto más desconcertado aún y, acto seguido, al caballete con el cuadro inacabado y a la cocina.

—¿Y Therese? —preguntó.

CAPÍTULO 24

Dan cerró la puerta del dormitorio, aunque no antes de que consiguieran entrar Rex y Sherlock, que se sentaron con el cuello erguido bajo la luz de la lámpara de la cómoda como quien espera a que comience la función. Tracy pidió a Alexa que pusiera música con la esperanza de que el sonido ahogase en parte sus voces.

—¿Cuándo pensabas contármelo? —preguntó Dan.

Ella negó con la cabeza.

—Te lo tenía que haber dicho enseguida, Dan. En realidad, no tengo ningún motivo de peso para no haberlo hecho.

—¿Entonces?

Ella soltó un suspiro.

—Podría decir que sé lo ocupado que estás, cuánto trabajo tienes y que no quería preocuparte...

—Pero ese no es el motivo, ¿verdad?

Ella hizo un leve movimiento de negación con la cabeza.

—No.

Él se apoyó en la estructura de la cama.

—¿Qué creías que iba a decir yo?

Tracy se encogió de hombros.

—Que no puedo ser inspectora y madre a la vez, que tus temores habían resultado ciertos, que estoy arriesgando la vida y que al final será nuestra hija la que pague el precio de mi terquedad.

Dan bajó la vista.

—Y yo.

—Y tú —añadió Tracy—. ¿Me equivoco?

Él la miró de nuevo.

—No, probablemente no.

Parecía afectado, pero no enfadado. Semejante reacción la dejó confundida en un primer momento y, a continuación, preocupada. La inundó un aluvión de pensamientos. ¿Y si le decía que no podía vivir así, que se había acabado? ¿Y si había ido a Seattle a ver al médico y tenía cáncer, pero no sabía cómo decírselo? ¿Y si tenía una aventura?

—Lo siento, Dan. Siento haber puesto en peligro a nuestra familia. Yo…

—No, Tracy, soy yo quien tiene que pedir perdón.

Ella lo estudió intentando interpretar su expresión.

—No te entiendo. ¿Por qué tienes tú que pedir perdón?

—Por no haber estado aquí. Por dejaros solas a Daniella y a ti.

Durante un momento, Tracy se limitó a mirarlo de hito en hito.

—Dijiste —respondió al fin— que el trabajo te reclamaba en Seattle y lo entiendo…

—No, ese no ha sido el motivo. —Respiró hondo y se pasó una mano por el pelo. La imaginación de ella volvió a desbocarse—. Es verdad que tenía mucho trabajo y que tenía que ir a Seattle, pero ese no es el motivo.

A ella se le encogió el estómago.

—Ah, ¿no? —se atrevió a preguntar.

—No, en parte me fui porque me sentó mal que no me escucharas y te hicieras cargo del caso.

—Sí que te escuché, lo que…

Él alzó una mano.

—Lo sé… y lo siento, Tracy. Leah me dijo algo que me hizo pensar. Tenía que haber estado aquí. No tenía que haberos dejado solas en medio de una tormenta de nieve. Me dejé llevar por mi orgullo y por mi ego. Mi primera responsabilidad sois vosotras dos y os he fallado, pero no volverá a pasar. No pienso dejar que mi orgullo ni mi ego se antepongan a mis responsabilidades familiares nunca más. No voy a volver a haceros algo así jamás a Daniella ni a ti. Esa fue la promesa que me hice cuando te quedaste encinta y por eso contraté a Leah.

Tracy no sabía qué decir. Suponía que Dan estaría enfadado con ella, que le pediría que eligiese entre el trabajo y la maternidad y la amenazaría con dejarla si no era capaz de anteponerlo a él, y en ese instante se dio cuenta de por qué había dado por sentada tal reacción. Aquello había sido, precisamente, lo que le había dicho Ben, su primer marido, cuando se había resuelto a dar con el asesino de Sarah. Ben le había dejado claro que no podía —que no pensaba— ser la segunda de sus prioridades. Le había impuesto aquella decisión… y luego la había dejado. No había vuelto a saber nada de él después de tantos años.

—Tenía que habértelo dicho, Dan. No ha estado bien ocultártelo.

Él asintió.

—Es verdad, pero tampoco podías contármelo y me pesa que hayas tenido la sensación de que no podías contármelo.

—Eso no tiene nada que ver contigo, Dan.

—Claro que sí. Tenías derecho a esperar más de mí. Siento haber hecho que sintieses que no podías contármelo, sea cual sea el motivo…, que sospecho que tiene algo que ver con el asesinato de Sarah y tu primer matrimonio.

Tracy asintió.

—Sí, pero, por favor, deja de culparte, porque no es de ninguna ayuda. Los dos teníamos que haber gestionado la situación de otro modo. Los dos tenemos razones por las que pedir perdón.

—Estoy de acuerdo.

Ella se lanzó a sus brazos.

—¿Entiendes por qué no puedo dejar esto así, por qué tengo que llegar al final?

—Entiendo que eres así.

Tracy se apartó un poco para mirarlo a los ojos.

—Pero entiendes que no se trata de mí, ¿verdad? Esto no lo hago por Sarah, sino por Heather, por Kimberly y por todas las mujeres que van a perder la vida en manos de un psicópata. Puede que esté exagerando, pero no quiero que Daniella tenga que vivir en un mundo así, en un Cedar Grove así. Ahí fuera hay alguien, Dan, que ha matado, creo, a tres personas.

—Lo sé —contestó él suspirando—, aunque preferiría que no me lo hubieses dicho…

—Lo siento. De todos modos, Roy me ha puesto vigilancia las veinticuatro horas del día y, vaya donde vaya, siempre me acompañarán Faz o él.

—En fin… —Se encogió de hombros—. No me hace gracia, pero estaba en el contrato que firmé al casarme con una inspectora y sé que has tenido que tragarte una cantidad increíble de mierda con tu capitán para hacer este trabajo. No seré yo quien te diga que no lo hagas ni te venga con ultimátums, aunque, como marido tuyo que soy, te pido que, por favor, tengas mucho cuidado. Deja que Roy te ayude.

—Yo también lo he estado pensando. Si quieres, puedes llevarte a Daniella a casa. Therese estará encantada de volver si no estamos aquí y, si no, sé que Vera la cuidará.

Dan sonrió.

—No es que yo esté precisamente pertrechado para darle teta…

—Podemos darle leche de fórmula. De todos modos, ya lo estamos intentando.

—¿Y qué tal va?

Tracy se encogió de hombros y Dan negó con la cabeza.

—No pienso dejaros a ninguna de las dos, Tracy. Por eso he vuelto.

—Ya lo sé. Yo tampoco quiero que nos dejes.

—Hablo en serio, Tracy. Quiero que vayas con mucho cuidado. No sé qué haría si te perdiese. Mi vida no ha ido exactamente como la había planeado, pero todos mis desengaños se esfumaron cuando te volví a encontrar.

—A mí me pasó lo mismo. —Lo abrazó y lo estrechó con fuerza. Sabía que nunca merecería tenerlo y se prometió no volver a dar por hecho que sabía lo que estaba pensando.

—¿Cómo está Therese? —preguntó él cuando se separaron.

—Alterada, pero ilesa. Quería quedarse, pero me pareció preferible que la llevara a casa uno de los agentes de Roy.

—¿Y entonces llamaste a Faz?

—No, me llamó él justo después del incidente, cuando yo tenía todavía los nervios de punta. Un par de horas después los tenía aquí a los dos. Vera ha estado cuidando a Daniella y Faz me ha estado cuidando a mí.

Dan sonrió.

—Muy propio de Faz. Me alegro. Venga, deberíamos salir antes de que piensen que nos hemos matado.

—He descubierto un par de cosas —anunció Tracy.

—Yo también. —Le refirió su reunión con Zack Metzger y la conversación que había mantenido con Sunnie Witherspoon sobre los socios de las empresas—. La tuvieron que mandar Rav Patel o Gary o, teniendo en cuenta lo unidos que están, los dos. Creo que alguien está sacando mucha pasta de todo esto. Todavía no sé cómo ni quién, pero lo huelo. Es todo cuestión de dinero, como casi siempre. Pero luego hablamos… Primero, habría que disfrutar de los espaguetis de Vera, que huelen de muerte.

—En realidad, la salsa la hizo Therese antes de irse.

—¿Therese? ¿En serio? Pues hay que conseguir que vuelva la irlandesa.

CAPÍTULO 25

Acababan de dar las doce de la noche cuando Daniella se puso a protestar y Tracy se levantó para atenderla, pensando que debía de tener el pañal sucio. Acababa de darle de comer y dudaba mucho que volviese a tener hambre tan pronto. Cuando fue a su cuarto, la pequeña había vuelto a dormirse; pero en la planta baja había alguien levantado, porque vio luz en la cocina. Fue a por la bata que tenía colgada detrás de la puerta de su dormitorio y se la puso mientras bajaba las escaleras. Todavía se apreciaba el leve olor de la salsa de Therese y el pan de ajo de Vera.

Faz, sentado a la mesa de la cocina leyendo en su Kindle, la miró por encima de sus estrechas gafas de lectura.

—Buenas… No te he despertado, ¿verdad? —preguntó.

—No, estaba con Daniella. ¿No puedes dormir?

—Nunca he sido de dormir a pierna suelta —respondió él con un gruñido— y la cosa empeoró cuando le diagnosticaron a Vera el cáncer de mama.

Tracy se sentó en la silla que tenía al lado.

—Pero ahora está bien, ¿verdad?

Faz dejó sobre la mesa el Kindle y las gafas.

—Sí, sí, está bien. En la última revisión salió todo negativo. Ahora, a esperar otros meses y volver a hacer pruebas. Llevamos así cinco años, que parecen una eternidad.

—¿Por eso no puedes dormir?

Él se encogió de hombros.

—Darle vueltas a la mortalidad de uno y a la de un ser querido no es algo que ayude precisamente a dormir mucho.

—Supongo que no.

—Piensa que te llevo unos cuantos años. Mis padres han muerto ya y yo soy el siguiente de la lista, ¿sabes?

—Claro que lo sé. Yo también perdí a toda mi familia…

—Es verdad, lo siento, Tracy. No quería darte lecciones.

—No te preocupes. Además, si te soy sincera, yo tampoco iba a dormir mucho esta noche.

—¿Qué te preocupa? —quiso saber Faz.

—Este caso.

—Deberías aprender a dejar atrás el trabajo al llegar a casa.

—Normalmente lo hago: meto los casos en una caja mental y los dejo ahí hasta que vuelvo al trabajo, por lo menos en teoría, porque no siempre funciona.

Faz sonrió con los labios apretados.

—Pero hasta ahora no habías tenido una cría de la que preocuparte. ¿Me equivoco?

Bajo el exterior de tipo duro que gustaba de mostrar Faz, sobre todo ante los sospechosos —el aspecto típico de italoamericano de Nueva Jersey que parecía estar deseando reventarle las rótulas a quien se le pusiera por delante—, había un oso de peluche, un hombre al que, según había podido comprobar Tracy, no le faltaba sabiduría.

—Yo lo he vivido en mis carnes, Tracy, aunque no pretendo compararme contigo. En mi caso, siempre he tenido la seguridad de que Vera se quedaría en casa con Antonio mientras yo me iba a trabajar. Ella se preocupa por mí, más aún después de todo lo que me pasó en la última investigación; pero, como ya te he dicho, lo de preocuparse viene de regalo con el querer a alguien. —Levantó las palmas de las manos—. Ella me quiere y, por tanto, se preocupa por mí. ¿Y yo? Pues yo no me he preocupado tanto por mí como por Vera y por Antonio. Siempre he pensado que, si tiene que llegar mi hora, llegará. Antonio es ya un hombre hecho y derecho, está bien situado, tiene un buen trabajo y dentro de poco tendrá también una buena mujer.

Tracy soltó un suspiro.

—A mí me preocupa no estar con Daniella cuando me necesite. Lo de la otra noche me dejó aterrada, Faz. Me horroriza pensar en lo que podía haber pasado.

—Te creo: una cosa así horroriza a cualquiera.

—¿Hasta a ti? —preguntó ella con una sonrisa.

—Puede que el doble que a ti. Mira, nosotros no quisimos vender zapatos ni ser abogados. Hay días en los que no tenemos más remedio que jugarnos el tipo: son gajes del oficio. Mi tío me enseñó una cosa allí en Nueva Jersey. Él siempre decía que esa era la parte más horrible de nuestro trabajo, pero también la que lo había hecho levantarse cada mañana durante treinta y cinco años. No me malinterpretes: yo puedo arreglármelas sin que gente como Little Jimmy me baile claqué en la cara, pero me encanta mi trabajo. Lo que tienes que preguntarte es lo siguiente: ¿me gusta lo bastante para soportar toda esta mierda?

Tracy asintió.

—Doy por hecho que no vas a responder esa pregunta por mí.

Faz negó con la cabeza.

—Ni yo ni nadie. Eso sí, me consta que tú ya has soportado mucha mierda y, aun así, sigues al pie del cañón.

Tenía razón. De hecho, tenía la sensación de llevar muchos días debatiéndolo consigo misma.

—Esta noche, cuando he visto llegar a Dan, he pensado algo.

—¿Cuando me miraste de ese modo?

—O sea, que te diste cuenta.

—A Del le digo siempre que cuando miras así parece que te haya caído un rayo encima.

—Pues no lo sabía.

—¿Por qué era esta vez?

—Acababa de caer en cuál era el verdadero motivo por el que no le había contado lo que pasó la otra noche.

—Por protegerlo, porque no querías que se preocupara.

—Esa respuesta habría sido mucho mejor, pero, si tengo que ser sincera, no se lo dije porque no sabía cómo reaccionaría y temía que me diese a elegir entre mi trabajo y mi familia. Así que preferí no contárselo.

—A veces es más fácil no contárselo todo a tu cónyuge.

—Sí, pero eso también forma parte de la naturaleza humana, ¿no?

—Claro. Intentamos proteger a nuestros seres queridos...

—Eso me ha llevado a pensar en Kimberly Armstrong, en su investigación y en lo que pudo haber descubierto, y he llegado a la conclusión de que quizá no le contase a su marido todo lo que averiguó.

—¿Porque descubrió que era él el culpable?

—No, porque sabía que le haría daño. Estaba intentando protegerlo.

—No te sigo.

—Le iba a hacer daño si le hacía saber que tenía dudas, sobre él y sobre su posible culpabilidad. Me ha costado mucho hacerme a la idea de que pudiesen no hablar de algo tan importante como eso; pero creo que ahora entiendo que tal vez fue así y por qué. No quería hacerle daño y pensaba que de ese modo lo protegería.

—Sí, supongo que es posible; pero, igualmente, no puedes descartar que descubriera que lo hizo él, Tracy.

—Ahí es donde quiero llegar. Supongamos que Kimberly llegó a la misma conclusión que Jason Mathews, que pensó lo mismo que sospechaba Finlay y que me contó a *mí*.

—¿Que Heather pudo quedarse embarazada en una fiesta de Nochebuena?

—Sí, pero Kimberly no podía hablarle de su investigación sin correr el riesgo de darle a entender que dudaba de él. Si aceptamos esa premisa, ¿a quién se lo pudo contar? Tuvo que ser difícil guardarse para sí una noticia así, aunque no lograra confirmarla. Sin embargo, si no podía contárselo a Finlay, ¿a quién se lo revelaría? Kimberly era periodista. ¿Con quién habla un periodista?

A Faz le brillaron los ojos.

—Con el director de su periódico.

Tracy asintió y Faz repuso:

—Pero, si se lo contaba a su director, ¿no temía que él…?

—¿Dijera algo? ¿Publicara la noticia? —La inspectora hizo un gesto de negación con la cabeza—. No tiene por qué. Conozco bien a Atticus Pelham.

—¿Atticus? —Faz no hizo nada por ocultar su sarcasmo—. ¿Como el de *Matar a un ruiseñor*?

—Por lo visto, sus padres admiraban mucho al personaje.

—¿Y ese es motivo para castigar al crío?

Ella sonrió.

—A Atticus no le gusta publicar asuntos controvertidos. De hecho, Finlay dice que fue precisamente eso lo que le advirtió a Kimberly cuando le anunció que quería investigar la muerte de Heather Johansen. Por lo visto, le dio permiso para hacerlo, pero sin comprometerse a publicar lo que escribiera al respecto.

—¿Y qué más sabes de ese tal Atticus?

—¿Qué quieres decir?

—¿Qué edad tiene? ¿Pudo estar en la misma fiesta que Heather?

—No, no. No es de Cedar Grove. Llegó aquí hace unos veinte años, mucho después de 1993.

Faz se encogió de hombros.

—Supongo que por preguntar no perdemos nada. Vas a tener que llevar contigo a ese jefe de policía grandullón. No te importa, ¿verdad?

Antes de irse a la cama habían recibido de Seattle la autorización para que Faz se trasladara a Phoenix a fin de hablar con Pete Adams, el antiguo propietario de la Four Points Tavern, y habían reservado un vuelo de mañana desde el aeropuerto de Bellingham.

—Conozco a Roy Calloway desde que era pequeña. Puede que no siempre esté de acuerdo con lo que hace o cómo lo hace, pero sé que siempre actúa por lo que considera el bien común. ¿Puedo pedirte otro favor?

—Claro.

Se levantó de la mesa y volvió poco después con una hoja de papel.

—¿Qué es eso? —quiso saber Faz.

—La lista de la gente que compró los negocios de Market Street. Dan está intentando dar con todos. Ya sé que no deberíamos usar los recursos policiales para un asunto civil...

—Pero te sientes culpable por no haberle contado lo que te pasó y quieres compensárselo.

Ella sonrió.

—Y luego habrá quien diga que no tienes buena intuición.

—Llevo casado treinta años.

Tracy lo asió del antebrazo.

—Gracias, Faz. De verdad, gracias por todo.

—Oye, que ahora somos familia y la familia está para eso.

Ella sonrió. Hacía mucho que no oía esas palabras.

—Me vuelvo a la cama, que por aquí amanece muy temprano.

Faz recogió su Kindle.

—Cuéntamelo a mí.

CAPÍTULO 26

Dan activó la tracción en las cuatro ruedas del Tahoe y llevó a Faz al aeropuerto de Bellingham por carreteras cubiertas de nieve, lo que supuso un viaje de una hora y diez minutos. Faz se había ofrecido a hacer el trayecto en su propio coche, pero su anfitrión se había negado a permitírselo después de ver sus ruedas, que, sin ser malas, no tenían la calidad de las de nieve que usaba él en invierno. Además, Faz no tenía mucha experiencia reciente conduciendo por nieve y hielo, por no hablar ya de que Vera podía necesitar el coche para salir de la casa y evitar volverse loca.

Faz miró el exterior de piedra y madera del edificio solitario del aeropuerto.

—En Seattle he visto tiendas de REI —dijo refiriéndose a la cadena de almacenes de material de montañismo y demás actividades al aire libre— más grandes que esto. —Recogió del suelo la bolsita de lona en la que había metido una muda por no saber cuánto tardaría en dar con Pete Adams y salió del coche.

—Gracias por todo, Faz. —Los dos se dieron la mano mientras se colaba el aire frío por la puerta abierta del Tahoe—. Tracy y yo os agradecemos mucho lo que habéis hecho.

—Como le dije anoche a Tracy, Dan —contestó Faz formando nubes de vaho con cada palabra—, ahora somos familia y la familia está para eso. Gracias por traerme y dile a Tracy que la mantendré informada.

Dan pensó en el comentario de Faz mientras arrancaba y ponía rumbo a Cedar Grove. Sin duda debía de haber sido reconfortante para Tracy, pues, como Dan, había perdido a toda su familia, si bien de una forma mucho más violenta y a una edad mucho más temprana. Había sido la princesa de Cedar Grove, hija de un médico respetado y de una mujer que mantenía una relación inmejorable con el municipio. Todo el mundo tenía los ojos puestos en su hermana y en ella mientras se hacían con un nombre en los concursos de tiro. Un buen día, Sarah desapareció y el cuento de hadas se desvaneció para nunca volver. De hecho, no hizo más que empeorar.

Recordó el día en que encontraron el cadáver de Sarah, veinte años después de su desaparición, y pensó en lo que tuvo que ser aquello para Tracy. Sus padres habían muerto a esas alturas y no tenía a nadie que pudiera consolarla... desde hacía años. Edmund House la había enterrado días antes de que se pusiera en marcha el embalse hidroeléctrico que represó el río y creó un lago artificial en el lugar de su sepultura. No encontraron su cuerpo hasta que echaron abajo la presa como parte de un proyecto medioambiental destinado a restaurar el hábitat natural del salmón y volvieron de nuevo a su cauce las aguas del embalse.

«Echaron abajo la presa y el agua volvió a su cauce».

Dan se incorporó. La idea lo había asaltado como una centella.

—Las aguas recuperaron su cauce original —se dijo en un susurro.

¿Tan sencillo podía ser? Volvió a pensar en la compra repentina de *todos* los negocios de Market Street por parte del municipio de Cedar Grove. ¿Con qué intención? La gente raras veces hacía algo a cambio de nada. ¿De verdad lo único que pretendía Gary Witherspoon era, como iba pregonando, revitalizar un municipio viejo y aprovechar sus recursos naturales? ¿Estaría intentando impresionar a su padre superándolo?

¿O pretendía sacar mucho dinero de algún lado?

«Alguien quiere sacar mucha pasta de todo esto. ¿Qué motiva a las personas?».

—La codicia —se dijo en voz alta.

Antes de que se echara a funcionar la presa, la zona que había por encima del río estaba destinada a convertirse en una urbanización vacacional de montaña. Se había presentado en Cedar Grove una constructora con planes de crear pistas de golf, un club, una piscina y docenas de viviendas. Se decía que aquello transformaría el municipio, que las ventas inmobiliarias subirían como la espuma y florecerían los negocios; pero aquello quedó en nada. El proyecto se les aguó, literalmente, cuando entró en funcionamiento la presa.

¿Y si la propiedad volvía a ser urbanizable? ¿Y si era ese el motivo que había llevado a los propietarios a arriesgarse a abrir nuevos negocios?

Dan calculó el trayecto que llevaba recorrido y se preguntó si le sería posible dar con la carretera que debía llevar a lo que, en otra época, habían sido los terrenos de la urbanización de recreo Cascadia. Recordaba que se encontraba entre Silver Spurs y Cedar Grove. Suponiendo que no tenía nada que perder si seguía su corazonada, comprobó el retrovisor —la nevada de aquella noche apenas había dejado tráfico en la carretera del condado— y redujo la marcha. Siguió avanzando con lentitud mientras buscaba casi de reojo la salida. Aunque nunca la habían llegado a señalizar, Tracy lo había llevado en 2013 para que pudiese ver el lugar en que habían enterrado a Sarah y, por lo que tenía entendido, los cazadores seguían usándola para acceder al campo.

Recorrió varios centenares de metros y, cuando empezaba a pensar que se había pasado y era preferible dar la vuelta, vio lo que parecía ser una carretera detrás de una arboleda. La nieve que había apartado el quitanieves había borrado en parte la entrada.

Bajó aún más la marcha y giró a la izquierda. Rebotó sobre el montículo de nieve congelada y mantuvo la velocidad. La nieve parecía compacta, aunque por la noche se habían acumulado al menos diez centímetros que habían ido a sumarse a los treinta de la semana anterior. No se le ocurría ningún motivo por el que nadie hubiese tenido que pasar por allí de forma reciente cuando aún faltaban meses para la temporada cinegética.

Al llegar al lugar en que se allanaba el camino, se detuvo, puso la palanca de marchas en posición de estacionamiento y se apeó del todoterreno. Con la nieve hasta los tobillos, se colocó delante del Tahoe y apartó la nieve con las manos. Bajo la capa superficial vio lo que parecían dos rodadas, huellas de neumático, en la nieve compacta.

Habían transitado por allí y no hacía mucho.

Volvió a subir al Tahoe y siguió adelante, haciendo botar el coche sobre el terreno. Cuatrocientos metros más allá acababa la carretera. A veinte metros de él, a su derecha, vio sobresalir de la nieve el remate del poste de hormigón que había marcado la entrada de Cascadia. En su momento, la constructora había instalado allí su oficina, que no era más que una caseta de obra. Dentro, el representante de ventas mostraba a los interesados imágenes de los distintos modelos de vivienda, del club y de las pistas de golf. Dan no vio ningún indicio de actividad reciente, maquinaria de construcción ni camiones. Tampoco se habían talado árboles ni se veían rodadas. El lugar estaba tal como lo recordaba del día que lo había visitado con Tracy para acceder al lugar en que habían encontrado el cadáver de Sarah.

Para hacer sitio a la oficina se había hecho un claro entre los árboles. Veinte años no habían cambiado mucho la apariencia del lugar.

Dan salió del coche, se puso el abrigo y los guantes y se echó a caminar, hundiéndose a cada paso casi hasta lo alto de sus botas Sorel. Sentía el frío en la cara y la cabeza, que llevaba descubiertas. Se quitó las gafas, que se le habían empañado, y metió una patilla por un ojal de la camisa antes de abrocharse la chaqueta. Avanzó a duras penas hasta el poste de hormigón, se detuvo y trató de recordar la disposición y dónde había estado la oficina.

Pasó los veinte minutos siguientes caminando en círculo, dando patadas a la nieve y ampliando el diámetro a cada vuelta mientras buscaba signos de actividad reciente, como estacas topográficas enterradas en la nieve. Le salía vaho de los labios y los orificios nasales y no tardó en notar que sudaba debajo de la chaqueta. Se apoyó en un árbol para recobrar el aliento. Era inútil: aunque hubiesen clavado en el suelo estacas topográficas, nunca las encontraría con tanta nieve. Tenía que pensar en otra cosa. Podía llamar a la empresa que había planeado en su origen la construcción de Cascadia, pero dudaba que existiera después de tantos años. Recordó haber leído artículos que aseguraban que había caído en bancarrota tras el fracaso del proyecto. Ojalá se le hubiera ocurrido aquella posibilidad estando aún en Bellingham, porque podría haber ido al departamento de urbanismo del condado de Whatcom para comprobar si se habían solicitado los permisos pertinentes o se habían celebrado reuniones previas.

«Mierda». Iba a tener que volver a Bellingham, pero, primero, necesitaba descargar la vejiga, porque el café que se había bebido de camino al aeropuerto se estaba haciendo notar.

Caminó hasta el lado de un árbol, se bajó la bragueta y descargó un chorrito continuo. Mientras lo hacía, miró hacia el árbol que tenía delante y vio una chapita plateada del ancho de un envoltorio de chicle clavada a la corteza. Corrió a subirse la cremallera y, abriéndose la chaqueta, sacó las gafas, cuyas lentes, resguardadas del frío, se empañaron de inmediato al contacto con la temperatura del aire.

Las limpió con la camisa y se las puso. La chapa tenía un número impreso. Dan ya había visto chapas semejantes cuando había querido restaurar la casa de sus padres. El condado de Whatcom le había exigido la revisión de todos los árboles de la propiedad por un botánico a fin de garantizar que no los talaba y arruinaba el ecosistema al incrementar los niveles de dióxido de carbono de la atmósfera, lo que destrozaría la capa de ozono y pondría en marcha acontecimientos catastróficos que condenarían a toda la humanidad a una subida de las temperaturas y de los casos de cáncer de piel.

No es que estuviera, ni mucho menos, resentido por tener que gastar dinero en una normativa de la que, hasta entonces, no había oído hablar. De cualquier modo, no cabía dudar de que no había existido hacía veinticinco años, cuando se planteó la construcción de Cascadia. Había entrado en vigor en los años transcurridos desde entonces, cuando los ecologistas se habían vuelto mucho más implacables en su defensa del medio ambiente, lo que había motivado, de entrada, la desaparición de la presa hidroeléctrica con la intención de recuperar el hábitat salvaje del salmón.

Por tanto, las chapas de los árboles tenían que ser recientes. Avanzó hasta el siguiente tronco, que también estaba marcado. En los quince minutos siguientes había dado con quince más, todos con más de veinte centímetros de diámetro, aunque los había bastante más gruesos.

—Hijo de puta —dijo dejando que le asomara una sonrisa al rostro helado.

CAPÍTULO 27

Tracy dio de comer a Daniella y la bañó en el fregadero de acero inoxidable. A continuación la vistió, volvió a darle teta y la echó para que durmiese su siesta matinal.

—No creo que tarde —anunció a Vera.

—Tranquila, esta criatura es un ángel comparada con mi Antonio. Pasó los primeros seis meses con cólico del lactante. Cuando estaba despierto no dejaba de llorar.

—Intentaré no tardar —insistió la madre.

Vera sonrió.

—Tracy, llevo veintinueve años casada con un poli y más de veinte con un inspector. Sé perfectamente cómo va esto: tenéis que seguir pistas, que a veces os llevan a otras pistas... y os tienen trabajando hasta las tantas. No te preocupes, que estaremos bien, sobre todo con la agente de policía que nos vigila desde ahí fuera y los dos perros aquí dentro.

Tracy hizo su primera parada en la comisaría, donde pasó quince minutos informando a Roy Calloway y poniéndolo al corriente de lo que pretendía hacer. Acto seguido, los dos subieron al Subaru para salvar la escasa distancia que los separaba de la redacción del *Towne Crier*, una antigua cabaña de minero sita en Fourth Street que el municipio había convertido en lugar de interés histórico antes de que naciera Tracy.

—¿Has averiguado algo más del que nos disparó en mi casa la otra noche?

Calloway se rascó los cañones que empezaban a asomarle a la barbilla.

—No. Con la que estaba cayendo, los vecinos no recuerdan haber oído nada, ni siquiera el disparo. ¿Y tú? ¿Qué sabes de las fotos que le enviaste a tu amiga la…? ¿Qué decías que era?

—Rastreadora. He hablado con ella esta mañana. Aunque no me lo ha garantizado, por lo que se ve en las fotos dice que las pisadas son de una bota de nieve L. L. Bean de hombre de entre la talla cuarenta y dos y cuarenta y cuatro.

—Tampoco es tan grande.

—Para alguien de tu talla puede que no, pero la cuarenta y cuatro es muy común. Si le hubiera sido posible medir la profundidad del dibujo, habría podido calcular el peso de la persona que las llevaba.

—Es decir, que no sabemos gran cosa.

—Así es —convino Tracy.

Aparcó al llegar a Fourth Street, dos manzanas al oeste de Market Street. Aquella vieja construcción de troncos de madera por entre los que sobresalía el mortero parecía haber abierto ya. Aunque tenía el horario en la puerta, tal cosa resultaba poco relevante en Cedar Grove, donde el momento en que llegaban los vecinos al trabajo o regresaban a sus casas resultaba siempre muy relativo.

—Supongo que querrás llevar la voz cantante —dijo Calloway.

—Eso es.

—O sea, que yo estoy aquí para contentar a Dan.

—No, estás aquí porque todavía tienes el poder de intimidar con solo estar presente —dijo Tracy por alimentar su ego y, aunque él no respondió, pudo ver de reojo que le asomaba al rostro una leve sonrisa de satisfacción mientras se disponía a salir del coche.

La inspectora se limpió la nieve de las botas en el felpudo antes de abrir la puerta de la cabaña. Dentro, se acercó a un expositor de ejemplares antiguos del *Towne Crier*. Tras el mostrador había unos cuantos escritorios con terminales informáticos y varios muebles archivadores. Dos mujeres tecleaban frente a sus pantallas y en una encimera situada a su izquierda, la recién llegada pudo ver un fregadero, una jarra de café a medio llenar cuyo olor llegaba hasta ella, tazas y paquetes de edulcorante y leche en polvo. Bajo la encimera descansaba un frigorífico. La asaltó un recuerdo del verano de 1993, cuando había acudido a aquel edificio tras la desaparición de Sarah. Aquellos días se le habían desdibujado en su mayor parte en la memoria, pero recordaba haber acompañado a su padre a la redacción con fotografías recientes de Sarah para que el director las publicase en el artículo que iba a sacar en primera plana. El periódico había usado también aquellas imágenes para hacer las octavillas con las que padre e hija empapelaron, con la ayuda de un grupo de voluntarios, Cedar Grove, Silver Spurs y otros municipios de la periferia. Recordaba el penetrante olor a tinta de aquella visita. En cambio, en esa segunda ocasión solo percibió el olor espeso y opresivo a cerrado propio de un anticuario. Al fondo vio dos despachos situados tras sendas puertas correderas de cristal que parecían un añadido reciente. Atticus Pelham estaba sentado tras el escritorio de uno de ellos, hablando por teléfono.

—Jefe Calloway. —Una de las dos mujeres alzó la vista de su mesa cuando entró Roy y fue a sumarse a Tracy—. ¿Qué lo trae por aquí? —Miró a la inspectora como si no estuviera del todo convencida de que no fuera a morderle.

—Margaret, te presento a Tracy Crosswhite, inspectora de homicidios de Seattle. Creo que no os conocéis.

La mujer rodeó su escritorio para dirigirse al mostrador. Llevaba una sudadera blanca de manga corta y pantalones elásticos azules y no parecía encantada de conocerla.

—No —aseveró—, aunque en 2013 escribimos varios artículos sobre la repetición del juicio en el condado de Whatcom.

—Sí —dijo Calloway—, en efecto.

Margaret apartó la mirada de Tracy para centrarla en su acompañante.

—¿Qué le trae hoy por aquí?

—Venimos a robarle unos minutos a Atticus.

Ella miró por sobre su hombro al despacho de cristal.

—Esta mañana está ocupado. Lleva hablando por teléfono desde que ha llegado.

—Es por algo importante —dijo Calloway sin molestarse en dar más explicaciones, pero dejando claro que tampoco le hacía falta.

Margaret asintió.

—Le haré saber que está usted aquí.

Tracy la observó mientras abría la puerta de cristal y se asomaba al despacho de Pelham. Él se apartó el teléfono de la oreja y tapó el micrófono apretándolo contra el pecho. Tras unos segundos, volvió la cabeza y miró hacia la sala de redacción, vio a Calloway y a Tracy, bajó la barbilla mientras decía algo a Margaret y volvió a ponerse el teléfono en la oreja.

La empleada regresó para anunciar:

—Está acabando de hablar. ¿Quiere café?

El jefe en funciones negó con la cabeza.

—Ya he tomado esta mañana, pero gracias.

Margaret señaló un par de asientos situados contra la pared.

—Póngase cómodo.

Calloway asintió sin palabras, pero no se movió del sitio. No estaba acostumbrado a que lo hicieran esperar en Cedar Grove ni tenía intención de dejar que nadie hiciera excepciones: pretendía que Atticus lo viera de pie en la sala de redacción.

No hubo que aguardar mucho. El director colgó y se apartó de la mesa, abrió la puerta de cristal y se acercó a ellos con una sonrisa poco convencida. No debía de llegar al metro setenta y tenía una generosa mata pelirroja apenas surcada por alguna que otra hebra de pelo cano. Le faltaban unos treinta centímetros para alcanzar a Calloway y unos diez para llegar a la altura de Tracy. Llevaba una camisa blanca de manga corta, pantalón negro y zapatillas de deporte del mismo color. Poco antes de llegar a su altura, usó la parte carnosa del pulgar para recolocarse las gafas en el puente de la nariz.

—Jefe Calloway —dijo tendiéndole la mano—, ¿qué lo trae por aquí?

Él le presentó a Tracy.

—La recuerdo de cuando estuvo usted en Cedar Grove —dijo Pelham—. ¿Cuándo fue eso…?

—En 2013 —apuntó Margaret desde su ordenador.

—Vendimos un montón de periódicos con lo del segundo juicio del asesino de su hermana.

—Tracy me está echando una mano con un par de asuntos, Atticus, y quiere hacerte un par de preguntas.

—¿Sobre Finlay?

—Le he dicho que estarías encantado de sentarte con nosotros y dedicarnos media hora de tu tiempo.

Pelham lo miró, quizá consciente de que no le estaba pidiendo permiso.

—Claro, claro. Encantado… —Recorrió con la vista la sala y, comprobando que no había mucho sitio en el que reunirse, añadió—: Vamos a mi despacho, que es pequeño, pero nos dará algo de intimidad.

—No pasa nada —dijo Tracy.

El director tomó una silla de uno de los escritorios vacíos y la llevó rodando a su despacho, que le recordó a Tracy a la salita que usaban en el Centro de Justicia para interrogar a los sospechosos y que, por supuesto, pretendía ser estrecha e incómoda. Pelham colocó el asiento extra al lado del que había delante del escritorio y rodeó este para ocupar el suyo. Cuando se sentaron los tres, preguntó:

—¿Y en qué puedo ser de ayuda?

Tracy empezó a hablar, pero se vio interrumpida por el teléfono de Atticus.

—Perdón —dijo él—. Un segundo. —Pulsó unos cuantos botones en su teléfono—. A partir de ahora, saltará directamente el contestador. En fin, ¿qué era lo que querían saber?

—Tengo preguntas sobre Kimberly Armstrong.

—Una tragedia. Una verdadera tragedia. Una tragedia terrible. Kimberly era como de la familia para todos nosotros. Todavía no nos hemos recuperado, ni emocional ni logísticamente, porque Kimberly redactaba buena parte de nuestras noticias además de firmar una columna semanal. Desde entonces no acabamos de levantar cabeza.

—También tengo entendido que escribía artículos más extensos, reportajes de investigación —dijo Tracy.

—A veces, pero nuestro periódico… no es así. No solemos publicar noticias de impacto, sino que informamos de cosas locales: aperturas de negocios, el festival de *jazz*, las reformas de Market Street, algo interesante que haga algún vecino… Lo más impactante que publicamos son los plenos del ayuntamiento.

—Pero Kimberly sí que proponía, de vez en cuando, artículos algo más controvertidos, ¿verdad? —preguntó Tracy.

Pelham trató de sonreír, pero su intención se quedó en mueca. Recogió un clip del protector de su escritorio y se reclinó en su asiento mientras jugueteaba con él.

—Tuvimos un par de discusiones al respecto.

—¿Y sobre qué noticias discutieron?

—En realidad no se puede hablar de discusión —dijo él dando marcha atrás—. Kimberly proponía algo y yo le decía que nosotros no publicábamos artículos así.

—¿Y lo presionaba para salirse con la suya?

El director sonrió entonces sin dejar de manosear el clip.

—Lo intentaba, pero yo siempre le decía: «Kimberly, cuando sea tu nombre el que esté escrito en esa puerta, podrás tomar decisiones así. Mientras tanto, la responsabilidad es mía».

Tracy decidió cambiar de estrategia para hacer que se relajase.

—¿Es usted el propietario del periódico?

—En efecto.

—¿Y depende de los ingresos de la publicidad?

—Como la mayoría de los periódicos de provincias que han conseguido mantenerse a flote. No es fácil. Muchos han pensado en dejar el papel y publicar solo la edición digital, pero luego la gente va y dice que todavía quiere tener un periódico en las manos. Así que nosotros hemos optado por un término medio.

Tracy pensó en los ejemplares que había visto en el expositor.

—¿Cada cuánto sacan la edición en papel?

—Cada dos semanas. Tenemos presencia en línea, con un blog para la ciudadanía, consejos de jardinería y noticias de la policía o de los bomberos. Lo llamamos *Novedades de Cedar Grove* y lo actualizamos a diario.

Pelham bajó un tanto la guardia cuando Tracy empezó a hacerle preguntas de su ámbito cotidiano que no exigían pisar sobre terreno resbaladizo. Dejó el clip en la mesa.

—¿A esos artículos se refería al hablar de las noticias que redactaba Kimberly? ¿A acontecimientos locales?

—No, Kimberly se encargaba normalmente de noticias convencionales, de lo que pasaba en el ayuntamiento, para más señas. Todos los años escribía sobre el presupuesto municipal.

—¿También de lo que se cocía en el despacho de Gary Witherspoon?

—Esa era una de sus responsabilidades, sí.

A Tracy aquello le pareció interesante.

—¿Y recibió alguna vez una llamada de Gary por alguna de las noticias de Kimberly?

Pelham volvió a recoger el clip, clara indicación de que la pregunta lo había incomodado.

—Que yo recuerde, no.

—¿Tuvo con ella una discusión por el reportaje que quería hacer sobre la muerte de Heather Johansen?

Pelham se puso pálido e hizo lo posible por recobrarse.

—Yo no lo llamaría discusión… Fue más bien una confrontación de pareceres. De todos modos, no fue por ninguna llamada de Gary.

—¿No?

—No. Además, tampoco fue una discusión. —De nuevo empezó a retractarse—. Ella quería investigarlo y yo le dije que podía hacer lo que quisiera en su tiempo libre, pero que no le prometía que fuese a publicárselo.

—Sin embargo, ella estaba investigándolo.

—Puede que sí.

—¿No discutieron al respecto?

—Que yo recuerde no. No, no, qué va.

—¿Y no habló del asunto con nadie de la redacción?

—No, que yo sepa.

Tracy no había esperado llegar tan pronto a una vía muerta.

—¿Hubo algún otro artículo que estuviese escribiendo ella sobre el que disintieran?

Pelham sonrió, pero había enderezado el clip con los dedos y había empezado a hacerlo girar entre el pulgar y el índice como la hélice de un helicóptero.

—Los directores y sus reporteros siempre discuten sobre cosas así, como, por ejemplo, las partes que hemos eliminado de sus artículos. Todo eso es parte del juego.

—¿De qué juego?

—El del periodismo.

—Entonces, ¿sobre qué otras cosas discutieron Kimberly y usted como parte del juego del periodismo?

—Pues —respondió Pelham con aire aturdido— no recuerdo nada concreto. Discutíamos solo en términos generales.

—¿Y qué discutían en términos generales?

—Solo es una forma de hablar. En realidad, no pretendía… — Miró al jefe en funciones como el jugador que mira al entrenador cuando quiere que lo saquen del terreno de juego.

—Atticus —dijo Calloway con esa voz honda y autoritaria más propia de un jefe de estudios que se estuviera dirigiendo a uno de sus alumnos—. Le he pedido a Tracy que me eche una mano en ausencia de Finlay y tengo la impresión de que estás dándole más vueltas a sus preguntas que un adolescente torpe y tímido en su primer baile. Céntrate y ve al grano. Tenemos que saber en qué podía haber estado trabajando Kimberly.

—¿Puedo hacer una pregunta, jefe? —preguntó el interpelado.

—Claro.

—¿De qué va todo esto? Nos han contado que Kimberly murió en un incendio. ¿Tengo que entender que no fue así?

La pregunta, viniendo de un periodista, no era precisamente un dechado de concreción… y Tracy no pasó por alto que Calloway tampoco pecó de directo.

—No, no estoy diciendo que no. Está fuera de toda duda que murió en el incendio.

—Entonces, ¿a qué vienen todas estas preguntas?

—En este momento no puedo decírselo, señor Pelham —intervino la inspectora—, pero, cuando sea posible, estaré encantada de sentarme con usted a solas y contárselo todo.

El director no parecía satisfecho con la promesa y Tracy fue al grano:

—¿Estaba investigando Kimberly el asesinato de Heather Johansen?

—Como he dicho, planteó la idea y discutimos al respecto, pero no volví a oír nada del tema, aparte de que, por lo que ella me contaba, no estaba avanzando demasiado.

—De modo que sí hablaron sobre la investigación.

Pelham tenía el aspecto de quien está al borde de un precipicio y busca donde agarrarse.

—No. Bueno, en ese sentido, sí.

—¿Qué le dijo?

—Está bien. —Dejó el clip y soltó un suspiro antes de levantar las manos—. Está haciendo un mundo de esto cuando no lo era. —Miró a Calloway como si esperara de él una cuerda de salvamento. Al ver que no tenía intención de lanzársela, volvió a resoplar—. Kimberly me dio a entender que había leído el expediente policial y que el informe del forense indicaba que Heather Johansen murió encinta. Seguro que no te estoy contando nada que no sepas, jefe. Se preguntaba si no sería el padre de la criatura quien había matado a Heather. Escucha, Roy, tú me conoces y me sabes incapaz de dar a la prensa una noticia si no tengo nada firme con que respaldarla, y menos aún en vida de Eric e Ingrid, con lo que han tenido que soportar ya.

—Te conozco, Atticus —dijo Calloway.

—¿Mostró Kimberly intenciones de publicar la noticia? —preguntó Tracy.

—No, eso solo es lo que yo pienso. Kimberly no se creyó lo que decía el informe.

—¿El informe del médico forense? —dijo confundida la inspectora.

—Sí.

—¿Y dijo por qué?

—Decía que había sido su amiga íntima en el instituto y que, de haber estado embarazada, Heather se lo habría dicho.

Aquello le dio que pensar. Resultaba verosímil que Kimberly hubiera dicho tal cosa, aunque también sonaba a lo que se diría alguien que pretendiera convencerse de que no debía seguir adelante con la investigación. ¿Quizá porque le resultaba muy dolorosa? ¿No tendría miedo de descubrir que el padre era o podía ser Finlay? Eso también suscitaba otra pregunta: si había dejado aparcado aquel artículo, ¿en qué otra cosa podía haber estado trabajando?

—¿Sabe si estaba preparando algo más?

Pelham se tiró de la piel de la papada.

—A ver..., no quiero dar pábulo a ningún rumor sin fundamento...

—Dios nos libre —dijo Calloway.

—Kimberly vino una tarde diciendo que detrás de la renovación de Market Street había más de lo que querían hacer ver Gary y el ayuntamiento.

En la mente de Tracy se encendieron varias luces de alarma. Dan acababa de decirle lo mismo.

—¿Y le dijo a qué se refería concretamente?

—No del todo.

—Pero ¿qué te dijo? —terció Calloway.

—Me dijo que *daba la impresión*, y que conste que hago hincapié en la expresión..., que *daba la impresión* de que quizá alguien había pedido permiso en el departamento de urbanismo de Bellingham para construir en la propiedad que hay por encima de Cedar Grove.

—¿La de Cascadia? —preguntó Tracy.

—Eso me dijo. Yo no estaba todavía aquí cuando empezaron las obras anteriores, conque no lo sé con certeza; pero eso fue lo que dijo Kimberly.

Tracy miró a Calloway. La reurbanización de Cascadia, quizá para crear el centro turístico de montaña que se había planeado hacía veinticinco años, aumentaría de forma espectacular el valor de los negocios de Market Street, por no hablar de las casas de Cedar Grove. Eso podría explicar lo que se había estado preguntando Dan desde que había aceptado la querella: qué podía llevar a nadie a invertir dinero en renovar edificios y abrir negocios en una ciudad en la que habían fracasado casi todas las empresas anteriores. Aquella no era la información que había esperado recibir aquella mañana, pero tenía sentido.

—¿Y dijo por qué sospechaba que habían solicitado un permiso para urbanizar? —quiso saber Tracy.

—A mí me sonó todo a conjetura sin fundamento.

—¿Qué dijo, Atticus? —insistió Calloway.

—Se preguntaba qué sentido tenía reformar un negocio que había fracasado y yo le dije que Gary estaba haciendo mucho por cambiar la cultura de Cedar Grove, que quería poner el acento en el acceso a las actividades al aire libre y atraer al turismo.

Un municipio cargado de dinamismo empresarial supondría también un mayor número de empresas dispuestas a anunciarse y, por tanto, mayores ingresos para Atticus Pelham y el *Towne Crier*. Tracy dudaba mucho que el director del periódico dejara pasar semejantes expectativas sin averiguar algo más al respecto.

—¿Había hecho algo Kimberly por confirmar sus sospechas?

Pelham se encogió de hombros.

—No lo sé. A mí solo me dijo que creía que iban a urbanizar aquella propiedad.

—¿Y no dijo cómo lo había sabido?

—No dijo que lo supiese, sino que lo *creía* posible.

—¿Y no dijo por qué lo creía posible? —insistió Tracy. Podía pasarse así todo el día si era necesario.

—No, no lo dijo.

—¿Y dijo algo más?

—No. A mí no, desde luego.

—¿Ni a nadie más, que usted sepa?

—Es posible. Quiero decir, que Kimberly no era precisamente muda. —Miró a Calloway—. Tú lo sabes, Roy. Una vez que entablaba conversación, no paraba, como ese anuncio de pilas.

Tracy decidió seguir una corazonada.

—¿Y usted, señor Pelham?

Él se puso a juguetear de nuevo con el clip, que volvió a soltar en cuanto Tracy clavó la mirada en sus manos. Entonces, con voz vacilante, preguntó:

—Y yo... ¿qué?

—Que si le habló a alguien de lo que sospechaba Kimberly que estaba ocurriendo con aquel terreno.

—Pues claro que sí. En eso consiste mi trabajo.

—¿En qué?

—En dar noticias.

—Creía que las noticias convencionales eran cosa de Kimberly.

—Claro. Lo que quiero decir es que, en última instancia, el que decide soy yo.

—¿Y con quién hablaste del asunto, Atticus? —quiso saber Calloway.

—Puede que sacara el tema una de las tardes que salí con Gary a tomar una copa.

—¿Con Gary Witherspoon? —Tracy miró a Calloway.

—Sí.

—¿Le dijo que Kimberly sospechaba que querían construir en los terrenos de Cascadia?

—Le pregunté si sabía algo de eso.

271

—¿Y qué dijo él?

—Que no sabía nada, pero que, de ser cierto, le gustaría estar informado, porque una cosa así podía significar mucho para Cedar Grove. Dijo algo así como que podría acelerar de verdad los planes que tenía para el centro de la ciudad. Luego repitió que, si estaba ocurriendo algo de esa envergadura, él lo habría sabido.

—¿Cuándo tuvisteis esa conversación? —preguntó Calloway.

—Este verano.

—Pero ¿a qué altura del verano?

—En el festival de *jazz*. La noche del festival de *jazz*.

El jefe en funciones miró a Tracy. Aquello había sido a finales de agosto y a Kimberly Armstrong la habían matado en septiembre.

CAPÍTULO 28

Faz salió del aparcamiento de coches de alquiler y tomó la autopista South Mountain, parte de la ruta 202, en dirección este hacia la 101, donde pondría rumbo al norte durante unos tres cuartos de hora. En total, el trayecto no sumaba una hora. La casa que había comprado Pete Adams para pasar el invierno se encontraba en la ladera del bosque nacional del Tonto, en un lugar llamado río Verde.

—¿Bosque nacional del Tonto? ¿En serio? —le había preguntado a la mujer del mostrador que le había dado las indicaciones marcando el mapa con un rotulador fluorescente.

—En serio.

—¡Qué cosas!

Si Adam buscaba un lugar diametralmente opuesto a Silver Spoons, o como coño se llamara la ciudad, lo había encontrado. Cuanto más avanzaba Faz, menos árboles había, a excepción, claro, de cactus, aunque no tenía ni idea de si los cactus podían considerarse árboles. Si al salir de Bellingham la temperatura rondaba los cinco grados, en aquel lugar disfrutaban de unos reconfortantes veinticinco. Faz había empezado a sudar en el momento de salir del aeropuerto y no había parado hasta encontrarse dentro del vehículo de alquiler dotado de aire acondicionado. Si se quedaba mucho rato al sol, corría el riesgo de derretirse.

Llevaba recorridos unos treinta kilómetros por la 101 cuando la voz femenina del GPS le advirtió con su acento británico —porque a Faz le gustaba ese deje— que debía tomar la salida a la carretera de North Pima.

—Perfectou —respondió.

Siguió algo más de ciento diez kilómetros por aquella vía y, a continuación, giró a la izquierda y a la derecha siguiendo las indicaciones y rebasó casas con acabados que imitaban el adobe y cuyo color terroso hacía que se confundieran con el paisaje. Algunas tenían cercas de obra con puertas de entrada. Parecían bastante grandes y estaban construidas en parcelas espaciosas, bien separadas de las viviendas vecinas. El entorno estaba conformado de peñas, cantos y toda clase de estados rocosos intermedios, además de cactus y unas cuantas plantas en flor cuyo nombre ignoraba Faz por entero.

Quince minutos después, accedió a un camino de entrada siguiendo las indicaciones del GPS. La propiedad estaba rodeada por un muro de adobe de un metro ochenta más o menos con una verja de hierro que cortaba el paso desde el camino. No estaba nada mal para un tío que se había pasado media vida llevando un bar. Era de suponer, desde luego, que los precios del desierto no debían de ser comparables a los de Seattle, pues en verano las temperaturas no debían de bajar mucho de los cuarenta y cinco grados. Supuso que Adams habría comprado la casa por una canción. «Una canción como el "Highway to Hell" de AC/DC, vaya».

Pulsó el botón del portero automático empotrado en la pared y miró por entre las planchas metálicas a las ventanas de la casa. A través de ellas pudo ver una piscina de aguas relucientes situada en la parte de atrás, pero no parecía haber un alma. Llamó una segunda vez sin obtener respuesta. Antes de salir de Bellingham había llamado al número de teléfono de Pete Adams para asegurarse de que no estuviera de vacaciones, aunque ¿adónde podía haber ido cuando allí tenía un clima cálido y soleado? Aquello sí que eran vacaciones.

Le había contestado una mujer que, sin embargo, le había dicho que Pete no estaba en casa. Faz le había dicho que volvería a llamar.

Recorrió con la mirada el paisaje árido que lo rodeaba. Si esperaba mucho rato al sol, podía derretirse de veras, así que decidió ir a la población más cercana, aparcar el trasero en un restaurante con aire acondicionado y llamar más tarde a Adams.

Dan dejó el coche en el estacionamiento de la oficina de tasación del condado de Whatcom, en la Grand Avenue de Bellingham. Se sentía como un yoyó —de Cedar Grove a Bellingham, de Bellingham a Cedar Grove y de nuevo a Bellingham—, pero también estaba convencido de estar a un paso de descubrir algo importante, algo que podría resolver de un plumazo la demanda de Larry Kaufman contra el municipio.

Se reunió con una joven de la oficina de tasación llamada Celia Reed, a quien le explicó que deseaba conocer el número de lote de determinada propiedad y le describió la ubicación. Reed estuvo unos minutos tecleando y, a continuación, le reveló que las tierras en cuestión comprendían en realidad tres parcelas diferentes con sus respectivos números de lote. Dado que en ese momento no estaba especialmente atareada, le enseñó a usar el programa para dar con la identificación. Después, fue leyendo la información de la página mientras Dan tomaba notas.

—Entre 1984 y 1993, los terrenos fueron propiedad de la Cascadia Redevelopment Corporation, pero en 1993 los expropió el estado de Washington.

—Los inundaron —dijo él—. El estado permitió la instalación de una presa hidroeléctrica en el río e inundó la zona.

—Yo todavía no había nacido —señaló Reed.

—Yo sí, me temo —repuso Dan sonriendo—. ¿Algo más?

La joven pasó un dedo por la pantalla.

—En 2014, las tres parcelas fueron adquiridas por una sociedad de responsabilidad limitada, la Cedar Grove Development LLC.

La mente de Dan se puso en marcha.

—¿Qué más información hay disponible de la propiedad o del comprador?

Ella lo remitió a la oficina de urbanismo del condado, sita en Northwest Drive, donde Dan usó el número de las parcelas para determinar que aún no había habido ninguna reunión ni solicitud previas a la edificación de ninguna de las tres. Tampoco constaba informe topográfico alguno, aunque no había duda de que tenía que haberse elaborado alguno a fin de dejar constancia de los árboles de relieve que poblaban los terrenos. La falta de información tenía sentido si alguien pretendía mantener en secreto la urbanización de la zona, al menos hasta que Cedar Grove hubiese adquirido todos los negocios a un precio irrisorio. Dan suponía que ni dicho informe ni las actas de las reuniones previas se archivarían hasta que estuvieran en funcionamiento todos los comercios de Market Street. También sospechaba haber dado con el motivo por el que las autoridades municipales mostraban tanto afán por poner punto final a la demanda de Larry Kaufman. Si se filtraba la noticia del proyecto de urbanización, el valor del negocio de Kaufman subiría como la espuma.

Dan regresó a la oficina de tasación y preguntó a Celia Reed si había ordenadores disponibles. Pretendía acceder a la Oficina de la Secretaría de Estado de Washington.

—¿Quiere buscar la Cedar Grove Development LLC?

En efecto.

Reed tecleó algo y giró la pantalla para que pudiese ver la información obtenida. Justo lo que había esperado. En particular resultaba digno de tener en cuenta el nombre del apoderado de la sociedad de responsabilidad limitada.

Poco después de la una y media de la tarde, Faz llamó al número de Pete Adams desde el restaurante y le respondió una voz de mujer... en directo. Preguntó por él usando sin más el nombre de pila.

—Acaba de salir del campo de golf y viene para casa. ¿Quién es?

—Llamo del club. Parece ser que se ha dejado unas pelotas en el carrito. Se las enviaremos a casa.

—¿Quiere que lo llame...?

—No se preocupe, señora. —Faz colgó. Aunque probablemente no hiciera falta tanta precaución, no había hecho todo aquel trayecto para que le colgaran el teléfono sin haber tenido tiempo al menos de tantear el terreno en persona.

Volvió a la casa y llamó al portero automático. Tras las planchas metálicas de la verja había ya dos coches aparcados. La puerta se abrió y Faz entró con el coche por el camino de adoquines hasta estacionar al lado de los otros dos vehículos. Al apearse, se puso las gafas tintadas para hacer frente al sol cegador. Por la puerta principal salió un hombre que caminó hacia él. Parecía tener poco más de setenta años, era de complexión delgada y tenía el pelo cano y los brazos rojos del sol. Llevaba pantalón corto de golf y un polo y lo miró con un gesto extraño.

—¿Es usted del club?

—En realidad, soy inspector de la policía de Seattle, señor Adams. He venido a verlo porque me gustaría hacerle unas preguntas.

—¿Sobre qué?

—Sobre los años que estuvo de propietario de la Four Points Tavern de Silver Spoons.

—Querrá decir de Silver Spurs.

—Eso mismo.

—Como no sea más concreto... Estuve treinta años en ese bar. ¿Qué quiere saber? Lo vendí hace unos cuantos y desde entonces estoy jubilado.

—Ya lo veo. Deje que le diga, antes que nada, que esto no tiene nada que ver con usted, con nada que hiciera o dejase de hacer. Estamos atando cabos sueltos en un par de casos sin resolver.

—¿El del abogado? ¿Cómo se llamaba...? Mathew no sé qué.

—¿Jason Mathews?

—Eso. —Miró a Faz con gesto inquisidor—. ¿Hasta aquí ha venido para eso? ¿Por qué no me ha llamado? ¿Y por qué se inventa la excusa de las pelotas de golf?

—Por paranoia supongo. Es la maldición de los inspectores de policía.

Adams sonrió divertido.

—¿Qué quería saber?

—¿Le importa si vamos adentro, a un lugar con aire acondicionado? No estoy hecho al calor como ustedes. Estoy sudando como un pollo solo de estar aquí de pie y me arde la coronilla como si la tuviera en llamas.

Su interlocutor volvió a sonreír.

—Claro que sí. Entre, que le pondré un té con hielo.

Cuando Dan llegó al camino de entrada de su casa, el coche patrulla seguía apostado en la acera de enfrente. Había hablado con Tracy de camino, después de verse de nuevo con Zack Metzger, esta vez para hablar de la constitución de la Cedar Grove Development LLC.

Una vez dentro, le tendió a Tracy los documentos que le había impreso Celia Reed en Bellingham.

—Era esto lo que estaba investigando Kimberly Armstrong cuando la mataron —sentenció ella mientras los estudiaba—. Su director no sabía cuánto había avanzado, pero ella le dijo que iban a volver a construir en los terrenos. Si sabía eso, tenía que haber averiguado que alguien había adquirido del estado la propiedad de Cascadia.

—Y Sunnie era el contacto con el abogado de Bellingham que ejerció de apoderado.

—Tiene que ser cosa de Gary. Cedar Grove Development tiene que ser suya.

—Yo, de entrada, diría que es de Ed. Él siempre ha querido hacerse de oro y una urbanización así aumentaría de forma espectacular el valor de las viviendas y los comercios locales. Si no es de él, sí que podría ser de Gary y Rav Patel. Dudo que Patel viniera a Cedar Grove por un aumento de sueldo.

—Pero ¿cómo han podido constituir una sociedad y suponer que no se enteraría nadie?

—Porque darían por hecho que nadie se molestaría en investigarlo. No esperaban que Kimberly metiera las narices ni que ninguno de los propietarios de Market Street rechazase un dinero tan fácil. Larry Kaufman les fastidió los planes al rehusar su oferta, pero no creerían que fuese a contratar un abogado dispuesto a hurgar en las demás empresas. Debieron de suponer que bastaría con aumentar la oferta para que se conformara y los dejase en paz.

—Esas empresas van a valer una fortuna si se construye un centro vacacional, Dan.

—Yo también lo creo. Ya han empezado el proceso con el estudio topográfico, pero todavía no han avanzado más o, por lo menos, no consta en ningún lado que lo hayan hecho. Creo que están esperando a tener resuelto todo lo de los negocios antes de seguir adelante. ¿Has sabido algo de las direcciones y los números de teléfono de los socios?

Faz le había pedido a Kins que intentara averiguar la información.

—No, todavía no —respondió Tracy.

Dan se puso a pasear de un lado a otro, como hacía siempre cuando reflexionaba sobre lo que sabía de un caso.

—Me apuesto lo que sea a que esas empresas las compraron familiares de los Witherspoon o compañeros de fraternidad, gente con el dinero necesario para hacer las reformas sin que nadie supiera nada. También puede ser que Ed y Gary hayan pedido un préstamo para constituir las sociedades de responsabilidad limitada y estén operando con el dinero del banco hasta que se empiece a construir la urbanización. Por separado, los préstamos no deben de suponer una carga financiera muy significativa. Es como si hubiera vuelto el Cedar Grove de antaño: los dos están buscando oro, pero esta vez van a lo seguro. La mejora que suponen para el municipio los comercios renovados hará mucho más lucrativa la urbanización turística y viceversa.

Tracy asintió sin palabras. Dan conocía muy bien aquella mirada.

—Hay algo más que te inquieta, ¿verdad?

—No discrepo de nada de lo que has dicho, pero me está costando creer que nadie pueda estar dispuesto a matar a Kimberly por eso.

—Hay mucho dinero en juego, Tracy, y dices que el director del periódico le contó a Gary lo que había averiguado Kimberly.

—Lo que Kimberly creía haber averiguado.

—¿Crees que el director también tiene algún interés en esto? —preguntó Dan.

—Más allá de lo que algo semejante supondría para el periódico, no. Gary y él tienen una relación estrecha por los cargos que ocupan. Seguro que se lo mencionaría de pasada por considerar que la urbanización de Cascadia sería una bendición para Cedar Grove... y para ellos dos, de hecho, porque, si los negocios se hacen más lucrativos, los ingresos por publicidad serán mayores. Sin embargo, si conocieses a Atticus Pelham, entenderías por qué dudo que esté implicado. Eso era lo que había empezado a decirte. Llevo ya mucho tiempo en esto, Dan. Matar a alguien de un disparo puede ser una mala decisión de un momento; pero para apalear a una persona, casada encima con un agente de policía, hasta matarla, hace falta una motivación distinta del dinero. Además, ¿y la muerte de Heather Johansen y la de Jason Mathews? ¿Cómo encajan en todo esto?

—Puede que sus muertes no estén relacionadas con la de Kimberly.

—A Heather también la mataron a golpes y Kimberly también estaba haciendo preguntas sobre su asesinato.

—Pero dices que, según su director, no había querido seguir con el reportaje.

—Eso parece. Por lo que dice, después de leer el informe del forense en el que se decía que estaba embarazada, le aseguró a Pelham que no se lo creía, que Heather era su mejor amiga y que se lo habría contado. Aun así, me pregunto si no sería otro el motivo…

—¿No querer saber quién era el padre, por ejemplo?

—Quizá la aterraba pensar que pudiese haber sido Finlay.

—Sigo sin ver qué relación puede haber entre las dos muertes. En 1993 ya se sabía que se iba a construir la presa y, por tanto, los terrenos carecían de valor. Ni Ed ni Gary ni nadie más podían haber vaticinado lo que pasaría ahora.

—No digo que matasen a Heather por ninguna trama vinculada a la urbanización, sino que la forma en que murieron ambas, a golpes, se parece demasiado para dar por hecho que no tienen nada que ver.

—Tal vez, pero ¿cómo vas a demostrar que están relacionadas?

—No lo sé.

—Estoy dándole vueltas a una idea que se me ha ocurrido por el camino. No tengo claro que vaya a funcionar, pero, si lo hace, podría sernos muy útil a los dos. Además, podría ser que tuviese a todo un hueso de magistrado dispuesto a complacerme.

CAPÍTULO 29

Faz se acercó a las puertas correderas de cristal y contempló el patio trasero. No era muy grande pero contaba con una piscina en forma de riñón y estaba salpicado por varios árboles con las ramas cargadas de limones y pomelos.

—¿Qué hacen con todos esos limones? —quiso saber.

Adam le tendió un té con hielo.

—Limonada, mermelada de limón…, de todo. ¿Quiere llevarse unos cuantos? Ya no sé qué hacer con tantos.

—Dudo que pueda subirlos al avión.

Se sentaron en un tresillo de piel roja. El suelo era de losetas y la decoración, propia del sudoeste.

—Me ha dicho que se han puesto en tela de juicio varias cosas sobre la muerte de Jason Mathews. Tenía entendido que había sido un accidente de caza, ¿verdad?

—Eso es precisamente lo que ahora no está muy claro —dijo Faz—. Por lo visto frecuentaba su taberna.

—Durante un tiempo. Sabe que la policía de Cedar Grove mandó a una agente tras su muerte para averiguar si se había enemistado con alguien en mi local, ¿verdad?

—¿Y qué le dijo?

—Que no, que yo supiera.

—¿Lo conocía bien?

—No mucho. Casi siempre estaba solo y no hablaba con nadie, a no ser que bebiera más de la cuenta. Entonces, se ponía a dar gritos y podía ser muy ofensivo.

—¿En qué sentido?

—Normalmente era su ex la que se llevaba sus insultos. Déjeme preguntarle algo. Fuera me ha dicho que esto tenía que ver con dos casos. ¿Cuál es el segundo?

—El de una joven que desapareció en la carretera del condado en 1993. Encontraron el cadáver medio enterrado en la nieve.

—Me imaginaba que tenía que ser ese.

—¿Por qué?

—Porque no era precisamente discreto con lo que sabía.

—¿Quién? ¿Con lo que sabía de qué exactamente?

—Mathews. Recuerdo que estaba metido en alguna clase de investigación para la familia de esa chica o, por lo menos, eso decía.

—¿Y se acuerda de algo más?

—Decía que había descubierto algo, algo de lo que la policía no había dicho nada. Seguro que era una trola. Él era de esos…

—Pero ¿dijo de qué se trataba?

—Si lo dijo, no me acuerdo. De eso hará ya cinco o seis años.

—¿Y no había nadie en el bar con quien hablara o que lo acompañara bebiendo?

—Nadie en concreto. Como le he dicho, no caía muy bien. Una vez tuve que llamar a la policía porque no paraba de despotricar de su exmujer. Le estaba diciendo de todo.

—¿Y eso cuándo fue?

—¿Cuando llamé a la policía? No lo sé.

—¿No sabe si fue mucho antes de su muerte? Eso fue en octubre de 2013.

—Qué va, lo siento. Supongo que la policía tendrá un informe…

—¿La policía de Silver Spurs?

—Yo los llamé a ellos, pero ellos llamaron a la de Cedar Grove, que era donde vivía Mathews. Supongo que pensarían que era problema suyo y que, si alguien lo tenía que llevar en coche a su casa, serían los de Cedar Grove. Estaba muy borracho. De hecho, se desmayó en el bar.

—¿Se acuerda de cómo se llamaba el agente que se encargó de él?

—Claro que sí. Fue Finlay Armstrong, que terminó siendo jefe de la policía de Cedar Grove.

Tracy ya le había contado aquella parte de la historia, pero tenía la esperanza de que recordar aquel incidente reactivara su memoria sobre el caso.

—¿Seguro?

—Segurísimo. Finlay entró en el bar y se llevó afuera a Mathews.

—¿Y habló usted con él? Con Finlay quiero decir.

—Lo justo para decirle: «Ahí lo tiene». En fin…

—Dice que ese tal Mathews era suelto de lengua. ¿Le habló alguna vez de la joven o le dijo en qué estaba ayudando a la familia? ¿Nada?

—A mí no, desde luego, aunque sí, es muy probable que dijera algo. Eso sí, no sabría decirle a quién en concreto. Era un tío muy suyo. Hablaba como si fuese un pez gordo.

—Apuesto a que, habiendo sido dueño de un bar todos esos años, será usted un hacha calando a las personas —dijo Faz con la intención de alimentar su ego e incitarlo a hablar.

—No se me daba mal, aunque, al final, acabé cansándome. Por eso lo vendí.

—¿Y no recuerda nada que dijese Mathews sobre la muchacha?

—Lo siento, solo me acuerdo de que decía que lo habían contratado los padres y que podía ser que no la hubiese matado quien creían todos. En fin, algo así. La memoria no me da para más. Supongo que se sentía solo y quería que le prestaran atención.

—¿Y nunca dio a entender qué era lo que había descubierto?

—Qué va —repuso Adams.

—Ni tampoco había nadie en el bar con quien pareciese congeniar Mathews, nadie a quien pudiese contarle más detalles… —insistió Faz por probar.

Su anfitrión negó con la cabeza.

—Ya le he dicho que allí no le caía bien a nadie. Lo siento: ojalá pudiese contarle algo más.

—Tal vez se acuerde de algo poco habitual o fuera de lo común. Intente hacer memoria.

—Es verdad que pasó algo. No sé si tendrá alguna importancia, pero…

A esas alturas, Faz se conformaba con cualquier cosa.

—Dígame.

—Una noche entró alguien en el bar y se sentó a hablar con Mathews en una mesa del fondo.

—¿Lo conocía usted?

—Ya lo creo —contestó Adams sonriente.

—¿Alguien de Silver Spurs?

—No, no: de Cedar Grove.

Jason Mathews estaba sentado a la mesa del fondo de la Four Points Tavern, la más alejada de la mesa de billar y del tejo, donde cabía esperar un poco de intimidad. Tenía asuntos de negocios que discutir. Si los Johansen no querían sacar tajada de la muerte de su hija, no veía por qué no iba a poder él. Esperaba que hubieran reaccionado de otro modo al contarles que sabía quién estaba detrás del asesinato; pero, si no habían hecho nada, no era su problema. Más dinero para él.

Dio un sorbo a su vodka con tónica. No sabía bien cuántos llevaba ya, aunque sí que le habían permitido aplacar sus nervios y alcanzar el estado mental deseado. Hasta se había vestido para la ocasión con uno de los tres trajes que le quedaban de sus días de abogacía de Montana, los únicos que no se le habían quedado pequeños ni estaban desgastados. Los demás los había dado a la beneficencia antes de dejar Montana. ¡En buena hora!

La puerta del bar se abrió y entró la persona con la que había quedado, que se detuvo hasta que los ojos se le habituaron a la lamentable iluminación que proporcionaban las luces de neón de las ventanas y de la pared situada tras la barra.

Hacia allí dio la impresión de querer dirigirse el recién llegado cuando el abogado retiró su silla y se puso en pie para hacerle una señal con la cabeza. Aunque no los habían presentado formalmente, con el jaleo que había montado Mathews por Cedar Grove le extrañaba mucho que no conociera su aspecto. El hecho de que hubiese acudido a la cita quería decir que sabía exactamente quién era, lo que era una buena señal, un claro indicio de que Mathews se hallaba en el buen camino.

Tendió la mano con decisión por encima de la mesa cuando lo vio llegar a él.

—Señor Witherspoon, soy Jason Mathews.

Haciendo caso omiso de la mano que le ofrecía, Ed Witherspoon retiró la silla de madera que tenía delante Mathews y se sentó. Una mujer se acercó a ellos y dejó un posavasos sobre la mesa. Tenía impresa la cabeza de un ciervo, un venado de cuatro puntas.

—Whisky, Jim Beam o Wild Turkey, con hielo —dijo Witherspoon.

—Otra tónica con vodka —pidió Mathews antes de sentarse él también.

—Me ha dicho que tiene información que me interesaría. Soy todo oídos. —El recién llegado se reclinó en la silla con gesto sonriente y la intención de parecer arrogante.

—¿No prefiere esperar a que le sirvan su copa? Puede que le venga bien...

—Mire, sé quién es usted y lo que está haciendo. Lo sé todo sobre todo Cedar Grove, conque vamos a dejarnos de gilipolleces e ir al grano. ¿Qué hago yo aquí?

—Si lo sabe todo, quizá sea yo quien debería preguntárselo —repuso Mathews convencido de haber hecho un comentario inteligente.

—¿Está usted beodo, señor Mathews? No me diga que me ha sacado de mi casa a estas horas un borracho.

—¿Habría venido si no?

—Pues no.

—Sin embargo, aquí lo tengo, sentado ante mí, señor alcalde. ¿Y por qué?

—Ya no soy alcalde y, si estoy aquí, es porque me ha dicho que tiene información sobre la muerte de Heather Johansen que me interesaría.

—Tuvo que significar mucho para usted si le ha hecho abandonar el calorcito de su casa.

—Era mi empleada.

—¿Solo eso? —El abogado sonrió.

—¿De qué va esto exactamente, señor Mathews? Estoy harto de jueguecitos.

La camarera llego con las bebidas y el abogado levantó una mano y la agitó para indicar a Witherspoon que no se molestara en pagar, aunque él no había hecho ademán alguno de coger su cartera.

—Esta corre de mi cuenta. —Cuando se fue la camarera, añadió—: Entonces, hemos dejado claro que Heather era su empleada.

—Eso acabo de decir.

—Y, por lo que sé, siguió siéndolo hasta su defunción, ocurrida en febrero de 1993, ¿no? —Le gustaba el término elegido, defunción, que resultaba mucho más sutil que muerte.

—Sí, ya le he dicho que trabajaba para mí.

Mathews se meció en su asiento.

—He oído contar por el municipio que por aquel entonces organizaba usted unas fiestas de Nochebuena de la leche.

—*Ofrecíamos una en la oficina para los empleados y los clientes.*

—*Con lo que doy por sentado que, ya que era su empleada, Heather estuvo allí aquella noche.*

—*Ya le he dicho que era mi empleada y que la fiesta era para los empleados. ¿De qué año estamos hablando?*

—*Del mes de diciembre de 1992.*

—*No lo sé. Si era empleada mía en aquella fecha, tengo que suponer que acudiría a la fiesta. ¿Por qué?*

—*Y sus padres, ¿estaban allí?*

—*También supongo que sí. Entraba y salía mucha gente. Las puertas estaban abiertas. Por más que lo intentara, yo no podía recibir a todo el mundo y luego despedir a todo el que se marchaba. ¿Podemos seguir?*

Mathews alzó una mano.

—*Un momento, un momento… No sea impaciente. Los Johansen dicen que dejaron su fiesta para ir a otra aquella noche.*

—*No lo sé.*

—*Pero dicen que Heather se quedó.*

—*Puede ser. Yo qué sé.*

—*Pues claro que lo sabe, señor alcalde. Sabe muy bien que se quedó.*

—*En aquella época venía mucha gente a la fiesta. Eran otros tiempos.*

—*Supongo que eso quiere decir que había bebida para hartar…*

—*La gente no estaba tan concienciada como ahora sobre los peligros de conducir bebido.*

—*Pues yo creo que la gente es gente, ahora y en aquellos tiempos.*

—*¿Qué quiere decir con eso?*

—*Pues que las jóvenes beben demasiado en una fiesta… y se convierten en presas fáciles, ¿verdad?*

Witherspoon no respondió con palabras, aunque su nuez de Adán parecía un corcho de pesca en medio de un lago cuando pica una perca. Mathews prosiguió:

—Y Heather estaba allí bebida y sola, sin nadie que pudiera llevarla a casa.

Witherspoon se inclinó hacia delante y bajó la voz, aunque sin perder intensidad.

—¿Me está acusando de algo, señor Mathews? Porque yo estaba en casa con mi mujer. Puede usted preguntárselo, que responderá por mi paradero aquella noche. Todo esto se lo contamos entonces a la policía. Pregúntele. Además, puede usted ir...

—No, si tengo clarísimo que Barbara estará dispuesta a verificarlo... y que ese jefazo de policía que tienen aquí le hizo la misma pregunta. Estaba todo en el informe. Pero eso fue antes de que estallara la bomba.

—¿Qué bomba? —Witherspoon dio un sorbo a su bebida, pero Mathews pensó que solo pretendía ocupar sus labios y sus manos en algo más que temblar.

—Sabe a qué bomba me refiero. Al fin y al cabo, me acaba de decir que sabe todo de todos los vecinos de Cedar Grove. Dudo que no sepa lo de Heather, ¿verdad?

—¿Qué es lo que quiere, Mathews? ¿Qué es esto?, ¿un torpe intento de chantaje?

—¿Chantaje? Solo sería apropiado hablar de chantaje si fuese usted culpable, ¿no?

Witherspoon titubeó.

—Me ha parecido que iba en esa dirección...

—Claro que voy en esa dirección, alcalde Witherspoon; pero yo no lo considero chantaje.

—Ya le he dicho que hace tiempo que no soy alcalde. Si no es chantaje, ¿qué es?

—Indemnización, señor mío. Indemnización.

Faz se reclinó en el sofá de cuero de Adams. Sentía que le corría el sudor desde las axilas, a pesar de que el sistema de climatización mantenía fresca la casa.

—¿Le habló a la agente de esa reunión entre Mathews y Ed Witherspoon?

—La verdad es que ni lo pensé. Me preguntó si tenía enemigos en el bar y en aquel momento ni caí.

—Supongo que no le preguntaría nunca al alcalde cuál fue el motivo de su reunión con Mathews.

—En realidad, al ser de Silver Spurs, no lo conocía personalmente. Me imaginé que ellos sí se conocerían.

—Pero ¿cambió en algo su impresión después de la conversación de aquella noche?

—Supongo que sí. No sabía qué relación podían tener. Lo único que sé es lo que vi. El alcalde no parecía muy contento de estar allí y, cuanto más rato pasaba, más angustiado se veía. No es que estuviesen enfadados… Quiero decir, que no se pusieron a gritar ni nada por el estilo; pero cuando el alcalde salió del bar, parecía…, no sé, bastante molesto.

—¿Y Mathews?

—Creo recordar que se quedó allí un rato mientras se acababa la copa. También me acuerdo de que lo vi… subidito.

—¿Subidito?

Adams se afanó en buscar una descripción más precisa.

—Sí, como el gato que se acaba de zampar a un canario.

CAPÍTULO 30

Faz regresó a Cedar Grove a la noche siguiente. Estaban sentados a la mesa de la cocina Dan y Tracy, Faz y Vera... y Roy Calloway. Vera había hecho la cena: raviolis con salsa de nata y una receta de lomo de cerdo tan sublime que Tracy la encontró indescriptible. Habían escuchado música, abierto un par de botellas de syrah y disfrutado sin prisas de la cena, dejando a un lado el trabajo, y, cuando acabaron de comer, Daniella se había vuelto a dormir. Tracy la subió a su moisés y llevó a la mesa el vigilabebés, en tanto que Vera recogió los platos y los vasos y se puso a cargar el lavavajillas.

—Yo me encargo, Vera —dijo la anfitriona—, que la cocinera se ha ganado un descanso.

—Hoy no, hoy tenéis mucho de que hablar y no me gusta enterarme de los detalles del trabajo de Vic: me pone frenética. Así que ve y haced lo que tenéis que hacer.

—Bueno, pues deja los platos y yo me encargo luego.

—No seas tonta. Así tengo con qué entretenerme... Mientras, escucharé mi música y me acabaré mi copa de vino. Venga.

Cuando volvió a la mesa, Faz, Dan y Roy Calloway habían empezado a hablar. Con un vaso de agua fría en la mano, miró a Faz, que le estaba relatando al jefe en funciones su viaje a Arizona.

—Ese tío, Pete Adams, era el dueño de la Four Points Tavern en Silver Spurs y dice que el abogado iba al bar casi todos los días.

—¿Jason Mathews? —preguntó Calloway.

—Sí. Por lo visto, no tenía amigos en el bar. Era toda una cotorra y se pasaba el día dándose autobombo. Además, cuando bebía más de la cuenta se ponía a hablar de su ex y llegaba a ser muy desagradable. Le gustaba soltar por la boca lindezas que no pienso repetir aquí en presencia de las damas.

—Gracias —se oyó decir a Vera desde la cocina.

—Supongo —siguió diciendo Faz— que Tracy os ha hablado de la vez que perdió la conciencia sentado en su taburete y Adams llamó a la policía de allí, que, pensando que Mathews era problema de Cedar Grove, se puso en contacto con vosotros. ¿Y quién se presentó allí? Nada menos que Fenway.

Calloway la miró con gesto desconcertado y Tracy dijo:

—Finlay me lo contó cuando hablé con él. No hizo nada por ocultar que, cuando lo llevó a su casa, Mathews le dijo que se había enterado por el informe del forense de que Heather Johansen estaba encinta cuando la mataron.

—¿Y por qué no me dijo nada Finlay? —preguntó Calloway.

—Porque sabía que estaba en la lista de sospechosos de la muerte de Heather y la noticia del embarazo lo pondría en una posición todavía más complicada. Entonces mataron a Mathews y…

—Ya, ya.

—Encima, tú sabías que Finlay había ido ese día a cazar y no tenía coartada.

—Parece ser que Mathews quiso llevar hasta el final la propuesta que les hizo a los Johansen —dijo Faz—, al menos eso entiendo de lo que me contó Adams.

—¿Qué quieres decir con que quiso llevar hasta el final la propuesta? ¿Qué propuesta? —preguntó Calloway.

—Adams dice que Mathews se presentó una noche trajeado en el bar y al rato llegó el alcalde, Ed Witherspoon.

El jefe en funciones volvió a mirar a Tracy antes de centrar de nuevo la atención en Faz.

—¿Y oyó ese tal Adams de qué hablaron?

—No, pero dice que estuvieron un cuarto de hora hablando, que al alcalde no parecía hacerle mucha gracia estar allí y que cuando se fue tenía todavía peor cara. Sin embargo, según él, Mathews parecía un gato que se acaba de comer a un canario.

—¿Cuándo fue eso? —preguntó Calloway.

—Un par de semanas antes de que usaran a Mathews de venado.

—¿Y no sabemos de qué hablaron?

—Adams no llegó a oírlos.

—Supongamos que hablaron del embarazo de Heather Johansen y de lo cerca que tuvo que estar de la fecha en que Ed dio su fiesta de Nochebuena —dijo Tracy a Calloway.

—Eso es mucho suponer —repuso el jefe en funciones.

—No tanto. Está claro que Mathews sabía que Heather trabajaba en la inmobiliaria de Ed y es un hecho que Heather había estado aquel año en su fiesta. Cuando leyó el informe del forense, Mathews pudo hacer las cuentas. De hecho, les dijo a los Johansen que podía usar la información del embarazo para «hurgar en el hormiguero». ¿Y si lo hizo? ¿Y si se reunió con Ed para hurgar en el hormiguero y ver qué salía? —Apoyó los antebrazos en la mesa mientras sostenía entre los dedos el corcho de la botella de vino—. Además, Ed no me dijo nada de esa reunión cuando hablé con él.

—¿Le preguntaste por Mathews? —quiso saber Calloway.

—No, pero sí por Heather. Podía haberme dicho algo.

—Quizá no te lo dijo porque Mathews y él no hablaron de eso.

—O quizá porque sí —dijo Tracy—. Como poco, tenemos un vínculo entre Heather Johansen, Jason Mathews y Kimberly Armstrong.

—Ed Witherspoon —dijeron a la vez Dan y Tracy.

—¿Y cuál es el vínculo entre Ed y Kimberly? ¿Atticus Pelham? —preguntó Calloway.

—Parece lógico pensar que Gary tuvo que contarle a Ed lo que Atticus decía que había averiguado Kimberly de la urbanización de Cedar Grove.

—Eso no prueba que los asesinatos estén relacionados —sentenció Calloway.

Tracy dejó el corcho y se puso en pie. Se dirigió al cajón que había en el pasillo, el que había montado especialmente Dan para ella y había etiquetado como «cajón de sastre de Tracy» a fin de que dejase sus cosas. Sacó de él un bolígrafo y su cuaderno y volvió con ellos a la mesa.

—Vamos a repasarlo todo cronológicamente. —Trazó una línea vertical a lo largo de la hoja y escribió «1992» a la izquierda y siguió hablando mientras apuntaba a la derecha los hechos—: Heather Johansen trabajaba para Ed Witherspoon. Heather asiste a la fiesta de Nochebuena de Ed ese año con sus padres. La matan el 6 de febrero de 1993. Encuentran su cadáver en el bosque, al lado de la carretera del condado. La autopsia revela que la han matado a golpes. El informe forense, que tú pediste —añadió mirando a Roy Calloway—, revela que Heather está embarazada de siete u ocho semanas.

—También sabemos que tenía una cita en el hospital de Silver Spurs —siguió diciendo Tracy.

—Y que nunca llegó —apuntó Calloway.

—Exacto. Podemos dar por hecho que la llevó alguien en coche.

—Pero eso no hemos podido confirmarlo.

—Heather se crio aquí, Roy. Sabía hasta dónde pueden llegar las temperaturas en febrero y también lo que cabía esperar cuando la previsión meteorológica anuncia la llegada de una tormenta. Tampoco ignoraba la distancia que hay hasta Silver Spurs. Jamás se le habría ocurrido ir andando en esas condiciones y con esa ropa.

Le habría pedido a Kimberly que la llevara en coche, pero Kimberly decía que no sabía nada. Eso quiere decir que la tuvo que llevar otra persona.

—Yo apuesto por ese tal Ed Witherspoon. —Faz dio en la mesa con un dedo para recalcarlo.

—De momento, sigamos adelante —dijo Tracy—. En 2013 conseguí que volviesen a juzgar a Edmund House. Eso hizo pensar a los Johansen que quizá House no había matado a su hija.

—Y contrataron a Mathews —añadió Faz.

Tracy asintió.

—Mathews lee el expediente policial y se entera de que Heather estaba encinta. Los Johansen lo despiden.

—Para proteger la reputación de Heather —aseveró Calloway.

—Cosa que resultaba más fácil que aceptar que estaba embarazada y pensando en abortar —dijo Tracy.

—Pero el Mathews ese no lo ve así —dijo Faz—. Él lo ve como una oportunidad y chantajea… o intenta chantajear a Ed Witherspoon, porque cree que él es el padre y, por tanto, quizá el asesino de Heather Johansen. Después de eso aparece muerto Mathews. —Se encogió de hombros—. Yo diría que el elemento común de todo este follón es Ed Witherspoon.

—No podemos demostrar que Mathews y Ed hablaran de eso —advirtió Calloway.

—¿Y de qué otra cosa podían haber hablado?

—Lo único que digo es que no podemos demostrarlo.

—Roy tiene razón —intervino Dan—. Podemos dar por hecho que hablaron de eso, pero no podemos demostrarlo.

—Sigamos adelante —insistió Tracy antes de escribir «2018» en la columna de la izquierda—. Pasa el tiempo. Kimberly Armstrong trabaja de periodista en el *Towne Crier* y, además, está casada con Finlay, jefe de policía de Cedar Grove. Por lo que sabemos, tiene entre manos dos artículos de investigación y uno de ellos contraviene los deseos de su director. En primer lugar, ha conseguido el expediente policial de Heather Johansen y también sabe que su amiga murió encinta. Según Atticus Pelham, Kimberly se negó a darlo por verdadero por considerar que su amiga se lo habría contado. Puedo aceptar que ese fuera el pretexto que dio Kimberly para no seguir investigando el caso; pero dudo que fuese el motivo real. Creo que, más bien, le daba miedo la posibilidad de que Finlay fuese el padre.

—Yo también lo creo —dijo Calloway.

—Conque Kimberly se centra en un segundo reportaje, la posible construcción de la urbanización turística de Cascadia por parte de una empresa llamada Cedar Grove Development LLC. Sabemos por Atticus Pelham que Kimberly estaba al tanto de esta información, pero no hasta dónde había conseguido investigar, porque todo se destruyó en el incendio.

—¿Y si se lo preguntamos a Finlay? Tal vez lo comentara con él.

—Puede ser, pero, de entrada, vamos a suponer que Kimberly, al investigar para ese artículo, se metió sin saberlo en un polvorín.

—Atticus dice que él se lo contó a Gary —apuntó Calloway— y Gary pudo contárselo a Ed.

—Esa es una posibilidad —reconoció Tracy— y la otra, que Kimberly averiguase lo mismo que Dan: que Sunnie era el contacto que tenían con el abogado que constituyó las sociedades de responsabilidad limitada.

—¿Y crees que pudo llamar a la cotilla mayor del reino para preguntarle por la urbanización? —preguntó Faz.

—Es lo que haría cualquier periodista, ¿no? —dijo Calloway.

—Además, parece lógico que, si Kimberly llamó a Sunnie, ella se lo dijera a Gary y Gary se lo contase a Ed —concluyó Tracy.

—Sí, pero, teniendo en cuenta lo que habla esa mujer, pudo habérselo contado a todo Cedar Grove —dijo Faz—, lo que no nos ayuda demasiado a dar con el asesino.

—De todos modos, eso nos lleva de nuevo a Ed —replicó Tracy— y hace que sea razonable dar por hecho que estaba al tanto de lo que sabía Kimberly.

—No sé... —dijo Calloway—. No acabo de ver a Ed matando a Kimberly por un posible negocio.

—Si se corriese la voz de que está en marcha la construcción de una urbanización, todos los negocios de Market Street aumentarían de pronto su valor —señaló Dan—. Han incurrido en fraude y falsedad testimonial para adquirir esos comercios por una cantidad irrisoria.

—Puede ser —admitió Tracy—, pero yo tengo el mismo problema que Roy, sobre todo porque tanto a Kimberly como a Heather las mataron a golpes, lo que suele ser propio de un crimen pasional y no de uno cometido por dinero.

—A lo mejor alguien quería que las dos muertes pareciesen provocadas por un arranque de rabia —propuso Faz. Todos los de la mesa centraron en él su atención—. A ver, ¿quién fue el primer sospechoso de la muerte de Heather Johansen?

—Finlay —dijo Calloway.

Faz asintió.

—¿Y si el asesino de Heather, después de lo ocurrido, sabía que Finlay sería el primer sospechoso y decide presentar la muerte de Kimberly como un crimen pasional, provocado por la rabia, para que todo el mundo piense que ha sido él? Para despistaros, vaya.

—No te sigo —aseveró Calloway.

—Lo que digo es que, si el tal Mathews empezó a armar revuelo sobre la muerte de Heather y luego Kimberly montó más revuelo todavía, el asesino pudo simular que se trataba de un crimen pasional para que todos lo relacionaseis con la muerte de Heather, de la que Finlay era el primer sospechoso, y no pensarais que pudiese tener nada que ver con la urbanización ni con el valor de esos negocios.

—¿Y cómo encaja Mathews en todo esto? ¿Qué relación pudo tener con la urbanización? —quiso saber Calloway.

—Ninguna —dijo Tracy—, pero el asesino debía de saber que Finlay es cazador y tiene muy buena puntería, de modo que solo tenía que elegir un día que Finlay hubiese salido a cazar. Todo está pensado para que parezca que a Mathews y a Kimberly los mató la misma persona que a Heather.

—Eso sería una conspiración de veinte años —dijo Calloway.

—De veintiséis —precisó Dan.

—Quizá no lo planeara todo por adelantado —dijo Tracy.

—¿Quieres decir que fue improvisando? —preguntó Faz.

—En cierta medida, puede ser.

—Lo veo sujeto con pinzas —dijo Calloway—. Con eso no llegaríais muy lejos ante un tribunal y nadie que tenga dos dedos de frente estaría dispuesto a reconocer nada.

—Desde luego, no reconocería ningún acto criminal.

—Cuéntales lo que me has dicho a mí antes —le dijo Tracy.

Dan se inclinó sobre la mesa.

—¿Y si puedo llevar ante el juez a una serie de testigos, incluidos Gary y Atticus? ¿Y si creen que les estoy preguntando por una causa civil sin saber que estoy al tanto de lo de la urbanización de Cedar Grove ni de lo que une a los tres asesinatos?

—¿Y cómo vas a llevarlos ante el juez? —quiso saber Calloway.

—Estoy hablando de la segunda vista del pedimento de juicio sumario presentado por Cedar Grove. Llevo varios días dándole vueltas a cómo hacerlo y he investigado un poco. Puedo pedirle al juez Harvey que me permita presentar testigos para demostrar que no procede la celebración de un juicio sumario.

—¿Puedes hacer eso?

—Poder puedo. Otra cosa es que me lo conceda el juez Harvey. —Dan se reclinó en su asiento—. Lo vi hacer una vez, cuando ejercía en Boston. Yo era la parte contraria. Al tratarse de un juicio por conspiración, las alegaciones eran muy amplias y las partes no se ponían de acuerdo. El magistrado lo permitió. Puedo pedirle a Leah que me eche una mano con la investigación. El juez Harvey es muy suyo. Podría aceptarlo.

—¿Cuánto tardaremos en saberlo? —preguntó Calloway.

—Podría presentar el pedimento para presentar testigos a finales de semana y en seis días sabría algo. Cedar Grove podría oponerse y el juez Harvey tendría que decidir antes de dos semanas. Si me lo concede, puede que antes de que acabe el mes comparezcamos ante él.

—No tengo claro que nosotros podamos quedarnos tanto tiempo, Tracy —advirtió Faz.

—No pasa nada —dijo Tracy—. Dan y yo ya lo hemos hablado. —Miró a Calloway—. Podemos usar la fábrica de rumores de Cedar Grove para hacer correr la noticia de que quieres dar por concluida la investigación de Heather Johansen y la de Kimberly Armstrong.

El jefe en funciones asintió, consciente de adónde quería llegar.

—Y haré que se reincorpore Finlay para que parezca que es así.

—El asesino o los asesinos pensarán que han vuelto a salirse con la suya —prosiguió Tracy—. También tendrás que quitar el coche patrulla de delante de mi casa.

—Eso no lo veo —dijo Dan.

—Yo tampoco —coincidió Calloway.

—Si queremos que se lo crean, no hay más remedio. Además, si el asesino piensa que se ha librado, ¿para qué va a querer atacarme?

—Está bien, pero haré que una de mis agentes pase por aquí con frecuencia y te daré un número de móvil para que llames si pasa algo. Tendrás que avisarle cada vez que salgas y decirle adónde vas para que pueda estar cerca husmeando.

—Vera y yo volveremos para cuando tengas la vista —dijo Faz.

—Si es que me la conceden —puntualizó Dan.

En ese momento sonó el teléfono de Faz, que se puso las gafas y miró la pantalla.

—Es Kins —le dijo a Tracy, refiriéndose a Kinsington Rowe—. Kins, he puesto el manos libres. Supongo que me llamas por esa lista de nombres que te mandé.

—¿La lista de direcciones y números de teléfono de los miembros de las sociedades de responsabilidad limitada que compraron los comercios de Market Street? —intervino Tracy.

—Sí, pero tengo un par de preguntas —repuso Kins—. Además, me tenéis que aclarar algo, porque hay algo que no encaja.

—¿A qué te refieres?

Mientras Kins exponía las dificultades que estaba teniendo, Dan miró a Tracy, que vio echar a andar el mecanismo de relojería de su cabeza. Tracy dio las gracias a Kins y Faz colgó.

—Joder —dijo Calloway.

—Y ahora, ¿qué hacemos? —preguntó Tracy.

—Tendré que replantearme a quién llamo a testificar y en qué orden —contestó Dan antes de mirar a Calloway y a Faz—. Eso sí, creo que necesitaré llamaros a los dos al final… si es que el juez Harvey me lo permite.

CAPÍTULO 31

En los días que siguieron, Faz y Vera regresaron a Seattle; Dan se encerró en su despacho y se coordinó con Leah por teléfono, y Roy Calloway puso en marcha la fábrica de rumores de Cedar Grove. Reincorporó a Finlay Armstrong y quitó el coche patrulla de la puerta de la casa de Dan. Finlay se mostró reacio a volver, pero Calloway lo convenció de que lo necesitaban, al menos mientras daban con un sustituto. Tracy se quedó en casa con Daniella y salía de vez en cuando a pasear por el municipio como si no pasase nada. Aun así, llevaba una pistola bajo la ropa de abrigo y ¡ay de quien la obligara a desenfundarla! No hubo que esperar mucho a que todo el mundo empezara a hablar de que habían dado por cerrado el caso de Kimberly Armstrong y de que Finlay había vuelto a comisaría.

Una mañana fría de sábado, en el aniversario del asesinato de Heather, Tracy abrigó bien a Daniella en su cochecito y acudió al cementerio. Allí encontró a un ministro presbiteriano con Eric e Ingrid Johansen, acompañados del hermano de Heather, Oystein, su mujer y sus tres hijos.

—Tracy —dijo Eric, sorprendido al verla—. Qué detalle que hayas venido.

—Siento mucho su pérdida, Eric. Espero no estar entrometiéndome.

—Claro que no.

Dio la bienvenida a Tracy, que volvió a presentarse a Oystein y su familia.

—Dicen —comentó Eric Johansen con la mirada puesta en la lápida de su hija— que con el tiempo se hace más fácil; pero yo no lo veo así. La única diferencia es que encuentras otra forma de subsistir. Por desgracia, tú eso ya lo sabes.

—Lo entiendo perfectamente.

—¿Esta es tu pequeñina? —Ingrid se inclinó para mirar dentro del cochecito.

—Sí, Daniella.

Todos estuvieron unos minutos admirando a la pequeña y, a continuación, acudieron a la ceremonia, que fue breve por el frío, pero muy agradable. Cuando acabó, los Johansen invitaron a Tracy a tomar un tentempié como mandaba su tradición. Ella declinó con cortesía, sabiéndose fuera de lugar, y, en cambio, llevó a Daniella a una sección diferente del cementerio en la que reposaban los restos de sus padres y de Sarah. En la lápida figuraban los nombres de vaquero de su hermana y de su padre: *Doc Crosswhite* y *the Kid*.

Tracy colocó el cochecito de tal modo que Daniella pudiese ver la tumba, si es que podía ver gran cosa, pues casi le era imposible moverse con tanta ropa de abrigo. Se arrodilló y arrancó algunas de las hierbas más largas que habían crecido alrededor de la lápida.

—Mamá, papá, Sarah —dijo—. Os presento a vuestra nieta y tu sobrina, Daniella. Hemos vuelto a casa, a Cedar Grove, de visita. Dan arregló la casa de sus padres y los dos tenemos la esperanza de que pueda convertirse en un lugar cargado de buenos recuerdos para Daniella, como una vez lo fue para todos nosotros. Quiero que sepa dónde se criaron sus padres y dónde vivieron y están enterrados sus abuelos y su tía.

Tomó aire y sintió el frío en los pulmones.

—No sé qué clase de madre seré. Ojalá estuvieras aquí, mamá, para darme consejos, y tú, papá, para enseñarle a disparar. —Tracy clavó la mirada en el nombre de su hermana—. Espero que se te parezca mucho, Sarah, que sea una luchadora como tú y no se deje mangonear por nadie. Ya sé que siempre te decía que me volvías loca, pero esos son algunos de los mejores momentos de mi vida. Te habrías enfrentado al mundo entero cuando pensabas que tenías razón y esa convicción tuya siempre me admiró. Os echo mucho de menos, ahora más que nunca. Creo que Eric Johansen tiene razón: dudo que supere nunca vuestras muertes, pero espero poder encontrar otra forma de subsistir. Os lo prometo: Daniella os conocerá a los tres.

Cuando Tracy regresó del cementerio, Dan salió de su despacho para saludarla.

—Hemos presentado el pedimento esta mañana. Prepárate, que se va a armar gorda.

—¿Qué impresión tienes?

Él se encogió de hombros.

—Hemos elaborado un argumento basado en el artículo 56 de la Normativa Federal de Derecho Procesal, que fue en lo que se fundó el juez Harvey para aplazar su fallo sobre el pedimento de juicio sumario. La sección *f* otorga al magistrado poderes amplios para emitir un dictamen justo. Leah también se ha dado cuenta de que, en virtud del artículo 43, y según quedó refrendado con cierto precedente de un tribunal de apelaciones de Washington, el juez puede hacer que una causa dependa por entero o de forma parcial de los testimonios orales y, en el condado de Whatcom, un juez tiene la autoridad de modificar o suspender cualquiera de estas normas con el fin de evitar un error en la administración de justicia. He argumentado que hacer comparecer a los testigos en sesión pública y bajo juramento constituye el único modo de garantizar la veracidad y agilizar la resolución de este asunto. Espero estimular el deseo de Harvey de llegar pronto a una conclusión.

—¿Crees que Rav Patel recurrirá al bufete de Bellingham? —quiso saber Tracy.

—No va a tener más remedio. Lo he incluido entre los testigos, porque fue él quien preparó todos los contratos para los nuevos comercios. Eso me supondrá otro conflicto, no lo dudo; pero no quiero que Patel ejerza de abogado si está envuelto en todo esto, porque podría adivinar mis intenciones antes que cualquier mercenario de Bellingham y voy a necesitar toda la ventaja posible si quiero ir por delante. Si consigo hacer subir al estrado a Calloway y Faz en calidad de testigos, tendremos una oportunidad. De lo contrario, yo perderé y vosotros tendréis que buscar cualquier otro modo de dar con las pruebas que demuestren lo que ocurrió.

Días después, Rav Patel firmó su renuncia y se personó el bufete de Bellingham en representación de Cedar Grove. Lo primero que hizo fue presentar su oposición al pedimento de comparecencia de testigos. Seis días más tarde, el juez Doug Harvey accedió a la solicitud de Dan y convocó una vista de conformidad con el artículo 56/f de la Normativa Federal de Derecho Procesal y pedir que el juez retrasase el pedimento de juicio sumario.

—Los tiene bien puestos —comentó Dan al leer el fallo del magistrado. Le habían dado el visto bueno y debía citar a los testigos para que comparecieran en el juzgado. Tenía que presentarlos ante el tribunal de tal modo que no diese la impresión de que estaba abordando una causa penal, al menos hasta que lograse, si es que era posible, subir a Calloway y a Faz al estrado. Tenía muy claro que el juez Harvey, por más que sintiera curiosidad, no iba a soportar memeces.

Y Dan no tenía ninguna intención de hacer el memo.

CAPÍTULO 32

Dos semanas más tarde, Dan intentaba calmar los nervios sentado al lado de Larry Kaufman en la mesa de la defensa en el tribunal superior del condado de Whatcom. Los dos observaron al juez Doug Harvey entrar en la sala con su amplia toga negra y ascender a la tribuna situada sobre el estrado. A la derecha de Dan, al otro lado del atril, se hallaban Lynn Milne, quien se encontraba entre los socios que daban nombre al bufete de Hogan, Milne y Peek, y dos de sus ayudantes. Había solicitado que se aplazara un mes la vista relativa al pedimento de juicio sumario, argumentando que necesitaba más tiempo para hacerse con los pormenores de la causa; pero Dan había respondido que la vista giraba en torno al pedimento de juicio sumario presentado por el municipio y que, si Milne no se hallaba preparada para defenderlo, Cedar Grove no debería haberlo presentado. A eso había añadido que Cedar Grove solo tenía que renunciar al pedimento para que Milne tuviese todo el tiempo del mundo para preparar la vista. Esperaba que Milne no aceptara el reto.

No lo había aceptado.

Dan había enmendado la demanda de su cliente para incluir entre sus causas la conspiración. Dicho de un modo sencillo, sostenía que dos o más personas habían actuado en connivencia para alcanzar un objetivo ilícito o para lograr uno lícito por medios delictivos.

Washington era uno de los estados que permitían la demanda simplificada, lo que suponía que a Larry Kaufman le bastaba con informar de lo que reclamaba, sin necesidad de proporcionar más pormenores. Aquella segunda alegación ampliaba el alcance de su demanda y Dan tenía la intención de aprovechar dicho margen para justificar sus preguntas durante la vista. No le cabía la menor duda de que Milne protestaría por considerarlas improcedentes, pero tenía la esperanza de que la nueva demanda y la curiosidad del juez Harvey ayudarían a que el magistrado le brindase cierta libertad de movimientos.

Harvey había otorgado a Milne una prórroga de una semana para responder a la nueva formulación de la demanda y al pedimento. Sus socios y ella presentaron más de cincuenta páginas de ruegos y documentos, que incluían nuevas defensas justificativas y hacían hincapié en la demanda de conspiración... Tal como había esperado Dan. A la abogada de la defensa le iba a resultar muy difícil convencer al juez de que las preguntas de la acusación no eran procedentes cuando ella había dedicado buena parte de su expediente a refutar la demanda de conspiración.

Dan presentó una réplica breve, de solo dos páginas, en la que sostenía que, si bien los argumentos de Milne eran apropiados, no resultaban convincentes. Pese a la seguridad que aparentaba en todo momento, distaba mucho de estar convencido de que su razonamiento fuese superior. Desde luego, no contaba con la autoridad necesaria para respaldar su derecho a pedir comparecencias orales; pero Leah Battles había dado con algo imposible de hallar en la jurisprudencia o en las leyes: había averiguado que el juez Harvey había tenido, en sus tiempos de fiscal, fama de estar dispuesto a llevar siempre al límite los dictados de la ley, de ser aficionado no ya a citarla, sino a crearla. En los archivos de los tribunales de apelaciones había una docena de causas con su nombre adscrito.

Harvey dejó en la tribuna los papeles que llevaba en la mano. La intensa luz de los fluorescentes acentuaba su cabello blanco. Los paneles y el mobiliario de roble dotaban a aquella sala moderna de un aire más apacible que el que poseían los juzgados de Seattle, más añosos y baqueteados, si bien no dejaba de ser un anfiteatro de gladiadores.

Milne intervino antes de que el magistrado tuviese tiempo de levantar la vista de sus documentos.

—Señoría, Lynn Milne, en representación de Cedar Grove. —La abogada llevaba un conjunto de falda y chaqueta azul marino de corte recto que acentuaban su figura atlética de hombros anchos y cintura delgada. Tenía el pelo corto y castaño y solía recogérselo tras las orejas—. La defensa desea protestar por la intención de solicitar declaraciones orales en esta vista expresada por el demandante. Nos hemos ofrecido a poner a disposición de la defensa a los individuos a los que ha citado a declarar y su abogado ha rehusado.

Harvey respondió sin mirarla siquiera, centrado en la lectura de una serie de alegaciones.

—¿Debo entender que esta objeción verbal tiene alguna autoridad adicional a la que ya ha citado usted en las más de cincuenta páginas de su alegato?

—No, señoría. Creemos...

El juez se quitó las gafas y dirigió sus penetrantes ojos azules a la parte de la sala que ocupaba Milne.

—Entonces, ¿está dando por sentado que no he leído su alegato?

—No, señoría...

—En ese caso, ¿no estará suponiendo que, pese a haberlo leído, no tengo la capacidad necesaria para inferir el significado de los argumentos que en él se exponen?

—No, señoría. Solo deseábamos...

—Solo deseaban reiterar los argumentos que ya han expuesto en su informe a fin de preservar su derecho a apelar en el supuesto de que esta vista se traduzca en un fallo poco favorable para ustedes.

Milne se quedó sin palabras y Dan tampoco se atrevió a emitir sonido alguno.

—Tomo nota de sus objeciones y resuelvo que no proceden. Tendrá derecho a apelar en caso de que su cliente decida tomar dicha vía. —Harvey volvió a ponerse las gafas y se dirigió a Dan—. Señor O'Leary, dado que es usted quien ha pedido esta vista, puede empezar cuando quiera.

—Gracias, señoría. La acusación llama a declarar a Rav Patel.

El ujier abrió la puerta del pasillo y la mantuvo abierta para dar paso a Rav Patel, quien, con traje pardo y gesto ceñudo, se dirigió al estrado de los testigos. Los letrados eran a menudo pésimos testigos, pues estaban convencidos de que su lugar estaba al otro lado del estrado y de que su función era la de formular preguntas y no la de responderlas. Cuando el secretario le tomó juramento, el abogado municipal de Cedar Grove se sentó.

Dan dejó claro de inmediato que Patel llevaba en dicho cargo desde 2013, año en que asumió la alcaldía Gary Witherspoon, y que los dos tenían buena relación desde tiempos de la universidad.

—¿Pertenecían a la misma fraternidad, la Tau Kappa Épsilon?

—Sí.

Consciente de que Harvey no deseaba que se anduviese por las ramas, Dan pasó de inmediato al asunto que los había llevado allí.

—Durante el tiempo que ha ejercido de abogado municipal, ¿ha tenido la ocasión de preparar acuerdos de compraventa en nombre de la ciudad de Cedar Grove?

—Sí —repuso Patel, que parecía resuelto a dar contestaciones sucintas.

—¿Preparó usted el acuerdo de compraventa para la adquisición, por parte del municipio de Cedar Grove, del Hutchins' Theater?

—Sí.

Dan hizo numerar la prueba a fin de que se incluyera en el sumario y a continuación la cargó en su portátil, que proyectó el documento en los monitores de la sala. Patel lo miró y lo reconoció como auténtico. Dan repitió el mismo procedimiento con los contratos relativos a la compra de los otros siete comercios de Market Street y Patel afirmó haber redactado cada uno de ellos en representación del municipio.

—Cuando habla del municipio para referirse a su cliente, ¿de quién está hablando concretamente?

—El municipio actúa a través de su alcalde y de los concejales —aseveró Patel.

—¿El alcalde Gary Witherspoon?

—Y los concejales, sí.

—¿También preparó usted los contratos encaminados a vender los comercios de Market Street a propietarios privados?

—Sí.

Dan hizo numerar los documentos y Patel los dio por buenos. Entonces hizo que el testigo se centrase en el contrato por el que se había vendido el Hutchins' Theater a un nuevo propietario, por nombre Barry Sewell.

—¿Disponía el señor Sewel de asesoramiento legal durante la compra del Hutchins' Theater?

—No lo sé.

—¿No trató usted con ningún abogado que actuase en representación del señor Sewell?

—No —respondió Patel algo turbado.

—¿Trató directamente con el señor Sewell?

—Yo no hablé con él en ningún momento, si es lo que quiere decir.

—¿No se reunió con él?

—No.

—¿Y cómo se comunicaron?

—Mi secretaria consiguió su dirección de correo electrónico y le envió el contrato. Él lo firmó y nos lo devolvió.

—¿Y quién es su secretaria?

—Sunnie Witherspoon.

—¿Tiene algo que ver con el alcalde?

—Sunnie es la mujer de Gary Witherspoon.

—Vaya. —Dan no pasó por alto que el juez Harvey fruncía el entrecejo—. ¿Y propuso el señor Barry Sewell alguna modificación del contrato de compraventa?

—No.

Dan fue repasando los contratos que había redactado Patel para el resto de comercios y recibió las mismas respuestas del testigo; a saber: él nunca se había reunido ni había hablado con nadie más que Sunnie Witherspoon. Era ella quien los había hecho llegar a los distintos propietarios, que en todos los casos los devolvieron firmados y sin cambios.

—¿Y no le sorprendió que nadie quisiese enmendar nada?

—No —respondió Patel con aire convencido.

—¿Por qué no?

—Porque compraron los negocios por un dólar. Cedar Grove los vendió por dicha cantidad simbólica para que los nuevos propietarios pudiesen invertir su dinero en reformar los edificios con arreglo a la normativa urbanística actual.

—Toda una ganga, vaya —dijo Dan.

Patel se encogió de hombros.

—Supongo.

Dan le dio las gracias y se sentó. Milne no se molestó en hacer preguntas y el juez Harvey le dio permiso para retirarse. Patel cambió el estrado por uno de los bancos destinados al público en el lado de la sala correspondiente a la defensa.

—Señor O'Leary, llame a su próximo testigo —ordenó el magistrado.

—El demandante llama a declarar al abogado Zack Metzger.

Si Patel se sintió alarmado al oír este nombre, lo disimuló de un modo excelente. Metzger entró en la sala y se dirigió al estrado como si tuviese una prisa tremenda por acabar de testificar y poder volver a asuntos que le reportasen dinero con que pagar la pensión. Llevaba una chaqueta granate con una corbata de punto que parecía cortada a la altura de la hebilla del cinturón. Se había bajado el nudo y desabrochado el cuello de la camisa blanca.

Una vez más, Dan presentó al testigo antes de preguntar:

—¿Se le solicitó la constitución de una serie de sociedades de responsabilidad limitada para individuos que pretendían comprar comercios en Cedar Grove?

—Sí.

—¿Creó una sociedad de responsabilidad limitada en nombre de Barry Sewell a fin de adquirir el Hutchins' Theater?

—Sí.

Dan hizo que constasen como prueba los documentos de constitución de dicha sociedad y los proyectó en los monitores de la sala. Milne tampoco protestó. Dan sospechaba que aún estaba intentando asimilar adónde quería llegar.

—¿Habló usted con Barry Sewell para constituir en representación suya la sociedad de responsabilidad limitada?

—No. Como le dije cuando se reunió conmigo, recibí la documentación de una secretaria del ayuntamiento de Cedar Grove.

—¿Y recuerda el nombre de la secretaria?

—Pues se me había olvidado, pero se lo busqué cuando volvimos a mi despacho. Su nombre es Sunnie Witherspoon y trabaja en el despacho del abogado municipal o, al menos, eso fue lo que me dijo.

Una vez más, la reacción de Harvey fue sutil. Se limitó a reclinarse en su asiento y mecerse.

—¿Y ese fue todo el contacto que tuvo con Sunnie Witherspoon?

—Sí, apenas nada. Me envió los nombres de los miembros de cada una de las sociedades de responsabilidad limitada que me mandaron constituir. Me dijo que los socios habían pedido la asistencia de un abogado en el proceso.

—¿Y le dijo la señora Witherspoon cómo dio con usted?

—No.

—¿Adónde envió todos los documentos de constitución después de prepararlos?

—A ella, que me dijo que se encargaría de remitírselos a los propietarios de los negocios. Tengo las copias en mi despacho.

Dan mostró otra prueba en el monitor.

—Si le preguntase lo mismo de las otras siete sociedades de responsabilidad limitada que constituyó, ¿me respondería lo mismo, que la única persona con la que tuvo contacto fue Sunnie Witherspoon, secretaria del abogado municipal de Cedar Grove?

—Le respondería lo mismo.

—¿Nunca llegó a conocer a ninguna de las personas para las que constituyó las sociedades de responsabilidad limitada?

—Nunca.

—¿Ni siquiera habló con ellas por teléfono?

—No.

Dan hizo que Milne se aviniera a dar por válidos los documentos de la Oficina del Departamento de Estado de Washington relativos al resto de las empresas y a continuación colocó sobre un caballete del tribunal una ampliación con las distintas denominaciones comerciales de aquellas y, debajo, los nombres de los socios de cada una. Quería que el juez Harvey los tuviese delante durante lo que quedaba de vista. A continuación, se hizo a un lado para colocarse de tal modo que pudiera observar a Rav Patel.

—¿También gestionó usted la constitución de la Cedar Grove Development LLC?

Tampoco aquí reaccionó Patel. Milne, por su parte, parecía confundida sin más y no dejaba de hojear los documentos que llevaba en un archivador en busca del nombre de la empresa.

Metzger confirmó que se había encargado también de la constitución de la Cedar Grove Development LLC, aunque, una vez más, sin llegar a conocer en persona a ninguno de sus socios.

—¿Y cómo se comunicó con ellos? —quiso saber Dan.

—Lo hicimos todo por internet.

—¿Y tuvo alguna participación en el proceso la señora Witherspoon?

—No.

Dan colocó otra ampliación en un caballete. Esta vez se trataba de la relación de socios de la Cedar Grove Development LLC tal como constaba en la Oficina del Departamento de Estado de Washington.

De nuevo, Milne no formuló ninguna pregunta al testigo. Dan dio por hecho que Metzger saldría de los tribunales como alma que lleva el diablo. Sin embargo, el abogado pasó a ocupar un banco en el lado de la sala correspondiente a la acusación. También él parecía querer saber adónde quería llegar el argumento de Dan.

El juez Harvey se echó hacia delante sin apartar la vista de las ampliaciones de las pruebas. Los nombres de los socios de las distintas empresas, obtenidos gracias a Kinsington Rowe, el compañero de Tracy, serían de relevancia a medida que avanzase la vista.

—Llame a su próximo testigo —dijo el magistrado.

—Señoría, el demandante desearía llamar a declarar a Atticus Pelham.

Pelham entró en la sala vestido con sus pantalones negros y su chaqueta azul marino. Se quitó esta última y reveló una camisa blanca de manga corta. El secretario le tomó juramento y Dan lo presentó como director del *Cedar Grove Towne Crier*.

—Señor Pelham…

—Puedes llamarme Atticus, Dan, como todo el mundo.

El juez Harvey se incorporó.

—Está usted en una vista oficial, señor Pelham, no en una reunión informal en una cafetería. Lo entiende, ¿verdad?

—Ah, sí, señor.

—Entonces, llame al abogado por su apellido o, si lo prefiere, «letrado».

Dan se puso a caminar de un lado a otro, aunque sin alejarse mucho del atril.

—Señor Pelham, hace veinte años que es usted propietario del *Towne Crier*, ¿no es cierto?

—Un poco más, pero sí, puede decirse que es cierto.

—¿Y cómo se mantiene el *Towne Crier*? ¿De dónde saca su salario y el de sus empleados?

—Pues hay meses en los que a mí ni me corresponde salario.

—¿Y el resto del año?

—Cobramos un dólar cincuenta por ejemplar, pero, en realidad, nuestra primera fuente de ingresos es la publicidad.

—¿Y quién se anuncia en el *Towne Crier*?

—Algún que otro particular, aunque la mayoría son empresas.

—¿Los comercios de Cedar Grove se anuncian en su periódico?

Milne se puso en pie, quizá solo para hacer saber a la sala que seguía viva.

—Protesto, señoría. No veo qué relevancia puede tener esta retahíla de preguntas.

—Denegada. Siga, señor O'Leary, pero vaya al grano, por favor.

—Sí, señoría. ¿Se anuncian en su periódico los comercios de Cedar Grove, señor Pelham?

—Algunos, aunque no tenemos muchos.

—¿Y sabe por qué?

—Los de Market Street no estaban logrando un rendimiento muy alto. La mayoría había cerrado. Los únicos que seguían abiertos eran la farmacia, la ferretería de Kaufman, el restaurante chino y The Daily Perk. Ayudaban al periódico como podían, pero no tenían dinero para anunciarse.

—¿Y eso ha cambiado últimamente?

—Ya lo creo. Hemos empezado a recibir dinero de los nuevos comercios de Market Street. La mayoría quiere anunciar su próxima apertura y cosas por el estilo.

—¿Puso recientemente a algún periodista al cargo de las noticias relativas a la apertura de nuevos negocios en la Market Street de Cedar Grove?

Pelham fue a responder, pero de pronto pareció que las palabras no querían salir de su garganta, hasta que, aclarándosela, contestó sin más:

—Sí.

—¿A quién?

—A Kimberly Armstrong.

—¿Y encontró Kimberly Armstrong algún cambio en las circunstancias de Cedar Grove que pudiera explicar por qué la gente parecía decidida a adquirir los negocios en decadencia de Market Street y empezar a anunciarse?

—Sé que estaba investigando una teoría suya.

—¿Una teoría que tenía intención de exponer en un artículo en el periódico?

—Bueno, yo no me había avenido a publicarlo, pero sí.

Dan asintió.

—¿Y cuál era esa teoría?

Milne se levantó de inmediato.

—Protesto, señoría. Es un testimonio de oídas. El señor O'Leary debería llamar a declarar a Kimberly Armstrong y preguntarle lo que hizo y lo que creía.

—¿Señor O'Leary? —preguntó Harvey.

Dan no pudo menos de sentirse agradecido por el pie que le ofrecía Milne.

—Perdón, señoría. Tenía que haber dejado claro que Kimberly Armstrong está muerta. Falleció en un incendio declarado en su casa de Cedar Grove.

—Prosiga.

—¿Ha dicho que Kimberly tenía una teoría, señor Pelham? —insistió Dan.

—Creía que iban a volver a construir en la propiedad de las colinas de Cedar Grove.

—¿Ya habían construido antes?

El director expuso la historia del lugar.

—Kimberly decía que la presencia de esa Cedar Grove Development LLC indicaba que en aquel terreno se pretendía montar un centro turístico como el de Cascadia y que por eso había propietarios dispuestos a arriesgarse a abrir nuevos comercios en Cedar Grove.

—¿Y tuvo suerte Kimberly Armstrong a la hora de dar con los socios de la Cedar Grove Development LLC para entrevistarlos?

—No, que yo sepa.

—¿Y qué me dice de los nuevos propietarios de los comercios de Market Street? —dijo Dan señalando la lista que se mostraba en los paneles—. ¿Le dijo si habló con las personas que figuran como socios de esas sociedades de responsabilidad limitada?

—No, no me dijo nada.

—Deje que le pregunte, señor Pelham, como director que ha sido del *Towne Crier* durante más de veinte años y teniendo en cuenta su dilatada experiencia en el ámbito de los ingresos por publicidad, si, en su opinión, los nuevos comercios de Market Street aumentarían su valor con la creación de una urbanización vacacional como Cascadia en las inmediaciones de Cedar Grove.

Milne se puso en pie de un salto.

—Protesto, señoría. No ha lugar. Además, el señor Pelham no es ningún perito en tasación de empresas, de manera que la pregunta va más allá de su conocimiento personal.

Harvey entornó los ojos.

—Se acepta. Este tribunal tendrá en cuenta que el señor Pelham no es experto en tasación de empresas.

Pelham puso gesto confuso.

—Puede responder la pregunta —dijo Dan.

—No sé cuál sería el valor de esos comercios, pero sí que tendrían más dinero para anunciarse con un centro de vacaciones como Cascadia. Jo, si es de sentido común. El par de miles de personas que acudirían a la urbanización y al municipio los fines de semana y en vacaciones tendrían que gastar dinero en algún lado.

—Hasta donde alcanza su conocimiento, ¿llegó a determinar Kimberly Armstrong cuánto había avanzado la Cedar Grove Development LLC en la creación de un nuevo centro vacacional?

—No, que yo sepa.

—¿Cuándo murió Kimberly?

—Poco después de hablarme de la nueva urbanización.

Dan se detuvo para subrayar la información y acto seguido dijo:

—¿Habló usted con alguien, aparte de con Kimberly, sobre la posible reurbanización de la zona?

—No.

—¿Ni con el alcalde de Cedar Grove, Gary Witherspoon?

—Ah, eso sí, aunque solo de pasada. Gary me dijo que no sabía nada.

Milne volvió a levantarse como movida por un resorte.

—Pido que se desestime. Es un testimonio de oídas.

—Se acepta —dijo Harvey.

A Dan le daba igual, porque el testigo había dado la información. Dio las gracias a Pelham y se sentó. Milne aprovechó la ocasión para poner de manifiesto que Pelham no tenía experiencia en la tasación empresarial antes de sentarse ella también. Todo apuntaba a que su táctica consistía en hablar lo menos posible.

Dan también sabía que todavía no había causado ningún perjuicio a la defensa y que tendría que hacerlo si no quería dar al traste con todo.

CAPÍTULO 33

Tracy tenía los nervios a flor de piel mientras esperaba en casa con Vera y Daniella durante el desarrollo de la vista en el tribunal superior del condado de Whatcom, pero todos habían coincidido en considerar que su presencia allí no haría ningún bien.

—No podemos dejar que lo vean como una causa penal —había dicho Dan aquella noche en la mesa de la cocina—. De lo contrario, protestarán y no podremos hacer testificar a Roy y mucho menos a Faz. Sospecho que, por más que le pique la curiosidad, el juez Harvey pondrá un límite.

Calloway se había mostrado de acuerdo.

—Si te ven entre el público, sabrán que no eres solo una espectadora que ha ido a ver a su marido. Tu reputación de inspectora de homicidios te precede.

Sabía que tenían razón, pero eso no ayudaba, en absoluto, a hacer más fácil la espera. Le había pedido a Roy que la llamase para tenerla al tanto, aunque Dan no quería que Faz y él tuviesen que esperar en el pasillo como los demás testigos, por el mismo motivo por el que no quería ver a Tracy entre el público. Les pidió que aguardasen en una cafetería de Bellingham y les dijo que los avisaría por teléfono o con un mensaje de texto cuando se acercara el momento de testificar.

—Vamos a dar un paseo —dijo Vera levantándose del sofá—. Dicen que va a nevar otra vez esta tarde, así que más nos vale sacar a Daniella ahora que el tiempo acompaña.

—Yo creo que es mejor que me quede. En estas condiciones no voy a ser la mejor compañía que puedas tener y, además, quiero estar disponible por si Dan o Roy tienen alguna duda o necesitan cualquier cosa. —Tracy tenía los expedientes de los tres asesinatos abiertos sobre la mesa de la cocina.

—¿Seguro? —dijo Vera, que entró a la sala con la ropa de abrigo ya puesta—. El aire fresco despeja la mente. A mí, por lo menos, siempre me ha funcionado.

—Pues ahora saldré un momento al patio, pero no quiero alejarme de los expedientes.

—Perfecto. ¿Necesitas algo de la calle?

La respuesta fue negativa.

—Pues intenta ocupar el tiempo de algún modo para no volverte loca.

—Tarde —repuso Tracy.

Tras el almuerzo, Dan llamó a declarar a Celia Reed, la mujer que lo había ayudado en la oficina de urbanismo del condado de Whatcom. El abogado la presentó y ella contó la historia de las tres parcelas, incluida la venta de la propiedad del estado de Washington a la empresa Cedar Grove Development LLC. Dan mostró al tribunal un mapa en el que estaban delimitadas las tres parcelas. Dejó claro que no se habían celebrado reuniones previas para tratar la urbanización de dichos terrenos ni había sido posible localizar estudio topográfico alguno.

—Entonces, ¿no tiene constancia el condado de Whatcom de ninguna actividad que indique que se van a urbanizar esas tres parcelas?

—En nuestro archivo no figura.

Una vez más, Milne no tenía preguntas.

Cuando acabó Reed, Dan llamó a declarar a un experto en bienes inmuebles y construcción con el que había trabajado en otras ocasiones y con el que se había reunido las semanas previas a la vista. William Peters era entendido en bienes inmuebles comerciales y residenciales, además de en urbanización de propiedades. Aquel hombre alto y desgarbado había jugado al baloncesto en la universidad antes de acceder al mundo laboral. Los andares con los que se aproximó al estrado dejaban claro que todavía era capaz de hacer mucho en una cancha.

Tras hacer que se presentara, Dan preguntó:

—¿Está usted familiarizado con los pasos que son necesarios para urbanizar una propiedad?

Peter dijo que sí y pasó a exponerlos.

—¿Le he pedido que determine si se ha dado alguna actividad constructora en estas tres parcelas de tierra? —Dan usó una pluma a modo de puntero y rodeó aproximadamente las tres fincas en el panel que habían apoyado en un caballete.

Milne se puso en pie.

—Señoría, creo que nos estamos yendo por las ramas.

—¿Está protestando por algo, letrada? —preguntó Harvey.

—Por improcedencia, señoría.

—Señor O'Leary, es cierto que da la impresión de que nos estemos desviando del tema.

Dan ya había previsto aquello y tenía preparada una respuesta con la que esperaba persuadir al juez Harvey para que le concediese la libertad de maniobra necesaria de tal modo que a Milne le saliera el tiro por la culata.

—Señoría, la naturaleza misma de las conspiraciones las hace difíciles de demostrar por el simple motivo de que se llevan a cabo de manera subrepticia. La defensa ha presentado más de cincuenta páginas de alegaciones al respecto y, la verdad, no acabo de ver cómo puede considerar ahora que no procede la causa.

Harvey hizo un gesto de asentimiento y Dan creyó ver una leve sonrisa.

—No sabe el trabajo que le ha dado al personal de este juzgado, letrada —dijo a Milne—. Le permitiré seguir con el interrogatorio, señor O'Leary; pero quiero ver pronto adónde nos lleva todo esto.

—¿Ha hecho usted algo para determinar si la propiedad se halla en proceso de ser urbanizada? —preguntó Dan a Peters.

—Sí, me desplacé a la ubicación de las tres parcelas que están marcadas en la prueba y pude comprobar que se habían inspeccionado los árboles.

—¿Qué quiere decir eso?

—En muchos de los condados del estrecho de Puget hace falta un permiso para retirar los árboles de más de veinte centímetros de diámetro y metro y medio de alto.

—¿Y cómo sabe que se han inspeccionado los árboles de esas tres parcelas si no consta en el archivo de la oficina de urbanismo?

—Los árboles que cumplen con los requisitos que acabo de describir tenían fijadas al tronco chapas metálicas del ancho de un papel de chicle.

—¿Y sabe quién las ha colocado?

—Por las chapas no, porque solo tienen un número.

—¿Ha intentado averiguar quién ha marcado esos árboles?

—Llamé al número de la Cedar Grove Development LLC.

—¿Y habló con alguien?

—No, me saltó el contestador.

—¿Hizo algo más?

—Busqué en línea expertos en arboricultura que llevasen a cabo inspecciones topográficas y encontré a tres.

—¿Alguno de ellos había hecho una inspección topográfica de esas tres propiedades?

—Sí, la Bellingham Tree Company. Llamé y hablé con la directora, Carol Gilmore, que me confirmó que habían llevado a cabo dicha inspección el verano pasado.

—¿Y le dijo para quién llevaron a cabo la inspección?

—No. —Peter matizó su respuesta—: Más bien debería decir que no podía revelarlo.

—¿Qué quiere decir con eso?

—Hay constructores que prefieren llevar sus proyectos con discreción por distintas razones.

—Por su experiencia como perito, ¿cuáles son los motivos que pueden llevar a un constructor a preferir que el público no sepa que está urbanizando un terreno?

Milne se puso en pie y protestó.

—Le está pidiendo que haga conjeturas, señoría.

—Es un experto y, por tanto, puede hacerlas —dictaminó Harvey—. Protesta denegada. Eso sí, señor O'Leary, ¿tiene usted intención de ir al grano en breve?

—Por supuesto, señoría.

—Eso espero.

Dan repitió la pregunta.

—Cuando se corre la voz de que se va a edificar una parcela, las tierras de alrededor acrecientan su valor y, muchas veces, el constructor puede tener la intención de adquirir esos terrenos para extender su proyecto, en caso de tener éxito, en años posteriores. También es posible que tema que retrasen la obra los grupos de ecologistas contrarios a la urbanización de la zona, que son capaces de hacer que un proyecto así quede bloqueado durante años en los tribunales. A los constructores les interesa avanzar cuanto puedan sin llamar la atención para que, cuando su proyecto llegue a oídos del público, estén en situación de contrarrestar las campañas negativas con detalles de la urbanización y sus servicios, maquetas y esa clase de cosas.

—¿Qué más le he encargado?

—Me pidió que determinase el valor actual de los comercios de Market Street y el que tendrían si se construyera un complejo turístico.

—¿Y cómo ha hecho esa evaluación?

—Usando tres propiedades comparables con características similares a las que se dan en Cedar Grove. —Peters dedicó los veinte minutos siguientes a identificar las otras urbanizaciones turísticas y a exponer cómo había calculado el valor de los negocios de los alrededores antes y después de la construcción de aquellas. Abordó los aspectos que distinguía a cada uno de ellos y los que distinguían al de Cedar Grove.

—Y teniendo todo eso en cuenta, ¿a qué conclusión ha llegado con respecto al valor de los comercios de la Market Street de Cedar Grove?

—Está claro que el valor de dichos comercios, y también el de la vivienda, aumentaría de forma significativa.

—¿Podría calcular el porcentaje de ese aumento?

—Con exactitud no, pero las tres propiedades comparables de las que he hablado podrían dar una idea al respecto.

Tras la media hora del turno de repregunta de Milne, Peters pudo dejar el estrado.

—Llame a su siguiente testigo, señor O'Leary.

Dan hizo comparecer a Gary Witherspoon, que entró en la sala con gesto nervioso, aunque no excesivamente preocupado… hasta que vio las ampliaciones de los documentos de las empresas y los nombres de los socios y palideció.

Enseguida quedó constancia de que se trataba del alcalde. El traje y la corbata hacían que encajase a la perfección en el papel. De joven, Witherspoon tenía el pelo trigueño casi a la altura de los hombros, como un surfista. El tiempo, sin embargo, se había encargado de acabar con la mayor parte de ese cabello, que se hallaba ya en claro retroceso.

—En su condición de alcalde de Cedar Grove, se ha consagrado usted a un proyecto de renovación de Market Street. ¿Considera que se trata de una descripción adecuada por mi parte?

—Sí —dijo Witherspoon sin poder evitar que los ojos se le fueran de nuevo a una de las pruebas expuestas delante del estrado.

—¿Puede explicar al tribunal cómo lo está logrando?

—De muchos modos. —Witherspoon bebió agua de un vaso—. Lo primero que hice fue trasladar el órgano de gobierno del municipio al edificio del First National Bank, que posee una gran relevancia histórica y se encuentra en Market Street, cerca de los comercios. Me pareció importante oír su opinión a fin de decidir colectivamente cómo había que reformar la ciudad.

—¿Y qué hizo a continuación?

—Solicité ayudas y préstamos federales para revitalizar el centro urbano y mejorar nuestra imagen. Estamos reconstruyendo el legado de Cedar Grove y los atributos que la hacen única. —Witherspoon estaba ofreciendo una charla promocional en toda regla y Dan lo dejó seguir—. Cedar Grove necesitaba un centro cívico vivo capaz de atraer a jóvenes con educación universitaria y ambición empresarial. Si uno consigue llenar de talento joven una ciudad, la gente y su dinero acudirán sin mayor esfuerzo. Estamos a punto de emprender un proyecto de paisajismo urbano que supondría añadir árboles, aceras de adoquinado decorativo e iluminación para los peatones. Además, estamos remozando las fachadas de los edificios de Market Street con fondos estatales. Nada de eso le está costando un solo centavo a la ciudadanía de Cedar Grove.

—Señor Witherspoon, ¿por qué iban a invertir esos nuevos propietarios en comercios que llevan tantos lustros en decadencia?

—Porque los están adquiriendo por un dólar. Así pueden invertir su dinero en modernizar los edificios. También hemos emprendido una amplia campaña publicitaria que hace hincapié en lo cerca que estamos de las montañas y también de los lagos y los ríos de la región, y en actividades al aire libre como el descenso de rápidos, la pesca, el senderismo, el ciclismo o el esquí, de fondo y alpino. Quienes vengan a Cedar Grove a disfrutar de estas actividades necesitarán lugares en los que comer y beber, comprar medicamentos y quizá hasta ir al cine a ver una película.

Había llegado el momento de ir al grano.

—¿Conoce usted la sociedad de responsabilidad limitada Cedar Grove Development?

—No.

—¿Mantuvo usted una conversación con Atticus Pelham sobre la posible revitalización del centro turístico de Cascadia?

Witherspoon dio marcha atrás.

—Ah, sí. Atticus me comentó que podía haber un constructor interesado el verano pasado, durante el festival de *jazz*. No me dijo nombres.

—Pero ¿qué le contó?

—Que Kimberly Armstrong había descubierto que habían comprado los antiguos terrenos de Cascadia; un constructor, por lo visto. Yo le dije que no sabía nada, pero que me alegraba.

—¿Intentó averiguar si Kimberly se había informado bien?

—La verdad es que no.

—¿No llamó a la oficina de urbanismo del condado de Whatcom?

—No.

—Un alcalde que está empeñado en revitalizar el centro de su municipio y atraer nuevos negocios... ¿No le pareció que esa información habría tenido un peso fundamental a la hora de vender Cedar Grove a nuevos inversores empresariales?

—Supongo, pero... La verdad es que he estado muy ocupado —aseveró Witherspoon con aire muy poco convincente.

—¿Habló con alguno de los nuevos propietarios de Market Street?

—En persona, no.

—¿No les dio la bienvenida a Cedar Grove?

—Los edificios están adaptándose todavía a la normativa municipal. Ya habrá tiempo para eso cuando hayan puesto en marcha sus negocios.

Dan fue repasando cada una de las empresas y sus socios. Witherspoon negó conocer a ninguno o haber hablado con ellos.

—¿Y ha comentado con su esposa algo sobre estos nuevos propietarios?

—Me dijo que los había ayudado con el papeleo, los contratos y todo eso.

—¿Le dijo usted a mi cliente que tenía que llevar a cabo costosas reparaciones en su edificio?

—No.

—¿Mandó a un inspector de obras a decírselo?

—Quizá él le mandara una carta. No podría decírselo.

—¿No lo sabe?

—No, no lo sé.

Dan tenía ya lo que quería de Witherspoon y no hizo más preguntas. Milne tampoco. Cuando el alcalde descendía de la tribuna, Dan encendió el primer cohete.

—La acusación llama a declarar a Roy Calloway.

Witherspoon giró sobre sus talones para mirar a Dan y Lynn Milne se puso en pie.

—Protesto.

CAPÍTULO 34

Tracy estaba de pie delante de la ducha, convencida de que el agua caliente le calmaría los nervios. Al hacer la reforma, Dan había instalado una ducha de vapor en el baño principal, con chorros a presión a distintas alturas de la pared del fondo y un asiento. También había equipado el cuarto de baño con altavoces de gran calidad, de lo que deducía que su marido equiparaba una ducha de vapor a algo similar a una experiencia celestial. Ella no compartía su entusiasmo. El agua caliente no le hacía demasiada gracia. Nunca había podido entender a quienes podían pasarse un rato sentados en una sauna o un *jacuzzi*. Le parecía una pérdida de tiempo. Desde que tenía a Daniella tampoco le gustaba entretenerse donde no pudiera oír a su hija, aun cuando estuviesen con ella Dan o Therese. Lo normal era que apenas necesitara unos minutos para ducharse.

Con todo, ya que Vera había sacado a Daniella a pasear, consciente de que la tensión de aquellas semanas se le había ido acumulando en el cuello y los hombros, decidió darle otra oportunidad a aquella ducha. En aquel instante, de hecho, mientras Dan se encargaba de la vista en Bellingham, sentía que disponía de demasiado tiempo. No había tenido noticias suyas y supuso que aquello debía de ser positivo.

Dejó el teléfono en la encimera del lavabo, puso música en los altavoces y seleccionó la emisora de música clásica de Dan. Bajó el volumen y se metió en la ducha. Durante los veinte minutos que siguieron, dejó que los potentes chorros de agua caliente le masajearan los músculos y la ayudaran a relajarse. Cortó el agua, se envolvió en una de las lujosas toallas de balneario que había comprado Dan para acentuar aún más la experiencia y limpió parte del vapor que cubría el espejo del lavabo.

La imagen que le devolvió la mirada parecía cansada y tenía los ojos marcados con bolsas oscuras. Las patas de gallo le dieron la impresión de estar más pronunciadas. Quizá ser madre e inspectora de homicidios era demasiado. Quizá estaba estirando demasiado la cuerda por ambos extremos y no se le estaba dando bien por ninguno de los dos. Quizá su sitio estaba en casa, con su hija. Quizá debía reconsiderar la vida con la que había soñado en el pasado, siendo niña, y que consistía en criar a sus hijos y participar en sus actividades y su formación escolar, además de llevar el coche lleno de niños para salir de excursión. Sonrió ante la paradoja que encerraban aquellos pensamientos: ni siquiera era capaz de darse una ducha de veinte minutos sin pensar en algo mejor que hacer con su tiempo y, sin embargo, se planteaba pasar las horas en casa dedicada, sin más, a ejercer de madre.

—Te volverías loca —dijo a la imagen del espejo.

Ella no era así. Aquel sueño, como la mayoría, pertenecía a una época en la que Tracy aún no se conocía bien ni sabía lo que la movía. Roy Calloway tenía razón: se parecía mucho, cada vez más, a su padre: siempre obsesionada con lograr más, enamorada de su trabajo y de la labor de ayudar a los demás... y con un odio incuestionable a la injusticia.

Eran muchas las mujeres que tenían hijos y una profesión. Ella estaba resuelta a ser una más.

Abrió un recipiente de crema de la encimera y se la aplicó en el rostro antes de usar otra para los brazos y las piernas. Se dirigió al dormitorio. Entonces sonó el timbre y los perros se pusieron a ladrar.

«¿Vera?». Miró el reloj de la cómoda. Solo habían pasado treinta minutos desde que había salido a pasear con Daniella. Se asomó a la ventana y vio que no estaba nevando. ¿Por qué iba a volver tan pronto? ¿Y por qué llamaba?

Volvió a sonar el timbre. Los perros seguían con sus ladridos de alarma. Se puso una sudadera y un pantalón a juego y bajó al salón. El timbre sonó por tercera vez.

—¡Voy! —gritó—. Rex, Sherlock, al cojín. —Dio una palmada y los dos obedecieron sumisos, aunque siguieron erguidos con la intención de ver a la visita.

Tracy llegó a la puerta y se asomó al cristal del lateral. No vio en el camino de entrada su Subaru, que era el coche que había usado Vera para no tener que cambiar el portabebés. Confundida, abrió la puerta.

—Como sabía que no ibas a venir a verme, he venido yo a verte —dijo Sunnie Witherspoon con las manos en jarras, un bolso colgando del antebrazo derecho y una bolsa en la otra mano—. Tracy Crosswhite, ¿has estado evitándome?

CAPÍTULO 35

Milne tenía el aire ansioso de Rex y Sherlock cada vez que oían a Dan pronunciar la palabra *paseo*. Llegó al atril poco menos que dando cabriolas. Saltaba a la vista que había estado aguardando la ocasión para lanzarse, tanto que Dan se preguntó si la actitud que había tenido hasta entonces, propia de un ciervo deslumbrado por un vehículo, no habría sido mero teatro.

—Señoría —dijo la defensa—, llevamos aquí toda la mañana escuchando testimonios relativos al valor de la propiedad, a la presencia de un supuesto constructor en las colinas de Cedar Grove y a lo que, según conjeturas, podrían revalorizarse los comercios de Cedar Grove. Nada de esto apunta a la participación de un municipio en transacciones privadas ni a un delito de conspiración. Muy al contrario, la compra por parte del municipio de negocios moribundos y su venta a personas dispuestas a resucitarlos, personas que, además, podrían cosechar los frutos de una posible reurbanización, no puede sino ser positiva para todo Cedar Grove, que es exactamente lo que deben hacer el alcalde y el ayuntamiento, actuar en interés de su ciudadanía. El señor O'Leary no ha demostrado la existencia de ninguna transacción comercial particular, sino la correcta aplicación del principio de inmunidad funcionarial. Ahora ha llamado a declarar al antiguo jefe de policía de Cedar Grove. ¿Con qué propósito? No lo sé y tampoco entiendo qué puede aportar este testigo al argumento de que el municipio ha participado en transacciones privadas.

Harvey miró al letrado de la acusación. Aquella era la protesta que había esperado Dan. Había sabido en todo momento que Calloway sería el punto de inflexión que necesitaba remontar y no podía contar con que la curiosidad del magistrado fuera la pesa que inclinase la balanza en su favor.

—Señoría, hemos dejado claro que las autoridades municipales de Cedar Grove estaban vendiendo y comprando propiedades, cosa que cae fuera de sus atribuciones tradicionales. Hemos demostrado que una sociedad de responsabilidad limitada llamada Cedar Grove Development ha comprado terrenos próximos a Cedar Grove y ha empezado a urbanizar un complejo turístico que podría hacer que los comercios locales, entre los que se incluye el local de mi cliente, valgan mucho más de lo que ha pagado por ellos el municipio. Sin embargo, más allá de eso, como he dicho, los actos de conspiración no se llevan a cabo a la vista de todos, sino en una sala con las puertas cerradas y las cortinas bien echadas.

—Sí, pero, para sortear un pedimento de juicio sumario, tendrá que retirar las cortinas y dejar pasar el sol, letrado. Coincido con la señora Milne en que la sala sigue estando muy a oscuras.

Dan insistió.

—Lo que hemos demostrado hasta ahora es que Cedar Grove compró los comercios por un precio irrisorio y los vendió a empresas que están llamadas a recibir pingües beneficios tanto si mantienen operativos los negocios como si los venden... siempre que se construya el centro turístico de la montaña.

—¿Y qué? Eso redundaría en beneficio de los nuevos propietarios, sería una maniobra empresarial inteligente por su parte.

—Pero si se diese la circunstancia de que el alcalde y el ayuntamiento sabían del complejo vacacional cuando compraron los negocios y no dijeron nada a los nuevos propietarios, estaríamos ante una situación muy distinta.

—El municipio no tiene obligación alguna de informar a los antiguos propietarios de una posible urbanización que, además, podría no llegar a existir —argumentó Milne—. Los antiguos propietarios tenían la obligación de determinar el valor de los comercios que iban a vender. Si no lo hicieron, es culpa suya. No acabo de ver en qué puede contradecir este testimonio la aplicación del principio de inmunidad funcionarial.

—Lo siento, señor O'Leary, pero creo que le he dado margen más que suficiente... —empezó a decir el magistrado.

—Señoría, este tribunal ha tenido mucha paciencia, lo reconozco; pero, como he dicho, si las conspiraciones fuesen fáciles de demostrar, no existirían. Le aseguro al tribunal que nos estamos acercando al final y que, cuando llegue, no tendré que explicar, ni a usía ni a la letrada de la parte contraria, lo que estamos en posición de demostrar. Cuando acabe, letrada, tendrá la impresión de que le ha golpeado en la cabeza Moe, el de *Los tres chiflados*. Seré muy conciso. Me faltan solo dos testigos, tras lo cual someteremos este asunto a la consideración del tribunal.

Harvey sonrió.

—Yo me crie viendo *Los tres chiflados*, letrado. —Saltaba a la vista que estaba intentando decidir de qué lado se inclinaba. Si no dejaba que testificasen Calloway y Faz, Larry Kaufman habría perdido y, por si fuera poco, quizá Tracy y Calloway no pudiesen averiguar jamás quién había matado a Heather Johansen, a Jason Mathews y a Kimberly Armstrong, si es que había sido la misma persona—. Le daré un poco más de margen, pero no me haga parecerme a Joe DeRita, porque prefiero ser uno de los chiflados que pintaban algo.

Dan contuvo un suspiro de alivio.

—No se preocupe, magistrado.

Milne meneó la cabeza con gesto frustrado y se sentó.

Calloway subió al estrado con ropa de paisano y Dan lo presentó de forma expeditiva para preguntar a continuación sin ambages:

—¿Estaba usted investigando la muerte de Kimberly Armstrong?

—Sí. Llamé a Seattle y solicité una investigación por parte de un especialista en incendios provocados.

—¿Sospechaba que el fuego que mató a Kimberly Armstrong pudo haberse provocado de forma deliberada?

—Estaba convencido. Encontramos un bidón de gasolina y los restos carbonizados de la vivienda olían a carburante. Además, la casa ardió como un almiar y dejó una nube de humo negro de por lo menos sesenta metros de altura, lo que hacía pensar en un acelerante. Solo quería confirmar mis sospechas.

Dan presentó el informe del investigador. Milne protestó por considerar que no procedía, pero Harvey aceptó la prueba.

—¿Y emprendió usted una investigación más a fondo?

—Llamé a un médico forense de Seattle para que llevara a cabo la autopsia de Kimberly Armstrong, porque sospechaba que su muerte no se había debido al incendio.

—¿Y a qué conclusión llegó el forense?

—El médico forense llegó a la conclusión de que Kimberly Armstrong había muerto de un golpe que le asestaron en la región occipital del cráneo antes de que se declarase el incendio. Por tanto, el fuego lo provocaron para ocultar las pruebas de su asesinato.

Estas dos últimas frases tuvieron el mismo efecto que si alguien hubiese aspirado todo el aire de la sala. Dan miró a Harvey, que había dejado de leer y de tomar notas y miraba fijamente a Calloway.

—Jefe Calloway, ¿encontró alguna nota, alguna carpeta o algún otro material relativos a los artículos en los que pudiese estar trabajando Kimberly Armstrong en el momento en que la asesinaron? —preguntó Dan.

—No. El experto en incendios provocados dijo que se había declarado en el despacho de Kimberly y que el despacho estaba empapado en gasolina, y el marido de Kimberly dijo que todo su trabajo, incluido el ordenador, había quedado reducido a cenizas.

—¿Intentó averiguar qué había estado investigando Kimberly Armstrong cuando la asesinaron?

—Hablé con su jefe, Atticus Pelham, director del *Towne Crier*, y supe que había estado documentándose sobre una empresa que había comprado las tres propiedades que están marcadas en ese mapa de ahí, una empresa llamada Cedar Grove Development.

Dan guardó silencio un segundo, pero en ese breve lapso fue posible oír los murmullos del público que tenía a su espalda.

—Jefe Calloway —prosiguió entonces—, ha dicho usted que sospechaba que Kimberly Armstrong no murió en el incendio antes incluso de conocer el informe del investigador de Seattle y del médico forense. ¿Por qué?

—Protesto —dijo Milne.

—Denegada —contestó el juez sin darle siquiera tiempo a levantarse por completo de su asiento—. Prosiga, jefe Calloway.

—Porque sabía que Kimberly estaba investigando también el asesinato de una joven, Heather Johansen, a la que mataron en 1993. Había solicitado el expediente policial de nuestra investigación y se lo habían concedido; también estaba recogiendo documentos relativos a la muerte de Johansen y haciendo muchas preguntas por todo el municipio.

—¿Y sospechaba que el asesinato de Kimberly Armstrong podía tener algo que ver con el artículo sobre la muerte de Heather Johansen que estaba preparando?

—Sí.

—¿Por qué?

—Porque lo que averiguó Kimberly Armstrong gracias al expediente policial fue que Heather Johansen estaba embarazada en el momento de su muerte. Nunca habíamos hecho pública esa información, como tampoco que, en opinión del forense, tuvo que concebir alrededor de las Navidades. Además, Heather, igual que Kimberly, había muerto de un golpe en el cráneo con un objeto contundente. Conque empecé a trabajar con la hipótesis de que quienquiera que matase a Heather podía haber matado también a Kimberly Armstrong para impedir que investigara el primer asesinato.

Milne se puso en pie, esta vez con gesto exasperado.

—Nos estamos desviando del tema. Señoría, le ha pedido al letrado que fuese al grano y él ha decidido extraviarse del todo.

—Denegada —dijo Harvey sin alzar la voz ni mirar siquiera hacia la defensa—. Prosiga.

—Jefe Calloway, ¿quién era el principal sospechoso de las muertes de Heather Johansen y Kimberly Armstrong?

—El principal sospechoso del asesinato de Heather Johansen era su antiguo novio de instituto, Finlay Armstrong, y el del asesinato de Kimberly Armstrong, su marido y mi subordinado inmediato, Finlay Armstrong.

CAPÍTULO 36

Tracy no había estado evitando a Sunnie, al menos no por completo; pero pasar el rato con ella mientras Dan acusaba a Gary de fraude y conspiración habría resultado algo más que un tanto incómodo, más aún cuando sospechaban que Gary y Ed estaban envueltos en asuntos mucho más graves que el fraude.

—¡Sunnie…! Hola —fue todo lo que consiguió decir.

—Oye, ¿me invitas a entrar o vas a dejar que me muera de frío aquí fuera? He traído almuerzo. Nada fuera de lo común: bocadillos y algo de beber.

—Ay, sí. Perdona. Pasa, por favor. —Tracy se apartó para que pasase, tras lo cual cerró la puerta y dejó el viento ululando fuera.

Los perros se acercaron, olisqueando y dando ladridos, e incomodaron a la recién llegada.

—Espera, que los llevo atrás. —Tracy fue a la parte trasera y, cuando los dos volvieron a salir por la gatera para juguetear en la nieve, cerró la puerta del cuarto de la lavadora.

Cuando volvió a la sala de estar, Sunnie seguía de pie en la entrada.

—A ver si puedo conocer por fin a tu chiquitina, que me han dicho que está hecha un pimpollo.

—Es que he estado muy ocupada Sunnie. Me parecía más prudente llamarte después de que se resolviera el pleito de Dan.

Sunnie restó importancia a la situación agitando la mano.

—Olvídate del pleito. Gary dice que se va a resolver pronto, puede que hoy mismo.

—¿Hoy? —preguntó Tracy haciéndose la tonta.

—Gary recibió el otro día una citación para presentarse esta mañana en el tribunal superior del condado de Whatcom y dice que es por la querella de Larry Kaufman. ¿No te ha dicho nada Dan?

Tracy se encogió de hombros e hizo lo posible por aparentar ignorancia.

—Me dijo que tenía una vista, pero no sabía nada de que hubiesen citado a Gary.

—De todos modos, a nosotras eso nos da igual —dijo Sunnie—. Somos amigas desde que pusimos los pies en el suelo. Yo se lo dejé muy claro a Gary cuando me dijo que Dan estaba representando a Larry Kaufman. Le dije: «Gary, no quiero oír nada de ese pleito. Eso es entre Dan y tú. Ni se te ocurra arruinar mi amistad con Tracy». Los negocios son los negocios, pero una amistad es para toda la vida. —Dicho esto, se abrazó a Tracy.

—Pero pasa —dijo la anfitriona llevándola hasta la cocina y luego a la sala de estar.

—Todavía no me creo que esta sea la casa de los padres de Dan. Es preciosa. Muy hogareña —señaló Sunnie como quien describe una casa de muñecas—. Qué bonito, que Dan haya preferido dejarla chiquita.

Tracy se mordió la lengua.

—Sí, como solo somos tres y la usaremos solo de casa de recreo…

—Por cierto —dijo la visita mirando a todas partes—. ¿Dónde está ese angelito?

La inspectora no pasó por alto que la mirada de su amiga se posaba en los expedientes policiales que tenía abiertos sobre la mesa de la cocina.

—Está dando un paseo con su madrina, disfrutando del sol.

—¡No me digas! —Sunnie se dirigió a la mesa de la cocina y miró los expedientes—. ¿Estás trabajando? ¿Todavía no lo has dejado?

Tracy fue a la mesa y cerró las carpetas con aire despreocupado.

—Espera, que los quito de en medio... para que podamos comer. —Lo último que deseaba era que Sunnie fuese a contarles a su marido y su suegro que Tracy seguía estudiando los asesinatos de Heather Johansen, Jason Mathews y Kimberly Armstrong.

—¿Esa carpeta es la del caso de Heather Johansen? Ed me había dicho que le estuviste haciendo preguntas, que estabas ayudando al jefe Roy. No quiero meterme donde no me llaman, Tracy, pero ¿para qué quieres volver a desenterrar todo eso, y más después de lo que pasó en ese segundo juicio...? Yo creo que hay cosas que es mejor dejar donde están.

—Y tienes razón. Supongo que por eso decidió Roy archivarlos de nuevo. Era un callejón sin salida.

Sunnie dejó sobre la mesa el bolso y la bolsa con el almuerzo y se quitó el abrigo para colgarlo en el respaldo de una silla mientras Tracy retiraba los expedientes.

—Por lo menos tienes ayuda con el bebé. Yo tenía a cuatro y el mayor no había cumplido aún los diez...

—Me acuerdo —respondió Tracy desde el salón.

—A Gary ni se le habría ocurrido pagar una niñera, aunque tampoco se me ocurre que hubiéramos podido dar con ninguna en Cedar Grove. Lo mejor que encontré fue una canguro que se quedaba con ellos una vez al mes para que pudiésemos ir al cine o a cenar tempranito —aseguró Sunnie, repitiendo la conversación que habían tenido unas semanas antes.

—De todos modos, parece que os han cambiado mucho las cosas. —Tracy volvió a entrar en la sala.

—¿Por qué?

—Me dijiste que habíais comprado la casa de tus padres, que era preciosa.

Sunnie no parecía muy contenta.

—La heredé. Gary no tuvo que soltar ni un centavo. Quería venderla y yo le dije: «Ni soñarlo». Sabía que era la única oportunidad que se me iba a presentar de tener una casa bonita. Lo que pasa es que, cuando finalmente murió mi madre, estaba muy anticuada. Tuve que cambiar toda la cocina y los cuartos de baño... A ver si vienes y te enseño todo lo que he hecho. Todo es nuevo y moderno. Hemos puesto claraboyas y ventanas más grandes.

Tracy recordaba que la vivienda de los padres de Sunnie se parecía mucho a la de los suyos, una edificación victoriana con mucho encanto y mucha relevancia histórica. Su padre había pasado años restaurando el esplendor original de la mansión de Mattioli. Él habría considerado un sacrilegio cambiar por completo cualquier parte de ella.

—¿Cómo íbamos a recibir a la gente en esa antigualla y más siendo Gary el alcalde? ¡Qué vergüenza! —Sunnie se detuvo para recobrar el aliento y se hizo un silencio incómodo—. ¿No vas a ofrecerme un café? Huele de maravilla.

—Por supuesto. Claro que sí, Sunnie, perdona. Acababa de salir de la ducha cuando has llamado y ni siquiera he caído. —Rodeó la hornilla y bajó una taza de uno de los armarios de la cocina.

—Gary tiene tantas reuniones... Necesitábamos una casa acorde con nuestra posición —siguió diciendo su amiga, como si estuviese hablando del gobernador del estado. Siempre le había gustado exagerar.

Tracy llenó la taza con el café que había hecho Vera.

—¿Quieres azúcar o nata?

—Me lo tomaré así. —Sunnie aceptó la taza y dio un sorbo—. ¡Qué bueno! ¿Quién iba a decir que serías toda un ama de casa? —Se sentó a la mesa—. Qué gracioso es oírte hablar de cómo es ser mamá.

—¿Por qué? —Tracy rodeó la mesa para ocupar el asiento opuesto al suyo.

—Pensaba que te habrías habituado a ser inspectora de homicidios y... mírate. De pequeña siempre habías querido ser madre. ¿Te acuerdas? Querías dar química en el instituto, tener tres críos y vivir aquí, en Cedar Grove, puerta con puerta con tu hermana.

—La vida nos cambia los planes.

—Dímelo a mí, que era la que más planes tenía.

—Querías mudarte a Los Ángeles y hacerte actriz... o a Nashville para triunfar en el mundo de la música *country*.

Sunnie dio otro sorbo de café y concluyó:

—Desde luego, la vida nos llevó por otro lado.

A Tracy se le erizó el vello al comparar el «cambio de ocupación» de Sunnie con el suyo propio. Su vida se había visto patas arriba cuando un psicópata había matado a su hermana y su familia se había hundido por ello. Su marido la dejó, su padre se suicidó y su madre se convirtió en una ermitaña. La habían dejado sola. Sunnie quedó encinta poco después de acabar el instituto, no antes, por supuesto, de la boda, que fue lo que quiso su familia que creyera todo el mundo. Antes de cumplir los treinta tenía ya cuatro chiquillos.

—Eso parece —dijo, convencida de que no tenía sentido seguir hurgando en el pasado.

—¿Y sois felices Dan y tú?

—Mucho.

—Esa es otra que no se me habría ocurrido en la vida. Erais los dos tan distintos de adolescentes... Tú eras algo así como la chica diez del instituto.

—Dudo mucho que hubiese una «chica diez» en Cedar Grove.

—¡Por favor! Si eras la presidenta de los delegados de clase, jugabas al voleibol y al fútbol y tu hermana y tú erais las que mejor disparabais de todo el estado. ¿Sigues yendo a competiciones de tiro?

—No. Con Daniella tan pequeña apenas tengo tiempo, pero me gustaría enseñarle a disparar cuando sea mayor. Creo que saber cuidar de sí misma empodera a una joven.

—Empoderar... —dijo Sunnie en voz baja—. Hablas como tu padre. ¿Te acuerdas de cuando intentó enseñarme a mí?

—Sí. Tenías buena puntería...

—No tanto como Sarah y tú. Jamás habría sido capaz de superaros.

—Tenías otras cosas en mente: tus clases de canto y de interpretación...

Su amiga sonrió, pero con expresión poco feliz. Dio un sorbo al café y miró hacia la ventana como si esperase a alguien antes de dejar la taza.

—Sabes que no iba a clases de canto ni de interpretación —dijo con serenidad para variar.

Tracy lo había sospechado, y casi desde el principio; pero sabía que resultaría más doloroso poner a su amiga en evidencia. Sarah, por su parte, nunca le había tenido un gran aprecio ni había dudado en ocultar su incredulidad.

—¿En serio? —repuso fingiendo sorpresa—. ¿Y qué me dices de todas esas audiciones... y todos esos anuncios?

—No había audiciones ni anuncios. —Sunnie se encogió de hombros—. Mi madre iba a Bellingham los fines de semana para cuidar de mis abuelos y yo me lo inventé todo porque me parecía más emocionante. Quería que la gente pensara que estaba viviendo aventuras exóticas, como Sarah y tú.

—No tenías por qué inventarte nada, Sunnie.

La invitada puso la misma sonrisa derrotada.

—¿Sabes lo difícil que resultaba ser amiga tuya?

—¿Qué?

—Estar siempre en segundo plano...

—Eso no es verdad, Sunnie.

—Claro que lo es. A Sarah y a ti os conocía todo el mundo. Erais las hijas de Doc Crosswhite, las campeonas de tiro con pistola. Cuando la gente se encontraba con vosotras en el centro, se alegraba de veros y os hacía mil preguntas sobre la última competición, y yo me quedaba siempre allí, como un pasmarote, siempre en segundo plano.

Tracy fingió incredulidad por educación, aunque sabía que había algo de cierto en sus palabras. Los vecinos las paraban a Sarah y a ella delante de la farmacia o del cine de Hutchins para hablar de las últimas competiciones o felicitarlas por su éxito. A Dan, toda aquella atención no le afectaba en absoluto: entraba en el comercio en cuestión y hacía lo que había ido a hacer; pero a Sunnie saltaba a la vista que le resultaba molesto. Tracy la recordaba de pie en la acera como si esperase que la persona que tenían delante le preguntara a ella. Nadie lo hacía. Había sido entonces cuando Sunnie había empezado a hablar de sus clases de canto e interpretación, así como de las audiciones que tenía en Bellingham. Cuando llegaron al instituto, Sunnie cambió de amigos y Tracy y ella se distanciaron. Siguieron teniendo una relación cordial y Tracy supuso que Sunnie había decidido pasar página con ellas después de haberse visto tan atrapada en su telaraña de mentiras que le resultaba imposible escapar.

Esa idea, la de la telaraña, llevó a Tracy a volverse hacia el lugar en que había dejado los tres expedientes policiales, si bien le resultaba imposible explicar por qué con exactitud. Miró de nuevo a Sunnie. Quería decir algo, asegurarle que sentía mucho si había hecho que se sintiese desplazada; pero tampoco deseaba dar la impresión de que se compadecía de ella, porque sabía que tal cosa supondría una afrenta aún mayor para Sunnie, algo que ella no toleraría nada bien. En ese momento llamaron a la puerta y la salvaron de tener que decir nada.

—Voy a ver quién es —dijo poniéndose en pie y dirigiéndose a la entrada. Ojalá fuesen Vera y Daniella.

Abrió y se encontró a Finlay Armstrong de pie en el porche con su uniforme caqui y su voluminoso chaquetón verde.

—¿Finlay? —Aunque sospechaba que lo habían enviado a vigilarla, optó por hacerse la inocente—. ¿Qué estás haciendo aquí?

CAPÍTULO 37

Dan se puso las manos a la espalda y preguntó con voz suave, pero resuelta:

—¿Sigue creyendo que los dos asesinatos están relacionados, jefe Calloway?

—Sí.

—¿Sigue siendo Finlay Armstrong su principal sospechoso en alguno de ellos?

—No.

—¿Por qué no?

—Porque creo que quien mató a Kimberly Armstrong lo hizo para evitar que hiciera público lo que había descubierto sobre la posible creación de un complejo turístico en los montes de Cedar Grove, un complejo que, si salía adelante, iba a enriquecer muchísimo a esa persona.

—¿Tiene algún sospechoso?

Calloway señaló los caballetes.

—Los socios de la Cedar Grove Development LLC.

Dan había tensado al máximo aquella mecha. El de Faz sería el testimonio que prendiese fuego a la traca final, la más explosiva. Dio las gracias a Calloway y se sentó. Lynn Milne ni siquiera usó el turno de repreguntas. Daba la sensación de haber llegado tarde a una reunión y no tener ni idea de lo que estaba ocurriendo. Antes de que pudiera protestar, Dan llamó a declarar a su último testigo: Vic Fazzio.

Faz entró en la sala como un matón italoamericano al que estuvieran juzgando por haber llenado a uno de plomo en un coche, con mocasines, pantalón de vestir color crema, americana azul marino, camisa blanca y corbata azul con rayas rojas horizontales. Cuando subió al estrado, hizo parecer enano al secretario que le tomó juramento.

Se sentó y miró al juez Harvey.

—Buenas tardes, señoría.

—Señor Fazzio —respondió el magistrado.

Faz centró entonces su atención en Dan, que despachó enseguida los preliminares.

—¿Trabaja usted en la Sección de Crímenes Violentos de la policía de Seattle?

—Sí.

—¿Podría decir al tribunal lo que está haciendo en Cedar Grove?

—Claro que sí: morirme de frío. —Faz arrancó una risita a Harvey y también al público—. En realidad, he venido porque Tracy Crosswhite, compañera mía de la Sección de Crímenes Violentos, necesitaba ayuda con unos casos que estaba investigando.

—¿Qué casos?

—Los asesinatos de Heather Johansen y Kimberly Armstrong.

Faz dedicó los diez minutos siguientes a exponer la conexión que parecía existir entre los dos casos, así como entre ellos y el de Jason Mathews, y a continuación dijo:

—Como parte de mi investigación, viajé a Scottsdale, en Arizona, para hablar con el antiguo propietario de la Four Points Tavern.

—¿Y qué averiguó?

—Que dos semanas antes de que lo mataran de un disparo, Jason Mathews se había reunido en la taberna con Ed Witherspoon, antiguo alcalde de Cedar Grove.

Dan miró a la galería, donde se encontraba Gary Witherspoon, aún pálido y, además, con gesto aterrado. Roy Calloway se había sentado al final de la misma fila, más cerca de la puerta.

—¿Qué más ha averiguado en el curso de su investigación?

—Pues que, el 24 de diciembre de 1992, Ed Witherspoon organizó una fiesta de Nochebuena a la que asistió Heather Johansen y que él o alguien más de los que había presentes llevaron a Heather a casa aquella noche. También he sabido que el informe del médico forense concluyó que Heather Johansen estaba embarazada cuando la mataron y la fecha de su concepción coincide con la de la fiesta de Nochebuena... o con una muy cercana.

Milne se puso en pie.

—Señoría, la defensa protesta por considerar improcedente todo el testimonio del inspector Fazzio.

—Denegada —repuso Harvey—. Una conspiración supone la comisión de actos con fines delictivos y, por tanto, el testimonio procede.

Dan aprovechó esta intervención para formular la pregunta que todo el mundo estaba esperando:

—Inspector Fazzio, ¿por qué resulta procedente su investigación en un pleito mercantil entre mi cliente, Larry Kaufman, y el municipio de Cedar Grove?

—Resulta procedente porque Kimberly Armstrong estaba investigando el posible desarrollo futuro de Cedar Grove por las acciones de la empresa Cedar Grove Development LLC, de reciente constitución, así como el de los comercios sometidos a compraventa en el municipio, y eso puso en riesgo su vida.

—¿Y por qué iba a poner eso en riesgo su vida?

—Porque todo es una estafa.

Milne saltó de su asiento.

—Protesto, señoría. Que no conste en acta. El testigo no tiene fundamento alguno para formular semejante afirmación. Se trata de una opinión infundada y, repito, no procede en la demanda que nos ha traído aquí.

—Se acepta —dijo Harvey—, aunque creo que el motivo que nos ha traído hoy aquí se fue al diablo hace unos dos testigos, ¿no, señor O'Leary?

—Tengo que sentar una base sobre la que puedan sostenerse las pruebas, señoría.

—Pues espero que sea capaz, porque no he tenido una vista como esta… en mi vida, y me repatearía tener que rechazar todas estas pruebas.

Dan miró a Faz.

—¿Por qué sabe que las transacciones relativas a los comercios de la Market Street de Cedar Grove son un fraude?

—Porque he buscado los nombres de cada una de las personas relacionadas en esas pruebas, la número 3 y la número 4.

Dan se dirigió a la prueba número 3 y señaló la lista de las sociedades de responsabilidad limitada que se habían constituido para comprar los negocios del centro de Cedar Grove, que incluía los nombres de los socios de cada empresa.

—¿Ha buscado los nombres de los integrantes de cada una de estas sociedades de responsabilidad limitada? ¿Y qué ha averiguado?

—Que todas esas personas están muertas.

El abogado aguardó unos segundos. Habría sido posible oír un alfiler caer al suelo de la sala.

—¿Está usted diciéndole a este tribunal que cada una de las personas que aparecen como integrantes de cada una de esas sociedades de responsabilidad limitada está muerta?

—Eso es exactamente lo que estoy diciendo.

—¿Y qué más ha descubierto en su investigación?

—Que todas y cada una de esas personas compraron o vendieron, en algún momento de las últimas décadas, una vivienda en un municipio cercano a Cedar Grove, lo que explica que la persona o las personas que constituyeron de manera fraudulenta esas sociedades dispusieran del número de la seguridad social y las cuentas bancarias de los supuestos socios, y hasta de sus firmas, con lo que pudieron falsificarlas.

—¿Y esas personas compraron o vendieron sus viviendas a través de un agente inmobiliario?

—Sí, Ed Witherspoon.

Milne ni siquiera se molestó en protestar. Se volvió y miró a Rav Patel como quien pregunta: «¿En qué coño me has metido?». Él, sin embargo, tenía la vista clavada en Gary Witherspoon, que parecía haberse quedado petrificado en su asiento.

—De las empresas que están negociando con el ayuntamiento de Cedar Grove no existe más que la carcasa —prosiguió Faz— y lo mismo pasa con la Cedar Grove Development LLC. En mi opinión, se trata de una conspiración monumental para hacer muy rica a una persona o a varias.

CAPÍTULO 38

Finlay miró a Tracy, a todas luces perplejo ante la pregunta de qué hacía en su casa.

—¿Qué quieres decir?

Fuera había empezado a nevar. Tracy miró a la espalda de Finlay y luego calle arriba con la esperanza de ver a Vera y Daniella de regreso.

—Entra —dijo por no dejar que se fuera el calor de la casa.

El recién llegado se quitó el sombrero y pasó al interior de la casa. Se volvió hacia la mesa de la cocina.

—Buenas, Sunnie.

—Hola, Finlay.

Tracy cerró la puerta. Quería saber qué había llevado a Finlay a su casa, aunque él parecía cohibido ante la presencia de Sunnie. Al ver que no decía nada, tuvo la sensación de que ocurría algo.

—¿Qué pasa? —preguntó.

Él respondió con gesto más desconcertado aún:

—No lo sé.

Tracy negó con la cabeza.

—Yo sí que no lo sé.

Finlay miró a Sunnie, que dio un sorbo a su café, y luego volvió a dirigirse a Tracy.

—Me han llamado de la centralita diciendo que habías llamado para que viniese cuanto antes.

La inspectora volvió a menear la cabeza.

—¿Y por qué iba a llamar yo a comisaría? Habría llamado directamente a tu móvil…

En ese momento acudió a su mente la sensación que había experimentado justo antes de que llamasen a la puerta, cuando el ladrido de los perros había hecho que perdiera el hilo de su razonamiento, el motivo que la había llevado a mirar hacia el lugar en que había dejado los expedientes policiales. En particular, había pensado en el de Heather Johansen y en la telaraña que había imaginado, la que había tejido Sunnie de joven a partir de una simple mentira, hasta quedar envuelta en ella de tal modo que le resultaba imposible escapar.

Las deducciones se sucedieron entonces con rapidez. Ed Witherspoon no podía estar en condiciones de llevar a Heather a casa desde la fiesta de Nochebuena. Siempre bebía demasiado. Barbara podría haberla llevado, pero Ed no se lo habría pedido a ella, sino a otra persona que estuviera disponible. Se lo habría pedido a su hijo, Gary.

Se volvió en dirección a la mesa de la cocina. Sunnie se había puesto de pie y ya no tenía en la mano una taza de café, sino un revólver.

CAPÍTULO 39

Cuando Dan acabó de interrogar a Vic Fazzio, el juez Harvey se frotó la mejilla como quien trata de aliviar el dolor de un derechazo en el cuadrilátero, de un golpe inesperado que, de cualquier modo, lo había dejado impresionado. En la sala seguía reinando un silencio siniestro.

—¿Señor O'Leary?

—La acusación no tiene más que decir, señoría —dijo con aire serio.

Harvey dejó escapar una risita, se reclinó en su asiento con la mirada fija en Dan y, tras unos instantes, dijo:

—No sé muy bien qué es lo que ha pasado hoy aquí, pero sí que va mucho más allá de un acuerdo comercial que se ha torcido. No sé si estoy muy conforme con que haya usado mi sala para lo que sea que la haya usado…, pero sí le diré que ha sido muchísimo más divertido que lo que suelo tener en mi agenda. —Se detuvo de nuevo para escoger con cuidado las palabras que iba a decir a continuación—. También me hago cargo de que han muerto tres personas, cosa que no encuentro divertida en absoluto.

—No, señoría. Yo tampoco.

—No sabría decir muy bien qué camino tomará después de esto, aunque sospecho que usted sí lo tiene claro. —Miró al público asistente—. Creo que cabe decir lo mismo de usted, jefe Calloway, y de usted, señor Fazzio. —Tras otra pausa, añadió—: En cuanto al pedimento de juicio sumario del defendido, que es el único asunto sobre el que tengo que dictaminar esta mañana, queda denegado. Este tribunal entiende que existen cuestiones de hecho relativas a si el municipio de Cedar Grove, representado por sus funcionarios, ha incurrido en actos fraudulentos constitutivos de una conspiración civil... y posiblemente de mucho más. Se aplaza la sesión. —Dio un golpe con el mazo y dejó enseguida la tribuna.

Dan cerró su carpeta y la metió en el maletín antes de volverse hacia Larry Kaufman, quien, pese a haber permanecido en actitud estoica durante toda la vista, se hallaba confundido a ojos vista.

—Ya sé que le debo una explicación. Vamos al pasillo y lo intento.

Roy se levantó de su banco en el momento en que pasaban a su lado Dan y Larry Kaufman en dirección al pasillo. Sin duda el abogado hablaría con su cliente y, acto seguido, se iría a casa. Vic Fazzio y él tenían una conversación pendiente con Gary. Aquel se había convertido en un asunto criminal y había llegado el momento de averiguar lo que sabía Witherspoon. Si es que consentía en hablar. Seguía sentado en la galería. Roy le puso una mano en el hombro y él dio un respingo, pero ni siquiera alzó la vista: sabía bien de quién era aquella mano.

—Tenemos que hablar —anunció Roy.

Gary se puso en pie y juntos salieron de la sala. En el pasillo, Roy señaló una habitación vacía y siguió a su acompañante al interior.

Cerró la puerta. Supuso que aquel lugar debía de servir para recluir al jurado durante un juicio, ya que no vio teléfonos, ni material de lectura: solo una mesa con sillas entre cuatro paredes color café con leche. Al ser Gary sospechoso, Roy pretendía leerle sus derechos, porque ya había salido escaldado de la vez que no lo había hecho antes de interrogar a Edmund House sobre la desaparición de Sarah Crosswhite. Se sentó delante de él, sacó su móvil, lo puso a grabar y lo colocó sobre la mesa.

—Antes de empezar, Gary, tengo que leerte tus derechos.

Witherspoon no protestó.

—Tienes derecho a permanecer en silencio. Cualquier cosa que digas puede ser usada contra ti en un tribunal. Tienes derecho a un abogado. Si no puedes permitírtelo, se te asignará uno de oficio. ¿Entiendes los derechos que acabo de leerte? Teniéndolos presentes, ¿quieres hablar conmigo?

—No lo sé.

—Pero ¿has entendido los derechos que acabo de leerte?

—Sí, los he entendido.

—¿Quieres hablar conmigo?

Gary estaba pálido. De entrada no dijo nada, como si estuviera afanándose en recobrar el aliento. Se aflojó el nudo de la corbata y luego bajó la cabeza y clavó la mirada en el suelo como si fuera a desmayarse… o a vomitar. Roy arrastró la papelera hasta su lado de la mesa y estaba a punto de añadir algo cuando Gary alzó la vista y preguntó:

—¿Qué os ha contado?

—¿Quién?

—Sunnie. ¿Qué os ha contado Sunnie?

Roy, sin saber qué contestar, dijo:

—¿Por qué no empezamos por la Cedar Grove Development LLC? Sabemos que sus socios están muertos, que en cierto momento fueron clientes de tu padre y que, por tanto, tenías acceso a sus nombres. También sabemos que los socios de las empresas que han comprado los comercios de Cedar Grove están muertos como los otros, que, igual que ellos, fueron clientes de tu padre y que tú tenías acceso a sus nombres. ¿Quién le dio a Sunnie toda esa información, tu padre o tú?

El interpelado sacudió la cabeza y cerró los ojos y Roy dijo:

—Todo esto va a ser mucho más fácil si dices la verdad, Gary.

Él lo miró, llorando, y acto seguido se rio.

—¿La verdad? Yo ya no sé lo que es verdad y lo que no, jefe. Llevo veinticinco años ignorando la verdad.

—Empieza por lo primero que te he preguntado. ¿Quién le dio a Sunnie la información que había que hacerle llegar al abogado de Bellingham?

—Yo no le di esa información… y mi padre tampoco.

—Si mientes, Gary, solo conseguirás complicar más las cosas.

—Lo sé. —Volvió a posar la vista en la mesa y Calloway pensó que había llegado el momento en que pediría un abogado—. Llevo años mintiendo, Roy. Así es como empezó todo, con una mentira.

—Entonces, háblame de esa mentira. Empieza por ahí. —El jefe en funciones seguía sin tener muy claro por dónde podía salir aquello, pero valía la pena aprovechar el pie que le había ofrecido Witherspoon.

Gary soltó el suspiro que había estado conteniendo.

—Yo fui quien llevó a Heather a su casa desde la fiesta de Nochebuena que celebraba mi padre en la inmobiliaria. Ella había bebido mucho y yo también. Mi padre siempre bebía más de la cuenta en aquella fiesta y a mi madre no le gustaba quedarse hasta tan tarde, supongo que por no verlo bebido. Sunnie llevó a mi madre a casa en nuestro coche y yo llevé el coche de mi padre. Llevé a mi padre a casa y Heather iba en el asiento de atrás. No sé por qué no fue Sunnie quien llevó a Heather, porque yo también había tomado varias copas de más. Ya sé que no es una excusa, pero… —Se reclinó. Todo apuntaba a que tenía dificultades para respirar.

Roy aguardó paciente.

—Tuvimos sexo en el coche. Ella estaba bastante borracha; como una cuba, de hecho.

—¿Perdió el conocimiento?

Gary se encogió de hombros.

—No lo sé.

—Y ocho semanas más tarde…

Gary asintió con la cabeza.

—Heather llegó a verme al trabajo llorando. Me dijo que se había hecho una prueba de embarazo de esas y había dado positivo. Tenía que habérselo contado a Sunnie entonces… Tenía que haberle confesado lo que había hecho; pero no lo hice. Le dije a Heather que tenía que asegurarse, que tenía que ir a que la vieran en el hospital de Silver Spurs. Me ofrecí a llevarla y le dije que, si le confirmaban el embarazo, tenía que abortar. Le dije que yo me encargaría de pagarlo, que la llevaría al hospital y me quedaría con ella.

—¿Y qué respondió ella?

—Me dijo que iría, que estaba muerta de miedo, pero que iría. Esa noche, después del trabajo, la llevé al hospital. Parecía tranquila, aunque no habló en todo el trayecto. Entonces, al llegar, salió del coche y me dijo que no necesitaba que la acompañase. Noté algo raro y por eso la esperé. No entró. Entonces salí del coche y le dije que no teníamos elección, que no podía hacerme cargo de ella y de un bebé, que estaba casado y tenía dos hijos. Sunnie, además, volvía a estar embarazada. Económicamente no nos iba muy bien.

—¿Qué pasó, Gary? ¿Qué hiciste? —preguntó Roy.

—¿Que qué hice? Dejar a Heather en el hospital.

—¿La dejaste allí?

Gary se encogió de hombros.

—Creí que entraría sola. Ya sé que no era lo más correcto, pero… —dejó que se le apagara la voz y puso cara de ir a ceder a las náuseas.

Roy acercó más aún la papelera. Gary respiró hondo varias veces y se incorporó.

—Cuando llegué a casa, Sunnie quiso saber qué me pasaba y, llegado a ese punto, pensé que no tenía alternativa y se lo conté. Me llamó la atención la tranquilidad con que se lo tomó. Me dijo que conocía a Heather y que pensaba hablar con ella, que la convencería para que abortase. Yo le dije que ya lo había intentado, que venía del hospital y que Heather se había echado atrás. Le dije que la había dejado allí y entonces fue cuando Sunnie se enfadó. Me llamó idiota y me dijo que, si Heather llamaba a alguien para que la llevase a casa, tendría que contarle lo que había pasado y lo que hacía en Silver Spurs. Me dijo que una noticia así correría como la pólvora y la convertiría en el hazmerreír de Cedar Grove a ella, la esposa embarazada con dos hijos y un marido que va por ahí tirándose a las jovencitas del instituto. Salió de la casa hecha una furia y la oí arrancar el coche. —Gary meneó la cabeza. El llanto se le había hecho más intenso, tanto que apenas lo dejaba hablar—. No sabía que fuese a matarla, Roy. En mi vida se me habría ocurrido que Sunnie pudiera tener esa intención.

Roy estaba convencido de que las lágrimas eran reales, pero no tanto de que también lo fuese lo que le acababa de contar. Hacía lo posible por contrastarlo mentalmente con las pruebas que tenían y con lo que sabían de los tres casos, pero la información le estaba llegando en tromba y le estaba costando procesarla. Necesitaba tiempo. ¿Podía haber matado Sunnie a Heather Johansen? ¿Y haber arrastrado su cadáver hasta el bosque? Atticus le había hablado a Gary de la urbanización y Gary podía habérselo contado a Sunnie.

¿Qué coño estaba pasando en su ciudad?

En ese momento se abrió la puerta y entró Vic Fazzio. Miró a Gary Witherspoon, a quien le caían las lágrimas por las mejillas, y luego a Roy.

—No consigo localizar a Tracy. No contesta al teléfono. He llamado a Vera y me ha dicho que ha salido con el bebé. Cuando salió, Tracy estaba en casa, sola.

CAPÍTULO 40

Sunnie sonrió, pero Tracy había visto antes aquella expresión teñida de tristeza: la misma sonrisa resignada que usaba de niña.

—¿Reconoces esta pistola, Tracy? Era tuya. Tu padre me la dio cuando quiso enseñarme a disparar. ¿Te acuerdas?

—Me acuerdo, Sunnie.

—Tu padre, tu hermana y tú erais los únicos que lo sabíais… y ahora también lo sabes tú, Finlay.

—Baja el arma, Sunnie —dijo él en tono firme—. ¿Qué coño estás haciendo?

—Cállate, Finlay. Hablando de armas, quiero que te quites muy lentamente la pistolera y la dejes en la encimera. Ni se te ocurra intentar quitarle el seguro o te meto una bala entre las cejas. Si crees que no soy capaz, pregúntale a Tracy. Aprendí del mejor. Doc Crosswhite me enseñó bien, ¿verdad, Tracy?

Armstrong miró a Tracy, que bajó la barbilla y dijo:

—Hazlo, Finlay. —En ese momento, lo que necesitaba, por encima de todo, era tiempo.

Él no parecía tener claro que tuviera que obedecer.

—Hazlo, Finlay —insistió la inspectora.

Sunnie amartilló su arma.

—En realidad, me da igual mataros ahora o esperar.

—Tranquila, Sunnie. —Tracy necesitaba hacer que siguiera hablando, cosa que en cualquier otra circunstancia no había sido nunca muy difícil de lograr.

—¿Tranquila? —dijo ella apuntando a Tracy mientras negaba con la cabeza—. Muy propio de ti. Eres igual que tu padre, transmitiendo siempre calma y fortaleza. —Volvió a dirigir el arma a Armstrong—. Finlay, o dejas esa pistola en la encimera o te mato aquí mismo. Piensa que esta vez no voy a tener que quemar la casa para encubrirlo.

Él, que se había quitado ya el arma, vaciló al oír lo que acababa de decir.

—¿Tú mataste a Kimberly?

—Kimberly se mató ella solita. Ahora, deja ahí la dichosa pistola.

Sunnie se encontraba en el pasillo de Kimberly Armstrong, que dirigió la vista al bidón de gasolina que había en el suelo y luego a Sunnie.

—Pero... ¿Tú... qué haces aquí?

Sunnie levantó el bate de béisbol. Kimberly dio un paso atrás con una expresión de terror en la mirada. Se dio la vuelta y trastabilló. Sunnie le asestó el primer golpe, dirigido a la nuca. La derribó con un ruido hueco y nauseabundo, pero ella siguió avanzando a gatas. Sunnie se colocó sobre ella y alzó el bate por encima de su cabeza para dejarlo caer como un hacha. Golpeó a Kimberly una segunda vez y después otra más.

Respirando con dificultad por el esfuerzo, soltó el bate. Todavía tenía mucho que hacer. Asió a Kimberly por los brazos y la arrastró por la moqueta hasta llevarla al despacho. Apartó de una patada la silla giratoria del escritorio y cruzó con su víctima la lámina de plástico que protegía el suelo, sobre la que dejó un rastro de sangre. Daba igual, porque nadie iba a verlo.

Los papeles de Kimberly estaban en el estante que había sobre el escritorio. El expediente policial de Heather Johansen.

—*Qué cerca has estado* —*le dijo.*

Corrió a la sala de estar y recogió el bidón de gasolina que había encontrado en el cobertizo dos semanas antes, cuando se había colado en el patio trasero desde la servidumbre de paso. Sabía que Finlay tendría gasolina, pues la necesitaba para el tractor cortacésped y para el cortasetos. Aun así, tenía que asegurarse. Llevaba mucho tiempo esforzándose para cometer a esas alturas un error estúpido.

Tracy observó a Finlay mientras dejaba el arma en la encimera de la cocina y se volvió hacia Sunnie.

—¿Por qué Kimberly? —preguntó.

—Porque se empeñó en removerlo todo. No dejaba de hurgar en la muerte de Heather y luego, encima, se puso a hacer preguntas sobre la Cedar Grove Development. Atticus se lo contó a Gary. —Sunnie hizo un gesto burlón—. Trabajaba en el *Towne Crier*. ¿Quién se creía que era, Bob Woodward?

—Tú eres la Cedar Grove Development LLC.

—Yo soy muchas cosas, Tracy. También soy el maestro pastelero, la tienda de exquisiteces y pronto la Kaufman's Mercantile Store.

—Sacaste los nombres de los socios de los archivos de Ed.

—No tenía claro cuánto sabías…

—¿Por qué? ¿Por qué lo hiciste?

—Tenía que atar corto a Ed y a Gary para asegurarme de que mantenían la boca callada sobre lo de Heather. Usé esos nombres para que todos pensaran que la pobre secretaria tonta estaba haciendo lo que le habían pedido su marido y su suegro. —Se encogió de hombros con una sonrisa que se esfumó de inmediato.

—Había puesto todo lo que tenía en la Cedar Grove Development. Hipotequé la casa e invertí cada centavo que me habían dejado mis padres en herencia en adquirir las empresas. No pensaba permitir que me dejasen atrás otra vez. Esta vez no, Tracy. No estaba dispuesta a ser la que se quedara en Cedar Grove con las manos vacías. Iba a conseguir todo lo que merecía, todo lo que había soñado.

—Tú mataste a Kimberly. —Finlay repitió las palabras como si aún estuviese intentado comprenderlas.

—Pero no lo parecerá. Todo el mundo va a pensar que fuiste tú quien mató a Kimberly, como todo el mundo pensó lo mismo tras la muerte de Heather Johansen.

Tracy se dio cuenta entonces de lo que pretendía hacer Sunnie.

—Yo no maté a Heather —dijo él.

—Siempre has sido un imbécil.

Sunnie vio a Heather Johansen irrumpir en la calzada y agitar un brazo en alto. En aquel instante, pensó en pisar el acelerador y atropellar a la muy zorra, convertirla en la víctima de un trágico atropello con fuga. Sin embargo, había visto el daño que podía hacer un ciervo a un vehículo y supuso que el de una persona, aunque fuese una canijucha como Heather, sería también considerable.

La menor abolladura supondría un problema si tenía que explicar cómo se había producido. Frenó y oyó las pastillas chirriar por el agua acumulada mientras las ruedas se afanaban en agarrarse al pavimento húmedo. Los faros descendieron momentáneamente y a continuación volvieron a su posición habitual. Heather caminó hacia ella y, de pronto, se detuvo. Tenía la expresión alicaída y derrotada de alguien a quien le acaban de estropear una sorpresa.

No esperaba ver a Sunnie. A Gary, quizá, o tal vez a un extraño; pero no a Sunnie.

¡Sorpresa!

Para ella, en cambio, nada de aquello había sido una sorpresa. Había visto cómo miraba su marido a Heather cuando aparecía por la inmobiliaria. Reconocía el deseo en sus ojos porque en otro tiempo también la había mirado así a ella, antes de que quedara encinta y engordara veinte kilos. Convencida de que todo sería diferente si tenían un hijo juntos, le había dicho que estaba tomando la píldora. Creía que entonces Gary la querría... tanto como ella lo quería a él.

Sin embargo, ni siquiera había querido casarse con ella. Le había dicho que el hijo no era suyo, que Sunnie había estado acostándose con otros. Le había dicho que tenía que abortar. Le había dicho muchas cosas hirientes... hasta que ella había hecho que interviniera su padre. Ni Ed ni Gary eran conscientes del poder que tenía el padre de Sunnie en Cedar Grove. No tenían ni idea de la clase de abogado que podía llegar a ser cuando alguien jodía a su familia... y especialmente a su hija.

Su padre había tenido una charla con Ed y con Barbara. Les había dejado claro cuáles eran las opciones que tenía Gary: o se casaba con su hija y la cuidaba como ella merecía o los demandaría a todos y les sacaría cuanto tuviesen en concepto de manutención. Como Gary no tenía ni donde caerse muerto, perderían la inmobiliaria de Ed.

Sunnie y Gary se casaron una semana después de graduarse en el instituto y él entró a trabajar con su padre. Ella estaba convencida de que Gary aprendería a quererla, pero no fue así.

Y, por si fuera poco, lo acababa de agravar todo con una traición... con esa putilla.

Sunnie abrió la puerta del coche y Heather echó los hombros hacia atrás como con gesto desafiante.

—¿Heather? —le dijo como si hubiese sido un encuentro fortuito—. ¿Qué coño haces tú aquí? Te vas a helar con este tiempo.

Ella pareció más relajada, aunque solo por un instante. Alzó la voz para hacerse oír por encima del viento.

—Tengo que llegar a casa de los Crosswhite.

—¿De los Crosswhite?

—¿Me puedes llevar tú?

—¿Y para qué quieres ir a casa de los Crosswhite?

—Para resolver una cosa. ¿Me llevas, por favor?

—¿Qué tienes que resolver? —preguntó Sunnie.

Heather rodeó el capó para dirigirse al asiento del copiloto.

—Nada. Es algo personal. Llévame, por favor.

Entonces, llegó el momento de la sorpresa.

—Tienes que hacer lo que te han dicho, Heather. Ha sido un accidente, un error.

Heather se detuvo para volverse hacia ella.

—Tienes que pensar en las vidas que estás arruinando, incluida la tuya —le dijo Sunnie.

—Lo sé —respondió ella— y hay una que me preocupa sobre todo.

—No seas cabezota. Te estás dejando llevar por las emociones. Te llevaré al hospital de Silver Spurs... y luego todos podremos seguir con nuestras vidas.

—No, no pienso volver allí. Voy a ir a casa del doctor Crosswhite y, si no me llevas tú, iré andando.

Emprendió la marcha carretera abajo («¡Si tendrá poca vergüenza la muy zorra!») y oyó gritar a Sunnie como a lo lejos:

—¡Métete en el coche, Heather! Si quieres arruinarte la vida, es cosa tuya; pero no tienes ningún derecho a arruinármela a mí.

Heather se detuvo y se dio la vuelta mientras sentía la nieve caerle en el rostro. Apartó los copos con una mano y, girando de nuevo, echó a andar otra vez.

—¡Vete! —gritó sin dejar de caminar—. ¡Déjame en paz!

Sunnie sintió un acceso de ira que se le extendía del pecho a las extremidades y le tensaba los músculos. Tenía claro que Heather no pensaba tomar la decisión más sensata. Lo supo en el momento en que se metió en el coche. A Heather le daba igual humillarla delante de todo Cedar Grove, pero Sunnie no tenía intención de dejarse humillar.

Heather apretó el paso hasta ponerse a correr. Sabía que a pie no la alcanzaría, así que volvió corriendo al coche, se sentó al volante y pisó el acelerador. El vehículo se abalanzó hacia delante. Pisó el freno para evitar que se saliera al barro de la cuneta y dio media vuelta. El motor gruñó y las ruedas se aferraron con dificultad al asfalto mojado.

Cuando la oyó acercarse, Heather miró por encima de un hombro y se apartó de un salto de la carretera. Cayó al suelo y se levantó a duras penas.

Sunnie la adelantó y frenó mientras giraba el volante para cortarle la huida. Agarró el bate de béisbol que tenía Gary en el asiento trasero y abrió la puerta. La luz del techo iluminó brevemente el interior y se apagó a continuación cuando Sunnie cerró de golpe.

Heather gritó algo por encima de su hombro y siguió caminando. A Sunnie le resultaba ya imposible oírla. El único sonido que percibía llegaba de lo más hondo de ella misma, un ruido gutural y ajeno. Levantó el bate de béisbol y echó a correr.

Heather se volvió y alzó una mano para protegerse del resplandor de los faros del coche. Tropezó. Perdió el equilibrio. Sunnie balanceó el bate como si pretendiera trocear un bloque grueso de madera y oyó el impacto hueco con el cráneo de Heather. El golpe la hizo caer de rodillas. Se tambaleó un instante y a continuación cayó de espaldas y golpeó la calzada con la cabeza. Quedó allí tendida, con los ojos abiertos a la nieve que caía.

Sunnie se colocó sobre ella.

Y levantó por segunda vez el bate.

CAPÍTULO 41

Roy salió al pasillo del juzgado y cerró tras él la puerta. Entonces ofreció a Vic Fazzio una versión abreviada de lo que le había contado Gary Witherspoon hasta el momento.

—¿Y te lo crees? —preguntó Faz.

—No lo sé. Puede que no del todo. Ya te lo diré más tarde. De momento, localiza a Dan y averigua a qué distancia está de Cedar Grove.

El inspector sacó el móvil e hizo la llamada mientras caminaba por el pasillo. Roy miró la hora y calculó el tiempo que necesitaba Dan para llegar a casa. Todavía debía de estar demasiado lejos de Cedar Grove. Sacó su teléfono y llamó a su comisaría. Pidió hablar con Finlay Armstrong y la secretaria lo informó de que había salido. Colgó y llamó al móvil de Finlay, pero no obtuvo respuesta. Cada vez más frustrado, volvió a llamar a comisaría y pidió que enviasen un coche patrulla a casa de Dan O'Leary.

—Que se den prisa —dijo. Colgó y volvió a aquella estancia. Miró a Gary Witherspoon, encendió la grabadora y volvió a poner el teléfono sobre la mesa. No tuvo que hacer preguntas para que el alcalde siguiese hablando.

—No tenía otra opción. —Su voz se había vuelto implorante—. Sunnie me dejó claro que si se lo contaba a alguien, diría que fui yo quien mató a Heather. Te contaría que la había violado y la había dejado embarazada y que, cuando ella acudió a mí, la maté para encubrirlo. Hasta guardó el bate de béisbol que había usado, escondido para que no pudiese limpiarlo. Dijo que tú no me creerías si sostenía que había sido Sunnie, que nadie se creería mi versión, que darían por hecho que eran las palabras desesperadas de alguien que intenta ocultar sus crímenes.

—¿Y por qué tengo que creerte ahora? —preguntó Roy tomando asiento—. ¿Cómo sé que no me estás mintiendo?

—Porque me conoces, conoces a mi padre y sabes que ninguno de los dos tiene el dinero que habría que tener para comprar los comercios de Cedar Grove y poner en marcha la urbanización de Cascadia.

—¿Eso lo hizo Sunnie?

Gary asintió.

—Con el dinero que heredó de sus padres. Contrató al abogado de Bellingham para que se encargara del papeleo. Por eso pidió trabajar con Rav Patel, para que pareciese que los contratos procedían del despacho del abogado municipal. Cuando me enteré de lo que estaba haciendo y le pedí que lo dejara, se limitó a reírse de mí. Me dijo que pensaba contarte que lo único que estaba haciendo era lo que yo le había dicho, que nadie iba a creerse que lo estaba haciendo ella por su cuenta. Averigüé que había usado los nombres de los antiguos clientes de mi padre, porque tenía acceso a esos archivos. Me dijo que podía seguirle el juego y quedar como el héroe que salvó Cedar Grove o dejar que nos echase toda la culpa a mi padre y a mí, porque tenía las pruebas necesarias para sustentar sus acusaciones.

A esas alturas, Roy no sabía qué creer. De cualquier modo, no le hacía ninguna gracia que ni Finlay ni Tracy respondieran al teléfono.

Sunnie se encogió de hombros en respuesta a la pregunta de Tracy.

—Heather no atendía a razones. Intenté que fuera sensata. La cosa no tenía que haber acabado así, ni para ella ni para mí; pero yo no pensaba volver humillada a Cedar Grove ni aceptar que me echasen la culpa de hacer lo que Gary no había tenido pelotas de hacer.

«Sigue hablando, Sunnie», pensó Tracy. Cuanto más hablase, mayores serían sus posibilidades de buscar un modo de hacerse con la pistola. Difícilmente iba a poder invocar a la Sunnie insegura que había conocido de joven. La que tenía delante llevaba muchos años profesándole ese resentimiento que se infectaba como una herida sin tratar y envenenaba cuerpo y mente. Albergaba pocas esperanzas de poder convencerla de que bajase el arma después de tantos años de mentiras y de asesinatos destinados a encubrirlas. La chiquilla que había conocido, con la que se había criado y a la que había visto casi a diario en aquella época ya no existía: la mujer que tenía frente a sí en su propia cocina era un ser trastornado, paranoico y narcisista. Estaba enferma. No podía decir que conociese a aquella mujer, pero... tenía que intentarlo, aunque solo fuera por ganar tiempo. No tenía claro qué hacer, pero sí que debía hacerlo antes de que volviesen Vera y Daniella. No podía ponerlas en peligro.

—Eso sí, aquella noche me di cuenta de algo más —siguió diciendo Sunnie.

—¿Qué noche?

—La noche que murió Heather. Me di cuenta de que Gary ya no tenía poder sobre mí. Jamás volvería a decirme lo que tenía que hacer. Ed tampoco. ¿Tienes la menor idea de lo que es vivir con un hombre que no te quiere? Pues claro que no. Tú tienes a Dan, a don Optimismo. ¿Sigue siendo igual? ¿Sigue siendo el niño bueno que te hacía cumplidos a todas horas?

—Todos tenemos problemas, Sunnie. Son parte del matrimonio.

—Ah, ¿sí? ¿A ti también te llama gorda y fea cuando se emborracha?

—Lo siento.

Sunnie rechazó con un gesto de la mano las disculpas de Tracy.

—¿Qué ibas a saber tú? Tú, siempre tan perfecta, tan guapa, tan bien plantada... Su padre era peor —añadió cambiando de tema sin pausa—. Cuando murió mi padre, perdí todo lo que tenía para someterlos, porque ya no podía amenazarlos. Sin embargo, volví a tener la sartén por el mango cuando le dije a Gary que, si volvía a maltratarme, le contaría a Roy lo de Heather y Roy me creería. Gary no me creía, no acababa de verme capaz... hasta que maté al abogado. —Sonrió—. No volvió a poner en duda si era o no capaz de hacerlo ni a quién creería Roy.

—Fuiste tú quien puso las ramas en la carretera.

—Para alguien con tus dones habría sido fácil, pero yo tuve que practicar y estuve yendo un tiempo al campo de tiro. —Miró a Finlay—. Nunca quise implicarte a ti, Finlay, aunque la verdad es que la culpa fue tuya. Fuiste tú el que estuvo acosando a Heather, el chaval al que dejó plantado su amor de instituto y no fue capaz de pasar página. Pensaba que te iban a detener a ti, pero Edmund House nos hizo a todos un favor al secuestrar a tu hermana —añadió volviéndose de nuevo hacia Tracy—. Se convirtió en un sospechoso muy oportuno de la muerte de Heather. Siempre he creído que Roy no estaba muy convencido de que fuera así, pero, sin pruebas de ADN, ¿cómo iba a poder demostrarlo?

—¿Por qué mataste a Jason Mathews? —preguntó Tracy. «Sigue hablando, Sunnie. Sigue hablando».

—Eso fue culpa tuya.

La inspectora decidió incitarla.

—¿Y por qué fue culpa mía? —Creía saber el motivo, pero quería que siguiese hablando. Miró la pistola de la encimera, convencida de que no podría alcanzarla antes de que Sunnie apretase el gatillo. Buscó algo que pudiese lanzar, cualquier cosa.

—Si no hubieses venido a Cedar Grove a demostrar que Edmund House era inocente, a los Johansen no se les habría metido jamás en la cabeza que House pudo no matar a su hija. Nunca habrían contratado a Mathews para que lo investigase y todo habría ido como tenía que ir.

—Pero Mathews se reunió con Ed en la Four Points Tavern de Silver Spurs —dijo Tracy.

—¿Y cómo sabes tú eso? —le espetó Sunnie con gesto paranoico—. ¿Quién te lo ha contado? ¿Ed? ¿Te lo ha contado Ed?

—¿Tengo razón?

Sunnie repuso con expresión burlona:

—¿Por qué ha sido siempre tan importante para ti tener razón? Sigues siendo igual de competitiva que de pequeña. Como tu hermana. Hasta como tu padre. Sí, fue por esa reunión. Ed no sabía nada hasta que Mathews abrió su bocaza. Vino aquella noche a casa y se enfrentó a Gary. Quería saber si era verdad que su hijo había dejado embarazada a Heather. Quería saber si la había matado.

—Entonces viste que se te presentaba otra oportunidad.

—De entrada, no. Al principio estaba aterrada, pero, a medida que pasaban los días, me di cuenta de que podía tener en un puño no solo a Gary, sino a Ed. Así que me puse a vigilar a Mathews. Me enteré de a qué horas le gustaba darle a la botella, cosa que no fue difícil, porque se pasaba el día en la Four Points Tavern. Entonces te observé a ti, Finlay, y esperé a que salieras un día a cazar. Fui a casa, cogí mi escopeta de matar venados y me planté delante del bar hasta que vi salir a Mathews. Estaba tan borracho que creí que se estrellaría antes de llegar a las ramas que le había dejado en la carretera. Entré con el coche por la pista para equipos de extinción hasta la parte de atrás de aquel terreno. Te tienes que acordar de esa pista, Tracy. De crías la tomábamos para ir al lago.

—Claro.

—Sabía que podía acertar. Al fin y al cabo, me había adiestrado el mejor de todo Cedar Grove.

—Me has preguntado por qué sabía que Jason Mathews estaba chantajeando a Ed —dijo Tracy—. Lo sabía porque hablamos con el dueño del bar y se acordaba de aquella reunión. También sabemos todo lo relativo a la Cedar Grove Development y al uso de los nombres de los antiguos clientes de Ed como socios de las empresas que constituiste. Dan está presentando en este mismo momento todos esos hechos frente a un tribunal, Sunnie. Se ha acabado. Ha llegado el momento de ponerle fin a esto.

—He hecho mis deberes, Tracy. No soy la imbécil que crees que soy.

—Yo nunca he creído que fueras imbécil, Sunnie.

—Entonces deberías saber que soy muy consciente de lo que está haciendo Dan en el condado de Whatcom. —Se encogió de hombros—. Pero eso da igual. Pensarán que la constitución de las sociedades falsas fue cosa de Ed y de Gary. Por eso elegí a sus antiguos clientes como socios. Ed ha sido siempre un hijo de puta avaricioso y Gary su seguro servidor. Roy lo sabe y no va a tragarse que todo esto haya podido ser cosa de la pobrecita ama de casa. Ese, por supuesto, es el papel que pienso representar yo, dolida por lo que han intentado hacer mi marido y mi suegro, por cómo me han engañado para dejarme sin mi herencia.

—¿Y cómo vas a explicar lo nuestro —dijo Finlay— si ellos no están aquí?

—No tengo ninguna necesidad. Ahora mismo, Ed y Gary son culpables de fraude, no de asesinato. El principal sospechoso de la muerte de Heather Johansen, de Jason Mathews y de tu mujer sigues siendo tú, Finlay. ¿O todavía no te has dado cuenta de por qué te he invitado a esta fiesta? Creías que Tracy se estaba acercando demasiado a la respuesta, que había unido todas las piezas y que había llegado a la conclusión de que el asesino eras tú. Así que la acechaste, cosa que a Roy no le costará creer, y esperaste a que estuviese sola. Viniste aquí a matarla, pero olvidaste algo: olvidaste que Tracy siempre ha sido rápida con el arma. Ella consiguió dispararte a ti también, no lo bastante rápido para salvarse, pero sí para matarte a ti.

»¿A que eso sí se lo va a creer todo el mundo, Tracy? En tu funeral hablarán de lo rápidas que fuisteis siempre tu hermana y tú con la pistola.

CAPÍTULO 42

El teléfono de Dan se puso a sonar. El prefijo era de la zona, el 206, pero no reconoció el número. No eran Tracy ni Leah Battles.

—Buenas, Dan. Soy Vic Fazzio.

—¿Habéis conseguido que hable Gary Witherspoon?

—Sí, está con Calloway. No sabría decirte los detalles, pero le está contando una historia que ninguno de nosotros había previsto.

—¿A qué te refieres?

—Calloway dice que Gary le ha echado la culpa a Sunnie.

—¿A Sunnie? Eso es ridículo.

—Quizá no. Gary reconoce que dejó embarazada a Heather Johansen y que la llevó al hospital para que abortara; pero mantiene que ahí acabó todo, que Heather se negó y que la dejó allí. Dice que fue Sunnie la que volvió a por ella, que nunca se le habría pasado por la cabeza que Sunnie la mataría. Según él, le dijo que si decía algo, le contaría a Calloway que Gary había dejado embarazada a Heather y que la había matado porque ella no quería abortar.

—Está mintiendo, Faz. Sunnie no es capaz de montar todo eso.

—Eso no lo sé. Lo único que sé es que Roy me ha dicho que te localice, porque Tracy no coge el teléfono.

Dan sintió que lo invadía la náusea.

—He llamado a Vera —añadió Faz—. Dice que Tracy se ha quedado en casa por si la llamábamos para preguntarle algo de los expedientes.

—¿Dónde está Vera?

—Ha salido con Daniella de paseo, pero ya va camino de casa.

—No —dijo Dan—. Llámala y dile que no vaya a casa, que no lleve allí a Daniella.

—Vale, vale. La llamo.

—¿Habéis llamado a Finlay?

—De eso se ha encargado Roy.

—Pues llama a Vera.

—Ahora mismo.

Colgó y marcó el número de Tracy, que no contestó. Acto seguido, llamó a comisaría y preguntó por Finlay. Le dijeron que no estaba disponible. Cuando dijo que se trataba de una emergencia, que tenía que hablar con Finlay de parte de Roy Calloway, la mujer le dijo que llamaría a Finlay para que se pusiera en contacto con Dan.

Le dio de inmediato su número de teléfono y colgó. Volvió a intentar llamar a Tracy, que seguía sin contestar. Miró el reloj. Todavía le quedaba media hora para llegar a Cedar Grove.

Mientras esperaba la llamada de Finlay, pensó en todo lo que había ocurrido e intentó amoldarlo a lo que, al parecer, estaba contando Gary Witherspoon, es decir, que había sido Sunnie quien había matado a Heather Johansen.

La conocía y sabía lo que le gustaba inventar cosas, pero... «¿Sería capaz de matar a Heather Johansen y tener a Gary amenazado todo este tiempo?».

Volvió a pensar en la reunión que habían mantenido Jason Mathews y Ed Witherspoon. Ed debió de encararse con su hijo, porque sabía que Gary había llevado a Heather a su casa después de la fiesta... y si Ed se había encarado con Gary, Sunnie tenía que haberse enterado también. «Gary no ha sido nunca aficionado a la caza». La idea lo asaltó como una centella. Gary no sabía distinguir entre el cañón y la culata de una escopeta. No podía ser el autor del disparo que había matado a Jason Mathews. «Pero Doc Crosswhite enseñó a Sunnie a disparar…». ¿Desde cien metros y con mira telescópica? Eso habría sido coser y cantar para ella.

—¡Dios mío! —exclamó a la vez que pisaba el acelerador.

Tracy se afanaba en pensar con claridad. Había conseguido tener a Sunnie hablando varios minutos más, pero tenía la sensación de que no pretendía alargar mucho más la situación.

—Creo que no lo tienes todo tan atado como piensas, Sunnie.

—Por favor, Tracy, ilústrame. Tú siempre has sido mucho más lista que yo.

—Cuando Dan demuestre que las sociedades de responsabilidad limitada son una farsa, Gary y Ed no van a dudar en cantar… y los dos van a cantar la misma copla: que todo ha sido idea tuya y que se ha hecho con tu dinero. Se declararán insolventes. Además, dirán lo mismo sobre Heather Johansen, que fuiste tú quien la mató.

Sunnie sonrió.

—¿Quién los va a creer, Tracy?

—Yo, por ejemplo, y como yo, otros los creerán. La muerte de Heather siempre me ha escamado, y la de Kimberly Armstrong también. Se lo dije a Roy y Roy lo sabe.

—¿Qué sabe Roy?

—Que la muerte de Kimberly Armstrong no fue un robo ni un asalto y que no murió en el incendio. Sabe que fue un acto de rabia, igual que en el caso de Heather. Golpear a alguien con un bate es un acto de rabia, Sunnie.

Sonrió.

—Entonces, Ed y Gary cantan y dicen que el dinero era mío. ¿Y qué? Yo no soy más que una secretaria tonta sin más formación que la del instituto. —Alzó la voz una octava deliberadamente—. Señoría, no tenía ni idea de lo que hacían mi marido y mi suegro. Mi marido es el que lleva todas nuestras cuentas. Claro que llamé al abogado de Bellingham, pero fue siguiendo instrucciones de mi marido, que me dijo que le mandase los nombres de los socios y le pidiera que constituyese una serie de sociedades de responsabilidad limitada. ¿Cómo iba a saber yo lo que pensaba hacer él con todo eso? ¿Cómo iba a saber yo que mi marido mató a Heather hace tantos años? Por Dios. Y pensar que llevo todo este tiempo viviendo con un asesino. Tracy Crosswhite decía que el asesinato había sido un acto de rabia y creo que ahora lo entiendo todo: la rabia de un hombre que estaba a punto de perderlo todo porque la joven a la que había dejado embarazada no quería abortar. Lo entiendo precisamente porque es la misma rabia con la que lleva tratándome a mí todos estos años. —Sunnie volvió a sonreír.

—¿Y el tiempo? —dijo Tracy, pensando con rapidez, pero sin perder el control.

—¿Te refieres a la nieve?

—Vas a dejar todas tus huellas.

—Antes de llamar he dejado fuera un par de botas de nieve de Gary, Tracy. Son de hombre, del cuarenta y tres, las mismas que me puse cuando me acerqué a tu valla y te disparé. —Miró la hora en el reloj de la pared—. Tengo que irme.

Finlay Armstrong se echó a reír. Aquella risa estaba tan fuera de lugar que Tracy no reconoció ese sonido al principio. No era la risita nerviosa ni la ansiosa de un hombre que sabe que está a punto de morir, sino una risa irónica, la risa irónica de quien sabe algo en lo que no ha reparado nadie más de la sala y se maravilla de que nadie más se haya dado cuenta.

—¿De qué te ríes?

—De ti, Sunnie. Me río porque siempre has sido un desastre juzgando a las personas.

—Eso ya lo veremos. Yo diría que he dado en el blanco con todo el mundo, conque, en vez de reírte, tal vez deberías dedicar tu tiempo a rezar.

Finlay sonrió.

—¿Rezar por qué? —Preguntó—. Eso es lo que sigues sin entender.

—¿Qué?

—¿Por quién voy a rezar, Sunnie? Has matado a mi mujer, mi alma gemela. Me has dejado sin mi razón de vivir.

—Finlay, no —dijo Tracy al advertir lo que pretendía hacer.

—Has cometido un error, Sunnie.

—Ah, ¿sí?

—Has subestimado hasta dónde puede llegar un hombre desesperado… cuando no tiene nada que perder.

Dicho esto, lanzó a Tracy al suelo y se abalanzó sobre Sunnie. La pistola que tenía esta en la mano se descargó cuando Finlay la golpeó y, con la inercia y su peso, la arrojó contra la pared que tenía detrás. Por un instante logró agarrar la mano con la que asía el arma, pero a continuación se ladeó hacia la derecha, dio un traspiés y cayó al suelo derribando uno de los taburetes de la encimera. Tenía la pechera del uniforme manchada de sangre cerca del estómago.

Sunnie, desconcentrada, bajó la mirada hacia él y a continuación corrió a apuntar de nuevo a Tracy.

—No —dijo la inspectora empuñando la Glock de Finlay.

—Tracy Crossdraw —repuso Sunnie—, siempre has sido muy rápida.

La inspectora siguió hablando con la voz calmada.

—Baja el arma. Podemos buscarte ayuda.

Sunnie sonrió.

—¿Te acuerdas de lo que decía siempre tu padre?

No sabía a qué podía referirse.

—Baja el arma, Sunnie, y hablamos. Seguro que podemos hablarlo y te prometo que te ayudaremos. Testificaré a tu favor.

—No te acuerdas, ¿verdad?

Tracy se preguntó si podría darle en el hombro del brazo en el que tenía la pistola y herirla; pero Sunnie no había olvidado su adiestramiento y tenía el arma delante de ella, en el vértice superior del triángulo que había formado con los brazos.

—¿Qué decía, Sunnie? ¿Qué decía mi padre?

—Siempre decía: «Para ser el mejor, tienes que vencer al mejor».

—No, Sunnie. Así no. Esto no tiene por qué acabar así.

Por la ventana oyó las sirenas de los coches de policía que se acercaban a la casa. Sunnie también los oyó. Volvió la cabeza hacia allí, aunque solo un instante, sin bajar el arma en ningún momento.

Volvió a mirar a Tracy y le dedicó esa sonrisa cansada de resignación y de derrota, la misma con que había mirado de niña a la gente de Cedar Grove que no le hacía caso y la trataba como si fuese invisible. Triste, muy triste.

—A ti nunca podré vencerte —aseveró.

—No —dijo Tracy con el dedo en el gatillo—. ¡Sunnie, no me obligues a hacerlo!

Sunnie sonrió.

—Tranquila, Tracy Crossdraw, que no pienso darte la satisfacción de vencerme otra vez.

Ella entendió de pronto a qué se refería, qué pretendía hacer; pero en el breve instante que medió, Sunnie había ya girado el arma para encañonarse la sien… y apretó el gatillo.

CAPÍTULO 43

Dan enfiló el camino de entrada de su casa. Su angustia se había exacerbado al llegar a la manzana y ver varios coches de la policía de Cedar Grove y una ambulancia del condado de Whatcom. Dejó en marcha el motor del Tahoe y, sin cerrar siquiera la puerta del conductor, cruzó la nieve a grandes trancos y a punto estuvo de perder el equilibrio mientras avanzaba hacia la puerta principal por la senda que habían abierto otros. Dos agentes le bloquearon el paso.

—Esta es mi casa. ¿Dónde está mi mujer? —preguntó aterrado.

En ese momento apareció Tracy en el umbral.

—Dejadlo pasar —dijo a los agentes—. Dejadlo pasar, que es mi marido.

Se apartaron y Dan envolvió a Tracy con los brazos y la estrechó contra sí.

—¿Estás bien?

—Sí, estoy bien. La ambulancia es para Finlay. Le ha disparado ella.

—¿Sunnie?

—Se ha pegado un tiro, Dan. —Hizo lo posible por contener las lágrimas—. Después de todo lo que ha hecho, sigo sintiendo lástima por ella. No puedo dejar de pensar en la chiquilla con la que me crie.

—Lo siento, Tracy —dijo él sin separarse de ella. Tenía todavía la respiración alterada y le estaba costando recobrar el aliento. Tras un instante, la soltó y dio un paso atrás para llenarse un par de veces los pulmones y vaciarlos a continuación. Se inclinó y, apoyando las manos en las rodillas, vomitó.

Ella vio entonces el dolor que le había provocado, lo que le había hecho, y sintió que le flaqueaban las piernas. Por Dios santo, ¿cómo podía hacerle algo así a un hombre que la amaba tanto?

—¿Estás bien? —le preguntó.

Después de unos segundos más, Dan se puso en pie, aunque seguía resollando.

—Creo que sí.

—¿Cómo te has enterado?

—Me ha llamado Faz. Por lo visto, Gary está contándoselo todo a Roy. De entrada pensé que era mentira, pero, cuanto más oía… El asesinato de Heather Johansen, el de Jason Mathews…, todo empezaba a cobrar sentido y, cuanto más sentido cobraba, más miedo tenía de que te ocurriese algo.

—Estaba convencida de que nadie lo creería. Pensaba que nadie creería a Gary.

Dan asintió.

—Siempre ha sido una mentirosa consumada, hasta de niña. —Sacudió la cabeza—. ¿Seguro que estás bien?

—Yo sí, pero Vera y la niña vienen de camino. Ve a su encuentro, que no quiero que Vera tenga que ver nada de esto.

—Faz llamó a Vera para decirle que se quedara en The Daily Perk. Voy a llamarla allí.

Tracy oyó un ruido y se dio la vuelta. El personal de la ambulancia salía de la casa con una camilla. Tendido en ella iba Finlay con una vía intravenosa en el brazo. Estaba consciente y al pasar tendió la mano para asirle el brazo, como si quisiera decirle algo. Sin embargo, la soltó al instante.

—Ya verás como todo sale bien, Finlay. Créeme si te digo que va a salir bien. Hay que darle tiempo. Las heridas no sanarán del todo, pero mejorarán con los años.

Él no respondió. Del ángulo del ojo le cayó una lágrima que recorrió el contorno de la mascarilla que le cubría la nariz y la boca. Bajó la mirada cuando los camilleros siguieron adelante.

Horas más tarde, después de marcharse tanto el equipo forense como los sanitarios de la ambulancia, después de que hubiesen retirado la alfombra del comedor y limpiado el suelo con antiséptico, Tracy se encontraba sentada a la mesa de la cocina con Dan y Faz, bebiendo café mientras escuchaban a Roy Calloway, que había acudido desde la comisaría. Vera, que no quería oír los detalles, había subido al cuarto de Daniella.

—¿Qué le ha pasado a mi ciudad, Tracy? ¿Qué le ha pasado a nuestra ciudad?

—No lo sé, Roy.

—Es como si se hubiera presentado aquí el demonio en 1993 para esparcir el mal. Tanto mal... Edmund House, la desaparición de Sarah, la muerte de tu padre, Heather Johansen, Sunnie... ¿Cómo puede haber habido tanto mal en una ciudad tan pequeña?

—No lo sé, Roy.

Todos guardaron silencio.

—¿Ha firmado Gary su declaración? —preguntó Tracy.

Calloway asintió sin palabras.

—Ed no... Él ha pedido un abogado.

—Hablará —aseveró Tracy.

—No sé... Siempre ha sido un hijo de perra engreído.

—No va a tener más remedio si Gary ha hablado. Intentará buscar una salida, que podría ser la muerte de Sunnie. Hará lo que siempre ha hecho: decir lo que crea que lo va a proteger.

—Puede que tengas razón —dijo Calloway—. Tu padre siempre decía algo parecido de él.

—«Tan torcido que ni siquiera es capaz de ponerse unos pantalones rectos» —citó Tracy.

—Eso es —dijo Roy con una breve sonrisa.

—¿Cómo está Finlay? —quiso saber Dan.

—Todavía es pronto para decirlo —dijo Roy—. La bala no le ha dañado ningún órgano vital. Probablemente pierda el bazo, pero los médicos creen que estará bien... físicamente por lo menos.

—¿Qué vas a hacer mientras está de baja? —preguntó Tracy.

—No lo sé. Nora se enfadó conmigo la última vez que volví al cuerpo y, además, no tengo claro que quiera seguir. —La miró fijamente—. Supongo que tú no...

—No, Roy. No me interesa el puesto. Ni lo sueñes.

Calloway se encogió de hombros antes de ponerse en pie.

—En fin, en ese caso, supongo que, como jefe de policía, tengo el deber de informar a Eric y a Ingrid de todo lo que ha pasado antes de que se desaten los rumores por el municipio. Merecen oírlo de mis labios.

Tracy miró a Dan.

—Ve con él —repuso su marido—, que sé que lo estás deseando. Yo me encargo de Daniella.

—No pasa nada —dijo ella al recordarlo vomitando delante de la casa y pensar en el dolor que le había causado—. Mejor me quedo.

—Ve —insistió él—. Tienes que hacerlo. Tienes que cerrar este capítulo, poner fin a lo que has empezado. Sé que es importante para ti.

Tracy miró a Roy, que se había dirigido a la puerta y la estaba esperando.

—Diles a los Johansen que me pasaré mañana en cualquier momento para presentarles mis respetos. Ahora, voy a subir a ejercer de madre. Necesito estar con mi familia, ver a mi hija y cantarle para que se duerma como hacía mi madre conmigo.

EPÍLOGO

Abrió la puerta del coche con los ojos cerrados y tendió la mano para tomar la de Dan.

—No los abras.

—Vale.

Se alegraba de haber salido de Cedar Grove. Había empezado a notar el peso del tiempo que habían pasado allí. Desde la muerte de Sunnie y las detenciones de Gary y Ed Witherspoon por complicidad en sus crímenes, la fábrica de rumores había estado produciendo a todo gas. Tracy había pasado casi todo el tiempo encerrada en su casa, de donde solo salía cuando era imprescindible y para fingir ignorancia cada vez que le preguntaban por lo ocurrido. Había aprovechado para disfrutar de libros que siempre había querido leer y se había aferrado a cualquier ocasión que se le había presentado de hacer algo que pudiese ayudarla a no pensar en Sunnie ni en lo que había hecho. Por encima de todo, había pasado tiempo con su hija, viéndola comer y dar vueltas en la cama. Cositas pequeñas, pero que no olvidaría jamás.

Dan, Roy y ella habían pasado varios días en Bellingham con el fiscal del condado de Whatcom para proporcionarle todas las pruebas que habían ido reuniendo y ponerlo en contacto con los testigos. Rav Patel había renunciado al cargo de abogado municipal, aunque todo apuntaba a que no tenía conocimiento alguno de los actos delictivos que se habían producido. Su participación en la causa civil seguía sujeta a revisión por el ministerio público y el colegio de abogados.

Quedaba pendiente el pleito de Larry Kaufman, a quien se habían sumado los antiguos propietarios del resto de comercios a fin de denunciar el fraude de que habían sido víctimas. La batalla sería ardua y se saldaría, probablemente, con una victoria vacua. Al no haber ya constructora alguna que quisiera urbanizar un centro turístico de montaña, los negocios volvían a tener poco valor. Cabía la posibilidad de que apareciera otra compañía dispuesta a hacerlo, pero nadie podía decir cuándo.

Gary Witherspoon había dimitido de alcalde. Aunque su colaboración con la fiscalía estaba llamada a traducirse en una reducción de la pena, lo más seguro era que pasase una temporada en la cárcel. Tracy no pudo menos de sentir lástima por él en cuanto padre de cuatro hijos. Siempre fiel a su padre, estaba haciendo lo posible por librar a Ed de cualquier responsabilidad. Que lo lograse o no dependía del fiscal.

Tracy había estado con los Johansen, que parecían a un tiempo aliviados y afligidos, pues, si bien habían conocido al fin la verdad de lo ocurrido a su hija, la información que había salido a la luz había servido para desenterrar un período oscuro y doloroso de su existencia.

—Es como si Heather hubiese muerto de nuevo —le había dicho Eric.

Tracy conocía bien aquella sensación, ya que cuando habían aparecido los restos de Sarah, veinte años después de su desaparición, le había parecido que el pasado había vuelto para hacerla sufrir otra vez por su hermana.

Las obras de Market Street habían cesado y el centro volvía a ser una ciudad fantasma. Tracy no pudo evitar sentir nostalgia cuando iba a la farmacia o cuando salía a cenar con Dan. Habría sido un alivio ver la zona viva otra vez, con nuevos negocios y un cine nuevo, con gente por la calle. Quizá ocurriese algún día. Ella, al menos, así lo esperaba, por el bien de Daniella.

—No vale mirar —advirtió Dan mientras la ayudaba a salir del Tahoe.

—Que no estoy mirando. ¡Si no veo nada!

La asió del brazo y la apartó del coche.

—Muy bien. Por aquí.

Se sentía desorientada. Sabía que estaba en su casa, en Redmond, pero Dan no quería que viera la casa hasta que estuviese listo. Quería que fuera una sorpresa. Ella había cerrado los ojos en el momento que habían tomado el camino de entrada. Oyó a los perros ladrar y correr por el jardín.

—¿Tienes a Daniella? —preguntó.

—Está en el coche, en su sillita —dijo Dan tomándola por los hombros para orientarla—. Un par de pasos más… Vale, para. ¿Seguro que estás lista?

—¡Dan!

—Está bien. Abre los ojos.

Al principio le fue imposible articular palabra. Ni siquiera reconoció la que había sido su casita de tres habitaciones. Sabía que el arquitecto y los constructores habían respetado únicamente los cimientos para poder considerarlo una reforma y no una construcción de nueva planta, por cuestiones de permisos y de normativa urbanística. Tracy había dejado todo en manos de Dan para poder pasar con Daniella lo que le quedaba de permiso de maternidad.

—¿Te gusta?

El exterior parecía el propio de la casa de una granja tradicional, de color amarillo desvaído con bordes blancos y un porche que la rodeaba por entero y al que se accedía por una ancha escalera. Todo el conjunto descansaba sobre una base de ladrillo. El jardín estaba aún sin empezar, sin más que tierra y hierba seca.

—¿Tracy?

—Dios mío, Dan. Es preciosa. Me encanta.

—¿Te ves viviendo aquí?

Ella sonrió.

—Siempre que sea contigo, Dan O'Leary, y con Daniella. —Miró al asiento del coche en el que dormía la pequeña.

—Está sin terminar —advirtió Dan—. Tienen que acabar la cocina y la sala de estar para que podamos entrar. Ah, y el cuarto de Daniella, que no quiero que respire polvo de obra.

—No pasa nada.

Dan sacó la sillita del coche y juntos subieron las escaleras del porche. En un rincón situado a la derecha de la puerta principal había un columpio blanco colgado con cadenas; a la izquierda, tres mecedoras, y en el otro extremo del porche, una mesa con cuatro sillas.

—Para que podamos comer fuera cuando haga bueno.

—Me estoy imaginando a Daniella columpiándose en el porche algún día —aseveró Tracy—, quizá con un hombre como su padre.

—Antes de empezar a pensar en eso tal vez habría que ir ocupándose de que pueda prescindir de los pañales, aunque lo cierto es que he colocado el columpio de tal manera que podamos vigilarlo desde la sala de estar.

Tracy se echó a reír.

—Y luego soy yo la aprensiva, Dan O'Leary.

—Yo te gano, te gano con diferencia. —Fue hacia la puerta, dejó la sillita en el porche y rebuscó en los bolsillos.

—¿Qué pasa?

—He olvidado las llaves. Espera. —Dan alargó una mano y llamó a la puerta.

—¿Qué haces?

La puerta se abrió hacia dentro.

—Había empezado a preguntarme qué estarían haciendo aquí —dijo Therese—. Los oía charlar tanto que he supuesto que pensaba describirle la casa en vez de enseñársela. ¿No sabe que una imagen vale más que mil palabras?

—¿Therese? —dijo Tracy sonriendo. La niñera se abrazó a ella—. ¡Has vuelto!

—Eso espero, porque no podemos dejar a esta chiquitina en casa con cualquiera cuando su mamá de noche se vaya a trabajar, ¿verdad que no? —La joven miró a Dan y le guiñó un ojo—. ¿Y quién podría no querer vivir en una casa así? Venga a verla por sí misma. —Se apartó para dejarla entrar.

Los suelos eran de madera oscura.

—¿Teca? —preguntó al reconocerla.

—Como los de la casa de Cedar Grove en la que te criaste —señaló Dan.

A su izquierda había una escalera de dos tramos que llevaba a la planta de arriba y que también guardaba cierto parecido con la de su infancia. Justo delante tenía la cocina y, a su izquierda, la sala de estar. Sobre la repisa de la chimenea pendía el cuadro del cenador en medio de la tormenta de nieve que había estado pintando Therese.

—Lo has acabado —dijo Tracy.

Therese sonrió.

—No, señora. Mi madre dice siempre que una casa no es un hogar hasta que vive en ella una familia. Ahora que están aquí por fin, yo diría que lo han acabado ustedes. —Tomó la sillita de manos de Dan—. Pondré a la señorita Daniella en su moisés mientras usted le hace a Tracy la visita guiada. —Dicho esto, subió las escaleras.

—¿Qué te parece? —preguntó Dan.

Tracy se secó una lágrima.

—Pues que estoy en casa, Dan, que al final lo hemos convertido en un hogar.

AGRADECIMIENTOS

Hay momentos en la vida que no olvidamos nunca, algunos buenos y otros no tanto. Estábamos mi mujer y yo en el aeropuerto de Johannesburgo, preparándonos para el largo viaje que nos llevaría de vuelta a casa después de tres semanas de safari, cuando recibí un correo electrónico de una amiga que me preguntaba si me había enterado de la noticia. Estas palabras pueden inspirar temor o alegría. Yo sentí miedo. A continuación me comunicaba la muerte de Scott Tompkins, de la comisaría del *sheriff* del condado de King. Tenía solo cuarenta y ocho años. Leí el mensaje y me asaltó la terrible sensación de incredulidad y tristeza habitual en estos casos. No hacía ni un mes que había estado cenando con Scott y su prometida, Jennifer Southworth, y lo había visto sano y muy feliz. Murió de forma inesperada de un ataque al corazón. Aquel día lloré en el aeropuerto. La vida puede llegar a ser muy injusta.

Scott Tompkins cambió la mía y la de toda mi familia en 2013, cuando lo llamé para hacerle una serie de consultas sobre un libro que estaba escribiendo sobre una inspectora de la policía de Seattle llamada Tracy Crosswhite. Él no lo dudó un instante: pasó dos horas sentado conmigo para despejar todas las dudas que le planteé y, a continuación, me dijo:

—Tienes que conocer a mi novia, Jennifer, que trabaja en Seattle de inspectora de homicidios.

Nunca habría podido escribir *La tumba de Sarah* ni el resto de las novelas de Tracy Crosswhite sin Scott ni Jennifer. Él siempre se mostró generoso con su tiempo, hasta cuando no le sobraba. Además, era muy buen tío y yo disfrutaba mucho en su compañía. Era un gran optimista, a pesar de dedicar su tiempo a una ocupación difícil, y divertido a más no poder.

Recuerdo un día que me reuní con él para tratar la idea que había tenido para una de las novelas posteriores. Scott me escuchó atentamente y me dijo a continuación:

—Olvídate de todo eso. Te voy a decir qué es lo que tienes que hacer: mete un cadáver en una nasa. —Acto seguido se lanzó a describirme la historia verídica de una joven a la que había matado el novio para meterla después en una trampa para cangrejos, un relato horripilante que resultó ser la idea perfecta para lo que se transformaría en *La chica que atraparon*, una de mis novelas de mayor éxito de ventas.

Asistí al funeral de Scott y en todo momento tuve la sensación de que resultaba surrealista pensar que ya no estaba entre nosotros. El lector que haya presenciado alguna vez las exequias de un agente de la policía sabrá que se trata de un acto inmensamente conmovedor. Aquel día me harté de llorar por Scott, por Jen y por todos los demás seres queridos que dejaba atrás, que no eran pocos. Después de la ceremonia no tenía palabras para Jen. ¿Qué podía decirle? Le aseguré que lo sentía muchísimo y que rezaría por ella, convencido de que Dios le daría las fuerzas necesarias para soportar y entender aquella situación.

Aquel día supe que quería dedicarle a Scott esta novela y, por el mismo motivo, decidí también que tenía que hacer que Tracy Crosswhite volviese a casa, a Cedar Grove, donde comienza esta serie, donde conocí a Scott. No podía hacer otra cosa.

Gracias, Scott. Espero que, a su modesta manera, esta novela que te dedico contribuya a hacer que vivas para siempre.

Gracias a Meg Ruley, Rebecca Scherer y al resto del equipo de Jane Rotrosen, una agencia literaria fuera de lo común. Me han apoyado en todo el planeta y nos hemos divertido juntos en Nueva York, Seattle, París y Oslo. Creo que lo siguiente que deberíamos añadir a la lista es una feria del libro en Italia.

Gracias a Thomas & Mercer y a Amazon Publishing. Este es el décimo libro que publico con ellos y el décimo que mejoran con sus correcciones y sus sugerencias. Han vendido y promovido todas ellas y a su autor a lo largo y ancho del mundo y he tenido el placer de conocer a los equipos de Amazon Publishing del Reino Unido, Irlanda, Francia, Alemania, Italia y España. Son todos gente muy entregada que, de un modo u otro, hacen que trabajar resulte muy divertido. Lo que mejor se les da es promover y vender mis obras y por eso les estoy muy agradecido.

Gracias a Sarah Shaw, responsable de relaciones con el autor; a Sean Baker, jefe de producción; a Laura Barrett, directora de producción, y a Oisin O'Malley, director artístico. Sé que me repito cuando digo que me encantan las cubiertas y los títulos de cada una de mis novelas, pero es muy cierto. Me tiene asombrado cómo me cuidáis. Gracias a Dennelle Catlett, relaciones públicas de Amazon Publishing, por su labor de promoción de las novelas y su autor. Sé que siempre puedo contar con ella y que siempre estará disponible cuando la llamo o le envío un correo electrónico con una de mis peticiones. Se toma muy en serio mi promoción y cuida de mí cuando viajo. Gracias al equipo de comercialización formado por Gabrielle Guarnero, Laura Costantino y Kyla Pigoni, por su dedicación y las ideas que me ofrecen para ayudarme en la construcción de mi plataforma de autor. Espero que nunca dejen de dármelas, porque convierten cada una de ellas en una gran experiencia. Gracias a la editora Mikyla Bruder, el editor asociado Galen Maynard y Jeff Belle, subdirector de Amazon Publishing, por crear un equipo consagrado a su trabajo y dejarme formar parte de él.

Gracias en especial a Gracie Doyle, directora editorial de Thomas & Mercer, que colabora conmigo en cada novela nueva y no se cansa de colmarme con ideas y artículos de prensa que, a la postre, dan forma a la siguiente gran aventura de Tracy. Nos lo pasamos en grande ingeniándolas y trabajando para hacerlas lo más sólidas posibles.

Gracias a Charlotte Herscher, editora de desarrollo. Este es el undécimo libro que escribo con ella y no se cansa de apretarme las tuercas para que nunca me conforme con un resultado mediocre. Gracias a Scott Calamar, corrector, cuyos servicios necesito con desesperación y a quien doy siempre mucho trabajo, ya que las normas gramaticales no han sido nunca mi fuerte.

Gracias a Tami Taylor, que dirige mi página web y crea mis listas de correo y algunas de las cubiertas de las traducciones de mis libros. Gracias a Pam Binder y la Pacific Northwest Writers Association por su apoyo. Gracias a Seattle 7 Writers, colectivo sin ánimo de lucro de escritores del Pacífico Noroeste que promueve y defiende la palabra escrita.

Gracias a todos vosotros, mis infatigables lectores, por encontrar mis novelas y por el increíble apoyo que dais a mi obra en todo el mundo. Recibir noticias vuestras es toda una bendición y disfruto con cada uno de los correos electrónicos que me enviáis.

Gracias a mis padres por una infancia maravillosa y por enseñarme a fijarme la meta de alcanzar las estrellas y luego a sudar sangre para lograrlo. Me cuesta imaginar a dos modelos mejores a los que seguir.

Gracias a mi esposa, Cristina, por todo su amor y su apoyo, y a mis dos hijos, Joe y Catherine, que han empezado a leer mis novelas, cosa que me colma de orgullo.

Sin todos vosotros no podría hacer nada de esto… ni tampoco querría.